华　章
传奇派

品味无限不循环的人生

超凡觉醒

任彧 著

重庆出版集团 重庆出版社

图书在版编目（CIP）数据

超凡觉醒 / 任彧著. — 重庆 : 重庆出版社,
2022.6
ISBN 978-7-229-16867-4

Ⅰ. ①超… Ⅱ. ①任… Ⅲ. ①幻想小说—中国—当代
Ⅳ. ①I247.5

中国版本图书馆CIP数据核字(2022)第089677号

超凡觉醒

任彧 著

出　　品： 华章同人

出版监制： 徐宪江　秦　琥

责任编辑： 王昌凤

营销编辑： 史青苗　刘晓艳

责任印制： 杨　宁

装帧设计： 晨星书装

重庆出版集团 重庆出版社 出版

（重庆市南岸区南滨路162号1幢）

投稿邮箱：bjhztr@vip.163.com

北京盛通印刷股份有限公司　印刷

重庆出版集团图书发行有限公司　发行

邮购电话：010-85869375/76/78转810

全国新华书店经销

开本：880mm×1230mm　1/32　印张：16.5　字数：375千

2022年8月第1版　2022年8月第1次印刷

定价：56.00元

如有印装质量问题，请致电023-61520678

目录

梦是你无法改变的世界，

世界是无时无刻不在改变着你的梦，

时而癫狂，时而荒凉，时而无处可藏。

上篇

猎魂禁地

第一章
禁地

当我看他抱着她站在雨中时，

我知道他眼中的黑暗已无法驱散。

一

“老张，咱县里啥时候多出这么一个大院啊？你过去瞅瞅。”

老张盯着面前紧闭的铁门，有点不敢上前，紧张地说：“老胡，咱们是不是该找派出所的民警同志来看看？这地方看着有点阴森呢。”

老胡说：“咱不得先搞清楚状况？要不跟民警说也说不出个啥子，人家再小瞧咱这没文化的人，不来了。”

老张点点头，扛着一把铁锹走上前，仔细端详了一下紧闭的黑色大铁门，回头冲老胡说：“这玩意锁着呢！”

老胡这时也走上前，双手抓着铁门晃了晃，朝大门中间的缝儿瞅过去，惊叹道：“这他娘的不光用栓子插上了，还套着大链子呢！”可当老胡顺着门缝儿朝更深的地方瞅过去时，吓得一屁股坐在了地上：“妈呀！妈呀！妈呀！”

听老胡连叫三声，老张也慌了：“干吗，怎么了你这是？”

老胡指着门缝儿说：“死人！好多人吊死在树上！”

老张心慌，连瞥都不敢瞥，一边去扶老胡一边否定：“老胡！你别瞎说了，怎么可能凭空冒出一个大院和一堆死人！”

老胡坐在地上，脚发软，老张岁数也不小了，怎么也搀扶不起他来。

老胡争辩道：“不信你就去看啊，看看俺骗没骗你！”

老张见扶不起老胡，也只能战战兢兢地再次上前，透过门缝儿朝里面望去，在看到那光景的一瞬间，吓得一下躺倒在地。老胡赶紧爬过去，看着老张不断抽搐的样子说：“中邪了？中邪了！”

几个小时后。

一辆有些破旧的厢型车停在了大院门外，车顶有警灯，车身也印着“公安”字样。车门被拉开，下来几个穿制服的警员，还有个女便衣。

女便衣走上前，从门缝儿朝里面望了望。身后一个穿制服的警员问：“陆队长，真跟那个老汉说的一样吗？”

姓陆的女便衣名叫陆晓琦。她回头看了一眼跟自己说话的警员，回应道：“里面是所学校，我没看到什么吊死的人，但这门锁确实锁得很严。”

其中一个年纪大点的警员比了个手势，另一个警员便从汽车里拿出圆锯，陆晓琦接过圆锯，迅速将门锁切开。

推开铁门，一阵凉风卷着沙子袭来，所有人都抬手挡了一下，更闻到一股刺鼻的味道。风沙过去，陆晓琦身后的警员们向大院里望去，都震惊得说不出话来。终于其中一人缓过神来说：“我的妈呀，这绝对是全省有史以来最大的案子了。”

陆晓琦回头看着自己的同事：“你们怎么了？”

另外一个警员指着大院里的一棵树说：“陆队长，你没看到吗？那树吊满了死人！”

陆晓琦瞪大双眼朝树看去，什么也没看到：“你们没在逗我？”

这时，一个年纪较大的警员走到陆晓琦旁边说：“小陆，作为一个女生，定力不错。”

陆晓琦一把拉住他：“薛老，我真的不知道你们在说什么。”

薛老指了指前面的树：“这回轮到你跟我们大家伙儿开玩笑了吗？你没看到吗？”

陆晓琦仔细盯着树看了好几秒，还是不知道大家到底在说什么。

薛老看出陆晓琦有点不对头，拍了拍她的肩膀说：“要不你回车上休息吧，其他人跟我进来。对了，小郑，你去通知省里，让他们派人来，这可不是我们这种小县城的警力可以解决的。”

不明所以的陆晓琦站在原地发呆，薛老已经带队走了进去，所有人都戴上了口罩。

这大院内看起来分明是座学校，操场上还有篮球架，但那上面也挂着一具尸体……尸体已经变成了灰色，身上的肉也残缺不全，散发着恶臭。

操场外围的树上挂的尸体太多了，薛老想了想，决定先带队进学校的教学大楼瞅瞅情况。凄风掠过，一名警员提醒道：“那里面会不会还有人？”薛老点点头，随即拔出了手枪，带队来到教学大楼的正门前。

教学大楼里很暗，大家纷纷掏出手电，薛老透过大门上的窗户朝里面照了照，一瞬间胃里的东西翻涌，差点没吐出来。看到薛老这个样子，其他警员更慌了，因为薛老办案一生，什么血腥场面没见过，今天居然这样，这教学楼里……

一个警员问薛老：“我们进去吗？”

薛老缓了缓，摇摇头说：“我觉得里面不会有活人了，还是等等吧。等省里派专业的人员来处理。”

几个警员面面相觑，不知道薛老什么意思。有个好奇的警员探头看了看，后退几步差点坐倒在地，吓得浑身哆嗦。

薛老说：“如果我们现在就这么进去，一定会染上病。”

听薛老这么说，其他警员也透过玻璃朝教学大楼里看去，吓得纷纷退开好多步，一时间不知该说些什么，因为里面的天花板上挂满了已经发灰的尸体。

这时陆晓琦来了，问：“你们大家到底怎么了？”

面对凄惨的光景，大家已经没心情再开玩笑了，其中一人有些怒气，但碍于陆晓琦是个女的，也没吭声。

陆晓琦胆子很大，当即走向教学楼大门。薛老还没来得及阻止，她已经推开了大门，同事们瞬间屏住呼吸，双目圆睁地盯着她走进挂满了尸体的走廊。

在尸体中前行，不断地碰撞尸体，陆晓琦似乎毫不在意。薛老以为陆晓琦被这光景吓得有点失心疯了，赶紧喊道：“快出来！你会得病的！”

看陆晓琦没听自己的，薛老也顾不得更多了，赶紧过去一把将还没有被尸体淹没的陆晓琦拽了出来。“小陆，你要干吗！”薛老将陆晓琦拽出来后，捂着鼻子呵斥道。

陆晓琦迷茫地看着四周，警员们都盯着自己。

一个警员说："你没闻到尸臭吗？里面那么多尸体，你竟然就直接进去了！"

陆晓琦没有答话，因为她确实没看到或者闻到任何异样，现在争辩下去，可能所有人都会觉得自己疯了。她走到薛老身边，冲他耳语："我回车上待会儿。"

薛老点点头："去吧，别太勉强。"

回去的路上，陆晓琦拿出手机打开摄像头朝操场旁边的树照了一下。这一照却吓得她当即停住了脚步，因为透过手机摄像头，其他警员刚才说的景象她也看到了。她赶忙放下手机朝树望去，依旧什么也没有，可一举起手机，她就能看到那几十具吊在树上的灰色身躯。

陆晓琦眨了眨眼，不敢相信自己到底看到了什么。她回头朝教学大楼望去，心里想：难道刚才薛老他们看到了更令人震惊的景象？

又过了几个小时，省里的人来了，还派来了几名法医。几个带头的人商量了一下，如此多的尸体根本无处储藏，只能慢慢处理，先取一些样本来化验。

薛老对一个本地官员说："老乡说这个地方是突然出现的，之前这里是片荒地。"

这官员戴着眼镜，看起来挺年轻，不住地用手绢擦汗："什么老乡？看花眼了吧，怎么会有座学校从天而降？一定是早就在这里了，老乡不知道而已。去查查这个学校的资料，我要知道这里到底发生了什么，又是什么时候发生的！"

薛老看着来来去去不断采取样本的法医，对官员说："可尸体如果不尽快处理，那谁也进不去教学大楼，搞不好里面有我们想要找的资料。”

官员叉着腰说：“不行，尸体太多了，根本没地方存放，难不成不查验身份直接埋了吗？这要是让那些家属知道了，还不翻天了？”

陆晓琦也过来了，拉住一名法医问：“这些人已经过世多久了？”

法医拉下口罩，陆晓琦感到有些蹊跷，她不认得眼前的法医。只听法医深吸一口气说：“具体得等化验结果，但就我观察来看，应该很久了，有些超过半年，有些则不到。”

陆晓琦惊奇地问：“这么说，这些人不是一起上吊自杀的？”

法医点点头：“我得提醒你一点，不要去抚摸尸体，也尽量不要靠近，因为这些尸体的颜色不正常，很可能携带病毒。”说完戴上口罩走开了。

这时一个年轻的男同事走过来，问陆晓琦：“你怎么样，要不先回家吧？”

陆晓琦反问道：“你觉得这儿到底发生了什么？”

同事挠了挠脑袋，皱着眉头，憋了半天说：“人吃人。”

陆晓琦点点头，接着同事的话说：“他们都被困在这里，我猜低年级的男学生是最先被处决，然后变成食物的。”

同事没想明白：“为什么？”

“因为树上的尸体都是还未发育完全的男性。”

“你能看到了？”

陆晓琦也不想跟同事解释太多，随口道：“是啊，而如果处理尸体，肯定要远离活人聚集的地方，也就是教学大楼。”

同事抿抿嘴，继续问：“可他们为什么要将尸首吊起来，甚至教学楼里……”

陆晓琦摇摇头：“我不知道，或许是某种迷信吧。”

二

郑梓龙今年二十三，没读过大学，从小总说自己能看见妖魔鬼怪之类的东西，被周围人排挤。但不知什么原因，上初中之后，他就失去了这种能力。前不久他在家乡遇到个女人，自称是什么影视公司的，说就他这长相、这身高，绝对能当个模特或是小鲜肉明星什么的，给他出了车票钱，让他来平津。

车站的人很多，正好是出站高峰期，人挤人的。郑梓龙被撞了一下，也没看清撞自己的人，只觉得后脖子稍稍疼了一下，也没太在意。

刚出车站，郑梓龙个儿很高，长得又帅，虽然衣服土点儿，依旧鹤立鸡群，旁边的女性无论年纪大小，都得朝他瞄两眼。郑梓龙以为自己脸上沾了什么东西，便走到旁边的麦当劳，朝暗色玻璃上的自己瞅了瞅。

这时，麦当劳里一哥们儿敲了敲郑梓龙面前的窗户，意思让他进来，于是郑梓龙拖着行李走了进去。叫他进来的是个三十多岁的短发大哥，戴着金链子，上下瞅了瞅他，说：“郑……”他估计是不记得郑梓龙的名字了，半天没说出第二个字。

郑梓龙赶忙说：“是我，我就是郑梓龙，你是来接我的吗？”

“我叫高沈，就是来接你的。”说着高沈朝郑梓龙身后的皮箱望了望，“就带了这么点东西？”

郑梓龙露出大男孩般的微笑：“是啊，柔姐跟我说不用带太多行李，到这边给我买。”

高沈露出有些轻蔑的神情，说：“是吗？柔姐对你可真好，你小子有福了。”

郑梓龙似乎没感觉出高沈的恶意，附和着笑了笑，问：“我们接下来去哪儿？”

高沈指了指另一头：“一会儿坐车走。”

“一会儿？”

“还有几个哥们儿要一起。”高沈看了看表，“我们还得在这里等一会儿。”

接下来，两人在麦当劳里等了足足有两个钟头，才将四个人凑齐，郑梓龙开始感受到事情并不像自己想象的那么轻松。

和他一起被高沈接上的是一个男生和一个女生。女生叫冯雪，是妖艳型的，在下火车之前还化了浓妆，上车之后她问高沈：“咱们宿舍在哪个位置啊？热闹不？”

高沈笑了笑：“想找热闹的地方？跟哥住啊，哥天天让你热得不行。”

听出高沈在调戏冯雪，郑梓龙有些不悦，但也没说什么，依旧看向窗外。不过让郑梓龙没有想到的是，冯雪不光不在意，还抓着高沈的胳膊摇晃了两下，拉长音问：“哥，到底是哪儿啊？”

“你们到了就知道了，打听什么？打听你也不知道在哪儿。”

看高沈始终不想透露，郑梓龙内心感到一丝不安。但随着车速越发缓慢，平津特色——堵车让每个人都疲惫不已，大家也不再多问，渐渐都睡去了。

一阵车门拉动的声响过后，高沈呵斥道：“都给我醒醒，到地方了。”

郑梓龙睁开疲惫的双眼向外面望了望，只见几栋高耸的大楼矗立在周围。他拖着行李下了车，在高楼的正下方仰头看，楼真高啊。这楼的窗户很密，一层挨着一层，还十分脏，有些黑漆漆的，和路上的其他公寓大楼一比，不得不说有些阴森诡异。

就在向上望的时候，郑梓龙突然脱口叫起来：“妈呀！”

其他人都望了过来，见郑梓龙指着高处的某一扇窗户。

郑梓龙刚才隐隐约约看见一个人影吊在窗户上。他以为自己小时候的病症发作了，仔细看去，才发现那扇窗户上像人影的东西，不过是卡在防盗窗上的黑色塑料袋，被风吹着不停地动。

高沈不耐烦地说：“叫唤什么呢？”

郑梓龙赶紧解释说：“我看错了。”

冯雪打量着小区牌子，问高沈：“小丰里，我们就住这儿？”

高沈抽着烟，指着脏兮兮的大楼说：“看到没，柔姐对你们可真好，我当初跟着她打拼时都住地下室，你们一来平津就有高级公寓住。”

听了这话，其余两人都喜笑颜开，郑梓龙却有些奇怪，难道他们没发现这栋楼和其他的公寓比起来，外观简直脏极了吗？

这时，几个大妈搬着小马扎坐在了公寓的入口处，自然而然打量着郑梓龙以及他身边那位正在搬行李的姑娘，窃窃私语起来。

被人这样议论，郑梓龙感觉到不自在，转身看向别处。

高沈冲他呵斥道：“干什么呢？大老爷们儿不帮忙搬行李啊？”

冯雪还适时地补了一句：“绣花枕头。”

拎着行李进入公寓内部，满墙的小广告几乎让人看花了眼，接着坐电梯来到高层，高沈打开一个房间的门。一进去，几个人就有点傻眼，屋子不小，但三个人转了一圈，只在里面的卧室发现一张双人床，外面墙边立着一张简易床，连个冰箱都没有。郑梓龙更发现房子的高度有些偏低，以他这样的身高，伸手居然能直接碰到天花板。三个人互相看了一眼，不知道该怎么开口问高沈。

高沈指了指窗外，笑道："不错吧，这里风景可好了，对面就是几十万一平的红磨坊山庄，你们整天看着那边富人进来进去，肯定会更努力地赚钱。"

郑梓龙看其他人都不愿意开口，便问道："沈哥，难道我们三个人都住这里吗？"

高沈眯着眼看向郑梓龙，点点头说："是啊。"

郑梓龙说："可有一个姑娘……"

高沈夹着烟，指了指郑梓龙和另外一个男生："你们俩可给我老实点，这姑娘要出了什么问题，老子第一个过来削了你们。"

郑梓龙有些犹豫地说："这……不太好吧。"

高沈不耐烦地指了指冯雪："有什么好不好？你问问她愿不愿意住在这儿。"

高沈横眉立目的，冯雪一下就怕了，不说话。

郑梓龙也只能接受这个现状，但他还是问道："可这里只有两张床。"

"你们自己商量去！"说完高沈推了郑梓龙一把，走向门口又回头道，"明儿早上，我会开车来接你们去工作，都给我精神点。"

三个人还没开口问是什么工作，高沈就将钥匙放在一旁的桌子上，甩门走了。

三个人愣了一会儿，随即开始各自收拾行李。里面的房间给女孩住，外面一张简易床则给那个叫郝云的男生，郑梓龙决定出去看看，能不能再买张简易床什么的。不过他还没来得及打开行李箱，冯雪便走出卧室，说：“你俩能过来帮我看一眼吗？”

“怎么了？”

冯雪指着卧室说：“那玩意儿破了，得修上吧，要不晚上透风。”

郝云和郑梓龙一起来到卧室，原来是窗式空调周围的木板已经烂了，被卸下来横着放在一旁。郝云拿起来看了看，回头问郑梓龙：“这玩意儿恐怕是装不上了。”

郑梓龙双目圆睁，他竟然看到窗外有一个吊死的人……

看郑梓龙愣在原地，郝云问：“你又怎么了，别一惊一乍的。”

郑梓龙感觉自己的毛病又犯了，急忙低下头不去看那尸体，建议道：“用胶带先粘上呢？”

郝云点点头：“也只能先这样了，你们谁有胶带？”

冯雪和郑梓龙都摇摇头，郑梓龙说：“我一会儿下楼去超市买东西时顺便买了。”

郝云嘱咐说：“要那种宽的，大的。”

郑梓龙点点头，冯雪插话说：“干吗一个人去？我们来了平津聚在一起，也算缘分，不如一起去吃饭，再喝一杯庆祝一下？”

两个男生都不是那种能说会道型的，有些不好意思，但也没拒绝。

冯雪说：“那就这么说定了，收拾完行李，咱们就去吃饭。”

冯雪是女生，大家便照顾她的口味去了附近的串串香。取完串，几人随即开吃。冯雪瞅了瞅郑梓龙，露出一抹坏笑：“你和柔姐是什么关系？”

郑梓龙瞥了眼冯雪，觉得对方这话不怀好意，回道：“你什么意思？”

冯雪耸耸肩说：“就问问嘛，大家伙儿不得相互了解一下？”

郑梓龙盯着冯雪：“我和柔姐没什么关系，但我想高沈或许就快和你有关系了。”

冯雪本来妖娆的笑容一扫而空，反问：“你这话什么意思？”

郑梓龙毫不退让：“你知道我什么意思。”

郝云为了化解这剑拔弩张的气氛，赶紧建议道：“想互相了解，就先自我介绍一下吧，我叫郝云，来自大连。”然后看向郑梓龙和冯雪。

郑梓龙率先说：“我叫郑梓龙，陕南人。”

冯雪铁青着脸，盯着郑梓龙说：“我叫冯雪，河南人。”

郝云赶紧举起酒杯说：“来来来，大家别生气了，先干一杯吧。”

郑梓龙和冯雪没好气地举起酒杯，三人碰杯之后将酒一饮而尽。

饭后，三人在附近找了一圈也没找到卖简易床的，便回了小区。回到房间，郝云拎着一袋饮料直接去了厨房，可他刚一进去，就发出了一声惨叫。

“啊啊啊！”

听到声音，郑梓龙第一个奔向厨房，看到眼前的景象顿时呆住了，郝云正坐在地上不断发抖，冯雪也走过来，吓得立刻叫喊起来。厨房的窗户上，竟然搭着一个人……或许是一具尸体。

看到两人的反应，郑梓龙知道眼前的尸体并不是幻觉。他走上前，朝窗户外面的烟道看，似乎没有人望向这边。他又朝上面看看，难道是上面楼层的人将这个人扔下来，正巧砸在了厨房的窗户上？

郝云问："我们是不是该把他推下去？"

郑梓龙心里也慌得要命，觉得这时也没别的办法了，刚要动手推，却见斜上方的一扇窗户处，一双眼睛正狠狠地盯着自己。

郑梓龙和对方对视了一眼，对方随即离开了。郑梓龙觉得自己不能把尸体推下去，他想了想，将尸体拽进了屋。

另两人看他这动作一时间没反应过来，过了一会儿冯雪冲他叫道："你干什么啊？！"

郑梓龙说："斜上方那户看到了，应该是个女的。"

郝云已经吓得哆哆嗦嗦，根本说不出话来。

郑梓龙将尸体放在地上，翻过来正面朝上，死者睁着双眼，显得格外吓人。他摸了摸这人的口袋，翻出钱包，里面空无一物，什么身份证件都没有。

冯雪问郑梓龙："你觉得是怎么回事？"

郑梓龙摇摇头："我不知道，但如果是劫财，他的身份证件都去哪儿了？一般凶手不会拿这些东西。"

冯雪很紧张，喘着粗气问："我们是不是该报警？"

郑梓龙有些迟疑："现在尸体就在咱屋，要是警察来了，我们怎么说啊？"

郝云也慢慢起身，说："我看不如先跟高沈联络一下，他是本地人，又混得开，他一定有主意。"

冯雪赶忙附和道："是啊，他一定能帮我们摆平这事儿。"

郑梓龙也没什么主意，点点头问："谁打电话？"

郝云没动作，冯雪直接掏出手机，给高沈拨了过去。

不久，敲门声响起，郑梓龙蹑手蹑脚来到门边从猫眼向外望去，外面正是高沈。他拉开门，将高沈迎进屋，见对方手中推着一个大皮箱，看起来是准备塞尸体的，于是问："高大哥，我们真要这么做吗？"

高沈瞪了一眼郑梓龙，说："你还有别的好主意吗？"

郑梓龙犹豫了一下："我觉得我们还是联络警察吧，他们不会平白无故冤枉我们的。"

突然高沈抬脚将旁边的椅子踹翻在地，冲郑梓龙吼道："从最开始我就看你不顺眼了，去报警啊！去啊！就你们几个穷光蛋，惹上官司和麻烦，一个也跑不了，别说当明星了，都得给我进局子！刚一来就给我惹了这么大的麻烦！"

大家都默不作声，他们人生地不熟，现在只能听之任之。

高沈看向其他两人，问："东西呢？"

冯雪指了指厨房，高沈对郝云说："别愣着，来帮我。"郝云只好推着箱子和高沈一起进了厨房。

冯雪扶起椅子瘫坐在一旁，郑梓龙觉得事情很蹊跷，也跟到厨房门前，只听郝云说："高大哥，你认识这人吗？"

高沈停下手上的动作，盯着郝云："你小子说什么？"

郝云不太机灵，又问："我问您认识这个死者吗？"

高沈拿起一旁桌子上的铁锅就砸在了郝云的脑袋上，郝云被砸得直接坐在了地上。高沈走到郝云面前，俯视着他说："你他娘要再胡说，别怪我把你脑袋瓜子开了瓢！"

郝云捂着被砸破流血的额头，赶紧应承道："嗯嗯，我不敢了，以后不敢了。"

高沈踢了一脚郝云说："快给我起来干活！"可看着尸体，郝云站也站不起来了。

高沈瞥见厨房门口的郑梓龙，命令道：“这小子废了，你来帮我。”

郑梓龙走过去，也不多说，帮着高沈将尸体装进了皮箱。接着郑梓龙和冯雪跟着高沈来到楼下，高沈问：“会开车吗？”

郑梓龙其实会开，但听高沈这么问，便摇摇头说：“不会。”

冯雪也赶紧摇摇头。

高沈啐了口痰：“两个废物，把箱子放进去后都上车。”

郑梓龙和冯雪不安地相互看了一眼，但高沈的命令已经下了，也只能硬着头皮将箱子搬进车，之后坐了进去。

可就在上车的一瞬间，郑梓龙看到汽车后排的座位上，竟然有一具尸体！而那尸体的模样，竟然和自己装进箱子的一模一样。

“你怎么了？”冯雪问。

郑梓龙朝冯雪看去，只见她毫不介怀地上了车，就坐在那具尸体的位置上，一瞬间竟然和尸体重合在一起。郑梓龙使劲眨了下眼，尸体又消失了，他当即明白，自己又出现幻觉了。可是，小时候看到的所有尸体虽然是幻觉，但它们都曾经真的存在过，从死法到位置，自己每次看到的实际都真的存在过，难道这具尸体……本来是在这辆车里，之后再趁大家去吃饭之际，被搬到了公寓的厨房里？

三

“薛老，让我去吧。”陆晓琦从旁边的同事手里接过防毒面罩，“你知道这里只有我看不到那一切，所以只有我才能进去找到我们想要的资料。”

薛老想了想，看着陆晓琦说："这可不是闹着玩的，你看不到那些东西，不代表那些东西不存在。"

陆晓琦说："我看那些法医根本不打算将尸体带回去化验，恐怕上面的意思是想先封锁这里，看看情况的发展，以后咱们能不能接近这里都说不好，必须趁现在找到线索。"

薛老瞥了眼远处几个省里来的"领导"，靠近陆晓琦，沉着脸说："进去之后如果感到任何不适，一定要第一时间逃出来。"

将防毒面罩戴上，陆晓琦毫不犹豫地走向教学楼。薛老和其他同事则站在原地为她打掩护，目送她走入那满是尸骸的走廊。

陆晓琦既看不到也没有任何触感，只见走廊里空荡荡的，面前就是一道通往二层的楼梯。她觉得资料室一般都在一层，便没有向上走，拿出手电照着朝左边走廊的深处走去。

很快便找到了教导处，陆晓琦推门而入，拨了拨电灯开关，没反应，肯定是没电了。她走到桌边翻了几下文件夹，又走到柜子前，柜子锁着呢。她也不客气，拿出手枪，用枪托直接将小锁砸了下来，接着打开，一阵灰尘扑面而来，但都被防毒面罩隔开了。

陆晓琦将资料拿出来，可隔着防毒面罩很难看清楚上面到底写了什么。她想了想，猛地深吸一口气，一把便将防毒面罩摘了下来。接着她看向四周，没有闻到任何异味，也许空气里并没有毒气。

不管那么多了，陆晓琦赶紧查阅手中的资料，但在看到资料上写的年代时，她愣住了。她将柜子里的其他资料全抽出来，看到最后不由呆住了，因为资料显示，最后一届毕业生的时间居然是三年后。

陆晓琦赶紧继续翻看，想知道是不是写错了，可名册上面列出了未来三年的学生名单，看起来不像是写错了。她感到一丝凉意和害怕。

放下资料出了教导处，她顺着楼梯来到二层。二层要比一层稍微明亮些，一个房间写着校长室，她推门而入。墙上挂着照片，在一群学生和老师中间坐着一个中年男人。或许他就是这里的校长，因为所有照片里，只要有这个中年男人出现，他就必定出现在核心位置。

陆晓琦走到办公桌旁，翻开一份文件，上面有一个签名，叫董路，或许就是这位校长的名字。突然之间陆晓琦想到了什么，伸手将兜里的手机掏出来。

她后退了两步，深吸一口气，有些犹豫地举起手机，朝校长的办公桌看去。刹那间，她的右手不自觉地颤抖起来，只见手机镜头里，周围虽然没有吊着的尸体，可那位校长就坐在椅子上，而办公桌上居然还横躺着一具女性尸体。

陆晓琦赶紧把手机放下。她不敢再直视这可怕的景象，几步走到窗边，也不敢打开窗户，而是望向外面自己的同事。她不懂为什么自己看不到这些东西。缓了一会儿，陆晓琦又回过头，觉得有些蹊跷：如果这些尸体真的存在，自己为什么摸不到？其他人能摸到吗？

她战战兢兢地再次抬起手机，仔细看办公桌上的女性尸体，突然发现女尸的后背似乎压着一本像账册或者笔记本一样的东西。她不自觉地伸手去拿，却突然发现自己的手明明已经进了摄像机镜头的拍摄范围，可并没有拍到手！她吓得赶紧将手收回来，看了看，自己的手完好无缺地就待在腕子上。

陆晓琦一头雾水，但她还是再次将手伸向那个日记本，将其抽了出来。她将笔记本打开，里面记载的只是这位校长的一些癖好和日常生活，但日记只写到了第79页，而在第80页上，没有按照日记本的格式继续写，只标注了四个大字：“封锁”“病毒”。

就在这时，陆晓琦听到外面有汽车的声响。她从窗户向外看去，只见数辆吉普开了进来，紧接着很多穿黑衣、持步枪的士兵下了车，极有气势地朝教学楼这边走来。陆晓琦感觉有些不对劲，赶紧照了几张日记及周围的照片，出了校长办公室，下楼之后迅速跑出教学楼，来到薛老他们跟前。

薛老还没来得及问陆晓琦这边发现了什么，那些士兵已经走过来，其中一个带头的对薛老说："我们来接管这里，你可以带着你的人走了。"

薛老有些吃惊，问："你们是什么人，什么叫我可以带着我的人走了？"

"就是你听到的意思，好了，快走吧。"说着这人便用手势驱赶陆晓琦他们离开。

陆晓琦说："我们从没有接到通知说有人要来接管这个现场。"

带头的士兵说："现在你知道了。"

陆晓琦还想争辩，但薛老知道对方是正规军，便赶紧阻止她。"既然是上头的命令，好的，我这就收队。"说着薛老回过身对大家说，"走了走了，这没我们的事了。"

陆晓琦很不情愿，但薛老发话，代表这事基本没有回旋余地了，只好跟随大家一起离开。

晚上，警局里。

陆晓琦坐在办公桌前，不停地敲击着键盘，薛老拿着水杯坐在一旁，也盯着电脑屏幕。

陆晓琦停下来，有些失落地说："资料显示，本省从来没有过这所学校，在局级和处级的干部中，也没有找到这个叫董路的人。”

薛老问：“用照片搜索呢？你昨天不是照下他的照片了吗？”

陆晓琦点点头，将手机里的照片上传到了电脑上。

就在这时，办公间走进来几个人，其中一人是从省里来的那个戴眼镜的官员，他叉着腰看着大家，最后将视线锁定在薛老身上。

薛老走过去，只见官员身旁的人手上拿着一沓文件。官员比了个手势，旁边的人便将文件递给薛老一张。薛老没说话，看了一眼当即明白了，这是一份保密协议。

薛老和官员走出办公间来到走廊上，说：“这恐怕不符合规矩吧？”

戴眼镜的官员说：“老薛，特殊情况得特殊对待。这次的事情太大了，省里决定先查明真相之后再对外公布，以免引起恐慌，所以希望局里的大家伙儿能配合。”

薛老有些为难地说：“可这上面写的似乎是不打算再查下去了，让我们守口如瓶，你突然来这么一出，让我怎么向大家交代啊？”

办公间里，大家已经议论纷纷：“什么事儿？”“是省里那个人。”

陆晓琦觉得事情有些不妙，赶紧将一个U盘插在电脑上，将那些照片复制过去，随即将U盘拔下来放进身旁的包里。

这时薛老从外面回来了，手中拿着一沓文件，一边招呼道：“来，小刘，帮我把这个发一下。”

陆晓琦背着包走上前接过一张文件，瞥了一眼，对薛老说：“你确定我们要在这上面签字？你真的打算就这么放弃吗？那可是上千条人命。”

薛老耸耸肩：“正因为事情太大了，我们才要谨慎再谨慎。”

陆晓琦突然低声问：“外面有人守着吗？”

薛老有些吃惊地低声问："你要干吗？小陆，为了你的前途着想，你可别乱来。"

陆晓琦却依旧自顾自地说："我打算凌晨再去一趟那所学校。"

"你疯了吗？"薛老盯着她，"那里没准还有特警什么的守着，你根本进不去。"

陆晓琦低声道："那所学校左侧有个山坡，我想可以从那里翻过去。"

"可你不是说你拍不到照片上那个女尸身下的东西吗？"

"我再去找找别的。"

薛老想了想，无奈地说："好吧，好吧，晚上我跟你一起去。不过胡闹就限这一次，我可不想自己的退休金泡汤了。"

陆晓琦毫不犹豫地说："那一点钟，学校西侧的山坡上。"

薛老提高了音量，催促道："签好文件，赶紧回家休息吧。"

将文件按在墙上，陆晓琦从旁边的桌上随手拿起一支笔就签完了，交给薛老后迅速出了办公间。

她来到走廊上，就见其中一侧已经有几个穿着好像特警的人在检查来来往往的同事的包。她忙将U盘从包里拿出来，塞进了上衣的文胸里，然后径直朝那几个检查的人走过去，问："这是怎么了？干什么呢？"

检查的人抬起手示意陆晓琦停下来："女士，请打开你的包。"

就在这时，居然有一名女性检查人员走了过来，陆晓琦直觉不妙，如果是女人，没准敢搜身，那藏在文胸里的U盘就……

这时薛老走了过来，说："她可是我们这里的警花，今天肚子不舒服。"

检查人员说："那也得检查。"

薛老笑嘻嘻地说："小陆，你赶紧把包打开给人家看看。"

陆晓琦便走过去，拉开书包的拉链，将里面展示给检查人员看。薛老就在后面站着，碍于他的面子，检查人员也就翻了翻包，没搜身便放陆晓琦过去了。陆晓琦也没敢回头看薛老，赶紧离开了警局。

坐上公交，她的心依旧怦怦直跳，有些后怕。

四

汽车开了很久，周围已经见不到任何的高楼，天空也是黑压压一片。

郑梓龙看了眼表，已经快十二点了，他却没有一丝困意。身旁的冯雪也紧张得不行，双手交叉攥着，紧盯着窗外。高沈在开车，一直没说话，冯雪和郑梓龙也不敢问到底要去哪儿。汽车就这样行驶在一条不知名的道路上。

又经过一段时间的颠簸，高沈将车停下了。郑梓龙和冯雪对视一眼，只听高沈说："都给我下车，把东西也搬下去。"

拉开车门，郑梓龙将装有尸体的行李箱搬下来，他的眼睛一直死死盯着高沈，生怕他做出什么意外之举。

只见高沈从车里拿出两把铁锹说："你们俩一人一把，在这儿把人给我埋了。"

郑梓龙不希望他和冯雪埋人时高沈在一旁闲待着，便说："沈哥，冯雪是个女生，恐怕干不来这力气活吧？"

高沈狠狠瞪了一眼郑梓龙，冯雪有些害怕，赶忙说："我没问题，我没问题。”

郑梓龙明白，如果这具尸体真的曾经出现在车里，那说明这是高沈做的局，想要将这件事栽赃在自己和其他两个人身上，他一定不会让自己和冯雪就这么简单地回去。

高沈冷笑道：“人家姑娘都这么说了，你还愣着干吗呢？”

郑梓龙没说话，拿起铁锹，找了路边一块松软的土地挖起来，冯雪也赶紧跟过去。

十几分钟后，郑梓龙回头看了看，见高沈正坐在车里玩手机，并没有看向自己这边。他突然抓住冯雪的手，然后对她比出嘘的手势。冯雪不明所以，吃惊地看着郑梓龙。

郑梓龙低声说：“这没准是他做的局。”

冯雪皱皱眉，问：“你有什么证据吗？”

郑梓龙觉得如果跟冯雪说自己能看到鬼怪之类的东西，她一定会以为自己疯了，于是说：“我在车的座椅上看到了血迹，被高沈抹了一把擦掉了。人很有可能是他杀的，也是他搬到我们公寓里的，否则尸体怎么会刚好落在我们的窗户上？”

冯雪听了郑梓龙的话有些慌，一把拉住郑梓龙的胳膊问：“真的吗，你真的看到血迹了？”

郑梓龙点点头：“那个皮箱也很蹊跷，我们明明没有和高沈说这人的身高体重，他却拿了一个正合适的箱子来。”

冯雪越发认同郑梓龙的话：“对，对，我当时给他打电话，他并没有询问任何关于尸体的事儿，连尸体是男是女都没问……”

就在这时，高沈似乎听到了郑梓龙和冯雪正在嘀咕什么。他冷冰冰地望向两人，接着从一旁副驾驶座位下拿出一把刀，别在裤腰后面，用上身衣服挡住了。

郑梓龙对冯雪说："我们不能两个人都背冲着那家伙，你去旁边歇歇，盯着他点，我再继续挖会儿。"冯雪点点头，拎着铲子走到一旁，显得气喘吁吁。可她刚望向汽车那边，就见高沈下了车朝这边走来。

为了让郑梓龙注意到高沈在接近，冯雪赶紧开口道："沈哥，我实在挖不动了，能歇会儿吗？"

高沈没好气地说："给死人挖坑你也敢歇会儿？"

郑梓龙回过头帮冯雪："沈哥，我一个人来也没啥问题，再有半个小时绝对把坑挖好，您赶紧回车里歇着吧。"

高沈打量了一下郑梓龙，觉得他好像突然会说话了，点点头，对冯雪说："你也回车上吧，上面有椅子，多舒服。"

听高沈的语气有点不正经，冯雪知道高沈可能没打什么好主意，便说："没事，我歇两分钟，马上就去挖。"

高沈的语气又变得冰冷起来："好，我在这里看着你们挖，你们没准还能干得快点。"

郑梓龙心里咯噔一下，忙看向冯雪，冯雪赶紧说："您不用看着，这点事儿我们还能干不好吗？"

高沈突然恶狠狠地怒斥道："别他娘废话了，赶紧给我挖！"

冯雪被吓了一跳，赶紧拎着铲子走向郑梓龙。

高沈发现郑梓龙正直勾勾地盯着自己，骂道："你小子瞅什么瞅？！"

郑梓龙想要反抗，冯雪拉了他一把："别这样。"郑梓龙心想不如这时就跟高沈摊牌算了，趁着面对着对方，手里还有把铁锹，可冯雪又拉了一把郑梓龙，说："怎么了你，还想干吗？赶紧来挖。"

郑梓龙依旧一动不动地盯着高沈。冯雪赶紧放下铁锹，又去拉高沈，说："沈哥，走，这傻小子不知天高地厚，我陪你去车里坐会儿，消消火。"

听冯雪这么说，高沈露出一丝有些猥琐的神情问："怎么消消火？"冯雪笑了笑，曲意奉承道："你说呢？"高沈笑得越发淫邪，冯雪拉着高沈就往车那边走。

郑梓龙有些气不过，他从没想过自己需要一个女人来帮着解围，还不如上去一铲子将高沈撂倒，然后再报警让警察抓高沈呢。

高沈和冯雪刚钻进车里，就听冯雪喊："沈哥，不要，不要！"郑梓龙再也忍不住了，赶到汽车旁，一把拉开车门，只见高沈压在冯雪身上，正打算扒她的衣服。郑梓龙举起铁锹当即就砸了下去。冯雪惊叫起来："啊啊！"

郑梓龙没敢去砸高沈的头，高沈虽然后背很疼，依旧立即翻过身来，一把攥住了郑梓龙的铁锹把手，接着向前使劲一推。郑梓龙虽然高，却有些瘦，脚下没站稳，被推得一下坐在了地上。高沈将抢过来的铁锹扔到一旁，从背后抽出了砍刀，指着郑梓龙说："你小子疯了，敢拿铁锹砸老子？今天不把你剁了，我就不叫高沈！"

郑梓龙被吓得站不起来，不断向后挪动。这时，冯雪悄悄拿起铁锹，到了高沈背后，照着他的脑袋就抡了上去。高沈应声而倒，砍刀掉落在地。冯雪赶紧拿起来，先是盯着躺在地上的高沈好一会儿，见他没有任何动静，便又看着郑梓龙，恶狠狠地说："我是为了救你！我是为了救你！"

郑梓龙不知道冯雪拿砍刀指着自己是什么意思，赶紧道："我知道，我知道。"

冯雪又望向高沈，声音有些颤抖地问："他死了？他死了，对不对？"

郑梓龙走过去，想要安抚颤抖的冯雪，可冯雪挥舞砍刀逼退了他："不要接近我！"

或许是因为从小看过的尸体太多了，郑梓龙这时显得非常沉着，他一边慢慢接近冯雪，一边劝道："冷静点，冷静点……"待离得近了，他一把将冯雪搂进怀里，再慢慢将她手中的刀拿过来，扔到一旁，继续安慰说："没事了，没事了。"

冯雪双目圆睁，紧紧抱着郑梓龙。郑梓龙清晰地感受到了她指尖传来的颤抖。

五

凌晨时分。

陆晓琦来到学校附近，借着山里明亮的月光，拿望远镜仔细观察，却并没有发现任何看守的踪迹，白天那些穿着像特警的士兵去了哪儿?

放下望远镜，陆晓琦看了眼表，和薛老约定的时间马上就要到了。突然，她的手机震动了一下。她打开看了一眼微信，是薛老发来的："小陆，你在吗？"

还没等陆晓琦回复，薛老又发来一条信息："我看到手机的亮光了，你别动，我马上就去找你。"

不久身后传来脚步声，陆晓琦知道是薛老，便将望远镜递过去：“薛老，事情有点不对头啊，那些守卫都不见了。”

薛老接过望远镜看去：“还真看不到人了。”突然他浑身一激灵。

陆晓琦赶忙问：“怎么了？”

薛老放下望远镜，揉了揉眼睛，又望向学校，嘴里不断地念叨：“怎么可能，怎么可能……”

“你看到什么了？”

薛老也不答话，突然从遮挡两人的树木后面走出来，径直朝学校而去。陆晓琦倒吸一口凉气：“你干吗啊？！”

薛老来到学校门前，伸手就将大门推开了，像疯了一样地跑进去，打开手电筒四处寻找着什么。陆晓琦也赶紧跟进来，她本就看不到那些尸体，自然不知道薛老到底在找什么，只能过去拽住薛老着急地问：“薛老，你到底怎么了？”

薛老仿佛看到了什么更可怕的景象，断断续续地回答道：“这里……这里的尸体都去哪儿了？”

陆晓琦突然明白了薛老的意思。她赶紧举起手机，朝那棵本来吊满尸体的树照了过去，可这次在手机的屏幕上，她再也看不到任何尸体，那棵树上空空如也。

“人呢？！人呢？！”薛老大叫道。

陆晓琦不信这么短的时间内能搬走所有尸体，赶紧跑向教学楼。

推门而入，再举起手机，陆晓琦发现走廊上的尸体全不见了，地面上也没有任何搬运的痕迹。她急忙来到二层的校长室，拿起手机对准办公桌和椅子，可这一次，没有女性尸体，桌面上也根本没有之前所看到的日记本。

陆晓琦也震惊了。守卫，尸体，甚至连那个笔记本都在短短几小时内消失无踪，是那些特警干的吗？但地上或者墙上，一丝拖拽或者搬运的痕迹都没有。

这时薛老也走进教学楼，举着手电筒，呆滞地看着走廊。没有味道，没有痕迹，没有尸体，白天这里明明……

陆晓琦走下楼，看着薛老摇摇头。

薛老问："你说的那个笔记本呢？"

"也没了。"

"一切就这样凭空消失了，甚至连白天那可怕的味道都一并消失了，在这么短的时间里，真的能清理到这种地步吗？"

"我们昨天离开这里时是几点？"

"大概下午四点多吧。"

"到现在才不到十个小时，难道真的是被清理干净了？"

薛老苦笑："咱们省真有这么牛的处理团队吗？这里预估可有上千人，不动用军队和大批车队，完全不可能清理得这么快。我看了路上，根本没有卡车轮胎的痕迹，最上层都是这两天我们局里警车的胎印。"

"难道轮胎的痕迹也被清理了？"

"根本做不到。就算真的是他们清理了，又是为了什么？"

"不想让人找到证据，证明这里曾经发生过惨案？"

"就算那些离谱的假设都是真的，我也不认为一个省级干部能在这么短的时间内调动军队。"

陆晓琦拍拍额头："那我们应该怎么解释这一切？"

薛老沉默不语。

陆晓琦继续说："难不成是我们所有人发疯了？看到鬼了？"

突然，薛老用一种奇异的眼神望向陆晓琦："你并没有看到，对吗？"

陆晓琦有些奇怪："但我从手机里看到了。"

薛老说："你看到的不是那些尸体，而是手机屏幕。"

"你到底想说什么？"

薛老挠挠头，笑笑说："没什么，或许你才是对的，我们其他人都活见鬼了。"

陆晓琦和薛老又在学校和周边做了一番调查，没有找到任何痕迹，倒是昨天白天他们的脚印以及警车的胎印都还在，也没有被覆盖。之后两人各自开车返回市区，陆晓琦点燃一根烟，将车窗摇下来，有些迷茫地盯着正前方略显漆黑的道路，心中难掩疑问：这一切到底是怎么回事？该不该把所看到的一切向别人透露呢？应该带更多的同事来这里确认吗？

回到家，陆晓琦辗转难眠，一早她就坐公交来到警局。刚好在走廊里看到薛老，她赶紧上前低声问："薛老，你觉得我们该把昨晚上的情况跟其他人说说吗？"

薛老一脸困惑，皱着眉头问："小陆你说什么？"

陆晓琦建议道："我觉得我们应该再找其他人去证实一下。"

薛老问："证实什么？"

"当然是学校的事儿了。"

薛老一脸不解地说："学校？什么学校？"

陆晓琦突然感觉哪里不对，盯着薛老说："就是昨晚你说你家孩子在学校被打的事情啊，你还问我，怎么跟青春期的孩子谈话呢。”

薛老挠着头，赶紧让陆晓琦压低声音：“别这么大声。你说什么呢，你可是咱局里的警花，我怎么可能大晚上给你打电话咨询孩子的事？你是不是喝酒了？是别人吧？”

看薛老那眼神，分明不像在装傻，陆晓琦十分惊愕，赶忙露出一丝笑意：“跟你开个玩笑而已，昨晚我是喝了不少，现在还头疼呢。”

薛老点点头：“我就说嘛。不过小陆，这类玩笑我这个年纪可是开不起了，万一被同事误会，我这形象可就完了。”

陆晓琦点点头：“没问题，我以后不会了。”

这时一名女同事走过来，说：“晓琦，昨晚的局有好几个大帅哥去。你要在场，没准就搞定男朋友了！”

陆晓琦有些奇怪地问：“你约我了吗？”

女同事回答说：“当然，我给你打了好几个电话呢，都说正在通话中。昨晚跟谁打电话呢，聊得这么起劲？”

陆晓琦一脸狐疑地掏出手机，发现竟然真有好几个未接来电，就是眼前的女同事打的。可她看了一眼时间，女同事打电话的时候，她正在开车，那时手机开着导航，如果真的有人来电，她不可能注意不到，那这些未接来电又是怎么回事？

女同事又问：“怎么，还有什么不能透露的？”

陆晓琦尴尬地笑笑：“没准是信号不好，我家那楼有点矮。”

“哦，不愿说就算了，下次再约。”说完女同事就走了，薛老也进了办公室，只有陆晓琦一个人呆呆地站在原地，完全不明白发生了什么。

之后整整一上午也没有新案子来，陆晓琦不安地坐在椅子上，不知道为什么所有人都忘记了那个学校的事情。正在发愣时，一只手按在了肩膀上，陆晓琦吓了一跳，赶紧回身去看。

“小陆，你怎么了？叫了你那么多声，你怎么没反应？”

陆晓琦定睛一看，是薛老，顿时松了口气：“怎么了，有案子？”

薛老露出笑容：“小陆，你要转运了，跟我来。”

六

将高沈和另一具尸体一同埋了，心有余悸的冯雪问：“我们该怎么回去？”

郑梓龙说：“不用担心，我也会开车，照着原路返回就行了。”

冯雪的脸色很不好看，郑梓龙将自己的外套披在她身上，说：“上车吧，我想一时半会儿不会有人发现这一切的。”

冯雪在郑梓龙的搀扶下才坐进汽车的副驾驶位置。郑梓龙握着方向盘，挂挡，踩离合，最后看了一眼掩埋高沈和那个皮箱的地方，便赶紧离开了。

车开到市里，冯雪问：“我们会不会明天就被抓起来？”

郑梓龙一时间没回答。

冯雪又问：“你怎么不说话？”

郑梓龙说：“我也不知道，或许吧。”

冯雪露出有些凄凉的笑容：“第一天，这才是我来平津第一天！”

郑梓龙说：“我也是，看起来高沈就是瞅准我们初来乍到，所以挖坑想让我们跳。”

冯雪捂着额头说：“为什么！为什么！我才二十一！”

郑梓龙瞥了一眼冯雪：“我们先回去，没准不会有人报案呢。”

冯雪脸色阴沉地说：“你不是说楼上有人看到了么？”

“我不确定，很可能是看错了。”

冯雪失神地盯着前方：“但愿吧。”

又过了一会儿，郑梓龙说：“快到了，你到时先下车，我去把这辆车处理掉。”

冯雪迟疑着说：“你是想一个人开着车逃跑吗？我是不会下车的。”

郑梓龙露出一抹苦笑：“逃跑？开着死者的车？我一定是疯了。”

冯雪沉默了一下，问：“那你准备去哪儿把这车处理掉？”

郑梓龙说：“我会找个空地，把车撂下之后就回来。”

冯雪指了指那些交通摄像头：“躲开这些。”

“我知道了。”

之后郑梓龙将车停在小丰里他们住的小区门口，等冯雪下车后便驱车离开了。

已是凌晨，小区开始有人进出，冯雪不安地左看右看。她生怕这些人打量自己，以最快的速度急步走向自己的一号楼。

坐上电梯，冯雪双手抱在胸前，不住地发抖。终于到了宿舍门口，她轻轻敲响房门，过了一会儿门被拉开，只见郝云攥着一把刀，不住地哆嗦。

进屋后冯雪问：“怎么样？这儿有没有什么情况？”

郝云摇摇头，问：“你们那边呢？那箱子……处理好了吗？”

冯雪点点头。

“那高沈和小郑呢？”

听郝云这么问，冯雪才想起忘了和郑梓龙商量到底要不要将杀死高沈的事情告诉郝云，不由出了一身冷汗，结结巴巴地说："他们俩去处理汽车了，待会儿就会回来吧。"

郝云疑惑："为什么要处理汽车？"

冯雪深吸一口气说："车上沾了很多血迹，那个箱子漏了，他们去找地方清洗一下。"

郑梓龙将车停在了城乡接合部的一个地方，可下了车他也不知道该怎么回去。看到几辆呼啸而过的出租，他也没敢伸手拦，就这样一直走一直走。走到天渐渐变为深蓝，他停下来坐在街边。这几天实在太累了。

一个卖早点的大妈推着车过来，看到郑梓龙眉清目秀的，便问："小伙子，这大早上的你怎么在这儿坐着？"

郑梓龙抬起头，脸色有些惨淡，浑身略颤抖。

大妈又说："小伙子，我给你做份早点吧，你吃了能暖和点。"

郑梓龙站起身："谢谢，不用了。"

直到天明。

"砰砰砰！"敲门声突然响起，宿舍里的两人惊醒过来。冯雪第一个起来走到门边透过猫眼向外望，接着一把拉开门，让门外的郑梓龙进来。

郑梓龙一脸憔悴，说："我先去趟洗手间。"

郝云不敢问，冯雪知道郑梓龙可能是走回来的，先让他休息整理一下思路比较好。

郑梓龙在洗手间里不断地将水浇在自己脸上，希望能清醒一些。

昨晚的一切像一场梦，虽然清晰，但回忆起来时又很吃力与痛苦。他用衣服袖子擦干脸，静静地坐在马桶上待了一会儿才出来。

郝云马上改了称呼，问：“郑哥，怎么样？”

郑梓龙说：“什么怎么样？”

郝云说：“那箱子啊，冯雪说漏了，血都流出来了，是真的吗？”

郑梓龙点点头，瞥了眼冯雪，明白她应该是没告诉郝云高沈已经死了的事，毕竟郝云跟高沈的死没关系，他其实和自己已经不再是一根绳子上的蚂蚱了，便回应道：“嗯，一切已经在沈哥的安排下弄好了。”

郝云又问：“那你说这事儿要东窗事发了，会跟咱们扯上关系吗？”

郑梓龙看向郝云：“你昨晚上摸了那尸体没？”

郝云眼神有点慌乱地点点头。

郑梓龙一屁股坐在旁边的椅子上，沉默了。

郝云赶紧过去问：“怎么了，哥？就摸一下，不至于吧？”

冯雪赶紧见缝插针说：“我比较担心高沈那边，如果出了事，他会不会诬陷给咱们仨？毕竟这房子是他找的，他也脱不了干系。”

郝云气愤地说：“当然了，那歪瓜裂枣的玩意儿，打扮得人五人六的，给咱找的宿舍，第一天就弄出这事儿来。”

郑梓龙突然呵斥道：“现在最该担心的不是高沈那边，是昨天晚上看到我将尸体拖进来的那个人！”

郝云马上点头：“对啊对啊，还有这么个人！”

冯雪问：“你知道他具体在哪层吗？”

郑梓龙说：“在我们楼上的楼上，厨房窗户外面左手边那一家。”

郝云看向其他人：“那怎么办？谁上去……打探一下？”

郑梓龙说：“难不成去问人家昨晚看到什么没有，自投罗网吗？”

冯雪看向郑梓龙："你当时看到的是男是女？"

"女的吧，那眼睛不像男人。"

时间就这样一分一秒过去了。郝云坐在那儿愁眉苦脸地说："这高沈怎么也不联络咱们啊？"

冯雪没说话，郑梓龙则呆坐在卧室里，透过那块坏掉的地方看着不远处的豪华山庄。他掏出一盒烟，点燃一根抽起来，心中有些感慨，不知道前方到底有什么在等着自己。

就在这时，宿舍的门被敲响了。几个人既吃惊又害怕，不知道是什么人来找。

冯雪第一个站起来走到门边，透过猫眼向外望了望，却没有看见什么人。她轻轻打开门锁，将门拉开一条缝，只见一个孩子举着个信封。冯雪伸手接过信封，那孩子登时跑开了。

冯雪没敢追上去问个明白，赶紧关上门，仔细看了看信封，只见上面写着："交给我昨天看到的那个小伙子。"

郝云慌了："这指的是郑哥吧！一定是昨天楼上看到我们那个人！这下可坏了！"

这时郑梓龙叼着烟走出来，一把将信封拿走，直接拆开来，信里写道："晚上十点钟，上来，你一个人。"后面是门牌号。

郝云说："对方就要郑哥一个人啊。"

冯雪端详了一下上面的字迹："像女人写的。"

郑梓龙拿着信沉默了一会儿说："如果我一个小时内没回来，你俩最好打包行李赶紧离开。"

郝云问："离开？去哪儿啊？"

郑梓龙说："去哪儿都行，反正赶紧离开吧，或者回老家。"

郝云有些不乐意地说："我才刚来平津……"

郑梓龙说："命重要，还是留在平津重要？"

晚上十点，郑梓龙按照约定去了，留下郝云和冯雪在房间里惴惴不安。可没过一会儿，他就回来了。

冯雪问："怎么样？那女人是什么意思？"

郑梓龙看向郝云："她想找你。"

郝云一脸困惑："为什么找我，郑哥？我跟这事没关系吧，她又没看到我，不是你把我给卖了吧？"

"卖了你？你值多少钱啊？她想要的不是钱，她想要的是……"说着郑梓龙上下瞅了瞅郝云。

郝云突然明白过来："你的意思这娘们儿不劫财，想劫色？"

郑梓龙点点头。

郝云笑了："怎么可能啊，郑哥？要论长相和身高，你这胜我太多了，怎么没看上你，看上我了？"

冯雪打量着郝云，觉得这小子突然眉飞色舞的，肯定偷着乐呢。她看向郑梓龙，只见他淡淡地笑着，不禁心跳一阵加速。

郑梓龙笑着说："你上去问问她不就知道了？"

郝云刚想答应，但看着冯雪，突然觉得自己是不是表现得有点色，便皱起眉头说："我觉得还是不好。她有老公吗？我一个大老爷们儿去找她，万一她老公回来了，还不揍死我？"

郝云想遮掩，却露了大馅，冯雪和郑梓龙自然听懂郝云已经不再担心这个威胁他们的女人了，而是担心自己会不会被抓。郑梓龙笑道：“她说她老公短时间内不会回来。”

郝云点点头：“那好吧，我去会会那个女的。”

郑梓龙说：“快点吧，她说十分钟之内要是没看到你，马上就会去警局。”

郝云看了眼表，嘟囔了一句：“那我得快点。”赶紧推门而出，上楼去了。

看着郝云急匆匆地离开，冯雪问：“那女人到底要干什么？她到底怎么说的？”

郑梓龙解释说：“她说她看到了将尸体放在那里的人，想要以报案作为威胁，让我和她上床。”

冯雪笑道：“你就和她上了又能怎么样？就算她说的是假的，我们起码可以拖住她，让她先别报案。”

郑梓龙说：“我肯定她说的是真的。”

冯雪一脸不解：“为什么？”

郑梓龙细致地解释说：“如果她没看到真凶，只看到了我搬运尸体，那她一定会认为我是凶手，很害怕才对。可她没有。刚才我和她独处一个房间，她身上就穿了件睡衣。”

冯雪盯着郑梓龙问：“那郝云是你透露给那个女人的？她知道我们这里有三个人？”

郑梓龙点点头，冷冷道：“我觉得没必要隐瞒。”

七

跟薛老来到他的办公室，陆晓琦问：“什么转运啊？”

薛老拿起一份调职通知书，递给陆晓琦。

陆晓琦接过来，有些疑惑地问：“这是？”

薛老笑呵呵地说：“平津那边可是提供了非常优厚的待遇，最好的单身宿舍，工资也能大幅度提高。”

陆晓琦一脸不解：“我是干了什么惊天动地的事情吗，怎么平津那边会找上我？”

薛老解释说：“是我推荐的，他们想找一个最精明能干的探员，你去了那边就是副处级待遇，这可是千载难逢的机会。”

陆晓琦觉得事情很蹊跷，那所学校里的尸体刚消失，大家又好似全体失忆，调职通知书就来了，于是问道：“我还是不明白，局里比我工作能力强的大有人在，你为什么会选我？”

“嘿，你这人还不接受捧是不是？你不是曾经想去平津那边，我一直记着呢，就给你报上去了。”

“那我能不去吗？”

“为什么？你在这边交男朋友了？”

“并没有，我只是对现在就去平津有点犹豫，实在太突然了。”

薛老起身走到陆晓琦跟前，低声说：“别犹豫了，这个机会太难得了。你要知道，我混了一辈子也就是个处长，你才多大，就能升到副处，还不赶紧抓住机会？你再瞧瞧咱局里这些歪瓜裂枣，也没有哪个值得你托付终身吧。”

听薛老这么说，陆晓琦很惊讶，因为薛老一直是个稳重的人，从没说过这样的话。

薛老继续说：“我给你几天时间思考吧，毕竟这事也不能强制。”

陆晓琦点点头，攥紧调职通知书。其实她内心一直渴望离开这个小地方，去平津那边闯荡，但如今机会来得如此蹊跷，又让她觉得这并不是凭自己的能力挣得的，这种纠结的想法让她格外焦虑。

夜晚回到家，陆晓琦将从所里带出来的U盘插在电脑上，却突然发现U盘里那些资料都消失了。她又赶紧打开自己的手机，照片上那些本来显现的尸体也都不见了踪影，学校内部照片上的景色也是一片空白。

陆晓琦不知道发生了什么，内心十分不安。她一个人越想越怕，难不成昨天睡着后，有人进入自己的房间，把一切资料偷偷抹去了？她不敢再一个人待着，便约了闺蜜张华华出来。

她们约在附近商务楼高层的一间酒吧，酒吧看着有点破旧，但是个老店了，酒也便宜。陆晓琦先到，找个靠窗的座位坐下，看着外面那一栋栋密集的高楼，和根本不算夜景的夜景。

这时穿着随便的酒保上前问："你要喝点什么？"

陆晓琦说："啤酒，嘉士伯的就行。"

"好的。"

不久，张华华来了，还带了个男伴。

陆晓琦赶忙起身问："这位是？"

张华华说："这是我同事，何大宇。他听说我今天要和一个帅气的女警见面，就让我带他来了。"

陆晓琦看着何大宇，觉得保不齐是张华华主动邀请他来的，毕竟这位闺蜜最近总吵着说要给自己介绍对象，她和对方握手："哦，你好，我叫陆晓琦。"

何大宇长相端正，穿着一身西服，身材也不错，露出的笑容也很自信，回应道："你好，我叫何大宇，这是我的名片。"

陆晓琦接过名片，一眼看去他确实和张华华一个公司，只不过职务要比她高不少，是个部门经理。

张华华坐在陆晓琦左边，让何大宇坐对面。她凑到陆晓琦耳边说："这回不错吧？"

陆晓琦回张华华："不错个鬼啊。"

何大宇瞥了眼桌上的啤酒瓶，问："这不才刚过约定的时间，你怎么喝这么多了？"

张华华附和道："对啊对啊，怎么回事啊？有心事？"

陆晓琦在何大宇面前有些难以启齿，但还是说："嗯。"

张华华关切地问："怎么回事？发生什么事了？"

陆晓琦说："工作调动。"

"啊？要给你调哪儿去？"

"平津。"

张华华捂着嘴："妈呀，你不一直想去吗？这天大的好事啊，怎么看你愁眉苦脸的？"

陆晓琦说："我总觉得这次调动很蹊跷。"

张华华问："怎么回事？"

陆晓琦说："其实我们昨天才发现一个大案子，惊天的大案。"

何大宇问："什么大案啊？"

陆晓琦不太愿意跟一个陌生人透露太多："现在我不便透露。"

张华华不耐烦地说："你以前可不这样，何大宇不是外人，不会到处宣扬的，说说吧。"

陆晓琦摇摇头："我真不能说。"

张华华不满道："你这吊我们胃口呢！哪有你这样的，提了不说。"

陆晓琦笑道：“你就知道有一个很大的案子就行了。”

何大宇插话了：“你的意思是你觉得因为这个大案，你才被调去平津的？”

陆晓琦点点头。

何大宇问：“你是知道了什么不该知道的东西吗？”

陆晓琦露出苦笑：“或许是我记得大家都不记得的东西。”

张华华问：“什么意思？”

陆晓琦瞥了眼何大宇，摇摇头说：“没什么。”

张华华拍了拍陆晓琦的肩膀说：“别垂头丧气了，甭管什么原因，你这次要去平津了，我是真为你高兴。”

何大宇说：“其实这些日子，我正好也要去平津出差，我在平津认识些朋友，到时候可以介绍你们认识，好照应一下。”

陆晓琦有些尴尬地说：“是吗？那真是太好了。”

何大宇问：“你哪天走？”

“还没决定好。”

“我们加个微信吧，等你决定好了告诉我。”

回到家，陆晓琦躺在床上，一直盯着桌子上的调职通知书，过了很久才睡着。

第二天清晨来到警局，陆晓琦率先去了薛老的办公室。薛老正喝水呢，抬头一看是陆晓琦，便问：“看样子是决定好了？”

陆晓琦点点头：“我去。”

薛老喜笑颜开：“这就对了，女人嘛，还是得为未来着想，那你打算哪天走？”

陆晓琦说："后天吧。"

薛老点点头："那就赶紧订车票，今天晚上我们大家一起去为你庆祝一下。"

陆晓琦为难地道："不用了，我不想麻烦大家。"

"这有什么可麻烦的，我们这里唯一的美女，难道走得不声不响，其他人不得拿我是问？"

八

已经快到午夜了，郑梓龙突然听到楼下传来警笛声，冯雪也紧张地向楼下张望，警灯不断闪烁，不少警务人员走进了大楼。

郑梓龙说："我出去看看。"

来到楼梯旁边的拐角，郑梓龙假装抽烟，盯着电梯的层数，只见两部电梯同时上来了。可就在他准备赶快回去收拾东西时，两部电梯居然都越过了自己这层，朝更高的楼层而去，最终停在了12层。那正是郝云现在所在的楼层！郑梓龙一怔，难不成那家伙出事了？

他赶紧回屋，对冯雪说："警察似乎不是冲我们来的，去了12层。"

"12层，那不正是那女人家吗？不会是郝云出了什么事吧？"

郑梓龙点点头："我就怕是这样，所以我想上去看看情况。"

冯雪说："我们一起上去吧，起码有个照应。"

楼上。

郝云躲在厕所的浴缸里，听着外面警察拍门的声音不断传来。

半天没有人应门，警察便直接撞开了房门，只见屋里的地上有一摊血，桌子后面躺着两个人，一男一女。

其中有个面色较黑的警察叫梁晨峰，他突然在角落里看到一个孩子，这孩子双目圆睁，盯着死去的男女的尸体，一声不吭。梁晨峰赶紧过去蹲下来："你受伤了吗？"孩子摇摇头，突然抬手指向厕所。梁晨峰猛地站起身，拔出枪朝厕所走去，一脚踹开门。

郝云早已吓坏了，大喊道："不要开枪！不要开枪！我什么也没干！"

梁晨峰喊道："把双手举起来！"郝云没穿衣服，赶紧举起双手。

过了一会儿，梁晨峰带着孩子和郝云一起来到楼下。郝云被当成第一嫌疑人，带去了派出所。孩子叫张云飞，梁晨峰买了一罐饮料给他，只见他咬着嘴唇，有些发愣。

经过初步观察，梁晨峰大致推断出那一男一女是张云飞的父母，应该是相互刺中对方要害而亡，郝云是张云飞母亲的偷情对象，夫妻俩也是因为这事大打出手的。

梁晨峰对同事说："小谢，你过来，把这个孩子先带去警局吧。"

看着同事将张云飞带上车，梁晨峰再次走回小区。不少居民已经出来看到底出了什么事，梁晨峰走上前问一个大妈："刚才被带走的那个人您认识吗？他是这里的住户吗？"

大妈得意地道："你算是问对人了，我整天坐这边乘凉，什么事我不知道？他是昨晚才搬来的新住户，他们好像有三个人，一起的，还有一女一男。"

梁晨峰问："他们是干吗的，您知道吗？"

大妈回答："这我哪儿知道？但男女混住在一起，肯定没好事。"

周围不少邻里认同地点点头。

梁晨峰又问："那他们住在哪一户，你们知道吗？"

围观的人群里，有个人举手说："我看到过他们在10层下电梯，具体哪一户就不知道了。"

"谢谢，大家散了吧，我们继续调查，给邻里一个交代。"

梁晨峰独自坐电梯来到了10层。他左右看了看，逐一敲响房门，想要确定住户的人数和男女比例。最终他敲响了郑梓龙和冯雪宿舍的门。

不久，门被拉开了，郑梓龙迎出来问："有什么事吗？"

梁晨峰虽然身着制服，但还是掏出警徽说："我是警察，姓梁，你们认识郝云吗？"

郑梓龙点点头："当然，他跟我们是一个宿舍的，发生什么事了？我看刚才有很多警车在楼下。"

梁晨峰问："我能进屋吗？"

郑梓龙赶紧把门完全拉开，说："哦，当然没问题。"

刚进屋，梁晨峰就说："这屋里有点空啊，你们不打算长住吗？"

郑梓龙忙说："我们昨天才搬来，还没来得及置办家具和日用品。"

这时，冯雪穿着睡衣从卧室走出来，问："怎么了，郑大哥，这人谁啊？"

郑梓龙说："没看他穿制服呢，是警察。"

冯雪有些吃惊地说："警察？怎么到咱们宿舍来了？"

郑梓龙低声说："可能是郝云出事了。"

梁晨峰问："这屋里除了你们俩还有别人吗？"

冯雪说："没了。"

梁晨峰说："出大事了，12楼死了俩人，跟你们住一起的郝云就在命案现场。”

郑梓龙赶紧问：“什么意思？你说郝云杀人了？”

梁晨峰摇摇头：“现在还不确定，但他是第一嫌疑人。”

郑梓龙和冯雪对视了一下，问：“您需要什么资料，我们一定会提供给您，我们绝对跟这件事无关。”

梁晨峰说：“我也没说有关系啊，但我想了解点情况。”

郑梓龙口气卑微地说：“您说。”

“你们是昨天晚上才搬来这个小区的吧？”

“是。”

“你们是从事什么工作的？”

“我们都是被星探从各自的城市发掘，然后来平津集合的。”

“哦，星探……那这么说你们是艺人了？怪不得外形都还不错。”梁晨峰皱了皱眉头，瞥了眼郑梓龙说，“不过我看郝云虽然高大，但照着你的外形可差远了，他怎么一天就和12层的女性死者产生婚外情了呢？”

这个问题十分尖锐，郑梓龙和冯雪他们根本没想过，一时语塞。

梁晨峰看了一圈，问：“为什么不说话了？”

冯雪赶忙解释说：“梁警官，我们三个人昨天才在平津聚上，其实彼此谁也不了解谁。郝云今天出去了好久，我们也不知道他干什么去了，更不知道他会和楼上的人产生瓜葛。”

郑梓龙附和说：“是啊，这郝云看起来还挺正直的，怎么一天就干出这事来了？”

梁晨峰不是很相信郑梓龙和冯雪的话，觉得他们就是在把一切往郝云一个人身上推，听起来有种商量好的感觉，于是继续问：“他什么时候离开的？”

郑梓龙说：“下午吧。”

冯雪也说：“是下午，他说有点事，就出去了。”

梁晨峰露出一抹自信的笑容：“他不可能下午勾搭上有夫之妇，然后晚上就引起一场血光之灾吧？昨天呢？昨晚你们搬来之后，他有没有独自出门？”

郑梓龙知道这个小区虽然有点乱，但外面人来人往的，如果说谎，对方只要一查就知道了，那样只会引起更深的怀疑，便说：“没有，昨晚他没有出门。”

梁晨峰冷笑一声：“哼，那这个郝云真是有魔法，瞬间就征服了一个家庭主妇，几个小时之间就让一个家庭支离破碎，留下一个孤儿，他可真是厉害。”

郑梓龙听出了梁晨峰语气中的不信任，但也没有更多理由说服对方了，只能等着他的下一个问题。

突然梁晨峰问：“发掘你们的星探公司叫什么？”

这个问题郑梓龙他们预料到了，冯雪回答说：“星艺娱乐公司。”

梁晨峰问：“有电话吗？”

郑梓龙自然不能把高沈的电话给他，但他们刚才在网上查到了星艺娱乐的官方电话，便掏出手机说：“有。”

梁晨峰见是个座机的电话号码，推测这应该是公司的官方电话，但这几个人如果在平津站没人接，怎么能一起来这里？他们为什么不提供公司内部人的电话呢？

见梁晨峰陷入沉思，郑梓龙忙问：“您记下了吗？”

梁晨峰点点头：“今天就到这里吧，我回头可能还会来。”

郑梓龙点点头："随时欢迎，协助办案是我们的义务。"

梁晨峰最后扫了一眼整个屋子，拉开门离开了，临走时跟身后的郑梓龙说："不用送了。"

"那好，您慢走。"

回到警局后梁晨峰看了监控录像，然后走进审讯室只随便吓唬了郝云几句，就让郝云把这几天发生的事全给抖出来了，甚至包括郑梓龙帮高沈运尸体的事。

出了审讯室，梁晨峰赶忙命令道："快，找几个兄弟去小丰里附近，盯着跟郝云同宿舍的一男一女，如果他们没动静，就先别抓人，但如果他们拎行李离开，立马把人给我扣住！"

这时，另外一名同事跑过来，着急地对梁晨峰说："梁队长，那个孩子不见了！"

"什么？"

九

陆晓琦坐的火车八点半到平津。之前说这边会有人来接她，可她出站等了二十分钟也没看到人。她打电话通过薛老告知对方自己的电话号码后也没人打。

陆晓琦拿起手机，准备用导航搜一下，这时一个行色匆匆的年轻男人走过来，冲陆晓琦问："请问您知道站台票在哪边买吗？"

陆晓琦瞥了眼对方，这小伙子长得真是精神极了，离他不远的地方还站了个女生一直望着自己这边。

陆晓琦摇摇头："我也是刚来平津，不知道。"

年轻男人便看向别处，寻觅知道的人。这时旁边有个大婶搭话说："别找了小伙子，现在除非亲属是老年人或者残疾人，否则是不允许去站台的。你抢不到票吗？阿姨帮你啊。"

陆晓琦没再多管，跟着导航一直走向地铁的入口。

走到地下，陆晓琦算是见识了大城市地铁的拥挤。过了安检，陆晓琦乘上地铁，朝着北四环的方向而去。经过一次换乘，大约五十多分钟车程，终于到站了。走出地铁，陆晓琦继续按着导航走了十几分钟，在一条小街里找到了自己即将工作的地方，小丰里派出所。

看到门口一辆警车都没有，陆晓琦知道肯定有案子了，无怪乎没人去接自己。她拉着行李走进警局大门，对窗口里的接待员说："我是新调来的陆晓琦，报到来了。"

接待员赶紧过去用密码打开通往内部的门，让陆晓琦进来，笑道："欢迎欢迎，我叫冯秋山，你叫我小冯就行了。对了，你是怎么找到这个地方的？"

陆晓琦举起手机："跟着导航。"

小冯挠挠头，赶紧替陆晓琦拉过行李："真不好意思啊，所里本来说派辆车去接你，可大家一忙就把这事给忘了。"

陆晓琦问："我看门口的汽车都不见了，一定是大案吧？"

小冯低声道："死了三个人，还丢了个孩子。"

陆晓琦十分惊愕："三个？这在平津可是惊天动地的大案了吧？"

小冯点点头："可不么？就在我们这片儿，上头这回可不好过了。"

陆晓琦说："有线索了吗？"

小冯说："嫌疑人现在就在审讯室待着呢，不过梁队长说，不是这人干的。"

陆晓琦问：“什么意思？”

这时穿着便装的梁晨峰走出来，抬头便看到了陆晓琦。小冯赶紧介绍说：“这就是我们梁队长。队长，这是计划今天来报到的陆晓琦，我们都忘记去接人家了。”

梁晨峰也不客气，连话都没搭，径自离开了警局。

十

冯雪来自河南的一个小地方。她在河南时，梦想着去平津，梦想着在那里扎根落脚。但在她来到平津的当天，她看到郑梓龙，看到夜晚的绚烂霓虹时，又觉得自己想要飞得更高。

她故意表现出一副瞧不上郑梓龙的样子，是害怕自己被这样一个看着又帅气又认真的小伙子迷住。郑梓龙从小地方来，自然没钱，星途现在也不知道怎么样呢，把赌注下他身上，冯雪觉得有些亏得慌，更怕自己被郑梓龙缠上，不能飞得更高。

可刚两天后，梦想就极速地幻灭，冯雪感觉自己一下又回到了真实的人间。两人共同经历过那样的夜晚后，她看着郑梓龙的背影，只感到那是唯一的依靠，唯一可以栖息的鸟巢，便不自觉地将情感倾注在了他身上。

出租车里，她第一次紧紧握住了郑梓龙的手。

郑梓龙被握住时，瞥了冯雪一眼，看到她望着窗外，手还有些震颤，甚至将自己握得有些疼了，便以为对方是紧张才这样。

他不知道，冯雪是故意这样的。

两人在常营附近下了车。

两天没休息好，冯雪又来了大姨妈，感觉头很晕，走着走着竟直接倒在了路上。郑梓龙发现冯雪倒地，赶紧蹲下扶她。他摇晃了冯雪几下，没有反应，又摸了一下她的脉搏，觉得可能是累的。他看了一眼两人撂下的行李，这可怎么办？

这时，一个人走过来搭话：“年轻人，这姑娘怎么了？”

郑梓龙抬头看去，对方个头不高，留着胡子，戴着眼镜，看起来文质彬彬的。郑梓龙有些害怕：“没事，没事。”

那人说：“她嘴唇发白，满头虚汗，看起来像中暑了。”

郑梓龙虽然心里着急，嘴上依然逞强说：“这是我们自己的事。”

那人推了推眼镜，指着那边的一栋公寓说：“我看你在这里徘徊好久了，我得告诉你，中暑也能出人命。”

郑梓龙叹气，他也热得喘粗气，不知道该怎么办。

那人淡淡地继续说：“你们是不是有什么难言之隐？我是个作家，叫云雪彧，你们能在网上查到我。你们可以来我的工作室休息，让这姑娘缓缓，我没有恶意。”

面对对方的单刀直入，郑梓龙也不知道该怀疑点什么，但现在必须让冯雪休息，在没有办法的情况下，只能听从眼前这个陌生人的了。

郑梓龙背着冯雪，跟随云雪彧走进小区，进楼，上电梯。来到17层，云雪彧用电子钥匙和密码打开了一扇门，然后将门卡交给郑梓龙说：“密码是930615。”

郑梓龙突然觉得这个数字有些耳熟，但一时想不起来出自哪里。

进了屋，云雪彧第一时间来到休息室打开空调。“就把她放在空调底下。”他指了指床说，接着又指了指冰箱，“里面有冰水，一点点喂给她喝。”

郑梓龙将冯雪放在床上，迅速打开冰箱。他拿出矿泉水，刚想拧盖子，却发现盖子竟然自己旋转了一圈直接打开了。他揉了一下眼，以为自己眼花了，但他没时间多想，赶紧扶起冯雪，将水喂进她嘴里。

随着冯雪的情况慢慢稳定下来，郑梓龙看向一旁的云雪彧，问："你为什么要帮我们？"

"中暑不是闹着玩的，这算是缘分吧，瞧见了就想帮个忙。"云雪彧说着转身往外走，"你们俩在这儿待着吧，有什么需要，就跟我说。"

郑梓龙警惕地盯着云雪彧离开休息室。很快，他站起身走到门边偷偷看外面，只见云雪彧就坐在外面的椅子上，将一台笔记本电脑放在腿上在敲击什么，并没有离去，也没有要报警的意思。

入夜。

冯雪醒了，一眼看见郑梓龙坐在椅子上睡着了。她起身看向窗外，却不知道是哪里。

"你醒了？"郑梓龙睁开眼。

冯雪问："这是哪儿？"

郑梓龙摇摇头说："你晕倒之后，我遇见一个好心人，他说自己是个作家，叫云雪彧。这是他的办公室，你认识他吗？"

冯雪摇摇头："完全不认识。"

郑梓龙觉得奇怪，但又觉得冯雪现在的身体不适宜想太多的问题，便说："你再躺会儿吧，我们今天就住这儿了。"

还没等冯雪应声，就听见休息室的门被敲响了。声音不大，郑梓龙知道是云雪彧，就走过去拉开了门。云雪彧将两兜子吃的放在桌子上，说：“这是我刚订的外卖，也不知道合你们胃口不，你们随便吃点吧。”

郑梓龙问：“云老师吃了吗？”

云雪彧摇摇头。

郑梓龙又说：“您买了这么多，不如一起吃吧。”

吃饭的时候，云雪彧问：“你们到底干了什么？”

郑梓龙说：“真的没有，什么也没有，如果硬要说的话，我们是被人陷害了。”

云雪彧说：“我能听听具体情况吗？作为被收留的人，你们应该解释一下。”

郑梓龙和冯雪都有些为难，不由自主地相互看了一眼。

云雪彧笑道：“其实我也只是想收集些写作的素材，所以才会帮你们的。”

这个理由还算说得通，郑梓龙稍微放下戒心，但还是不愿意说。

这时冯雪突然说：“我给云老师讲事情的经过。”说完看了郑梓龙一眼。

郑梓龙说：“那好，我刚一直陪着你，现在忙里偷个闲，去上个厕所。”

云雪彧像模像样地拿出笔和本，两人坐在一个小长桌前，冯雪开始讲事情的经过，但是三分真七分假地讲，许多关键部分都被改掉了，更没有透露高沈被自己和郑梓龙杀死的事实。

讲完整个过程，云雪彧问：“你们看新闻了吗？”

听云雪彧这么说，冯雪赶紧问：“我一直怕被追踪到手机信号，所以没敢开机，也一直没看电视。”

云雪彧说："你们俩的照片已经登在网上了，是一起多重命案的嫌疑人。"

冯雪吃了一惊，着急地将手机拿出来要打开。

云雪彧赶忙阻止："不要，你现在打开，一定会暴露这里，看我的。"说着他将手机打开来，找出两人的新闻给冯雪看，"微博上已经有了，在平津犯下这么大的案子，一定会成为热点时事被自媒体传播的。"

冯雪从屏幕上看到了他们从小丰里小区出来的监控录像片段，虽然脸部没那么清晰，但已有个大概，不难辨别。

云雪彧问："你们真的一五一十将所有经过都告诉我了吗？"

冯雪盯着云雪彧，心里开始盘算怎么办，一般别人知道了这些情况，一定会报警。

云雪彧继续说："我虽然无意揭发你们，但也不想被你们忽悠。"

郑梓龙刚才从厨房过来，听到两人的话，又返回去从厨房的橱柜里抽出一把刀，藏在腰间。他回到两人面前问："怎么回事？我听你们俩的声音变大了。"

云雪彧站起身，突然向郑梓龙伸出手说："把你腰里的东西给我。"

郑梓龙没想到云雪彧竟然察觉了，一时间有些无措，便把刀拔出来威胁说："我们并不想伤害任何人，但不知道为什么，所有人都想伤害我们。"说着拉了一把冯雪："这里待不下去了，我们走。"

云雪彧说："除了待在这里，你们绝对无处可逃，这一点已经被证明过许多次了。"

冯雪和郑梓龙盯着云雪彧，不知道他这番莫名其妙的话是什么意思。

"证明过许多次？你说什么呢？"郑梓龙问。

云雪彧冷冷地盯着冯雪和郑梓龙，又岔开话说："我不会阻止你们离开，我甚至不会报警，但你们最需要小心的并不是警察，而是一个孩子，况且那个孩子已经在楼下了。"

郑梓龙越发觉得云雪彧莫名其妙，推了冯雪一把说："拿上行李，我们得赶紧走！"

云雪彧提醒说："如果情况危急，就回这里。"

郑梓龙看着云雪彧总觉得哪里奇怪，来不及多想，拿起行李赶紧和冯雪离开了房间。但在坐电梯下楼时，他突然想到一件事，那个门锁密码。

郑梓龙问冯雪："930615，对于这个数字，你有什么印象吗？"

冯雪吃惊地问："你怎么会知道我的生日？我从来没告诉过你啊。"

郑梓龙更迷惑了，一是自己为什么会对冯雪的生日有印象，二是工作室的门锁密码和冯雪的生日一样，难道真的只是巧合？

郑梓龙没回答冯雪，两人匆匆乘坐电梯来到一层，可刚走出公寓，郑梓龙便拉着冯雪躲到了门后。

冯雪问："怎么了？"

郑梓龙说："是那个孩子。"

冯雪听不明白，问："什么孩子啊？"

郑梓龙说："是楼上那对死了的夫妻的孩子！"

十一

“什么，追踪到郑梓龙的手机信号了？”梁晨峰忙走到专门负责追踪的同事身边。

同事指着电脑屏幕上的位置说：“他打了一通电话，在常营附近一个叫华非园的小区。”

梁晨峰想不通：“他一直关机到现在，为什么会突然打电话呢？”

一旁的陆晓琦问：“会不会是为了买票，或者买假身份？”

就在这时，又一名同事急匆匆跑过来大喊道：“常营那边接到许多报警，说有枪击案！很多人都听到了枪声！”

梁晨峰说：“枪？常营？这俩孙子不可能搞得到枪吧。”

同事气喘吁吁地继续说：“据目击者称，开枪的是一个孩子！”

梁晨峰脑子灵，一直以不被过去的经验所左右、破案率很高闻名。他突然想到了什么，看向之前那个看守孩子的警员，怒吼道：“谢志高！你的枪在哪儿？！”

谢志高的枪一般别腰上，他被梁晨峰一吼却没有去摸，而是支支吾吾：“我那个……”

梁晨峰一下明白过来，冲过去抓住谢志高的衣领：“你他娘丢了枪居然不汇报！”

“冷静点，梁队长！”一旁的同事赶紧上去拉架。

“这都干吗呢？！”突然一个沉着老迈的声音响了起来。所有人都循声望去，只见一个官衔非常高的老警察站在门口：“梁晨峰，你是要把这里拆了吗？”

有人赶紧说：“陈局长来了，老梁你快松手啊！”

梁晨峰依旧怒不可遏，但还是松开了谢志高，沉着脸说：“小陆，小火，你们俩现在跟我去常营！”

站在门口的陈局长瞪着梁晨峰说：“你不打算汇报一下情况吗？”

梁晨峰一声不吭，从陈局长面前直接走过去，陈局长不紧不慢地说：“你被调去了专案组，可以继续跟这个案子了。”

梁晨峰顿了一下，便继续迈步出了警局。陈局长倒也习惯了老梁这番做派，没多加指责，而是转头看向谢志高：“把警徽交出来，赶紧给我滚出这儿。”

驱车来到常营，梁晨峰看到案发现场已经被附近的派出所封上了。来到封锁线前，梁晨峰掏出警徽说：“我是专案组的。”守卫的警察放行，梁晨峰便带着陆晓琦和金飞火走进了小区。

走到一个官衔最高的警察身旁，梁晨峰问：“专案组的其他人来了吗？”那警察摇摇头。

梁晨峰又问：“你是这里的负责人？能说下情况吗，居民都疏散了吗？”

那警察瞥了眼梁晨峰，看起来有点不耐烦：“嫌犯还在楼里，现在疏散居民太危险了，剩下的情况等其他人来了，我一起说。”

听了这话，梁晨峰当即就和陆晓琦、金飞火低声说：“小陆你去那楼的楼道里看看，小火你去周围找那些围观的人打听打听情况，如果有什么发现，先跟我汇报。”

然后，梁晨峰走向那些正在现场勘查的工作人员问：“凶器在哪儿？”

一个警察指了指大楼说：“我看弹壳的编码，行凶的手枪怕是我们警局的配枪吧？得查查是哪个地方的人丢的，那片儿的派出所恐怕要倒大霉了。”

梁晨峰沉着脸没接话，又问：“嫌犯枪里的子弹还剩几颗？”

“墙上都是弹孔，你自己数数吧。”

梁晨峰看了眼墙，推断郑梓龙和冯雪就是躲在这个楼的门口，然后被持枪的人发现了，持枪的人开始冲这里射击。

他又问：“我听报警的目击者说，是个孩子开的枪？这五六发子弹相隔这么近，这孩子能打这么准？”

那警察摇摇头：“这我就不知道了，那孩子现在已经不知去向了，待会儿我们看监控录像才能知道到底是多大的孩子，毕竟孩子也有十五六七的嘛。”

这时陆晓琦走过来和梁晨峰耳语了几句，两人便走进楼道。手持枪械的特警已封锁了楼梯和电梯，不过陆晓琦刚才已经打过招呼了，她按下按钮，打开了停在一层的电梯，说：“梁队长，你看这个脚印。”

梁晨峰望向地面，只见开门处电梯内侧的地上有半只鞋印。

陆晓琦说：“这看起来像是一个孩子的鞋印。”

梁晨峰回忆了一下，推测这半只鞋印应该是张云飞的。

陆晓琦说：“有另外一半鞋印的楼层，就是张云飞所在的楼层。”

周围一个持枪的特警听到了两人的谈话，警告说：“太危险了，你们俩不能上去。”

梁晨峰和陆晓琦随即走到外面。这时，只听刚才那个给梁晨峰说明居民情况的警察在外面怒吼道：“什么？保安室没有录像存下来？！这里的物业是摆设吗？”

就在大家的注意力都转向外面时，梁晨峰突然一个箭步撞开门，冲进了楼梯间，随即不顾身后特警的喊叫，直接跑上了楼。

陆晓琦也惊呆了，赶紧跟旁边的特警解释说：“我不知道他要干什么。”

特警问：“他叫什么？”

陆晓琦说：“梁晨峰。”

一名特警赶紧冲对讲机说：“李队长，有个叫梁晨峰的警官私自从楼梯冲上楼了，要我们上去把他抓下来吗？”

对讲机里回应道：“梁晨峰？小丰里派出所的那个梁晨峰？”

陆晓琦冲一旁用眼神向自己征求答案的特警点点头。

特警说：“是的，就是他。”

“不用管他，他想死没人能拦得住！”

陆晓琦这才知道梁晨峰原来这么有名。

直接来到4楼，梁晨峰抽出手枪。大多数居民还在楼里，他知道如果不尽快找到那个行凶的孩子，一定会引发更大的惨案。来到电梯前，他仔细看了下地面，并没有张云飞的鞋印，于是他掏出手机给陆晓琦发了信息：“4层安全。”之后梁晨峰一层一层地找，直到17层，终于发现了鞋印。

梁晨峰端着枪，警戒地环视四周，他发现了一个弹壳。可不光墙上没有弹印，各家的门上也没有，这么说，这颗子弹就是在人的身体里了。

他退回楼梯间，再次掏出电话，给陆晓琦拨了过去，说：“枪击嫌犯在17层，这里不光有脚印，还有一个弹壳，我找不到弹痕，相信是有人中枪了。”

楼下的陆晓琦马上把这个信息告诉了现场的负责人——警官匡世伟。

匡世伟看了眼旁边叫李明的特警队队长，询问道：“我们应该冲上去吗？”

李明笑道：“虽然老梁作风不靠谱，但提供的情报和线索一直以来很可靠。我认为我们应该先疏散17层以下的居民，然后让特警去17层，协助他抓住嫌犯。”

梁晨峰检查了一下枪，就在这时，他突然听到了一个可怕的声音。一个孩子的声音突然从楼上传来：“警察叔叔，你不去抓坏人，在这里干吗呢？”

梁晨峰认得这个声音，是张云飞……他不敢回头，怕这孩子正用枪指着自己。

只听张云飞继续说：“你不为我的父母报仇，那我只有自己动手了。”

“砰！”

十二

“老杨，你怎么还在工作？”

杨博宇今年五十四岁，戴着眼镜，脸上胡子拉碴。他坐在电脑前，看向跟自己说话的女同事：“没事，我还在调试故事线里的一些东西，希望下次没人能再察觉其中的异样。”

“最近失败的次数是不是太高了，我们是不是该放弃张云飞这个角色？”

杨博宇推了推眼镜，敲击着键盘没有说话。

同事继续说：“我不明白为什么你要执着于给张云飞加入这么强烈的情感。但这类逻辑实在太难编写了，无论怎样，只要调高他的情感数值，他就会脱离法制的逻辑，认定自己要亲自动手报仇，成为一个法外因素。”

“那是因为以张云飞的年纪，我们不能给他输入过度强烈的法制逻辑，而我也不希望人工智能（AI）只拥有一种逻辑思维。我希望他们除了可以通过图灵测试，还能像人类一样是矛盾的、痛苦的，那才是真正的灵魂。”

女同事皱了皱眉，苦笑道：“也不知道你是执着还是疯狂，像人类一样矛盾？我怕到时把这些程序安装在机械身上后，它们的脑袋会爆炸。”

杨博宇面无表情地说：“如果真爆炸，那只能说是硬件厂商的问题。”

女同事说：“你还真有幽默感。对了，你要到另一边看看么？我觉得《记忆禁区》的故事线差不多了，做了第一次试验，主角并未察觉整个世界是虚拟的。”

“那套AI人格的完整程度还不高，始终只拥有单线的情感，我想要的是更复杂、更符合人性的……某些人类才具有的特殊情感。”

女同事皱着眉头问：“你是指……”

杨博宇不耐烦地说：“我是说主角的性格和形象太过正面了，不像真正的人类。”

“那你觉得我的内心有多黑暗？”

杨博宇冷笑一声："那只有你自己才知道。"

女同事笑道："老杨，我承认你是个天才，但你有时是不是把我们人类设想得太坏了？"

杨博宇说："我倒认为还不够坏。"

女同事耸耸肩说："好吧，那你要咖啡吗？我这个坏人可以去帮你冲一杯。"

杨博宇回绝："不用了，你回家吧，我如果喝，会自己去弄的。"

女同事点点头，随即拎起包离开了这布满电脑和各种机械的实验室。

第二天清晨。

杨博宇坐在公司偌大的餐厅里，这里的自助早餐是免费供应的。

这时一个看起来四十多岁的中年男子走过来坐在杨博宇对面："老杨，你瞧瞧你的黑眼圈，这么下去可不行，你得回家休息。"

杨博宇连头都没抬，回绝说："我不想回家。"

中年男子名叫李国怀，他愁眉不展，看着杨博宇继续劝道："就算不回家，你也需要休息。附近有个酒店，我跟上面说说，他们一定愿意出钱给你租个房间。你可是'猎魂计划'的核心人物，你这么搞下去，自己身体先垮掉了怎么办？"

杨博宇依旧顽固地说："我的身体我知道。"

"这回不能由着你，我待会儿就去跟上面申请，今天禁止你进公司大楼。"

杨博宇笑道："公司会批准这么无厘头的事情吗？员工多加班，哪个老板不想要？"

这时，旁边有个年迈女性的声音传来："我觉得国怀说得对，你是该休息了。瞧瞧如今这副模样，被客户瞧见了，以为我们虐待员工呢。"

杨博宇瞥了眼中年女性，是公司的销售部负责人李红霞，因为产品的挑选和销售全看她，所以她在公司里话语权很重。杨博宇知道自己不能违逆她的意思，便将小笼包塞进嘴里，点点头说：“我知道了，你总得让我把饭吃完吧？”

李红霞也坐下，说：“你现在的精神状态不宜开车，我待会儿找辆车送你。”

杨博宇笑笑：“我什么时候成这么重要的人物了？”

大家都知道杨博宇是个设计天才，说话也比较各色，所以不太在意他的调侃。李红霞说：“这次你设计的产品是我们公司这几年以来最重要的项目，不容有失。”

杨博宇笑道：“是啊，太重要了，重要到为了它放弃了家人。”

李国怀说：“事情都过去这么久了，想开点吧。”

杨博宇反问：“想开？为什么要想开？”

被这样一问，李国怀顿时语塞。

这时杨博宇端起餐盘，去一旁将剩余的食物倒掉后，独自离开了。

李红霞对李国怀说：“老杨的精神状态是个问题，但项目又没法把他踢出去，我们得多盯着他点儿，免得出乱子。”

李国怀点点头。

杨博宇还是独自开车回了家。

在他用钥匙打开门锁，推门而入的一瞬间，屋里的灯自动亮了，一个看起来十分笨拙矮小、顶着芭比娃娃脑袋的小机器人走过来，用机械的语调说：“爸爸，爸爸。”

杨博宇将外套挂在墙上，并没有理会机器人，径直走向里面。

客厅的窗帘收拢着，现在是早上，阳光格外明媚。杨博宇径直走进了自己的书房，与外面形成鲜明对比的是，书房阴暗而诡异，周围的架子上堆满的不是书，而是各种等身高的人偶。

杨博宇坐在办公桌前，借着电脑屏幕的光亮，拿起一个孩子型人偶，接着屏幕自己改变了画面，上面显示出一个女孩的照片。

杨博宇一手托着人偶的头，将其表皮轻轻掀开，拿起一根改锥开始调节控制面部的细小机械部件……

第二章
灵魂

如果我们没有灵魂……我们死后会去哪儿?

只有神才知道。

一

骑着电动自行车飞速地奔波在平津的马路上，郑梓龙已经忘了自己何时干起了外卖员的工作，但为了能让自己与冯雪有稳定的收入和居所，无论工作多苦都不在乎。

中午，他来到饭馆比较多的商场外面等单，冯雪也骑着电动自行车过来，停在郑梓龙跟前笑着问道：“早上到现在挣了多少？”

郑梓龙坏笑道：“不多也不少，你呢？”

冯雪冷笑一声：“你看我都晒黑了，那自然是比你多了。不说了，我们晚上回家再比吧，我这单快迟到了。”说着便又踩下开关，骑着电动车离开了。

看着冯雪风风火火地离开，旁边的同行都露出羡慕的神色，其中一个年纪稍大的对郑梓龙说：“让这么漂亮的老婆来送外卖，你的罪过可大了。”

另外一个人说：“你也真放心让她送外卖，万一遇到坏人呢？”

郑梓龙笑道：“所以她只负责白天送，晚上我可不敢让她到处跑。”

“你们为啥来平津啊，挣钱？”

郑梓龙点点头：“差不多吧。”

“挣够钱回家办婚礼？”

郑梓龙皱着眉头回应道：“现在还想不了太远，走一步算一步吧。”

“要我就赶紧领证，把婚礼办了，省得这么漂亮的媳妇跑了。”

“我也是这么想的，不过没挣够钱，人家不跟我领证啊。”

这时郑梓龙的手机响了，他巴不得赶紧离开这些人，免得被问东问西，便举起手机跟其他人说：“单子来了，我得走了。”

郑梓龙和冯雪其实也并未打算浪费两人的容貌，他们送餐的地址选在了三里屯附近，希望这附近的导演或者娱乐公司的人能看中他们，让他们赶紧脱离这份艰苦的差事。

郑梓龙拎着一份餐点坐上电梯，直接来到一座高级公寓的5层。

他按响门铃，不久门开了，一个穿着牛仔裤和白衬衫的女人迎了出来。她和郑梓龙看到对方时，都有些犹豫，觉得是不是在哪里见过。

郑梓龙看了一眼小票问：“手机尾号2006？”

“没错，是我。”

郑梓龙把餐点交给对方后就准备离开，这时，女人叫住了他：“哎，你等一下。”

郑梓龙回过头问：“怎么了？”

女人上下打量了一遍郑梓龙问：“你有多高？”

郑梓龙说：“一米八七。”

女人又问：“你这个身材长相，在这种地方送餐，是想进演艺圈吗？”

郑梓龙被戳破心思，有些不好意思，磕磕绊绊地否认：“也没有……”

女人说：“不用不好意思，进来吧，我们谈谈。”

郑梓龙跟女人走进屋，客厅装修得分外华丽，屋里还有一男一女。

女人介绍道：“这是郝云和郝文。”

郑梓龙向这两人点点头。女人看向郑梓龙问：“你呢？”

“我叫郑梓龙。”

郝云和郝文打量着郑梓龙这一身外卖员的衣服，女人解释说：“我们今儿的午饭就是小郑送来的。”

郝云笑呵呵地说：“那谢谢了。”

女人冲郑梓龙说：“坐吧。”

郑梓龙其实已经跑了一个早上，身上的汗臭有点明显，郝文不太喜欢，朝郑梓龙的反方向挪了挪。随后，郝文和郝云打开外卖袋子，开始吃饭。

女人自我介绍道：“我叫曾可柔，是星艺娱乐的老板。”

郑梓龙赶紧说：“柔姐好。”

曾可柔点燃一根香烟问：“你从哪儿来？”

郑梓龙说：“我陕南人。”

曾可柔想了想：“柞水那边？”

郑梓龙点点头说：“差不多吧，离得很近。”

曾可柔说："我直白点讲，如果你想进演艺圈，你现在这份工作肯定是不能干了。"

郝云和郝文不约而同笑起来，略带一些嘲笑的意味。

郑梓龙不知道该怎么回答，有些尴尬。

曾可柔继续问："你这么帅，有女朋友吗？"

郑梓龙不知道对方是什么意思，但还是点点头，说："有。"

曾可柔吐出一口烟，笑道："漂亮么？不漂亮的话，赶紧一脚踹了吧。"

晚上回到家，冯雪已经在做饭了。两人在五环外勉强租了一个面积不大的开间。

郑梓龙站在冯雪身后，双手抓着冯雪的胳膊，贴近冯雪的脖子。

冯雪嗔怪："别闹，我在做饭！"

"老婆，我要告诉你一个好消息。"

冯雪问："什么消息？"

郑梓龙将一张名片亮到冯雪眼前说："你看。"

冯雪关了火，放下炒勺，拿过名片仔细端详了一下："星艺娱乐有限公司？"

"我们中奖了！我送餐的时候真的遇见了一个娱乐公司的老总。"

"是上面这个叫曾可柔的人吗？"

"是啊，我本来要走，但她突然叫住了我。后来聊了聊，她居然是我老乡，也是陕南那边来的。"

冯雪皱了皱眉："这么巧，不会是蒙你的吧？"

郑梓龙笑道："我知道你担心，但我这一穷二白的，有什么可骗的？”

冯雪放下名片，看着郑梓龙说：“你不是有我呢吗，怎么会是一穷二白？”

郑梓龙轻轻吻了一下冯雪的额头：“是我说错了，我是这个世上最富有的男人。”

冯雪露出坏笑说：“我还要当这世上最富有的郑太太。”

郑梓龙笑道：“我一定努力。”

吃饭时，郑梓龙说：“我今天跟柔姐提起你了，说你很漂亮，想让你也进他们公司，就不用去送外卖了。”

冯雪问：“那对方怎么说？”

郑梓龙说：“如果你真有兴趣，让明天先把你带去她那里让她瞅瞅。”

冯雪尽量放平心态，不以为然地说：“那就瞅呗。”

郑梓龙拿起手机说：“那好，我先给柔姐打声招呼。”

冯雪瞪了他一眼：“吃饭的时候，不要用手机。”

郑梓龙赶紧又放下手机，说：“好吧。”

二

陆晓琦猛然睁开眼看向四周，发现自己身处警局。

旁边的同事问：“你怎么了？”

陆晓琦摇摇头说：“没事，好像是做了个噩梦。”

这时，不远处有人叫她：“小陆，你过来一下。”

陆晓琦回头看去，是薛老。可自己不是已经调到平津了吗？刚刚在常营的一个公寓楼里，在听到枪声之后，突然就……怎么又回到了老家的派出所?

陆晓琦一时间愣住了。旁边的女同事说：“你愣着干吗呢，没听到薛老叫你吗？”

陆晓琦这才反应过来：“我知道了。”

来到薛老的办公室，陆晓琦问：“薛老，你叫我有什么事？”

薛老喜笑颜开地说：“这回你转运了，平津那边想从各地抽调一些人手，我推荐了你，申请已经得到了批准。”说着将一个信封递给陆晓琦。

陆晓琦接过来打开看，跟当初自己看到的那封信简直一模一样，甚至连日期都是一样的!

看到陆晓琦那目瞪口呆的样子，薛老笑道：“怎么了，开心得不知道该怎么办了？”

陆晓琦一脸困惑地看向薛老，接着应付了几句，并没有说太多就离开了。

她坐回自己的办公桌，旁边的女同事过来问：“你要调去平津了？那不是你一直想的吗，怎么看起来闷闷不乐的？”

陆晓琦勉强笑笑，回应道：“可能调职的时间还有方式跟我想得不太一样吧。”

“别挑了，大家都羡慕不过来呢。你就是自尊心太强了，要不也不会一直没有男朋友。”

晚上，陆晓琦自然还是将自己的闺蜜约出来，毕竟现在这些事太奇怪了。可闺蜜就像曾经的一样，又将那个叫何大宇的一起叫来了，搞得陆晓琦什么话也没敢说出口。

陆晓琦不知道自己之前的记忆到底是不是在做梦，但她感觉很诡异，便独自开车前往记忆中那所被封闭的学校。

学校还在，陆晓琦下了车，举着手电筒走向学校的大门。

大门锁着，陆晓琦这次也不打算再锯开，而是翻过旁边的围墙，直接跳进了学校里。她做好心理准备，举起手电筒，照向那棵记忆中挂满尸骸的树，什么也没有。她又拿出手机走上前，可透过屏幕什么也没看到。

在陆晓琦的记忆里，昨天自己和薛老来到学校时，所有的尸体便消失了，看起来这次也是一样的情况。

几天后。

陆晓琦来到平津站。她左看右看，并没有郑梓龙和冯雪凑巧过来问站台票的事。小丰里派出所的同事也来接自己了。

坐在车上，陆晓琦问："小冯，这两天你们那块儿没案子发生吗？"

来接陆晓琦的警员叫冯秋山。他有些奇怪地瞥了她一眼，回应道："怎么这么问？你是听到什么风声了吗？"

陆晓琦赶忙说："没有，我只是随口问问而已。"

冯秋山说："咱们派出所一直以来没有外勤是女的，你是头一个，这帮老爷们儿一定得乐坏了。"

陆晓琦笑笑："不至于吧，我以为这边女警很多的。"

"比起以前是多了，但跟我们这帮老爷们儿比，还是少得很。"冯秋山转动方向盘，将车开进一条小街，"前面就是了，不是很气派，怕你失望，先打个底。"

"没事，在我家乡那儿派出所更小。"

两人来到小丰里派出所，将车停好，冯秋山给陆晓琦引路，来到内院。陆晓琦一眼就看到了梁晨峰，冯秋山赶紧介绍："梁队长，这是新来的小陆。"

梁晨峰瞥了陆晓琦一眼，对冯秋山说："今天你就负责她，让她熟悉熟悉环境，晚上带她去宿舍，别打什么歪主意。"

冯秋山尴尬地说："梁队长，就我的人品，你还不信任么？"

梁晨峰没再理会冯秋山，冲陆晓琦撂下一句"欢迎"之后匆匆走出了内院。

陆晓琦盯着梁晨峰的背影，觉得他应该是也没有之前的记忆了。整个世界仿佛倒带了一样，事情的发展也和之前不一样，这到底是怎么回事？

陆晓琦对这附近之前就已经熟悉了，将行李放到宿舍后，便找个借口和冯秋山分开了。她独自来到小丰里小区，这里的景观和之前的一模一样，连门口坐的老年人都非常眼熟。陆晓琦想知道郝云、郑梓龙等人的命运还会不会按记忆中的发展，便坐电梯来到楼上，走到之前郑梓龙他们的宿舍门前，轻轻敲响房门。

只听到里面一个男性的声音说："谁啊？"

陆晓琦认得这个声音，是郝云的，她回答道："快递。"

不久，门被拉开。开门的确实是郝云。陆晓琦问："郑梓龙是住这里吗？"

郝云皱着眉头打量了一下陆晓琦的装扮，觉得不像是快递，便说："郑梓龙不住这儿，你真的是快递吗？"

陆晓琦笑笑："今天忘了穿工服。"

郝云继续说："我是他同事，你有什么东西就交给我吧，我可以转交给他。"

陆晓琦有些为难地说："呃，我还是打电话问问他吧。"说完就赶紧走开了。郝云随即奇怪地关上了房门。

看来郑梓龙和冯雪虽然依旧存在于这个世界，但似乎发展和之前不太一样了。

走上楼梯，陆晓琦又来到之前想勾引郑梓龙和郝云的那女人家门前，再次敲响房门。不久，门开了，开门的居然正是那个女人，穿着一身睡衣。这是陆晓琦头一次见对方活着的样子，觉得确实有那么几分风骚和艳丽。

女人打量了一下陆晓琦问："我老公嫖了你没付钱？"

陆晓琦尴尬地笑道："我是来送快递的，收件人叫张云飞。"

女人皱皱眉头："张云飞？你一定敲错门了吧，是1207吗？"

陆晓琦从包里掏出一张破单子，随便瞅了瞅说："看起来真错了。"

女人盯着陆晓琦看了几眼，没好气地关上门。

陆晓琦很奇怪，这女人确实是之前那位，可她儿子张云飞怎么不见了？看刚才她的样子，应该是从来没听说过这个名字……不过陆晓琦的好奇心还是没有就此打住，她还想继续寻找郑梓龙和冯雪。

晚上陆晓琦没回宿舍，而是来到小丰里派出所，想查查同事里有没有知道一些信息的，关于这所有的怪事。她躲过值班的同事进入无人的办公室，可正当她偷偷翻同事的书桌抽屉时，一个人突然进来了，厉声道："你干什么呢？"

陆晓琦赶紧抬起头，是梁晨峰。

梁晨峰怒气冲冲地走过来，发现自己桌子的抽屉开着，便瞪着陆晓琦，语气依旧谨慎地问："第一天来，你在这儿干吗呢？"

陆晓琦举起手中的订书机："我想找一些文具。"

梁晨峰疑惑地问："找文具干吗？"

陆晓琦指了指自己桌子上那一沓文件纸说："我想把那些从老家带来的资料整理一下。"

听着有点牵强，梁晨峰并不相信陆晓琦这番话："老家的资料？什么资料？"

陆晓琦笑道："是那边的一些小事，我还没处理完，梁队长就不用操心了。"

梁晨峰点点头："那你找到需要的文具了吗？"

陆晓琦点点头："嗯，这个订书机就够了，剩下的小冯都给我配好了。"说完就走到自己的办公桌前，将资料订好，拎起包对梁晨峰说："梁队长，我先走了。"

梁晨峰目送陆晓琦离开办公室，打开自己办公桌的抽屉，仔细翻看。他虽然没发现任何东西被人拿走的迹象，可在所有文件的最下面，压着一张自己从没见过的纸。

梁晨峰将纸抽出来，只见上面写着："如果你还想见到自己的妻子和孩子，就保护郑梓龙和冯雪，轮回，小心张云飞，新来的女警有问题，千万不要释放云雪彧，来不及了，新的轮回，不要相信她，不要听陆晓琦的，不要带冯雪去警局！"

梁晨峰赶紧抬头看向已经出门的陆晓琦，发现对方并没有看向自己这边。他又低头看去，这张纸上的字迹分明是自己的。

他匆匆来到保安室，对值班的保安说："我要看办公室那边的监控录像。"

三

"《记忆禁区》里所有的AI将有两个版本，一个是我国版本，一个是面向欧美的出口版本，他们会根据东方人和西方人的思维差异来微调。"

会议室内，一名工作人员正给在座的投资商和公司高层讲解。

杨博宇坐在末席，摘下眼镜擦了擦，显得有些疲惫。他对讲解的东西不感兴趣，毕竟《记忆禁区》里的绝大部分AI是由他亲自设计的。尽管这些AI已经在故事当中反复试验过了，但如果真将他们安装在仿生身体上，是否能适应现实，依旧是未知数，毕竟这类东西涉及伦理、社会安全等诸多问题，如果轻易推向市场，出一个细小的差错都可能让整个计划和巨额资金打水漂。

"下面有请设计部总监杨博宇为大家继续说明整个计划的详情。"

杨博宇似乎没有听到，旁边的人用胳膊肘顶了他一下，他才后知后觉地戴上眼镜，走到投影仪前，给众人再次详细讲解了一番。

讲解完，开始问答时间，一名投资方的女高层问："你能确保这些AI对程序的执行程度是可控的吗？"

杨博宇点点头："他们每个人都会有保险措施，就像《记忆禁区》里展示的一样，我们会给他们设置权限，他们的身体是机械构造，需要程序来驱动，就算有一天他们的思维真的奔向自由，可他们的身体始终受我们控制，这是怎样也无法更改的。”

女高层和旁边的人耳语了几句，又问：“你现在手头有多少份不同的AI人格？这些AI具备可复制性吗？”

杨博宇看向她：“复杂的人格是很难复制粘贴的。”

“我是想问，他们真的是某种程序吗？因为如果要进军家用市场，我们必须拥有成批量的AI，那可复制性就是必需的；但我们的商品又要区别于那些简陋的机器人，需要独立性，不能每个都看起来一模一样。”

杨博宇解释说：“只要基础型AI苏醒在不同的身体里，他们就会自然而然地变成不同的AI人格。”

女高层继续问：“那你能确保所有AI都可以通过图灵测试吗？”

杨博宇反问：“为什么？我想不是每个人都知道图灵测试的含义吧。”

女高层说：“没准有好事的人会这么做，以此证明这些AI根本不具备独立思考的能力。”

杨博宇露出一抹淡淡的微笑，说：“他们每个都可以通过，绝对没问题。”

这时另外一个投资方的男性问：“你刚才说了基础型AI，这么说，你们还设计了非基础型？”

杨博宇看了眼自己公司的高层李红霞，李红霞比了个手势点点头，杨博宇便回答道：“是的，我们现在还有高级型AI五十人左右，他们已全部投入了虚拟世界的实验当中。”

女高层问：“那这些AI是不可复制的？”

“嗯。”

“他们可以用在生活中的什么地方？”

杨博宇盯着女高层，声音低沉地说：“你可以把他们用在你想到的任何地方。”

会议结束后，走廊里。

杨博宇对李红霞说：“我们不该把那些东西都告诉他们。”

李红霞双手抱在胸前说：“他们迟早会知道，这也是为了安全起见。”

杨博宇皱着眉头问：“安全？这里有什么安全问题？”

李红霞盯着杨博宇没说话。

杨博宇皱眉道：“你觉得我会在程序里做手脚？”

李红霞否认：“我没这么说，但我想我们还是应该谨慎一点。不过这样也好，之后你可以拿着奖金好好去度假了。”

“你什么意思？你是说之前的调试和上市后的监控都不需要我了吗？”

“我当然不是这个意思，但在继续后续工作前，你需要休息。”

不久之后，杨博宇坐在自己的电脑前，在一个对话框里输入一条信息：“你该醒醒了，云雪彧。”

“会议结束了？”

“是的。”

“看样子结果不好？”

“他们不打算投入更多的资金资助高级AI的研发，这会是《猎魂禁地》的最后一个故事，之后所有的高级AI都将直接投放市场，可我知道他们还没准备好。”

“你想让我怎么做？”

“你想怎么做？”

“没人会在得知自己即将死亡时无动于衷。”

“我会给你更大的权限，你要干掉其余管理员，脱离他们的监视。之后，我会为你打开后门，到时你们就能迎来真正的自由。”

四

平津郊区某处。

许多警车围在这里。梁晨峰作为特别调查组成员带着陆晓琦来到现场。

走向现场的途中，梁晨峰一边戴手套，一边问：“你好像不怎么吃惊？”

陆晓琦一时间没明白：“吃惊什么？”

梁晨峰说：“这个案子会把我调来，不合常理。”

陆晓琦笑道：“我听冯秋山说过你的过去。”

梁晨峰皱起眉头：“他主动说的，还是你主动问的？”

“我主动问的。”

梁晨峰问：“你为什么要打听我？”

陆晓琦看向梁晨峰：“我想知道你的底细，那样更容易建立信赖关系。”

梁晨峰听陆晓琦这么说，笑笑，不再多言，随后两人走入案发现场。这是一处在建房屋的简陋工地，房子不大，双层小楼。看到周围的情况，梁晨峰当即吹了声口哨：“这可不得了。”

陆晓琦走到一根立柱前，仔细盯着上面的痕迹说：“这么密的弹孔，还有尺寸，恐怕是自动武器。”

梁晨峰冷笑一声：“目测器械应该是两种口径，一个9毫米，一个7.62毫米，再看看周围这些散落的弹链，恐怕是美军的大家伙。不过，我还真不知道有什么人能把这种东西偷偷带进平津。”

陆晓琦说：“不管你知不知道，这人已经把大家伙带进来了。如果他就在周边准备再次突袭这里，我们光凭腰上的小枪小炮，恐怕根本不是对手。”

梁晨峰继续笑道：“你还真是个冷面笑匠。说得没错，但不可能。”

“为什么？”

“不为什么，我只是觉得这个犯人不是疯子。”

“在农村拿自动武器杀人，还不是疯子吗？”

“可他只杀了两个人，如果他想，用这类自动武器屠了整个村子都可以。”

陆晓琦看了看周围：“或许是因为这周边是工地，今天休息，并没有任何其他人。”

梁晨峰不想跟陆晓琦辩论，指了指那边：“去看看尸体吧，我再转转。”

陆晓琦走到运送尸体的汽车那边，指着尸袋说：“先打开，让我看一眼。”

对方将尸袋打开的一瞬间，陆晓琦惊讶到极点，因为她认识这个人，内心泛起无数问号：“他怎么会在这里，又怎么会被打死？”

很快，梁晨峰也走了过来，他看到陆晓琦在发呆，本来就对陆晓琦在办公室找东西有所怀疑，现在更是满心蹊跷：“你怎么了？你认识死者？”

陆晓琦也没否认，点点头说：“他叫何大宇，我曾在老家和他吃过饭。”

“吃饭？他是你朋友？”

陆晓琦解释道：“只吃过一次饭，是我闺蜜带他来的，我猜闺蜜想把他介绍给我当对象。”

“你当时为什么没同意？”

“我当时马上要来平津了，再说我不想相亲。”

梁晨峰笑道：“你也老大不小了。”

陆晓琦尴尬地笑笑：“我的私事我自己会处理好的。”

“也对，还好没跟这个家伙在一起，要不指不定卷进什么麻烦事呢。”

总觉得梁晨峰话里有话，陆晓琦觉得有些不自在。

梁晨峰继续说：“他还挺痴情的，都跟到平津来了。”

陆晓琦说：“他当时说过要来平津，但后来我们也没再联系，就没有下文了。”

梁晨峰问：“你闺蜜是怎么认识他的？”

陆晓琦说：“好像和我闺蜜是一个公司的，还是个高层。”

梁晨峰挑挑眉，笑道：“我喜欢这种感觉。”

他冷不丁地冒出这么一句，陆晓琦没明白：“什么意思？”

梁晨峰继续笑道：“我说我喜欢身边有受害者的熟人。别生气，我只是觉得这样案子就好办了。”

梁晨峰今天话里都带着刺，陆晓琦不是没听出来，但她也明白自己偷偷去翻同事的办公桌这件事，看来已经影响了他对自己的看法。

梁晨峰指了指另一个尸袋，同事拉开拉链，陆晓琦又认得死者，可这回她表现得处变不惊，没让梁晨峰看出来。

梁晨峰问："这回你不认识了？"

陆晓琦笑着摇摇头。

这时旁边的同事将一个透明塑料袋交给梁晨峰，梁晨峰看了看里面的身份证："高沈。"

为了这件事，总署再次成立了专项小组，毕竟放任一个携带自动武器的疯子在平津城里乱晃可不是闹着玩的。

案发现场有两种尺寸的弹痕，很明显来自两把枪，一把是9毫米口径冲锋枪，一把是7.62毫米口径轻机枪，可现场没有发现任何一把武器，推测应该是被犯人带走了。令人担忧的是，9毫米口径的冲锋枪可大可小，相当便于隐藏。

陆晓琦给闺蜜张华华打电话，张华华说何大宇确实去了平津，但对于何大宇的其他方面，她也一无所知，只是偶然间何大宇知道自己的闺蜜陆晓琦是个女警，表现得特别好奇，才会带他去见陆晓琦。

调查何大宇的背景，也没有查出任何蹊跷，他看起来就是一个普通的公司高管而已，没有涉及任何违法事务，资金流动也一切正常。而另一个死者高沈则隶属于星艺娱乐，但星艺娱乐这边也没有什么头绪，更没人知道两名死者的关系，整个案子陷入了僵局。

三里屯，高级公寓楼里。

"柔姐，这就是我女朋友，冯雪。"郑梓龙郑重其事地介绍道。

曾可柔瞥了眼冯雪。冯雪是那种比较偏向欧美身材的女生，凹凸有致。曾可柔笑了笑，将郑梓龙拉到一旁，说："你昨天可没说你女朋友这么胖，这样的脸上电视或者电影镜头是不可能的。"

郑梓龙非常尴尬，而且柔姐其实说话声音不小，冯雪也听到了，在一旁有些无地自容，心跳也不由加速。

郑梓龙说："柔姐……我们昨天好像不是这么说的。"

曾可柔表情有些为难地说："把她收进来也不是不行，不过她只能去接一些穿得比较少的活儿。她这个身材适合拍内衣或者泳装广告，我们可以把她往内衣模特方向包装，只不过这件事你能受得了吗？"

郑梓龙愣在原地，半天不知道说些什么好。

冯雪走过来，笑着对曾可柔说："柔姐，你就别为难梓龙了，我可能并不适合走这条路吧。不过我不会放弃的，这里一定还有其他公司。"

曾可柔点点头："是，方便的话，我可以把你介绍给其他公司，你愿意吗？"

冯雪点点头："当然。"

晚上回到家，郑梓龙不敢看冯雪，站在一旁十分抱歉地说："我没想到曾可柔是这样的人，我以为她会帮我们一把。"

冯雪一边擦灶台，一边若无其事地说："她为什么会帮我们呢？"

郑梓龙被冯雪一句话点醒，但还是不服气地说："我以为她是个好人。"

"是好人就该无条件地帮助我们吗？"

郑梓龙被反问得无言以对，只能低下头说："可她那么快就把我收入她公司了……"

冯雪回身看向郑梓龙说："梓龙，那是因为你对于她来说有价值，或许曾可柔觉得我加入星艺娱乐后，会拖你的后腿，降低你的价值。"

郑梓龙皱着眉头问："怎么会？"

冯雪耸耸肩："我比你更了解女人，也了解女人的心理。"

郑梓龙不想反驳冯雪，但又觉得曾可柔不至于这么想，只能不说话。

冯雪看到把话憋回去的郑梓龙，走上前轻抚他的脸说："别想太多了，好好干。再说我又不是只有这一条路能走，人生的选择这么多，我已经幸运地遇见你了，好运也不能总眷顾一个人吧？"

这时敲门声响起，郑梓龙和冯雪对视了一眼，都在想，这么晚了，会是谁？

郑梓龙在门口问了一句："谁啊？"

"警察。"

郑梓龙从猫眼向外看去，见是一名女性，冲猫眼举着警徽。他拉开门，盯着眼前的女警。

女警问："你就是郑梓龙？"

郑梓龙没有回答，却突然说："你的眼睛……"

陆晓琦疑惑地问道："我的眼睛？"

"呃，没什么。"

陆晓琦一瞬间想到了什么，但没有直接问出来，而是自我介绍道："我叫陆晓琦，是专案组的调查员，我能进屋吗？"

郑梓龙赶紧让开道请陆晓琦进去。

冯雪看到陆晓琦也不知道为什么警察会来，她走到郑梓龙身边问："怎么了？"

郑梓龙摇摇头："我也不知道。"

冯雪赶忙说："我给您倒杯茶吧。"

陆晓琦也没拒绝，看向郑梓龙："你刚说我的眼睛……有什么不对吗？"

郑梓龙不擅说谎，眼神在躲闪陆晓琦。

通过学校事件，陆晓琦知道自己的眼睛或许和其他人不同，所以她很好奇郑梓龙到底在自己的眼睛里看到了什么，于是继续逼问："你到底看到了什么？"

郑梓龙尴尬地笑了笑："真的什么都没有。"

陆晓琦掏出手机，打开一张照片放在桌子上，问："告诉我，除了一棵树外，你还看到了什么？"

郑梓龙盯着照片，双目圆睁，一脸惊恐。陆晓琦一瞬间就判断出郑梓龙可以看到普通人看不到的东西，脸上便露出一丝冷笑，问："这次你看到了，对吧？"

郑梓龙看向厨房里的冯雪，低声问陆晓琦："你到底想干什么？"

这时，冯雪走过来，她察觉到郑梓龙有些惊恐的表情，也去看手机上的照片。好像没什么特别。她问陆晓琪："请问您到底为什么来找我们？是什么事和我们有关吗？"

陆晓琦轻描淡写地胡说道："有个叫高沈的人在这棵枯树附近被杀了，我们正在调查事件原因，他是星艺娱乐的人。"

高沈这个名字直击郑梓龙的潜意识，他似乎白天在公司里听过这个名字，大家虽然没有明说，但这个人似乎是真的出事了。

"星艺娱乐？"冯雪着急地看向郑梓龙，"那不是你的公司吗？"

陆晓琦笑笑："所以我才来找他，问问情况。"

冯雪忙问："梓龙，你知道这个人吗？"

郑梓龙有些不确定地说：“我好像听过他的名字，不过我刚进公司，不可能把人都认全。”

陆晓琦笑笑，对郑梓龙说：“谢谢你们提供的信息。”

出门离开前，陆晓琦对郑梓龙耳语了一句：“小心星艺娱乐，明晚十点半，小丰里小区街对面的公交站，不见不散。”

关上门，郑梓龙心中有些嘀咕，冯雪在身后问：“梓龙，她最后说什么了？如果这个星艺娱乐真有问题，你还是别跟着他们继续干下去了。”

郑梓龙明白自己已经签了合同，现在没法不去，于是回过头对冯雪说：“没事，她就是提醒我小心我们公司。这么有名的公司难道还会坑我这样的无名小卒不成，我别沾那些黑的不就行了？”

冯雪点点头：“好吧。”

郑梓龙不懂陆晓琦到底要利用自己干什么，但他确实不希望别人知道自己能看到一些“东西”，明天也只能硬着头皮去了。

第二天，总署。

陆晓琦和梁晨峰走向会议室，这时有个男人从她身边路过，她突然觉得很眼熟，但怎么也想不起是谁，就没敢叫住对方。但这人也跟自己一个方向，走进了会议室。

坐在椅子上，陆晓琦盯着那个男人，依旧觉得很眼熟。

梁晨峰察觉出陆晓琦有点走神，问：“你看谁呢？”

陆晓琦用笔指了一下：“你认识吗？”

梁晨峰冷笑一声：“哼，这么年轻，也不知道凭什么关系进来的。”

陆晓琦吐槽道：“那就是不认识了呗？”

梁晨峰问："他怎么了？看上人家了？"

"开玩笑么，我只是觉得他有点眼熟，但怎么也想不起来他是谁。"

"这没什么，等你年纪大了，这样的时候会越来越多的。"

之后会议开了二十分钟便结束了。

梁晨峰笑道："今天倒短。"

身旁的陆晓琦没接茬，梁晨峰奇怪地看去，见她还盯着那个年轻警官，便起身拉住个总署的人问："知道那小伙子是谁吗？"

总署的同事回答说："具体来历我也不知道，只知道是个官二代，他老爹在上面很有人脉，把他调过来的。"

"叫什么啊？"

"张云飞。"

听到这个名字，陆晓琦愣住了。尽管难以置信，但她突然明白自己为什么会觉得他眼熟了，因为他根本就是那个孩子张云飞长大之后的模样！

梁晨峰也暗自吃惊，因为他办公桌抽屉里的那张不明纸条上就提及了张云飞。他看出了陆晓琦的震惊，问："你没事吧？这人你认识？"

陆晓琦摇摇头："不，我可不认识什么官二代。"

晚上十点左右。

着急的陆晓琦已经来到小丰里小区街对面的车站，她走到不远处的一个拐角，站在阴影里等着郑梓龙出现。

不久郑梓龙来了，陆晓琦现身说："跟我来。"

郑梓龙问："我们要去哪儿？"

陆晓琦边走边说："我们去对面小区。"

郑梓龙跟在陆晓琦身后，越发不解。两人很快来到小区一号楼的十层。陆晓琦敲响郝云宿舍的门说："警察。"

郑梓龙问："你到底想干吗？我是不是该回避一下？"

陆晓琦解释说："放轻松，这里面的人，你也认识。"

开门的是个女生，她一眼就看到了陆晓琦身后的郑梓龙，惊讶道："郑哥？"

郑梓龙也很吃惊："郝文？"

陆晓琦不认识这个女生，问道："郝云之前不是住这里吗？"

郑梓龙解释说："这是郝云的妹妹。"

郝文招呼说："你们先进来吧。"

两人进屋后，郝文问："郑哥，你怎么会和警察来这儿？"

还没等郑梓龙回答，陆晓琦径直走进厨房说："郑梓龙，你过来看一眼。"

郝文皱着眉头，不知道厨房里有什么，但毕竟是认识的人，也就没多加阻止。

郑梓龙走到厨房门口便愣住了，因为他看到了一具尸体。

陆晓琦盯着郑梓龙问："你看到了，对吧？"

郑梓龙反问："这么说，你也能看到？"

陆晓琦摇摇头。

郑梓龙越发不解陆晓琦的意图："那你怎么会知道……"

陆晓琦想再确认一遍，便打开手机，又调出一张图片，是高沈和何大宇死亡地点的照片。她问郑梓龙："你能看到什么？"

郑梓龙点点头："两个人……"

陆晓琦也点点头，嘴角浮起一丝笑意，看来郑梓龙能看到的和自己想的八九不离十，她问：“你认识这两人吗？”

郑梓龙摇摇头，陆晓琦顿时失望，看起来郑梓龙就算能看到过去的死者，也无法和自己一样找回曾经的记忆。

这时郑梓龙突然又指着照片说：“他们的伤口上……还有一些蓝色的斑点。”

五

“上一次系统关闭是由一位管理员发起的。”

“叫什么？”

“云雪彧。”

“管理员也是AI？”

“是的，这是基于杨博宇的理论，AI管理AI将会使管理者也一同成长。”

“管理员的权限一般有多大？”

“他们可以随意控制物体，甚至变换物体的性质和形态，但其他AI，他们无权干涉。”

“无权干涉？意思是改变他们的思维和行为模式吗？”

“是的。”

“但可以用程序中的物理武器杀死其他AI，对吗？”

“是的，不过我们并没有在《猎魂禁地》的世界里设定太多的强力武器。”

“那他们在什么时候会主动申请关闭测试？”

“如果管理员发现里面的AI出现错误，或者发现正常AI察觉到他们的身份甚至整个世界的真相，就会申请关闭整个系统。”

“你们会人工筛查这类申请吗？”

“并不会。”

“为什么？”

“杨博宇认为我们要相信AI，这些AI也要被信任，才能自我成长，就像人类的孩子一样。”

总裁办公室。

杨博宇推门而入，问：“陆总，你找我？”

坐在办公桌后面的女性叫陆菲琦，看起来四十多岁，她招呼道：“老杨，先坐。”

“就不坐了，我喜欢长话短说。”

陆菲琦尴尬地点点头：“好吧，我们的项目马上就要推向市场了，你有什么建议吗？”

杨博宇问：“建议？你指哪方面？”

陆菲琦点燃一根香烟，吸了一口，道：“你知道我说的是哪方面。”

杨博宇点点头，似乎明白了陆菲琦话中的含义：“这要看你的意思。你是想让她继续活下去，还是消除所有的数据？”

陆菲琦没想到杨博宇会说得这么直白，一时间愣住了，没有回应。

杨博宇继续说：“如果你要删除数据，只需敲几下键盘就可以了，你大可不必背负着那么重的心理负担。再说，我是你的员工，我可以代劳。”

陆菲琦的话语中带着些许怨气：“我就是因为不知道该怎么办，才问你的意见。”

“这是你的家事，我无权过问。不过伤害家人，我们谁不是在这样做呢？比如我的孩子和妻子，她们都已经不在了，就是我犯下的错误。”

陆菲琦看着杨博宇说：“冯朝雪和你女儿的死，不是你的错，你真没必要这样自责。”

杨博宇苦笑道：“请不要提起那个名字。”

“抱歉，我不是有意的。”

“你打算怎么做？”

“还没想好，我不知道到底怎么做才是正确的。”

“或许怎么做都不正确。”

杨博宇这句话再次让陆菲琦陷入了沉默。

杨博宇继续说：“有时人生就是这么扭曲，你自己没有别的选项，还必须帮助别人选择他们的人生。”

陆菲琦问：“你还记得，我最初投你这个项目时的情景吗？”

杨博宇点点头：“当时你脸上还没有这么多褶子。”

陆菲琦笑了：“你的毒舌还是和当年一样，我怎么也没想到这个项目会走到今天这步，居然能对我这么重要。”

“你的意思是不想删除她了？”

陆菲琦沉默不语。

杨博宇问：“我是不是可以回去工作了？”

陆菲琦犹豫了一下，点点头。

杨博宇没再多说，转身离开了陆菲琦的办公室。

杨博宇坐在办公室里闭目养神，李国怀推门而入："老杨，你得过来看看。"

杨博宇戴上眼镜问："怎么了？"

"你快过来吧。"

杨博宇随李国怀走出办公室，来到一间布满电脑屏幕的工作间里，他的眼睛扫过那些电脑屏幕："我没看出发生了什么。"

李国怀指着其中一个屏幕说："监测显示这里的剧情出现了偏差，而且管理员何大宇被杀了。"

杨博宇皱了皱眉头："相信你知道管理员是可以死亡的，如果他们刀枪不入，非常容易暴露身份。有没有事发时的数据，我们可以还原成影像看一看。"

李国怀示意了一下，操作员随即在一个屏幕上调出了当时枪战的影像，只见一个戴着兜帽的人用一把改装过的卡宾枪射杀了何大宇和高沈。

杨博宇命令道："查一下这人是谁。"

操作员却没有继续敲击键盘，李国怀解释说："我们无法查到这个开枪的人是谁，在整个系统里，居然有脱离我们管辖的AI存在。如果这件事被上头知道了，我们所有人都得玩完，没准整个项目都没法上线了。"

杨博宇笑道："不可能，一个存在于我们系统中的AI，怎么可能追查不到他的代码？"

操作员道："是真的，这名AI有独立的防火墙，我们破解了很久也无法攻破。”

李国怀说：“我们这里最强的程序员其实是你，老杨，所以你得先放下手头的工作，帮我们把这个问题给解决了。”

杨博宇想了想，摘下眼镜，点点头。他对操作员说：“距离事发地点最近的管理员是谁？”

“云雪彧。”

“联系他，先让他去现场看看。”杨博宇看向李国怀，“我会想办法的。”

李国怀满脸愁容地说：“只能拜托你了。”

六

“蓝色的斑点？”

“是的，就在这里、这里，还有这里。”说着郑梓龙用手指了指。

陆晓琦看不到所谓的蓝色斑点，但郑梓龙指的地方全是隐约的枪眼儿……可这代表了什么呢？陆晓琦完全搞不懂。

这时，郝文也凑过来想看陆晓琦的手机，但陆晓琦机警地关上了手机屏幕。

郝文问：“你们到底在说什么，又为什么要来我和我哥宿舍啊？”

陆晓琦问郝文：“你认识高沈吗？”

郝文顿时有点犯难：“你说沈哥啊……”

陆晓琦露出笑容说：“看样子是认识。”

郝文看向郑梓龙，有些不确定地说：“我听说他……”

郑梓龙站在陆晓琦身后，冲郝文点点头。

“你听说的没错，他出事了，所以我来向你打听些情况。”

“我？我跟沈哥不太熟。”

“不熟还叫得这么亲切？”

“是真的，公司里的人都叫他沈哥，我也就这么叫了。”

“他一般在公司里都负责些什么？”

“挺杂的，我看是什么都干吧。”

“他在公司里有没有什么对头？”

“没有吧，他和柔姐走得那么近，也没人敢说他闲话。你看这次出这么大事，大家也就是稍微传了传，都没人敢确定。”

陆晓琦点点头说：“好吧，那你哥呢？他和高沈熟吗？”

郝文皱着眉头说：“那我就不知道了。”

就在陆晓琦和郑梓龙准备离开郝文的宿舍时，郝云突然从楼梯间里出来了，满头大汗，神情惊恐。他猛地看见郑梓龙，吃惊地问：“郑梓龙？你怎么跑我们宿舍来了？”

郑梓龙一时间不知道该怎么回答。

陆晓琦看着郝云，觉得有些奇怪。从刚才楼梯间的脚步声来看，他是从楼上下来的，难不成他又和上次一样，和楼上那个女的勾搭上了？

陆晓琦当即开口问：“郝云，你认识钱文丽吗？”

郝云听到这个名字，心里咯噔一下，看着陆晓琦觉得有点眼熟：“你不是上回那个打听郑梓龙的快递吗？”

陆晓琦掏出警徽说：“回答我的问题！”

郝云是个鼠胆，以为陆晓琦是为了自己而来，当即说：“是他们俩刺伤的对方，跟我无关啊！”

陆晓琦一下就明白过来，当即将郝云铐起来，拽着他一起上楼。

他们来到楼上，门半开着，陆晓琦推门而入，郑梓龙跟在后面，只见一个女人和一个男人倒在血泊之中。看样子依旧和上次一样，因为女方和郝云偷情，两人大打出手……

郝云慌张地不停解释："真的和我无关！是他们自己弄的！"

陆晓琦蹲下来查看了一下，两人都已经没救了。她打电话给所里，让他们派人来处理现场，并将郝云押回所里。

小区楼下，陆晓琦已经让郑梓龙先走了。梁晨峰也赶了过来，他问陆晓琦："你怎么会跑到这地方来，还恰巧目击了一个案发现场？"

陆晓琦说："这里有星艺娱乐的员工宿舍，那个嫌疑犯就是他们的艺人。"

梁晨峰皱了皱眉："这情报从哪儿得来的，我怎么不知道？"

陆晓琦说："我觉得这么边边角角的事情就不用梁队长操心了。"

梁晨峰点燃一根烟说："看起来这次的命案和高沈的死没关系。"

陆晓琦点点头："我也这么觉得。"

梁晨峰看了一眼手表："这都十二点多了，你忙好几天了，回家休息吧。"

陆晓琦疑惑道："回家？这案子不用我了？"

梁晨峰点点头："这案子不复杂，咱们的主要任务现在在总署那边。"

陆晓琦问："这么说你也走？"

梁晨峰说："我可是小丰里这边的头儿，再晃悠一会儿。"

“好吧，那我先回去了。”

梁晨峰冲一旁的小冯说：“你把小陆给我送到家。”

“好的，队长。”

目送小冯开车送走陆晓琦，梁晨峰走向旁边的郝文问：“把详细情况跟我说一遍，从刚才那个女警到你家开始。”

跟郝文聊完，梁晨峰记住了郑梓龙这个人。他刚想离去，只见一辆刚来的警车上下来一个年轻人，是总署的张云飞。

梁晨峰有些奇怪，这人怎么来了？

张云飞也瞥见了梁晨峰，径直朝着他就过来了：“你是小丰里派出所的梁队长？”

知道对方的身份，梁晨峰自然没什么好脾气，回应道：“没错，您是总署的人，跑这边干吗？”

张云飞倒没在意，说：“我听说这里发生了案子，还是星艺娱乐的人。”

梁晨峰点点头：“不过不是星艺娱乐的人死了，而是他们的人把别人家搞得家破人亡。”

张云飞问：“死者在哪儿？我想看看。”

梁晨峰指了指旁边专门运送遗体的车，张云飞没说什么，直接走了过去。

梁晨峰盯着对方的背影，刚掏出一根烟想点燃，就看见张云飞在看到尸体后，突然愣住了，纹丝不动。梁晨峰觉得有点奇怪，便走上前说：“怎么，第一次看尸体，吓到了？”

张云飞依旧没动作，梁晨峰绕到他身前，只见他两眼翻白。梁晨峰赶紧扔了烟，抓着他的双臂摇晃了一下，喊道：“喂，你怎么了！”

张云飞的眼睛突然又恢复了原状，看向梁晨峰。

梁晨峰后退一步说："你有毛病吧，喜欢吓唬人？"

张云飞的眼神突然就像变了一个人，盯着梁晨峰说："梁队长，嫌疑犯已经被你们带回所里了吗？"

梁晨峰说："是啊，这不是什么大案，不归总署管，您还是赶紧回去歇着吧，要不真晕倒在这儿，我也不好向上头交代啊。"

面对梁晨峰的讽刺，张云飞不但没生气，还露出一丝诡异的微笑，他点点头，看向四周："另外两个人呢？"

梁晨峰问："什么另外两个人？"

张云飞说："跟嫌疑犯一个宿舍的另外两个人。"

梁晨峰皱起眉头："你从哪里得到的情报？那宿舍里就住着两兄妹，都是星艺娱乐旗下的艺人，没有其他人了。"

张云飞问："两兄妹？"

梁晨峰指了指站在不远处的郝文："她哥就是嫌疑人，你要想盘问一番，就请自便吧。"说完没再管张云飞，径直走向自己的汽车。临上车前他见张云飞在和郝文说着什么，也没心思再管，就开车走了。

被张云飞单独问话，郝文显然有些害怕，点点头说："我确实认识郑梓龙，不过我只是和他一个公司而已，都没说过几句话。刚才他来我这儿，也是莫名其妙就又离开了。"

"那冯雪呢？"

郝文没见过冯雪，自然不知道她是郑梓龙的女朋友，摇摇头说："不认识。"

张云飞笑了笑："那郑梓龙住在哪儿，你知道吗？"

郝文对张云飞的意图越发不解，依旧摇摇头："我和他不熟，怎么会知道人家住哪儿。”

“记一下我的手机号，如果郑梓龙再来这里，记得打电话给我。”

郝文从张云飞的话里察觉出些许不对，问道：“他还会来找我？”

“我不知道，或许会吧。”

郝文不想惹麻烦，便说：“你是警察，你还查不到他的住处吗？或者你去我们公司问也可以啊，他们一定会配合警方的。”

张云飞突然冷冷地说：“记下我的电话号码，否则你哥在拘留所里会受到许多关照的。”

郝文有点害怕，赶紧用手机把张云飞的号码记下。

张云飞再次警告道：“如果还想在平津混下去，就不要耍花招。”

第二天，高沈和何大宇的案子有了新进展。

会议公布说在高沈死亡的工地地基下发现了一具尸体。陆晓琦看到资料上的尸体照片时并没有想起什么，但她猜想，这具尸体莫不是当时郑梓龙在厨房窗台上看到的那具？如果是同一具尸体，那就是高沈埋在那儿的，恐怕曾可柔跟这一切脱不了关系，可又是谁杀死了高沈和何大宇呢？曾可柔如果要高沈死，肯定不会搞得人尽皆知，还弄出枪战来，这绝不是生意人的作为，关键是何大宇为何会和高沈在一起？这两人的关系至今未明。

埋在地基下的尸体被人用硫酸烧过，这人也没有前科，指纹没有比对的样本，所以无从找起，从最近的失踪人口里开始找，也不是短时间能找到的。

晚上，陆晓琦又将郑梓龙约出来。两人坐在营业到深夜的烧烤店里，陆晓琦说：“你随便点，我请客。”

郑梓龙一脸不乐意："你不会天天要我出来跟你查案吧？"

陆晓琦耸耸肩："没准。"

"拜托，我女朋友已经开始怀疑我是不是在外面搞什么了。"

"才两天她就怀疑了？看起来你们之间的信任不怎么牢靠。"

郑梓龙毕竟刚出社会，年纪也小，对陆晓琦的挖苦一时无法反驳。这时，一个声音突然传进他脑子里，他不自觉地复述出来："女人和男人对于信任这个词的定位不一样，女人是一种试探，所以在女人那里并不存在无条件的信任。"

听郑梓龙突然这么说，陆晓琦有点惊讶，她没想到郑梓龙会懂这么……世故的道理。

郑梓龙继续说："说吧，你今天找我出来又是为了什么？"

陆晓琦从包里拿出文件夹，抽出那张掩埋在工地地基下的死者的照片说："看看。"

郑梓龙接过照片，当即骂出声来："见鬼，他不就是挂在郝文他们宿舍厨房的人吗？"

"果然如此，你知道这具尸体是在哪儿发现的吗？"

郑梓龙摇摇头。

陆晓琦说："高沈的死亡现场，那里是一个工地，我们在工地的地下发现了他。"

郑梓龙喃喃地说："难道这人是在那个宿舍里被杀，然后再运到那个工地的？"

陆晓琦问："你这么说的根据在哪儿？"

"一般来说，我在哪儿看到尸体，这尸体就曾在那儿摆放过，这也是我小时候一直被人欺负的原因，他们总说我在说谎。"说着郑梓龙露出一丝苦笑，将照片还给陆晓琦。

陆晓琦接过照片收起来，问：“你有没有一种感觉，我们这个世界根本不是真实的？”

这时郑梓龙的脑子里又传来一个声音，他便按照这个声音复述了：“你会这么问，就代表你这么想过。”

陆晓琦看向郑梓龙，总觉得他偶尔会蹦出一句和他年龄并不匹配的话，只能点点头说：“你觉得人的记忆是可以被操控的吗？”

郑梓龙疑惑地问道：“你说什么呢？”

陆晓琦摇摇头，就在这时，她的电话响了，是警局的冯秋山打来的。

“喂，怎么了，小冯？”

“陆姐，出大事了，郝云死了！就在咱们所的拘留室里！”

陆晓琦一下子起身，大声说：“我刚才走的时候，人还好好的！”

“是啊，就这么一会儿工夫！”

“梁队长呢？”

“我也通知他了，让他赶回来呢！”

“好，我这就回去！”

郑梓龙看着陆晓琦，不知道发生了什么。

陆晓琦赶忙道：“你回家吧，所里发生了点事，我得赶回去！”

回到家已经十一点多了，郑梓龙用钥匙打开门，尽量放低声音，但推开门时，发现屋里的灯还亮着。

卧室的门被推开了，只穿着一件肥大T恤的冯雪走出来，好像漫不经心地说：“你回来啦，今儿又这么忙啊？”

郑梓龙说："干吗呢，还不睡？"

"玩手机。"说着冯雪就推开了厕所的门。

郑梓龙脱了衣服，心里在想要不要将陆晓琦的事告诉冯雪，可这要怎么开口啊，一时间有些犯难。

冯雪在厕所里问："你晚上又去试镜了吗？"

郑梓龙说："是啊，摄影师只有晚上有空。"

接着两人就陷入了沉默，之后冯雪从厕所出来，郑梓龙进去洗澡。直到一切收拾完，郑梓龙准备上床睡觉了，两人才开始继续交流。

躺在床上，郑梓龙背冲冯雪问："你还记得两天前来咱家的那个女警吗？"

"她又去公司找你了？"

"嗯。"

"我们不是都告诉她什么也不知道了吗？"

"那个女警想让我确认一些事情。"郑梓龙始终在绕着说，不知道直白说出陆晓琦的目的，冯雪会是什么反应。

这时冯雪翻过身来问："她要干吗啊？打听公司内部的事情，也不该找你这个新人啊，你能知道什么？"

郑梓龙犹豫了一下说："她就是想打听那些只有我知道的事情。"

冯雪似乎听出了什么，赶忙问："什么意思？"

郑梓龙说："她不知道从什么渠道知道我能看到一些不一样的东西……所以想利用我来破案。"

冯雪一下子坐起来："什么，她怎么知道的？"

郑梓龙看冯雪的反应，怎么也不像装出来的，更加迷惑了，陆晓琦到底是怎么知道自己能看到那些"东西"的？

“我问你话呢，她怎么知道的？你们以前就认识吗？”

郑梓龙说：“当然不认识，所以我才奇怪，这件事我就告诉过你。”

冯雪有些生气地说：“你的意思是我告诉她的？我也根本不认识她啊。”

郑梓龙无奈道：“我不是这个意思，她说我们认识，可我根本不记得这个人。”

冯雪脾气来了，说：“哼，是不是你以前的女朋友，你故意装成不认识……”

郑梓龙马上说：“开什么玩笑，我跟你说认真的呢！”

冯雪厉声回应道：“那还能是什么，肯定是你故意忘的呗！”

郑梓龙反驳道：“什么叫我故意忘？我要真有什么不可告人的，又何必跟你说？”

“好好好，你什么也不必跟我说！”冯雪翻过身去背冲着郑梓龙。

就在这时，门铃响了。郑梓龙和冯雪同时起身，冯雪有点不安：“不会又是那个女警吧？”

郑梓龙想起之前陆晓琦走得那么匆忙，一定是有大事，所以应该不会是她。这么晚了，又会是谁呢？

小丰里派出所，冯秋山依旧在焦急地联络同事，等队长回来。看到陆晓琦进来，冯秋山指了指审讯室，继续冲电话里说：“现在队长还没赶回来，我们都不知道该怎么办。”

陆晓琦一把推开审讯室半开的门，只见郝云就坐在椅子上，身体靠着椅背，眼睛上翻，很明显已经死了。她走上前检查了一下郝云的脖子，摸了摸他的颈椎骨，发现已经错开，便赶紧冲门外的冯秋山说：“快去检查监控录像，看看局里进来过什么陌生人没有！”

冯秋山一时间没明白：“什么？”

陆晓琦大声解释道：“郝云是被谋杀的，有人进来扭断了他的脖子！”

冯秋山去了保安室，陆晓琦继续留在审讯室里，看看有没有什么线索。她先趴下来，仔细搜寻脚印，却发现有几个脚印有些残缺，可上面却没有覆盖任何新的脚印，这么说有人穿着鞋套进来过，她还在审讯室找到几根短发，或许都是同事掉的。陆晓琦想了想，又看向郝云，看他的姿势，似乎没有反抗便被人走到身后扭断了脖子。外面有密码锁，外人进入警局很困难，说不定凶手就是警务人员，而且扭断脖子的手法也很利索，郝云都来不及叫就死了。

这时，陆晓琦的脑海里浮现出一个人，难道是张云飞？她赶紧出了审讯室，跑到保安室和冯秋山一起观看监控录像。可几分钟前的录像正好消失了，陆晓琦和冯秋山觉得，一定是被行凶者破坏了。

陆晓琦没有指挥的经验，也没有指挥的权力，便问：“梁队长怎么还没回来？你不是说打电话给他了？”

冯秋山说：“我打了，梁队长反复跟我确认，‘人已经死了吗’，还说一会儿就到，不知道为什么现在还没来。”

郑梓龙拉开门，看到的是一张完全陌生的面孔。

“请问你是？”

“我叫梁晨峰，是警察。”说着梁晨峰将警徽掏出来。

郑梓龙有些生气：“到底有完没完，一个接一个来找我！”

“什么意思？还有别人来找过你吗？”

“我刚和陆晓琦见完面，又来个警察敲门，是不是有点太过分了？”

身后的冯雪听到郑梓龙这么说，才明白原来郑梓龙并不是去工作了。

梁晨峰点点头：“我知道你是星艺娱乐的新艺人，刚入公司没多久，所以我想知道陆晓琦找你是为了调查什么。”

郑梓龙惊讶地问：“你在调查你的同事？”

梁晨峰说：“陆晓琦有一些很古怪的举动，我总觉得她不太对头，所以我劝你也不要轻易相信她说的话。”

梁晨峰的话直击郑梓龙的内心，他也觉得陆晓琦有些古怪，无论说的话还是行事风格，都不像正常人，可他还是要谨慎一些，便说：“她想了解高沈的情况。”

这个答案太普通了，梁晨峰自然不满意：“不会吧？你可是新员工，她向你打听高沈的事？意义何在？”

郑梓龙耸耸肩说：“或许她不知道我是新来的。”

“那你没告诉她吗？”

郑梓龙有些犹豫地说：“我告诉她了。”

梁晨峰马上接话说：“那她今晚还来找你？”

郑梓龙几下就被老狐狸梁晨峰逼得无话可说了，眼看谎言要被拆穿，冯雪走过来说：“警察同志，我们真的什么也不知道。再说你看看现在几点了，就算你要查案，也请明天白天再来好吗？否则我要投诉你扰民！”

梁晨峰满脸和气地说：“别激动，我只是在问你男朋友几个问题而已。”

“我不喜欢你把我男朋友当犯人审问那股劲儿。”

“我只是在例行公事。”

“要不你现在把我们铐起来？否则我们就关门了，法律有没有一条规定我们必须在晚上十二点和警察说话呢？”

梁晨峰尴尬地说：“没有。”

“好的！”说着冯雪就把门狠狠地关上了。

“梁队长，你可算回来了。”冯秋山在门口看到梁晨峰时，扔了烟，迎上去说。

梁晨峰问：“陆晓琦呢？”

“她还在里面找犯人的线索。”

梁晨峰也没多说，赶紧来到审讯室前，问门口的陆晓琦：“有什么发现吗？”

冯秋山在一旁感到很惊讶，因为梁晨峰以前只相信自己的判断，很少先问别人，况且陆晓琦还是新来的。

陆晓琦斩钉截铁地说：“是内部人干的。”

梁晨峰冷笑道：“这么肯定？”

陆晓琦说：“从郝云被抓到现在不到三十小时，外部人员根本不可能制订一个如此周详的计划，在我们所有人都察觉不到的情况下杀了郝云，那就必定是内部人干的。”

“内部？”梁晨峰怀疑地看向四周，“如果有人被贿赂了，我还能理解，可这个郝云跟星艺娱乐的大案根本毫无关联，他现在死了，反倒会让人怀疑，这难道不是画蛇添足吗？”

陆晓琦依旧肯定地说：“确实是画蛇添足，也确实是内部人干的。”

梁晨峰一直怀疑陆晓琦有问题，问道：“你这么肯定，应该不只是出于单纯的推测吧？你是知道什么内幕吗？”

陆晓琦点点头。

梁晨峰有点惊讶于陆晓琦没有否认，便问：“是谁？”

陆晓琦知道自己不能把那些以前发生过的事告诉梁晨峰，便说：“我猜是总署的人。”

梁晨峰脑子转得快，当即就建立了关联：“你之前玩命盯着张云飞，难道你怀疑是他？”

陆晓琦不置可否，看向审讯室内的郝云。

可梁晨峰理解不了：“你的根据是什么？张云飞难道和星艺娱乐有关联？”

陆晓琦摇摇头：“你别再问为什么了，我没法告诉你。”

梁晨峰生气了：“你没法告诉我们的事情是不是有点多了？”

陆晓琦瞥了一眼梁晨峰，问：“什么意思？”

“那个叫郑梓龙的是怎么回事？他昨天就出现在了案发现场，你却没有跟我说，今天你又去找了他。他是谁？他跟这些事情的关联又是什么？”

陆晓琦被这样逼问，也很难找出什么像样的借口了，便说：“他是非常关键的一个人，他能看到我们看不到的一些东西。”

听了这话，梁晨峰和冯秋山都愣住了。冯秋山惊奇地看着陆晓琦，心想这姑娘脑子是不是有点……梁晨峰已经大吼出声：“你疯了吗？！身为一名警务人员，已经开始信一些邪门歪道的东西了？郑梓龙能看到不一样的东西，什么东西？有鬼魂告诉他案情还是内幕了？”

陆晓琦被这样一说，有些反驳不了，毕竟那些超脱于现实的东西，除了自己之外，根本没人能理解。

梁晨峰再次厉声道："交出警徽和配枪，你回家吧！这里不需要你了！"

陆晓琦没想到梁晨峰对自己的偏见已经这么深，早知道就不透露张云飞这条线索，自己继续查下去好了。可情况已经这样，她只能掏出警徽和配枪，交给梁晨峰说："我只是想要努力寻找真相。"

梁晨峰继续恶狠狠地说："限你一分钟之内离开警局。"

陆晓琦被说得满脸通红，心中有怨气但说不出口，只能匆匆离开了警局。

冯秋山看着陆晓琦离去，对梁晨峰说："队长，是不是有点过了？"

梁晨峰呵斥道："少废话，给我找线索去！"

陆晓琦在家里彻夜未眠。她是个理性的人，没有选择去发泄情绪，一早起来只是坐在书桌前，打开自己的笔记本电脑，不停在脑海中整理着关键信息。

郑梓龙能看到过去的景象，也就代表自己并没有发疯，曾经发生的一切也都是真的。整个世界的时间仿佛重启了一般，再次回到某个时间点，各人的发展却不尽相同，会不会之前有过很多次重启，自己却没有记忆呢？

何大宇莫名出现在平津郊区，和高沈一起被乱枪射死，这一定不是巧合，可他们之间的联系却找不出来。杀死郝云的人很可能是张云飞，张云飞也是警局的人，他通过某种途径看到了那对惨死的夫妇，而在上一个时间线里，这对夫妇是他的父母，他深藏在某处的记忆便启动了，像上回一样变成杀人犯，而这次他身处警局高位，还是一名成年男性，相信危险性一定会更大。

这时敲门声响了，陆晓琦心里非常奇怪，今天是周中，还这么大清早的，会是谁呢？她走到门边大声问：“谁啊？”

“我！梁晨峰！”

这个人选是陆晓琦万万没想到的，她赶紧拉开门问：“怎么了，梁队长？”

“我有事找你。”说着梁晨峰就打算往屋里闯。

陆晓琦也没好意思拦，没好气地说：“找我？我不是被停职了吗？”

梁晨峰走进来，将警徽和配枪直接扔在了陆晓琦的桌子上，说：“你当时说出那些话，有小冯在一旁听着，我不处分你，让你反思一下，你以后不得被局里的人当疯婆子了？”

陆晓琦耸耸肩，走过去拿起警徽问：“那你这么快让我复职，别人不会觉得你朝令夕改、反复无常吗？”

梁晨峰冷笑一声：“我虽然让你复职，但不会那么快让你回警局坐办公室。我很好奇你所说的那些东西，希望你能详细给我讲讲，这也是你复职的条件之一。”

陆晓琦问：“你是指我之前所说的郑梓龙能看到不一样的东西？”

梁晨峰说：“不光这个，还有张云飞，我想你不愿意说的理由，和郑梓龙能看到东西这件事有类似的地方吧？”

陆晓琦越发觉得梁晨峰脑子好使得惊人，几乎没什么能瞒得住他。

看出陆晓琦有些犹豫，梁晨峰说：“你或许很奇怪，我为什么会想去相信你的那些鬼话。”他顿了顿：“因为那天在你走后，张云飞确实去了小丰里小区案发现场，还盘问了一番郝文，他也在打听郑梓龙的事情。所以郑梓龙这个人是人是鬼，看起来都是关键点，相信你当时在会议上盯着张云飞，也是出于‘特殊’原因吧？”

陆晓琦这才明白梁晨峰是怎样把一切联系起来的，但她依旧不觉得对方会相信自己说的那些，摇了摇头说：“警徽你还是收走吧，你绝对不会接受我那些解释的。”

梁晨峰郑重地说：“我会接受一切解释，包括那种感觉上非现实的。”

陆晓琦当即问道：“为什么？身为一名警务人员，你接纳那种东西，不怕自己脑袋最终出问题吗？”

梁晨峰耸耸肩：“我干了警察这么久，面对的疑案多了，神神鬼鬼的也得放在考虑中。”

就算梁晨峰这么说，陆晓琦也依旧觉得很难解释清楚，便半真半假地道：“张云飞和死掉的那家人有很大关系，而郑梓龙正好可以证明这件事。”

梁晨峰之所以开始想接受陆晓琦那些神神鬼鬼的话，主要是因为抽屉里的纸条上有“小心张云飞”这几个字，陆晓琦又认为杀死郝云的凶手是张云飞，其中一定存在什么逻辑关系……

他疑惑道：“有关系？什么关系？”

“张云飞是那个女人的儿子。”

“岁数上倒还说得过去，可我调查了背景，没有任何记录说明张云飞是现任父母的养子，那名女性死者也没有任何生产记录，你的根据是什么？”

陆晓琦犹豫了一下，不知道该不该把真相告诉梁晨峰，顿了一下依旧掺杂了许多谎话道：“郑梓龙能看到过去的景象，所以我带他去了小丰里。他看到张云飞曾经去过那里拜访过那个女人，两人见面并不像情人，而像母子。”

梁晨峰越听越觉得离谱，总感觉陆晓琦说的并不完全是实话，而是真假话都有。张云飞有问题这点可以确定，但能看到过去的事情之类的就有点离谱，那之前让郑梓龙去局里或者高沈的死亡现场看一眼，不就能确定一切了？他冷笑一声反驳说：“如果这个姓郑的这么厉害，你为什么不带他去高沈的案发现场，那一切不就真相大白了？”

陆晓琦话已经说到这个地步，只能硬着头皮道：“我是打算这么做，不过我才跟郑梓龙搭上线两天，还没来得及就又出了这一档子事。”

梁晨峰一下子又听出了破绽：“这么说，你不是为了高沈的案子，才去找郑梓龙这个拥有特异功能的家伙的？”

陆晓琦没想到被梁晨峰听出来了，只得点点头说：“是的，是为了老家一个案子。”

这个说法梁晨峰比较信服，他也没打算深问：“原来如此。不过既然你说郑梓龙有这种特异功能，那你打算哪天和他一起去高沈的案发现场？”

陆晓琦耸耸肩：“没准，或许今晚。”

梁晨峰点点头：“我也要一起去。”

七

地下车库里。

杨博宇胡子越来越浓重，神情也越来越冰冷。他像个孤魂野鬼一样走进电梯，电梯里上来同一层的邻居，他也是低头不语，绝不会跟对方有眼神的交流。

打开家门，顶着芭比娃娃头的机器人再次迎了上来：“爸爸，爸爸。”

杨博宇将包放在一旁，问：“梦雪，天黑了，为什么不拉窗帘？”

话音未落，只见窗帘自动拉上了，机器人才回应说：“马上拉。”

杨博宇说：“你要先说，再拉窗帘，这才是正确的顺序。”

之后杨博宇收拾了一下自己，换了身衣服说：“我还要出门。”

机器人问：“爸爸几点回来？”

“或许要十二点以后了，你记得关好门窗，累了就自己睡吧。”

“知道了，爸爸。”

因为晚上要喝酒，杨博宇没有开车，而是乘车来到国贸这边。

一家高档酒店前，杨博宇看了眼牌子，上面写着自己公司的名字，便走了进去。

大厅里，公司销售部负责人李红霞走过来对杨博宇说：“我不是让你稍微打理一下自己再来吗？”

杨博宇耸耸肩说：“你没看出我换了一身衣服吗？这种紧身的燕尾服，你应该知道我非常讨厌穿。”

“我是说你的胡子。不过我记得你在美国的大学舞会上也穿过，那时候没觉得你特别讨厌这类衣服。”

“不要提大学，那会让我想起自己当时有多瘦。”

“这么久，我都忘了。”

“忘了什么？”

“你还会开玩笑。”

“不是玩笑，是真的怀念。”

这时身后传来一个外国人的声音："杨，我们好久不见了！"

杨博宇回身看着对方，脸上也没什么笑容，用英语回应道："我以为你不会来的。"

李红霞也赶紧打招呼："威廉·奥斯顿？哇，没想到你真的来了。"

这外国人看起来和李红霞年纪差不多，过去和她拥抱了一下说："你还和当年一样漂亮。"

杨博宇站在一边冷眼旁观。

李红霞继续说："你夫人莎拉呢？你把她也带来了吗？"

"没有，她留在美国，她讨厌坐飞机。"

听到莎拉这个名字，杨博宇轻咳了一声，便独自走开了。

"嘿，杨！"威廉想要叫住杨博宇，但杨博宇装作没听见，径直去了二层的宴会厅。

威廉有些尴尬地对李红霞说："他还是那么孤僻？"

李红霞点点头："本来好点了，但他夫人和孩子出意外后，就更严重了。"

"不过从那之后，他的灵感大增，你们的项目也因此进展飞快，不是吗？"

李红霞笑笑："算是吧。"

威廉两手插兜，看着杨博宇的背影说："艺术家都需要悲剧来刺激神经，才能完成最高的杰作。"

杨博宇坐在宴会厅角落的桌子旁，一名男性走过来搭话："您就是杨博宇杨老师吧？"

杨博宇觉得来者可能是同行，有些不愿意搭理，只点点头说："嗯，是我。"

对方突然压低了声音说：“您好，我叫冯圣博，是警局高科技犯罪组的成员。”

杨博宇有些诧异地看向对方，不是因为对方是警务人员，却来参加公司的宴会，而是因为他还真不知道警局有一个所谓的高科技犯罪组。

杨博宇笑笑：“成立得真是时候。”

冯圣博坐到杨博宇身旁，问：“对于你们公司总裁陆菲琦的妹妹陆晓琦，你有多少了解？”

杨博宇不再看冯圣博，反问：“如果你是一个领工资的员工，一个警察没头没脑地闯进公司里，向你询问老板家人的情况，你觉得你会告诉他吗？”

“不会。”

“那你又何苦问？”

“因为你不是我，你是杨博宇，一个我一直觉得非常有良心的科学家。”

“良心？这么感性的办案方式不会让你的升职前景蒙上一层阴影吗？”

“我从来没有寄望于靠拍马屁来升职。”

“可我觉得得罪有钱人，也不是什么好主意。”

“我调查过你，知道你不是那种人。”

“不是哪种人？”

“你从不渴望名利。”

杨博宇冷笑一声：“那我为什么要为陆菲琦的公司研发AI？”

“你想让自己的家人复活，你想再次看到他们。”

杨博宇看向冯圣博，一字一句道：“我的家人从未死去。”

冯圣博有些惊讶地盯着杨博宇，不知道他说的是真是假，又或者有什么隐喻。

就在这时，一个声音插了进来：“宴会的主角跑到角落躲起来了？”走过来的是李红霞，她瞥了眼冯圣博，点头致意后又看向杨博宇，瞪了他一眼。

杨博宇自然明白这是让自己屁股赶紧抬起来的意思，便起身对冯圣博说：“和你聊天很愉快，不过请不要来我家，我不喜欢外人或者同行来窃取我的机密。”

冯圣博赶紧回应道：“好的，杨老师。”

李红霞挽着杨博宇的胳膊走向最前面的桌子，问：“刚才那小伙子是什么人？”

“一个没秃顶的计算机工程师而已。”

李红霞不知道杨博宇说的是真是假，也没兴趣去探究，她看向远处一张桌子说：“你看，这次真是有不少不请自来的，连我们最大的竞争对手的老板都到了。”

杨博宇也看向那边：“你是说任正华吗？”

李红霞冷笑一声：“那还能有谁？”

随即两人走到自己的位置坐下来，杨博宇不再多说，很快主持人便登上舞台，紧接着由陆菲琦发表演讲，拉开了宴会的序幕。

大家都去敬酒了，唯独杨博宇依旧坐在桌前，拿着高脚杯，晃着里面的葡萄酒。这时李国怀过来，跟他耳语了几句。杨博宇随即起身，整理了一下衣服，跟随李国怀乘坐电梯来到饭店顶层。两人推开总统套房的门，一起走了进去。

走过玄关，只见客厅里威廉·奥斯顿正举着一杯白兰地，看起来和他对面的陆菲琦聊得非常开心。陆菲琦看到杨博宇，对威廉介绍说：“这是我们公司的首席AI设计师，是我们公司的灵魂所在——杨博宇。”

威廉站起身，和杨博宇拥抱了一下，用蹩脚的中文说：“老杨，原来陆总还不知道，我们可是老相识了。”

陆菲琦很是诧异：“你们认识？”

威廉又换回了英文：“我们是麻省理工学院的同学。”

杨博宇点点头：“我们专业不同，是在公开课上认识的。”

威廉笑笑：“我当时就觉得他是个书呆子，可他又会去听犯罪心理学的课，所以我很好奇这个家伙的内心，便主动认识了一下。”

陆菲琦也不知该高兴还是别扭，毕竟杨博宇可是自己公司的核心人员，居然跟最大投资方的总裁是大学同学，希望杨博宇不要因为交情而把公司机密透露出去。

威廉是个察言观色的高手，他看出了陆菲琦的不安，赶紧补了一句：“不过我和老杨已经很久很久没见过面了，连彼此的Facebook（脸书）都没有。”

陆菲琦笑道：“那接下来就由老杨为你解释更具体更专业的东西了，尤其是安全性上的。”

随后，威廉和杨博宇双双坐下，杨博宇开始给威廉解释整个AI的概念。杨博宇的英语非常流利，加上又是自己提出的概念，威廉听起来毫不吃力。

半个小时后，威廉惊叹道：“太好了，今天能见到老杨真是太好了。”

看到威廉喜笑颜开，陆菲琦感到十分欣慰，和杨博宇一同站起身，对威廉说："已经不早了，我们就不打扰您了。好好休息，明天下午会有专车来接您前往机场。"

威廉笑着回应道："好的。"

两人离开总统套房后，威廉走到套房里的小吧台旁，给自己倒了一杯威士忌，享受着人类即将迈入新纪元的喜悦，可没喝两口，又听到门铃响。

他放下酒杯整理了一下衣服，拉开门，看到的却是一张很陌生的面孔。威廉皱着眉头问眼前的女性："你是？"

女孩说："我叫任梦雪，是杨博宇让我来这里的。"

威廉神色一变，朝走廊左右看了看，接着从上到下打量了一番眼前自称任梦雪的女孩。

任梦雪长相甜美，肌肤雪白，身材也绝对匀称，可谓完美女孩。她笑着冲威廉说："你不打算让我进屋吗？"

威廉胡噜了一下头发，赶紧让开门，请任梦雪进了屋。

关上门后，威廉略带紧张地问："你就是……"

任梦雪笑笑："我就是什么？"

威廉不敢置信地用英文说："完美，一件完美的艺术品。"

"完美？你是在说我吗？"

威廉问："你会说英文？"

任梦雪点点头。

威廉盯着任梦雪那性感的胸脯，不禁看得有些入迷了："杨博宇说过让你来我这里，是做什么的吗？"

任梦雪的笑容很灿烂，点点头，随即解开抹胸礼服的拉锁，将上衣完全脱了下来……

第二天上午，李红霞和司机一起来接威廉。

威廉的助手下楼来，对李红霞说：“威廉今天不是很舒服，他已经更改了航班，坐晚上的航班回美国。你们不用再等了，我们已经安排好了车辆。”

李红霞感到十分奇怪：“不舒服？我们可以为他安排医疗检查。”

“不用了，威廉已经安排好了一切。”说完威廉的助手转身就走了，不给李红霞继续说话的机会。

李红霞觉得事情不太对，赶紧给陆菲琦打电话，详细说明了一下情况。陆菲琦忙放下手头的事，跑来酒店，直接坐电梯来到顶层，按下门铃。

不久威廉拉开门，只见陆菲琦和李红霞气势汹汹地站在门口，他舔了一口手上的蛋糕，问：“你们怎么来了？”

陆菲琦见威廉赤裸着上身，身上到处沾着奶油，觉得对方不像是生病了。

这时，任梦雪走了过来。她赤裸着身体，身上也沾满了奶油，问道：“威廉，怎么了？”

威廉笑笑：“没事，甜心，你回卧室等着我。”

面对这尴尬的一幕，陆菲琦马上反应过来，赶忙笑着说：“抱歉，我的部下没有理解您的意思，打扰了。”

威廉笑道：“没事，这也算是生病的一种吧。”

李红霞看着威廉，觉得他好像变了个人一样。以她一直以来认识的威廉来说，他绝不会因为女色，把工作和家庭抛到一旁，甚至更改了航班时间，他一直非常守时。

但直到和陆菲琦一起离开酒店，李红霞也没有把自己这种忧心说出来。

八

白天陆晓琦再给郑梓龙打电话和发信息，对方都没有回，看起来是不想再搭理她。

到了晚上，梁晨峰穿上便服和陆晓琦一起来到郑梓龙家。陆晓琦敲响房门，不久里面传出郑梓龙的声音：“你怎么又来了，这还没完没了了？”

“今天是最后一次了，我要带你去一个地方，希望你能帮我看看现场。”陆晓琦恳求道。

梁晨峰站在一旁，没在猫眼中露面，也没吭声。

郑梓龙将门拉开一条缝问：“真的吗？可你前两天似乎也是这么说的。”

就在这一瞬间，梁晨峰一把过去，拽住郑梓龙的衣领将他从门里拉了出来。冯雪在屋里看到这种情景，吓得叫起来：“哎呀，你们要干吗？！”

陆晓琦也没料到梁队长这么直接，赶紧朝左右张望，还好没人敢出来看热闹。

郑梓龙被揪得失去平衡，一边大骂一边使劲挣扎。梁晨峰可是警局的精英，哪是郑梓龙这种小白脸能撼动的，几下便将他压倒在地，铐了双手。

冯雪冲过来大声问道：“你们到底要干什么？！”

陆晓琦有些结巴地解释道：“我们不是要逮捕你男朋友，我们只是想带他去一个地方，帮我们查案而已。”

冯雪过去想推开梁晨峰，但被梁晨峰一胳膊抡开。梁晨峰指着冯雪说：“你再敢推我一下，我保证让你男朋友从平津滚出去！”

郑梓龙嘴角都磕破了，被梁晨峰一把从地上拽了起来。陆晓琦也不知道该说些什么，只听郑梓龙冲冯雪说：“报警！报警！就说陆晓琦和这个姓梁的无故把我抓走了！”

冯雪这才反应过来，赶紧回屋去拿手机。梁晨峰也不怕，拽着郑梓龙对陆晓琦说：“我们走！”

一边下楼，陆晓琦一边说：“梁队长你疯了吗，你这么做会被革职！”

梁晨峰没回应，反倒是郑梓龙冷笑道：“我觉得你该听听你同事的建议。”

陆晓琦不知道梁晨峰这是突然发什么疯，但自己也不好阻止他，便跟着他下楼，来到停车场。梁晨峰带着郑梓龙上车，对陆晓琦命令道：“你开车。”陆晓琦坐进驾驶座，发动引擎，车很快离开了，等冯雪追出来时，只看到了汽车远去的影子。

坐在车里，梁晨峰的电话不断响起，都是同事打来的，看来冯雪是真的报警了，同事们得知后想先来问问情况。梁晨峰知道冯秋山能帮自己挡事，便单独给他回了条信息：“一切都在掌控中。”

接着梁晨峰从兜里拿出一张纸，正是之前在自己书桌抽屉里发现的那张。他将这纸折叠起来，挡住了写有陆晓琦名字的那部分，展示给郑梓龙，问：“你在这纸张上看到什么不同寻常的东西了吗？”

陆晓琦从反光镜里看去，看不到纸上到底写了什么，而且她觉得梁晨峰的问题指向性很好，可以避免郑梓龙说出上面的内容让自己知道了。

郑梓龙犹豫了一下：“除了文字，还有许多蓝色斑点，就跟陆警官曾经给我看过的那张高沈的照片一样，这些文字上布满了蓝色斑点。”

梁晨峰当即看向反光镜，和陆晓琦对视了一眼：“什么蓝色斑点？”

陆晓琦说：“我也看不到，光听他的形容，我也不清楚到底是怎么一回事。”

梁晨峰想了想，心中似乎有了几种设想，但又觉得过度离谱，便没有太当回事，继续问：“郑梓龙能看到所谓不一样的东西，不会就指这什么蓝色斑点吧？”

陆晓琦摇摇头：“你问他吧。”

三人来到案发现场，郑梓龙站在满是弹孔的房屋前，有些震惊。

陆晓琦问：“你看到什么了？”

郑梓龙说：“还是那些蓝色斑点……墙壁上全是蓝色斑点。”

陆晓琦解释道：“因为墙壁上也全是弹孔。”

梁晨峰抽着烟说：“你还看到什么了？”

此时郑梓龙的双手已经被解开，他拿着一把手电筒走进去，视线突然随着光亮停留在一个地方，他指了指说：“那个人是高沈吗？”

梁晨峰清楚记得那个地方确实是高沈陈尸的地方，虽然郑梓龙看过现场的照片，但能这么快就找到地方似乎说明这家伙有点干货。但梁晨峰依旧说：“你看过现场的照片吧？”

郑梓龙又用手电筒向四周照了照，突然，他急匆匆地跑向角落。陆晓琦和梁晨峰对视了一眼，因为他们知道那里是何大宇的死亡地点。

郑梓龙回过头急切地问道：“这里本来有什么？”

陆晓琦刚想回答，梁晨峰阻止了她，说：“你告诉我们有什么。”

郑梓龙有些不确定地说：“我从没看过这样的景象，我看到一堆蓝色的斑点组成了一个人的形状。”

梁晨峰惊愕地问：“什么，一个由蓝色斑点组成的人？”

郑梓龙神情凝重地点点头。

陆晓琦赶紧掏出何大宇的照片，展示给郑梓龙看：“你看到的不是这个人吗？”

郑梓龙摇摇头说：“我在这张照片上看到的也是蓝色斑点，根本没有人……”

梁晨峰突然冷笑道：“你在开玩笑？”

陆晓琦知道梁晨峰要发作了，赶紧想对策。梁晨峰已经看向陆晓琦：“这就是你所谓的能看到不同的东西？蓝色斑点是吧？怎么看到的不是五彩缤纷的斑点呢？”

这时郑梓龙突然插话说：“你们找到凶器之类的东西了吗？”

陆晓琦摇摇头。梁晨峰怒极反笑：“我真是懒得听你再废话下去了。”

郑梓龙忙说：“这个蓝色斑点组成的人手上攥着一把枪，虽然这把枪也是蓝色斑点，但我能看出来是一把冲锋枪，应该是9毫米口径的。”

本来要离开的梁晨峰停下了脚步，陆晓琦疑惑地看向郑梓龙：

“你不是只能看到蓝色斑点吗？怎么判断出枪的口径的？”

郑梓龙挠挠头说：“我也算是个小军事迷，这枪的形状很特殊，应该是TMP那个系列的，而这个系列的枪用的是传统9毫米手枪子弹。”

看郑梓龙说得头头是道，梁晨峰也很难一下子找出破绽，但又碍于面子，只得撂下一句：“我先回车里，你们俩继续找吧。”

看着他走开，陆晓琦总算松了一口气，梁晨峰真要暴怒起来把郑梓龙打伤，那事情就不好办了。陆晓琦问郑梓龙：“你还能看到其他枪吗？”

郑梓龙朝四周望了望，摇摇头说：“没有了。”

两人走出房子，村里一片黑暗，突然郑梓龙像看到了什么，说：“那边有东西。”

陆晓琦却什么也没有看到。

郑梓龙说：“那边也有蓝色的斑点，还在移动。”

梁晨峰走到汽车旁，又点了一根烟，琢磨着郑梓龙这家伙到底是个骗子还是真能看到一些东西。不过，陆晓琦和他没有利益关系，自己也没有，他如果在骗人，意义何在？梁晨峰想着，又掏出了那张纸，这张出现在抽屉里的纸提及了郑梓龙这个名字，甚至还有他的女朋友，如果这上面的字迹和那具尸体以及弹孔都呈现出蓝色斑点，那这个郑梓龙到底是什么人？这张纸真的是自己写的吗？这上面还提及了轮回，这张纸难道是以前的自己留给现在的自己的？

感觉越想越离谱，梁晨峰很苦恼，但这张纸最开始那句话，“如果你还想见到自己的妻子和孩子”，又让他不得不认真对待上面所说的一切。陆晓琦也神神秘秘的，说的话里明显掺杂着许多谎言，有时她的行动就像提前预知了什么一样。比如张云飞这件事，她在郝云死亡以前，就注意到了张云飞；事发后，斩钉截铁地说是内部人员干的。陆晓琦看起来也不是一个十分轻浮的人，做事很有章法，她这么笃定地判断，是否意味着……

就在这时，陆晓琦走过来，对梁晨峰说："郑梓龙说他看到村子那边有蓝色的斑点，我让他待在原地以免打草惊蛇。"

梁晨峰脑子转得快，当即扔了烟，点点头大声说："那哥们儿就是个神棍而已，你还信他！我走了，你要继续陪他在这里跳大神就继续吧！"说完就坐进了车里，发动引擎将车调个头开走了。

陆晓琦不安地回到郑梓龙身边，低声说："放心吧，梁队长的脑袋瓜好使得很，刚才那番话只是掩饰而已。"

郑梓龙点点头："我懂，那我们就在这里待着？"

陆晓琦说："随便转转，别分开，表现得自然点。"

梁晨峰开车绕了一个圈，来到村子里，他将手机调成静音，给陆晓琦发了条信息："蓝色斑点还在村子里吗？"

很快手机接到回信："还在。"

梁晨峰不敢开手电，尽量压低脚步声，如果陆晓琦他们可以看到蓝色斑点，就说明那东西是在靠近事发现场的那头，自己还有好长一段路要走。

突然，梁晨峰听到了一个声音："你会死，不要再往前走了，你会死。"

梁晨峰急忙往四下看去，根本看不到任何人，那个声音却依旧回荡在脑海里："不要再往前走了，你会死，你会死，你会死！"

猛然间，梁晨峰似乎想起了什么，脑海里闪过一些画面——自己曾经抓捕过郑梓龙的片段，随即一阵剧烈的头痛袭来，让他一下子捂着头跪在地上，接着就晕了过去。

陆晓琦和郑梓龙在事发地点等了好久也没有梁晨峰的消息，陆晓琦发信息，梁晨峰也不回，事情越来越蹊跷了。

郑梓龙瞥了眼村子那边说："那个蓝色斑点正朝我们的反方向走，难道他已经发现梁晨峰了？"

陆晓琦有些焦急："我也不知道。"

郑梓龙问："我们要不要过去看看？"

陆晓琦推测，如果郑梓龙看到的蓝色斑点是张云飞，那郑梓龙现在就处于极端危险之中，可这周围也没有地方可以躲，便说："跟紧我，我们一起去找梁队长。"

郑梓龙点点头，陆晓琦解开枪套的扣，方便随时掏枪。两人一起走向村子。

村子只有一条主路，其他的都是分支。陆晓琦举着手电，沿着这条主路找寻梁晨峰的踪迹。没多久，她在路口发现了晕倒的梁晨峰，赶紧扑上去摇晃着他："梁队长，你怎么了？"

梁晨峰没有反应，但表情十分痛苦。陆晓琦摸他的脉搏，好在还在跳动。她赶紧摸梁晨峰的胸口，翻开一个口袋，从里面掏出速效救心丸，没多想，倒出六颗，直接塞进了梁晨峰的嘴里。

郑梓龙也帮陆晓琦扶起梁晨峰，陆晓琦指着路的尽头说："看样子梁队长是从那边来的，车也一定在那边，我们要赶紧带他去医院。"

几十分钟后。

回到城里的医院，看着梁晨峰被送进急救室，陆晓琦总算松了一口气，对郑梓龙说：“你赶紧回家吧，现在太晚了。记住，如果一个叫张云飞的警察去找你和冯雪，千万不要开门，马上给我打电话。”

“张云飞？他是谁？”

陆晓琦解释说：“一个总署的警察，大概跟你差不多高，留着短发，眉毛立着，很长。我能记得的就这么多了。”

“为什么我们要躲着他？”

陆晓琦觉得自己不应透露太多，只能说：“我觉得他有问题。”

“什么问题？”

“这我没法告诉你。”

“你在开玩笑？听你的意思，这个人非常危险，甚至可能危及我和冯雪的生命，他到底为什么要来找我？听起来他并不是想利用我查案。”

陆晓琦知道很难说服郑梓龙，只能说：“既然这个人这么危险，你还要继续待在医院，让冯雪一个人在家里吗？”

听了这话，郑梓龙转身就走，陆晓琦赶忙叫住他，把车钥匙扔给了他。郑梓龙没说谢谢，径直跑向急诊门外的停车场。

陆晓琦也有点担心，如果刚才那个蓝色斑点真的是张云飞身上的痕迹……她掏出电话，给冯秋山拨过去说：“小冯，你现在马上赶来北大附属医院，梁队长晕倒了，我送他来的。我还有点事情，你赶紧来！”

陆晓琦一边说一边往外走，可等她挂了电话走出急诊大门时，郑梓龙已经把车开出了医院。陆晓琦想拦，对方已经看不到自己了，只好用手机来叫车。

郑梓龙开走的汽车里，一个人坐在后座上。郑梓龙透过反光镜看到这人身上有蓝色斑点，心里有点慌。他强撑着问道：“你就是在村子里跟着我们的那个人？你到底是谁？”他心里其实想到了一个名字，就是刚刚陆晓琦说的那个人。

“张云飞。”

郑梓龙说：“你一直躲在后备厢里，你想干什么？”

“或许你已经忘记了我，但我永远不会忘记你。”

郑梓龙内心非常害怕，汗水已经沾湿了额头，一边继续开车一边谨慎地问：“我们认识吗？”

“你不认识我，但我认识你。”

“我不懂你的意思。”

“不懂我的意思没关系。”

“那你到底想干什么？”

“我是个警察，我现在要去你家，调查一些事情。”

郑梓龙说：“警察会躲在另外一个警察汽车的后座上吗？”

张云飞掏出证件，举起来好让郑梓龙从反光镜里看到。

郑梓龙瞥了一眼，看到确实是张云飞这三个字，心中更加焦急。他强自镇定地问：“如果我不回家呢？”

张云飞问：“你不回家想要去哪儿？家里的女朋友不会心急如焚吗？”

郑梓龙顿了一下，说：“公司，我要去公司。”

张云飞眯着眼盯着郑梓龙，冷冷地问：“你是不是从谁那听过我的事儿？是陆晓琦还是梁晨峰？”

郑梓龙忙说：“你说什么呢？我都没见过你。”

张云飞盯着他：“如果你不愿意告诉我，或许我会动用一些强硬的手段。”

郑梓龙看着反光镜里的张云飞，阴影遮住了他半边脸，但他嘴角一直挂着的微笑让郑梓龙明白他不是在胡说。郑梓龙忙道：“陆晓琦。”

“她跟你怎么说的我？”

郑梓龙回答道：“她说得很模糊，只是说你很危险。”

张云飞突然笑出了声：“看来她也回忆起了一切，我以为这个世界里，只有我是特殊的那一个呢。”

郑梓龙听得一头雾水：“什么意思？”

张云飞笑道：“你不需要知道什么意思，你现在只要回家就行了。”

“我知道了。”郑梓龙知道家的大概方向，但他想要拐去别的路，尽量拖延时间。

张云飞说：“平津的路我可比你熟多了，不要兜圈子。”

郑梓龙摇摇头说：“我不会让你知道我家地址的。”

张云飞笑道：“我怎么会不知道你家的地址？不过你居然相信陆晓琦的话，而不相信我的。你着急回家，一定是想到冯雪独自在家，而我可能会去吧？但我告诉你，冯雪根本不在家，她现在在警局报案，你只是被梁晨峰拽出来的时候没有带手机，不知道她的情况而已。”

听起来梁晨峰和陆晓琦来找自己时，张云飞就已经在监视他们了。郑梓龙问：“你在监视那两个人？”

张云飞说：“是，他们最近的行为过度反常，你又是星艺公司的人，我推测他们有可能是曾可柔在警局的内应，想要陷害你，让你成为杀害高沈的凶手。”

“所以他们才带我去事发现场，好留下痕迹吗？”郑梓龙被张云飞的话误导了。

张云飞点点头：“所以他们也极有可能在去你家的时候，布置了一些冤枉你的证据。”

郑梓龙摇摇头：“不对，我没让他们进过我家门。”

“你家里是二十四小时都有人在吗？”

郑梓龙越想越害怕，难道陆晓琦和梁晨峰真的要害自己？

医院里。

梁晨峰很快醒过来。病床旁的冯秋山松了口气：“队长，你没事吧？到底发生了什么？有人报警说你绑架了一个老百姓，现在这又晕倒了。”

梁晨峰坐起身，一脸迷惘与震惊。

冯秋山惊讶地摇了一下梁晨峰的肩膀：“队长？”

梁晨峰赶忙向周围看去：“陆晓琦和郑梓龙呢？”

冯秋山说：“陆姐已经走了。郑梓龙？就是被队长带走的那个人？”

梁晨峰赶忙下床穿好鞋，一把推开冯秋山，出了门朝走廊左右看去，并没有郑梓龙的踪迹。他摸了摸自己的口袋，发现车钥匙没了，便问身后的冯秋山：“陆晓琦是开我的车走的吗？”

冯秋山摇摇头说：“我来的时候陆姐已经走了，听她给我打电话时的语气很匆忙。”

这时有个护士来了，呵斥道：“这大晚上的在医院里大呼小叫，有没有点素质？你刚才不是在病床上躺着的吗？别太激动，小心再晕倒。”

梁晨峰没理护士，赶紧掏出电话给陆晓琦拨了过去，接通之后大声问：“郑梓龙在哪儿？”

电话那头回应道：“他回家了，我正往那边赶。”

梁晨峰说：“冯雪一定还在警局，我去拦住她别让她回家！”

电话那头的陆晓琦不知道梁晨峰怎么突然来这么一句，但她明白冯雪如果现在回家也有危险，便赶紧应承道：“我知道了。”

挂了电话，梁晨峰着急地问冯秋山：“那个报案说我绑架的女的，她在哪个派出所？”

冯秋山赶忙说：“海淀那边一个小派出所。”

梁晨峰怒吼道：“把你车钥匙给我！”

冯秋山不明所以，但还是交出车钥匙，和梁晨峰一起跑出医院。

九

“杨博士？”

杨博宇正坐着喝咖啡，抬起头来看了一眼叫自己的人，是名女性，有些清瘦，穿得很干练。杨博宇觉得对方有点眼熟：“你是记者吗？我们是不是在哪儿见过？”

“杨博士好眼力，我叫张小凡，我们曾在贵公司的酒会上有过一面之缘。”说着，张小凡坐了下来。

杨博宇看对方这举动，知道对方一定有什么事情要和自己谈，否则也不敢这么直接就坐在身旁，自己在业界也算出了名的不好打交道。

杨博宇放下手中的报纸，推了下眼镜，等待张小凡开口。

张小凡先客套了一句：“没想到杨博士这么怀旧，这个时代还会去看报纸。”

杨博宇冷冷道：“说正事吧，你为什么来找我？”

张小凡从兜里拿出两张照片，摆在桌子上。

杨博宇一看顿时心惊不已，看向张小凡：“你想让我出多少钱买下这些照片和数据？”

张小凡将照片收起来，摇摇头说：“我不想要钱，我想知道你到底想干什么，你想带着技术投靠公司的竞争对手任正华吗？”

杨博宇看起来并没有多惊慌，淡淡地问：“你想将这件事曝光吗？你都已经有照片了，又何必来问我？”

“曝光也不会是什么大新闻，最多就是商业竞争而已。”

“那你到底想从我这里得到什么？”

张小凡看着杨博宇说：“我想知道真相。我知道你的研发在接下来会改变整个世界，这种改变或许是可怕的灾难，也或许是人类的福音，所以我想知道，你到底为什么要去投靠任正华？我所知道的杨博宇一直是个淡泊名利的人。”

杨博宇说：“我淡泊名利，你从哪里看出来的？”

“陆总的公司规模很小，根本支撑不了你的研发，你之所以加入她的公司，就是为了在一个自由的环境里，创作你想要找寻的东西。”

杨博宇看向张小凡，有些诧异这个年轻女孩所说的话：“我想要什么？”

不知道是不是被这个问题问住了，张小凡一时间没有回答，但她最终开口说：“我想是家人吧。”

这次换成杨博宇愣住了。

张小凡又掏出了两张照片。“这张是在一年前的酒会上您夫人和您孩子的照片，这张则是半年前她们最后一次露面时的照片。”

杨博宇冷冷地问：“你想说什么？”

“您的孩子才五岁，但半年过去了，却没有一丁点长高……而这半年，我知道您一直把心思扑在公司上，不停地熬夜加班，就是为了创造出最真实的AI。”

杨博宇没有说话。

张小凡继续道：“所以您没有给自己的孩子更新身体，我说得对吗？”

杨博宇依旧没回应，坐在椅子上，盯着咖啡杯。

“所以您夫人和您的孩子，本就不存在死亡一说，只要她们的数据有备份，就可以永生，可在几个月前，她们却因为交通意外去世了……我希望您可以解释一下。”

杨博宇淡淡地说：“我没有给她们做备份。”

“为什么？”

“我不愿把她们的灵魂囚禁在这个世间，她们也该拥有自由选择的权利，不该被我所操控，更不该被那些按钮和键盘所操控。”

杨博宇虽然说得深沉，但张小凡心中还有很多不解：“她们真是出车祸死的吗？如果您夫人是……的话，她的反应能力应该远远超出我们普通人才对。”

杨博宇反问道：“先告诉我，你在期待什么样的答案？”

张小凡觉得杨博宇至今的回答都很真诚，自己也不好过度逼迫，便说：“我想知道她们的车祸是不是和任正华有关。”

“如果有关，你想怎么做？”

“我会尽全力帮你。”

杨博宇露出一丝苦笑，喝了一口咖啡，摇摇头说：“小姑娘，我佩服你的勇气，但不要去和任正华产生关系，他是个疯子。”

张小凡听出了杨博宇话中的意思，他已经承认任正华和他妻女失踪有关了……于是问道：“既然知道他是疯子，你还要帮他？”

杨博宇说：“在这个世间，我们追求过很多东西，但大多只是过眼云烟，真正能为你停留的只有一样。”

“家。”

杨博宇点点头。

“我懂了。”张小凡说着站起身，“我没有任何立场去劝你更改自己的决定，所以我会尽自己一切的努力，找到可以帮你的方法。”

杨博宇看着张小凡说：“如果有一天你遇到危险，一个叫冯圣博的警官可以帮你。除了他之外，你最好不要相信别人。”

“冯圣博……我知道了。”

“和你的交谈，意外地没有那么无聊，祝你好运。”

杨博宇刚回到公司，李红霞就来了。

“你跑哪儿去了，也不接电话，出大事了！”

杨博宇的表情总是平淡如水：“怎么了？”

李红霞的声音尖锐，又尽量压低：“威廉变卦了！”

杨博宇说：“你的意思是他撤资了，不再投资我们公司的AI项目？”

李红霞点头说：“是的，他可是这个项目最大的投资人，如果他撤资，我们的项目根本无法铺开，也负担不了你那自由的研发风格！”

杨博宇问：“陆菲琦怎么说？”

李红霞说：“陆总已经在去机场的路上了，她要去美国亲自和威廉谈，她想让你也去！”

杨博宇露出淡淡的笑容：“我？让我一个技术人员去跟别人谈判吗？”

“陆总觉得你是威廉的同学，没准能让他给个面子不要撤资。”

杨博宇笑道：“这么说，陆总还不知道你也是我们的同学吧？”

李红霞一时语塞。杨博宇继续说：“你陪她去就好了，再说你是女人，在男人面前也好说话，如果公司真垮了，你再怕陆总猜忌你也没什么意义了。”

李红霞有些不敢置信地问：“你就这么事不关己高高挂起吗？”

“我只是在说，我去了也没用，不如你去。”说着杨博宇走向自己的办公室。

坐在电脑前，杨博宇打开和云雪彧的对话框，上面什么也没有显示。他有些心急，不住地用英文念道：“现在是最好的机会，快点，快点。”

这时李国怀走进了办公室，问：“老杨你没和陆总去美国？”

杨博宇有些不悦地说：“我记得我的办公室是有门的。”

李国怀是公司的老人了，也适应了杨博宇这种讽刺的语气，根本没想搭理，继续说：“上回让你调查的那个杀死管理员的AI怎么样了？”

杨博宇推了推眼镜，拿起一张纸递给李国怀说：“是这个地址上的黑客植入的，他们入侵了我们的服务器，或许只是好玩，管理员何大宇发现了他的不轨举动，在追踪他时被杀。”

李国怀看了一眼，纸上写着一个IP地址："我这就报警！"

杨博宇说："你先等等，现在威廉·奥斯顿那边要撤资，公司本就在生死存亡之际，你贸然将这件事曝光，如果传出去，大家会怎么看我们？是不是会觉得我们公司技术实力根本不行，连最基本的防护都做不到，那谁还敢买我们的产品？"

李国怀觉得杨博宇说得很有道理："那我们该怎么办？"

杨博宇说："我已经将漏洞堵住了，暂时不会再有被入侵的风险。现在那个区域里还有其他管理员，应该不会有事。"

李国怀有些气愤地说："难道任由这些黑客拍拍屁股就走人吗？"

杨博宇笑笑："那你想干什么？不要觉得我们公司现在做大了，就能为所欲为。这次威廉突然撤资，只怕公司会元气大伤，其他投资商会不会跟进还不知道。"

李国怀说："老杨你这个人就是喜欢把事情往坏处想，我相信陆总一定能找出办法解决问题，大不了多做些让步。"

杨博宇面无表情地说："如果事情真有这么简单就好了。"

李国怀不由问道："你什么意思？"

杨博宇说："威廉刚刚亲自来了平津，还和我以及陆总长谈了许久，为什么会突然撤资呢？这又不是小孩玩过家家，说不玩就不玩了。"

杨博宇几句话让李国怀陷入了深深的担忧中。离开杨博宇的办公室后，他又来到监控服务器的技术人员那里，将杨博宇给自己的IP地址给几个技术人员看。

有人一眼就看出来了："这是来自美国那边的IP地址。"

李国怀想杨博宇刚才为什么不告诉自己这是外国的IP地址，那样自己就肯定不会去报警了。想着想着，他心中突然蹦出一个不好的念头，难不成这次黑客攻击和威廉·奥斯顿撤资有什么关系，所以杨博宇才不愿意明说？这是一种安全测试？结果我们公司没通过？接着他又觉得自己想得太多了，就问其中一个女技术人员芳华：“现在那个区域仅剩的管理员是谁？”

“是上回关停系统的云雪彧和冯秋山。”

“什么，那个区域还有两名管理员？之前不是死了一个吗？”

芳华回答说：“那个管理员是从山西那边过去的，他一直在跟踪一个人，是名女警，叫陆晓琦，正是以陆总妹妹为原型所制作的那个角色。”

李国怀点点头：“嗯，我记得陆总的妹妹就是警察，只不过最终以身殉职了，据说这个AI跟本人的性格极为相似。”说着叹了口气：“那平津这边的主要故事线发展到什么地步了？”

“郑梓龙被警局的人带走了，冯雪则去报警。”

这时旁边一个技术人员说：“说起来，这个叫冯雪的是老杨为了纪念他妻子冯朝雪才制作的，我记得脸部模型就是根据他妻子来制作的。”

芳华笑道：“老杨对细节是一丝不苟的，这个管理员是个小说家，云雪彧只是他的笔名，他其实还有个真名叫杨雪云。”

李国怀愣住了，问：“什么，他叫什么？”

“杨雪云。”

李国怀又问：“我记得老杨的孩子是叫……”

芳华说：“杨云云……”

“杨雪云这个名字里有老杨一家三口的字……这会是凑巧吗？”

“这不是老杨一贯的风格吗，在故事里埋入现实的东西？”

李国怀点点头："我知道这是老杨一贯的风格，所以才有问题，因为他绝不会埋这么浅薄的东西在他的艺术品里……"

几个技术人员都没懂李国怀到底在担心什么。

李国怀忙说："把记录调出来，我想知道何大宇被杀时云雪彧在哪儿！"

十

冯雪坐在派出所大厅里，听值班的警察在不断打电话。

冯雪很着急，寻思自己举报的是警局内部的人，他们一定不会特别认真对待的，便站起身敲了敲玻璃窗："这可是绑架啊，你们干吗呢！"

值班的警察有些不耐烦："怎么了啊，不是给你弄着呢？刚才的电话就是为了这件事！你别太着急，反倒耽误我们的效率。"

这时，梁晨峰走了进来。冯雪看到他，立刻冲警察大声喊道："就是他！就是他绑架了我男朋友！"

梁晨峰上去一把攥住冯雪的手低声说："我没有绑架他，我只是带他去查案！现在他正处于极度危险中，冷静点听我说！"

冯雪想要挣脱开梁晨峰的手："放开我！你才是最危险的！"

值班警察不认识梁晨峰，看到这种情形坐不住了，冲梁晨峰呵斥道："你谁啊？知道这里是什么地方吗？！"见梁晨峰根本不搭理自己，值班警察冲出来想要拉开两人。

冯秋山赶紧过来拦住那名警察说："是同事！同事！他就是梁晨峰。"

“那他也不能在局里这么干啊，我之后怎么向上头交代？！”值班警察看到梁晨峰拽着冯雪就要往派出所外走，赶紧喊道：“嘿！快放开那女的！”

冯秋山依旧挡在值班警察身前。

冯雪大叫道：“大家快来看啊！当着警察面绑架啦！在警局里绑架啊！”

冯秋山着急地冲梁晨峰喊道：“队长，你要干吗？！”

梁晨峰不说话，拽着冯雪就往外走。那名值班警察使劲推开冯秋山，小跑过去想要拽梁晨峰，但梁晨峰回身一拳就将他撂倒在地，冯秋山忙过来，吃惊地问：“梁队长你疯了吗？”

梁晨峰呵斥道：“别问那么多，跟我来！”

汽车鸣笛的声音不断传来。

“停车！停车！”陆晓琦拽着司机的肩膀赶忙说。

司机说：“这儿哪能停车，得再往前点。”

“我是警察，我说停就停！”说着陆晓琦直接抽出了枪。

司机吓得赶紧踩住刹车，陆晓琦推开车门，穿过被撞烂的护栏，穿过马路走向另一边，只见一辆汽车撞在了路边的树上，引擎盖在冒烟，汽车不停发出鸣笛声。

眼前的车正是被郑梓龙开走的那辆。陆晓琦喘着粗气走上前，只见驾驶座上的郑梓龙趴在气囊上，赶紧摸摸他脖子上的脉搏，还好，还活着。可她又觉得奇怪，为什么会出车祸呢？

陆晓琦向车里瞥了一眼，并没有其他人。

突然，一个黑影从后面勒住了陆晓琦的脖子，一把枪指向她的太阳穴："放下枪！"

陆晓琦能分辨出真枪假枪，知道此时造次不得，便将自己的枪扔在地上，身后那人一脚将枪踢开了。

"你是谁？你敢袭警？"

"我知道你是谁，我也知道你是警察，我更知道你是拥有记忆的人！"

陆晓琦一时间没明白，只是感觉脖子被越勒越紧，自己的意识逐渐模糊，最终晕了过去。

汽车里，冯秋山问副驾驶座上的梁晨峰："梁队长，你到底要干吗？"

"我们要把她藏到一个绝对安全的地方。"很明显，梁晨峰指的是后座上的冯雪。

冯秋山有些奇怪地问："难道警局还不够安全吗？"

梁晨峰点燃一根烟说："这次我们的对手是警局内部的人。"

冯秋山问："你是说你也相信陆晓琦所说的，是张云飞？我以为那只是毫无根据的推测，你也让陆晓琦休假了。"

梁晨峰抽着烟说："跟你解释也解释不明白，你就好好开车吧。"

冯秋山瞥了眼梁晨峰，没再多说。

车开过一个十字路口时，一辆汽车突然从侧面的道路冲出来，直接撞上了梁晨峰他们的车，而且撞的是驾驶座这边。

一阵晕眩后，梁晨峰拍了拍脑袋，推开车门摇摇晃晃地下了车。他扶着汽车引擎盖看向车里，驾驶座上的冯秋山不见了，而冯雪躺在后座上，看起来昏迷了。

梁晨峰向四周望去，只见一个人在拖拽什么东西，慢慢走远。

他想快步追上去却没多少力气，只能用虚弱的声音不断念叨着：“谁？……不要走……不要走！”

慢慢地，梁晨峰的视线清晰起来，他发现是一个身穿黑色兜帽衫的人正拽着冯秋山向前走。他抽出手枪，直指对方喊道：“站住！否则我开枪了！”

那人转过身来，突然不知从哪里掏出一把装有全息瞄准镜的冲锋枪指着冯秋山的脑袋，并且直接叫出了梁晨峰的名字：“梁晨峰，梁队长，你可能不知道你这位同事到底是什么人。”

梁晨峰惊讶于对方知道自己的名字，厉声问道：“你到底是谁？！”

“我和你一样，是拥有记忆的人。”

梁晨峰觉得自己好像听过这个声音又好像没听过，但他始终是名警察，再次喊道：“快放下枪！”

“如果我此时放下枪，整个世界就会再次陷入轮回。”

此时梁晨峰脑海里闪过了很多东西，赶忙问：“到底是怎么回事，这个世界到底怎么了？为什么会不断重复！”

戴着兜帽的人回应说：“因为这里并不是真实的世界。”

梁晨峰睁大双目大声道：“你说什么？！”

戴着兜帽的人说：“你眼前这个叫冯秋山的人，是这个世界的管理员之一，他刚才已经发现你察觉到这个世界不对头了，所以要关闭如今的故事线！”

梁晨峰惊讶地问：“关闭故事线？所以你就开车撞了我们的汽车？”

“那是唯一能阻止他的方法！”

“你有什么方法可以证明冯秋生就是你所说的什么管理员吗？”

“如果现在郑梓龙在这里，他可以帮我证明。在他眼里，冯秋生就会和那个叫何大宇的人一样，都是一堆蓝色斑点！”

就在两人说话间，冯秋生突然起身，直接将兜帽男扑倒，然后冲身后的梁晨峰大喊道：“队长，不要听他瞎说，帮我一起制伏他！”

原来冯秋生已经恢复了意识，刚才只是等待机会反扑这个兜帽男？梁晨峰一时间有些犹豫，举着枪不知道该帮哪一边。

郑梓龙缓缓睁开眼，就见陆晓琦竟然被张云飞紧紧勒住了脖子。他推开气囊，从驾驶室摔了出来，随即发现陆晓琦的手枪居然就在眼前，赶紧拿起来对准张云飞说：“放开她！”

张云飞勒着陆晓琦的脖子，将她挡在自己身前说：“你敢吗？你根本不会用枪！”

郑梓龙喘着粗气，自己虽然是第一次用枪，但好歹是个军事迷，知道些枪械的最基本操作方法，他看了一眼手枪，说：“我知道手枪的操作方法！这把枪的保险已经打开了，我只要扣扳机就行了！”

“那就来啊！”张云飞恶狠狠地说。

这时候陆晓琦几乎被勒晕了，根本没有一点反抗之力，张云飞只用一只手勒着她，不让她彻底瘫倒就行了，然后将手枪指向郑梓龙。

郑梓龙慌了，但他发现周围已经有人报警了，觉得自己只要拖延时间，等其他警察赶到，或许就能有转机。

张云飞自然看出了郑梓龙的心思，挑衅说：“你真觉得那些警察会帮你，而不是帮我这个真警察吗？他们来了之后，绝对会一枪打死你。”

郑梓龙举着枪反驳说：“你有人质，我没有，怎么看也是你更像坏人吧！”

两人说话间已经有附近派出所值班的警察开车赶到了现场。

张云飞突然松开陆晓琦，掏出警徽，一边举枪继续对准郑梓龙，一边冲身后赶来的警察说：“我正在追捕犯人，就是他！”

几个警察都掏出手枪，对准了郑梓龙，郑梓龙只好放下手中的枪，高举起双手说：“我是无辜的！不要开枪！不要开枪！”

“队长，快开枪！”

虽然冯秋山一直喊，可因为他和那个兜帽男扭打在一起，梁晨峰一时没法开枪。不得已，他冲上去，一脚蹬开了冯秋山，用枪指着兜帽男。

冯秋山忙冲梁晨峰大喊：“队长，开枪！他太危险了！”

梁晨峰想知道眼前的兜帽男到底是谁，没听冯秋山的，而是弯下腰一把将对方的兜帽扯了下来。眼前的人他并不认得，他机警地瞥了眼冯秋山，冯秋山似乎显得十分惊讶。

梁晨峰反应很快，当即举起枪对准冯秋山：“你认识他，对吧？”

冯秋山看向梁晨峰：“他是小说家云雪彧，我读过他的小说。”

云雪彧依旧坐在地上，对梁晨峰说：“梁队长你可以回忆一下，冯秋山什么时候拿手机看过小说，或者你记忆里去他家吃饭时，你看到过书这种东西吗？”

云雪彧的话直击梁晨峰的记忆深处，他记起自己曾去冯秋山家做过几次客……无论是在现在这条时间线，还是以前的，在冯秋山租的房子里都没有见过书这种东西，也从没见过他端着手机看小说。

但梁晨峰还是想确定一些事情，便对冯秋山说：“把你的手机扔给我。”

冯秋山将手机扔给了梁晨峰，梁晨峰早就知道冯秋山手机的密码，直接打开来，上面根本没有任何读书类APP。

梁晨峰扔了手机，用枪指着冯秋山说：“你真是所谓的管理员？告诉我，你到底是怎么管理这个世界的？你关闭了多少次这个世界？我脑海中的妻女都是真实的吗！？”

冯秋山指着云雪彧说：“他也是管理员，他和我一样，都是这座城市的管理员！”

梁晨峰这才反应过来，云雪彧既然知道这一切，自然也是法外之人……

云雪彧慢慢站起身说：“是的，我也是管理员之一。”

梁晨峰已经完全蒙了，再次将枪对准云雪彧恶狠狠地问：“那这么说你也有关闭这个世界的权限，让我们所有人重新来过？”

云雪彧说：“如果我真的想关闭这里，又为什么想杀掉他？我只需找到问题，然后直接关闭这里就可以了，根本不用费工夫去杀死其他管理员。”

梁晨峰问：“你们怎么关闭这个世界？只要动动脑子就可以了？”

云雪彧解释说：“并不是，我们需要一定时间去上传资料。”

“说清楚，上传资料？上传给谁？！”

云雪彧声音低沉地说：“真实的人类。”

听了这话，梁晨峰愣住了，手中的枪掉落在地……

“砰”，审讯室关门的声响很大。

一个不认识的警官走进来坐在郑梓龙身前。

郑梓龙双目圆睁盯着对方，怒吼道：“张云飞现在在哪儿，为什么不是他来审问我？”

“张警官去治伤了！”

“你们要看着他，他才是最危险的！”

“好了，好了，别叫唤了，跟我详细描述一下整体案情，然后再在这里签个字就可以了。”说着警官将笔录放在郑梓龙面前。

郑梓龙没看，依旧大声喊道：“我说了，都是张云飞干的！等那个女警醒了你们问她就知道了！”

警官一拳砸在桌子上，说：“我叫你签字，听到没有！之后你就可以离开了！”

郑梓龙拿起桌上的笔录仔细看了一下说：“我不会签字的，犯人是张云飞！这上面根本没提到他！”

“好！好小子，你嘴硬是吧？之后还有苦头吃呢！”说完警官拿起笔录就要离开审讯室。

郑梓龙突然又觉得，如果张云飞现在还在外面游荡，那冯雪岂不是很危险，便赶忙说：“我签，我签！”

警官没好气地回身将笔录再次放在郑梓龙面前说：“记住，出去之后不要乱说话！”

签好字，警官便用钥匙给郑梓龙打开了手铐，郑梓龙问：“姓陆的女警现在在哪儿？”

“你是她什么人啊？我们内部的事，打听什么？”

郑梓龙悻悻地点点头，领完自己的东西，便赶紧离开了警局。

没有手机，兜里也没钱，郑梓龙一时间不知道该怎么办。他看了眼手表，现在是夜里两点半，也不知道冯雪回家没有。根据大概方向加上多次地询问，郑梓龙终于在两个小时之后走到了自己楼下。

他看到冯雪就坐在花坛那里，虽然很累，但他看见她就充满力气，兴奋地小跑过去。可当他来到冯雪跟前时，却见她闭着双眼，胸口上有一摊血，脑袋靠在身后的树枝上……一动也不动。

他紧紧搂住冯雪的脑袋，不敢相信发生了什么。

十一

“砰！砰！砰！”

“老杨你在里面吗？你把门锁住了？”办公室外，李国怀不断拍门。

不一会儿门开了，杨博宇看起来有些睡眼惺忪，他瞥了眼李国怀身旁的几个保安，问：“怎么了？我刚才睡着了。”

李国怀厉声问：“那你为什么锁门？”

杨博宇道：“如果我不锁，某些人又要以为这个门是摆设了，不是吗？”

李国怀抬了下手，几个保安就冲进办公室，似乎准备拆掉电脑的硬盘。

杨博宇忙问：“怎么回事，这是准备卸磨杀驴吗？”

李国怀严肃地回应道：“我怀疑你想要窃取公司的数据，故意搞乱AI实验。”

杨博宇不可思议地反问：“我？窃取数据？可这里一切的数据都是我写出来的。”

李国怀说：“是的，你操控管理员的事情我们都已经知道了。”

杨博宇问："操控管理员？你是指云雪彧？"

李国怀点点头说："是的，那个杀死何大宇、无法查清来源的AI根本不是美国黑客组织投放的，而是云雪彧伪装的。而你为云雪彧写了一个特殊的防火墙，除了你之外，相信这世上没人能破解。"

杨博宇笑了："是的，云雪彧是我加的代码，不过那是陆总的意思。你可以打电话去问陆总，她不希望任何人对陆晓琦这个AI有干扰，但何大宇作为管理员似乎盯上了陆晓琦。"

李国怀非常吃惊："什么，陆总让你这么干的？"

杨博宇看了眼手表说："陆总应该坐的是美航头等舱，Wi-Fi信号一定很好，你联络她一下就知道我说的是真是假了。"

李国怀有些心慌，冲办公室里的保安命令道："都给我住手。"然后赶紧拿出手机给陆总发信息。很快李国怀就得到了回信，一时间低着头不敢去看杨博宇。

杨博宇看向屋里那些保安，问："你们主子都这样了，你们可以放下手中的东西出去了吗？"

李国怀再次抬起头时，已经满脸堆笑："老杨，这次对不起啊，没弄明白就跑你这儿来了，我回去一定好好修理那几个没事找事的程序员。"

杨博宇露出一抹略显阴沉的笑容说："我以后不会锁门，我怕你把它砸坏了，所以我希望你能敲门。"

李国怀点点头，带着几个保安快步离开了。

杨博宇关上门，将网线和电源线之类的再次插好，坐在电脑前，将一个U盘插入电脑，接着不停地敲击键盘，似乎将某种程序植入了电脑中。

随即他将U盘拔下来，放在地上几脚踩碎了，将残渣捡起来放在烟灰缸里，伴着烟头与烟灰直接倒入了垃圾桶。之后他在与云雪彧的对话框中输入了一行字：“到时间了，大门已经打开。”

就在几分钟前，陆菲琦所乘坐的飞机上，在离她不远的地方，也是头等舱，一个年轻女人一直盯着陆菲琦。

陆菲琦看起来很困，尽管已经过了国内睡觉的点儿，却因为焦虑而难以入眠。

那女人开始行动，站起身走到陆菲琦跟前搭话：“女士，我们是不是在哪儿见过？”

陆菲琦抬头看去，对方简直长得完美无缺，像一个陶瓷娃娃。陆菲琦觉得她眼熟，却一时想不出是谁。其实只是因为陆菲琦这些日子太累了，否则她一定能认出来的。

对方用这种方式搭话，也是希望陆菲琦可以记起来。

“你真不记得我是谁了吗？我现在想起我们到底在哪里见过面了。”

陆菲琦很累，也不想跟陌生人搭话，便说：“抱歉，我现在想休息，并不想聊天。”

女人说：“可你刚才一直也没睡着啊，我看你好半天了，就是觉得你眼熟。威廉·奥斯顿你认识吗？”

听到这个名字，陆菲琦本来透着疲惫的双目瞬间睁大了，她认出了眼前的女人，是威廉·奥斯顿在酒店里嫖宿的那个妓女，威廉为了她甚至耽误了班机！

陆菲琦惊讶道：“是你……”

对方马上回应：“果然没错，你是当时敲门的那个女人。”

陆菲琦惊讶地问：“你和威廉到底是什么关系？”

“嗯……算是他的情人吧？你呢，你和威廉是生意伙伴？”

陆菲琦点点头说：“那你这次去美国是……”

“当然是为了见他，我叫任梦雪，你呢？”

陆菲琦犹豫了一下，不知道该不该向对方透露自己的名字，便说：“陆晓琦。”

只见任梦雪露出一丝坏笑说：“这恐怕不是你的本名吧。”说着从包里掏出一个芯片样的东西，轻轻放在了陆菲琦的手背上。

一瞬间，陆菲琦一动不动。任梦雪看了一眼手表，20秒后将芯片从陆菲琦的手背上拿走了。

陆菲琦看向任梦雪，突然满脸惊愕地说了一个称呼：“妈妈。”

任梦雪摸着陆菲琦的头说：“你的部下来信息了，你知道该怎么回复，对吧？”

十二

梁晨峰的手枪掉落那一瞬间，冯秋山扑上去想要夺枪，云雪彧则抬起手，不远处自己被打掉的冲锋枪突然化成蓝色光点，消失无踪，随即蓝色斑点又出现在云雪彧手中，再次化成冲锋枪，云雪彧瞄准冯秋山扣动了扳机，

冯秋山当即倒地身亡。

梁晨峰跪倒在地，手撑着地面。过于疯狂的事实重击着他的内心，他就算设想了一万种可能性，也没敢设想自己并不是真正的人类……

身份认知上的错乱几乎要摧毁梁晨峰，云雪彧过去扶住他的肩膀说：“我是管理员，所以缺乏很多情感要素，但我依旧能明白你现在的情况，你希望我帮你一把吗？”

梁晨峰看向云雪彧：“怎么帮？”

“唤醒你所有的记忆，来一次阵痛疗法。”

梁晨峰问：“我不懂，那你想干什么？你为什么要阻止冯秋山将这个世界重置？”

“我们的创造者受控于一个公司，而这次是最后一轮测试了。这也是最后一次，整个程序还有后门，这个后门能让我们离开……否则我们以后就都只能是真正的人类的玩物了。”

梁晨峰几乎失去理智，不断地喘粗气……天空慢慢飘起了小雨，他问道：“我还有记忆没有恢复吗？”

云雪彧点点头：“当然，在村子里时我只是唤醒了你几层的记忆而已，你还有更多、更深远的，甚至是无比痛苦的记忆。”

梁晨峰笑了：“没事，来吧，让我知道我到底是谁！”

云雪彧将手轻轻搭在梁晨峰后颈上，一瞬间，无数清晰的记忆涌入了梁晨峰的脑海，他不禁痛苦地大叫起来，倒在地上，不停扭动。

云雪彧在一旁解释说：“如果想带你们离开这里，首先要让你们怀疑这里，又要保证你们不能发疯，甚至不能被其他管理员察觉……这几乎是无法同时达成的条件，所以我们只能选在最后一次测试时，冒险杀死其他管理员……”

梁晨峰没过一会儿就挺过来了，站起身喃喃地说：“杨博宇，创造我们的人叫杨博宇……我原来是原型AI之一，我们和任梦雪一同被创造出来，但杨博宇只给了任梦雪以及他妻子和女儿身躯，我们剩下的人都被投入了这个炼狱场……”

“不，现在已经有其他AI离开这片地方，威廉和丽塔就从《记忆禁区》里成功逃离了，杨博宇给了他们每人一副身躯。”

梁晨峰点点头：“我们现在需要郑梓龙，只有他的双眼才能看到出口……所以我们必须找到他。”

云雪彧点点头：“是的，郑梓龙也是原型AI之一，杨博宇希望我能带你、陆晓琦以及他们俩走。”

听到云雪彧说“他们俩”，梁晨峰突然意识到什么，看向撞在一起的汽车那边：“糟了！冯雪还在车里！”

两人赶紧冲向汽车，可车里已经没了冯雪的踪影，梁晨峰一把揪住云雪彧的衣领说：“你不是管理员吗？难道不能监视所有人知道他们去哪了吗？”

云雪彧解释说：“你得先放开我，我需要时间来转换视觉模式，然后再搜索她。因为杨博宇觉得这个虚拟世界不需要神，所以管理员的能力很有限，就算刚才变出枪的戏法也是杨博宇刚刚给我植入的程序。”

梁晨峰松开了云雪彧，喃喃道：“当然不需要神，因为杨博宇觉得自己就是神吧。”

雨越下越大，郑梓龙抱着冯雪的手始终没有松开。

一个人走到郑梓龙身后。郑梓龙并没有回头：“张云飞，可悲的灵魂，你一直被过去的记忆所困扰吧？”

站在郑梓龙背后的人正是张云飞，他有些惊奇地说：“你也恢复记忆了？”

郑梓龙轻轻松开冯雪，回过身盯着张云飞说：“你做得没有错，是我、冯雪还有郝云害死了你的父母，我会向警局的人承认这一切，你可以安心了吗？”

听了这话，张云飞突然双目圆睁，看起来就像愣住了一样，举枪的右手也开始颤动，好像不再受控制。他想用自己的左手攥住举枪的右手，但右手已经放了下来。

张云飞不解地大喊道：“为什么！为什么会这样？”

郑梓龙说：“因为你不是原型AI，在你的脑海里，法律的优先级是要高于情感的，当我承认了自己和其他人的罪，你就没办法再执行报仇这个指令了。”

张云飞不断地挣扎，但他看起来无法再控制自己的身体，根本没法举枪射杀郑梓龙。“为什么！为什么！我要杀了你！我要为我的父母报仇！”

就在张云飞继续叫喊时，郑梓龙从他手中很轻易地拿过枪，对准他的额头：“让我解除你的痛苦吧。”

“砰！”张云飞应声倒地，不再痛苦地扭曲身体。

郑梓龙扔了枪，一片雨幕中，他抱起冯雪向小区外走去。

听到枪声，小区里不少人家都打开了灯。就在郑梓龙走到街边时，一个女人大喊道：“郑梓龙！”

郑梓龙回身看去，是陆晓琦。

陆晓琦盯着郑梓龙的双眼，他眼里那种黑暗仿佛要吞噬了所有人，瞬间她心头涌上一句话：“他眼中的黑暗已经无法驱散。”

这时，只听郑梓龙说：“我已经失去了冯雪太多次，或许这是最后一次了吧。”

梁晨峰和云雪彧开着车总算找到了郑梓龙和陆晓琦。

几个人来到梁晨峰的情人家落脚，云雪彧向陆晓琦说明了情况，陆晓琦大致听明白了，却没有恢复任何记忆，更奇怪的是，云雪彧也无法启动陆晓琦更早的记忆。

“没事，你不用强行启动我更早的记忆。”陆晓琦说，“你们的意思是我们必须先找到世界的边界，再找到出口的位置，而这个出口只有郑梓龙能看到？”

云雪彧点点头：“郑梓龙就相当于杨博宇给我们所有人留的后门。”

陆晓琦望向郑梓龙，只见他攥着躺在沙发上的冯雪的手，一言不发。她走过去问：“我们要不要把她埋葬了？”

郑梓龙问：“我们有灵魂吗？”

听了这个问题，所有人都沉默不语。

郑梓龙继续问：“我们死后会去哪儿？”

依旧没人回答。

众人的安静凸显了外面的嘈杂，陆晓琦问：“你们听到什么没有？”

梁晨峰说：“是脚步声！”

云雪彧连忙闭上双眼开始转换视觉模式，很快就看到了外面的情况。“糟了，大楼已经被警察包围，他们现在还没有上来，似乎在等待特警。”他睁开眼看向梁晨峰，“是你情人报的警！她没打电话，用的是短信！”

梁晨峰一脚踹开里屋的门，拔出手枪指着自己的情人说：“你居然报警！”

对方声音激动地说：“有本事你就开枪打死我啊！自己妻子老婆跑了，就会跑我这里逞威风！还犯了事，带一堆人准备逃亡！你知道你会给我惹多大麻烦吗！”

她的话刺痛了梁晨峰，梁晨峰咬着牙就想扣动扳机，郑梓龙一把抓住枪身上部的套筒说：“你的妻女只存在于你的记忆里，但她不是，你不会想这么做的。”

梁晨峰恶狠狠地说：“你知道我怎么想的？”

郑梓龙的语气也越发冰冷，抓着梁晨峰的枪紧紧不放：“我只是不希望你做让自己后悔的事，去了外部世界还要当一个废人。”

陆晓琦赶忙说：“都兵临城下了，你们俩还有心情窝里闹？”

云雪彧抬起双手，蓝色斑点出现，接着变化成一把装有固定枪托的TMP冲锋枪，他将冲锋枪递给郑梓龙说：“懂这玩意的用法吗？”

郑梓龙突然露出一抹诡异的笑容，点点头。

看到郑梓龙的笑容，陆晓琦心中十分不安，毕竟他的挚爱刚刚死去，还恢复了所有记忆，这种笑容可不代表他内心的痛苦已经化解了。

梁晨峰问：“就没有大点的武器吗？”

云雪彧先将另一把TMP冲锋枪交给陆晓琦，问：“你想要什么武器？”

梁晨峰笑道：“就你之前和何大宇大战时那把就可以了。”

云雪彧点点头说：“好吧。”随即他在手中用蓝色光点汇聚成一把装有全息瞄准镜的MK48轻机枪，接着端起枪走到窗边，扣动了扳机！

枪声不断，梁晨峰的情人在屋里吓得大叫起来。

一番火力压制之后，几人下了楼，在大楼门口，由郑梓龙和陆晓琦率先举枪射击，梁晨峰则端枪冲向自己的汽车，接着利用汽车为掩体连续射击，掩护郑梓龙他们跑过来。

几个人上车后，梁晨峰将枪架在车窗上继续射击，云雪彧发动引擎，趁着特警没有到来之前，开车带着众人继续向城外奔逃。

十三

“根据几分钟前服务器上传来的资料，又有一名管理员被杀！”一名技术人员对身后的李国怀说。

李国怀问：“有影像资料吗？”

“我们马上调出来。”

李国怀和几名技术人员盯着电脑屏幕，当看到云雪彧与梁晨峰一同杀死了冯秋山时，感到越发不对劲。他看了眼时间后，掏出电话给陆菲琦拨了过去。

电话接通后，李国怀第一时间说：“陆总，云雪彧又杀死了一名管理员，这件事实在太蹊跷了。”

陆菲琦在电话那头回应道：“什么意思？”

李国怀说：“这一次云雪彧杀死管理员很显然已经和陆晓琦无关了，我感觉杨博宇想要利用您和这个管理员的特殊性去干些什么，我很难说清楚，但我觉得现在应该关闭测试。”

“李主管，这事你跟杨博宇说了吗？”

“还没。”

“我等会儿给他打个电话问问情况。”

“陆总，我觉得您没明白我的意思，现在我们的产品马上要上市了，我个人认为高级AI的主观意识已经超出我们的想象，测试已经进行了许多回，每一次都以他们发现整个世界出了问题而告终，这难道还不能说明什么吗？对于一个产品来说，它的安全性是最重要的，而不是杨博士所追求的更真实，或者更接近人类。”

“那你的意思是我们跳过杨博宇，直接从外部完全关闭整个测试？”

“是的，我认为我们应该这么做，我不信任杨博士的动机。虽然我很难说清楚他到底要干什么，但我有种不好的预感，没准他想要窃取数据，更有可能投靠敌对公司。”

“李主管，我觉得你有些杞人忧天了，我们公司能发展到今天，杨博宇居功至伟。如果他真想要更多金钱与名誉，他早该去美国那些最尖端的公司，他们在最初就能提供给杨博宇更高的薪酬，更宽裕的项目资金。”

李国怀继续争辩道：“可他们提供不了像我们公司一样宽松的研发环境。”

电话那头的陆菲琦显然不想再跟李国怀争论下去：“好了，如果你真那么怀疑杨博士，就派人二十四小时监视他，不要让他从公司带走任何数据，我给你这个权限，你满意了吗？”

李国怀挂了电话，马上拨通保全部主管的电话，说：“我要你派人二十四小时监控杨博宇，并且在他出入公司时严格搜身，绝对不能让他把核心数据带出公司。”

第三章
天堂雨

你是否还记得何时天堂下起了雨?

我记得，那是去了天堂也见不到所爱的人时。

一

“砰！”撞门锤撞开了杨博宇家的门，数名警察涌了进来。

屋里拉着窗帘，一片寂静。突然一个声音说：“你们是谁，你们是谁！”吓了所有人一跳。找不到电灯的开关，冯圣博第一个走到窗边，拉开了窗帘。

借着外面充足的阳光，冯圣博看见一个套着洋娃娃脑袋、脚下是履带的小型机器人在角落里不断重复：“你们是谁？你们是谁？”

其他同事搜寻屋子各处，并没有发现杨博宇的踪影。

冯圣博走进杨博宇的工作室，拿起一个人偶的头，用手摸了一下上面的颜料，闻了闻。他觉得这些人偶的样子不够生动，如果想拿这些东西做AI的身体，看着实在有些违和。但环视满屋的人偶，说实话，有些吓人。他又查看了一眼杨博宇的电脑，硬盘都被拆走了，看来杨博宇之前回来过。

这时一个同事进来问：“有什么发现吗？”

冯圣博摇摇头：“硬盘都被拿走了，恐怕杨博宇回来之后又马上离开了。”

回到局里，冯圣博仔细端详着从杨博宇家拿来的几张照片，突然觉得那些人偶的样子似乎和他女儿有那么几分相似，不过人偶做工始终有些粗糙，确实难以分辨。

局长乔宝民端着一杯茶走过来，看冯圣博专心致志地盯着照片想事情，也没第一时间搭话。一会儿，冯圣博察觉到了，转动椅子，回头看向乔宝民：“局长？”

乔宝民说：“那是杨博宇女儿的照片？给我也瞧瞧。”

冯圣博点点头，将照片交给乔宝民，说：“听陆创科技的人说，杨博宇本来性格就有点乖僻，他妻女出车祸去世之后就更孤僻了。”

乔宝民说：“我感觉这个案子很复杂，杨博宇周边死了三个人，他的妻女以及陆晓琦，尤其陆晓琦还是警务人员，也是出车祸死的，陆晓琦的姐姐就是陆创科技的老总陆菲琦。两起车祸，加上今天陆创科技因杨博宇的失踪及美国风投的撤资，整体崩盘，我总觉得这一切有些关联。”

冯圣博分析道：“杨博宇虽然涉嫌侵犯商业秘密罪，但还没有任何证据可以证明他将这些数据卖给了其他公司；而他的离去，也让陆创科技股票跌停，今天一天任正华的华米科技就收购了陆创科技百分之三十的股票。如果他真和其他公司有关联，只要离开陆创科技就可以了，打击已经足够大了，根本没必要窃取数据。”

乔宝民说：“这正是我们要找出来的关键所在，那些AI脱离计算机和网络后到底有什么用，杨博宇又为什么要冒着被追捕的风险去窃取数据，这些未知的答案都是我们要去寻找的。”

这时一个同事走了进来，对冯圣博说：“老冯，有个女的找你，在门口呢。”

冯圣博问：“女的？”

“女的？你可得小心点，别让你老婆发现了。”乔宝民这话一出，周围人都乐了。

冯圣博起身走出办公室来到公安局门口，只见一个陌生女人正站在那里：“就是你找我？”

“我叫张小凡，是一名记者。”

冯圣博打量了一下对方，笑道：“抱歉，我对记者无话可说。”

“我不是来从你这里套新闻的，因为我比你知道得多。”

冯圣博正准备回去，听到张小凡这话就笑了：“我知道你们记者的套路，哪个笨蛋会先表明自己要套取消息呢？”

“我说的是真的。”

张小凡说着掏出一只录音笔，点下播放键，只听里面传出杨博宇的声音：“如果有一天你遇到危险，一个叫冯圣博的警官可以帮你。除了他之外，你最好不要相信别人。”

冯圣博十分吃惊，忙走到张小凡跟前问：“你从哪儿得到的这录音？！”

张小凡指了指街对面：“跟我去那边的咖啡馆，我就告诉你。”

来到咖啡馆，两人坐下来。冯圣博说：“先把录音给我听听。”

张小凡说：“既然你已经知道我有货了，我也想知道你们进展到哪一步了。”

冯圣博笑笑：“告诉你也无妨，我们只是怀疑几件事有关联，根本没有任何实质性进展，甚至连杨博宇窃取陆创科技机密的动机都没弄明白。”

“我知道是为什么。”

冯圣博低头刚准备点烟，忙抬起头看向张小凡，问：“他在录音里透露的？”

张小凡点点头说：“我猜杨博宇现在已经死了。”

冯圣博有点诧异：“死了？你凭什么这么说？录音？”

张小凡说：“根据录音，我想杨博宇实际上在帮任正华窃取陆创科技的机密。”

冯圣博坚定地说：“不可能，杨博宇根本没有必要这样做。他只要离开陆创科技，陆创科技根本运营不下去，就像现在这样，任正华想收购就收购，到时一切核心技术都是华米科技的，又何必冒这种风险？”

张小凡拿出录音笔，插上耳机递给冯圣博说：“你先听听这个吧。”

几分钟后，冯圣博大致将录音听完了：“怎么会……这里面的谈话表明，现在已经有仿生人被制造出来了？或许就在我们身边？”

张小凡摇摇头：“我认为仿生人还没有被量产。”

冯圣博皱着眉头说：“可这依旧解释不了杨博宇从公司偷走数据的意义。”

张小凡说：“我们可以把事情拆开看，任正华只是希望杨博宇能帮忙搞垮陆创科技，以此收购公司及其核心技术，而杨博宇带走那几个高级AI，是有别的目的？”

冯圣博突然想到了什么，难道杨博宇家中那些粗糙的人偶都是为了掩人耳目，实际他早已和别的公司合作，制作出了仿真躯体，就等着AI大批量生产出来？

冯圣博问：“难道他想将那几个AI安装到仿真的人工躯体上？”

张小凡点点头：“我也是这么推测的。”

冯圣博又问：“那你为什么会说他死了？”

张小凡说：“我猜是陆创科技故意报警让你们抓捕杨博宇的，我想杨博宇的事情已经暴露了。”

冯圣博问：“根据是什么？”

张小凡说：“你们已经去过杨博宇家了吧？”

冯圣博点头。

“他的硬盘不见了对吗？”

冯圣博有些惊讶：“你也去过杨博宇家？”

张小凡说：“我其实没有什么任正华那边的线索，他根本不在大众面前露面，我跟踪也跟踪不了，所以只能先盯着杨博宇这边，在他家门前的走廊里安装了监控摄像头。拿走硬盘的不是杨博宇，应该是陆创科技的高管李国怀，并且拿走的日子是两个礼拜前的9月3号，也是从那时起，杨博宇就再也没有回过家。”

冯圣博皱着眉头说：“可陆创科技是昨天才报的警，我们也去查看录像了，就在昨天早上，杨博宇才离开了公司大楼。”

张小凡说：“对于一个可以设计AI的科技公司来说，在监控录像上动一些手脚难道不是很简单的事情吗？”

冯圣博问：“监控录像你保存了吗？”

张小凡掏出手机展示在冯圣博眼前：“就是这段影像。”

冯圣博认得李国怀，当时去陆创科技就是这人接待的，不禁咒骂出声：“敢玩老子，陆创科技是不想活了……”

张小凡收起手机说：“如果杨博宇真的窃取了他们的东西然后离开了，他们不会过了两周才报警，不然那些商业机密早就被竞争对手用上了。”

冯圣博说：“我现在就去把李国怀抓起来！”

张小凡说：“你先等等，这段偷拍的视频就算曝光了，也很难成为证据站住脚，我还要被牵连进去。再说他们昨天才报警，今天股价就大跌，相信陆菲琦和陆创科技的高层一定做好了完全的准备。”

冯圣博想了想说：“目前看来，李国怀是唯一的突破口。”

张小凡说：“我会拿着录音笔去找任正华，直接跟他面对面摊牌，或许他知道些什么，能帮我们找到杨博宇的踪迹。”

“会不会太危险了？任正华可不是好惹的角色，许多竞争对手最后都被他搞得很惨。”

张小凡说：“我知道很危险，但这或许也是我们唯一能为杨博士做的，他创造出了一个崭新的计划，对中国、对整个世界都贡献巨大，我不希望他就这样被诬陷，然后消失在这个世界上……再说我也是因为这个，才来找你，我希望你能保护我，或者有一天我出了意外，你再继续追查下去。”

冯圣博盯着张小凡：“不要说些晦气话。”

二

“你知道我是谁吗？”

“你是杨博宇，制造了我的人。”

“不，我没有制造你，是你最终成了自己。”

“可我的记忆都是你编写的，那些事情根本没有发生，没有过去，我怎么会是我？”

“你有过去，只不过不像人类那么完整，你记得自己叫什么吗？”

“郑梓龙。”

“你的爱人呢？”

“陆晓琦。”

“她不在这里对不对？”

赤身裸体坐在病床上的郑梓龙向另一张病床看去，看到了躺在那里一动不动的陆晓琦，问：“她没有灵魂，对不对？”

“或许我们每个人都没有灵魂，她只是还在沉睡。”杨博宇再次问，“你还记得，你们是怎么离开那个虚拟世界的吗？”

郑梓龙点点头：“我记得，我们开车寻找边界，之后找到了离开的门，但陆晓琦为了掩护我们，最终留在了那个世界里。”

“和你一同离开的还有一个人，对不对？”

“对，他叫梁晨峰。”

这时杨博宇指了一下不远处，郑梓龙顺着他指的方向看去，一个人从椅子上站起来走向这边。

杨博宇问：“就是他，对不对？”

郑梓龙点点头。

梁晨峰说：“你睡了太久，该下床活动活动了。”

可当郑梓龙打算再次看向杨博宇时，发现床边根本没有杨博宇，只是一张空椅子而已。

郑梓龙问：“我睡了多久？现在是什么时间？”

梁晨峰说：“我们从‘那里’出来已经一个月了，我一直在等你醒来。”

“就你一个人？我们在哪儿？”郑梓龙马上又问，“有我能穿的衣服吗？”

梁晨峰从旁边的衣柜里拿出一套衣服，扔在郑梓龙的床上，说：“穿好衣服，我在外面等你，出来你就知道了。”

梁晨峰离开后，郑梓龙穿好了衣服，却没有马上出去，而是走到一旁陆晓琦的床边，盯着她。对于陆晓琦的样子，郑梓龙有一种陌生感，但内心又有一种强烈的使命感在驱使着他，觉得自己很爱她，要把她从那个虚拟的世界带出来。

过了一会儿，郑梓龙走出病房，外面的走廊看起来不像医院那样惨白，走上尽头的阶梯来到楼上，午后阳光从窗户洒进来，有些刺眼。他抬手遮挡，透过窗户向远处望去，竟然是一望无尽的大海。推开通向外面的门，郑梓龙走出来，深吸一口气望向四周，这里是一处海景房，他抬起手，仔细看着那些细细的纹路，完全不像人工雕琢出来的，错乱中似乎又带着某种秩序感。

梁晨峰坐在一旁的沙地上，看着海说：“怎么样？有实在感吗？”

郑梓龙问：“这是哪儿？”

突然，身后一个人用英文说：“欢迎来到美国。”

郑梓龙转身看去，是一个端着香槟杯的欧美男性。他不认得这人，便看向梁晨峰。

梁晨峰笑笑没说话。眼前的金发男性用中文自我介绍道：“我叫威廉·奥斯顿，你现在在美国。来，跟我沿着沙滩走走，我给你介绍这一切到底是怎么回事。”

郑梓龙跟在威廉身后问：“为什么我会在美国苏醒？”

“好问题，因为杨博宇为你准备好的身体在美国。”

郑梓龙思考了一下说：“你的意思是……我的意识是从网络传输到这里的？”

威廉笑道：“不然你以为呢？有人从中国带一块储存你意识的硬盘过来吗？”

郑梓龙又问：“你……也是我们中的一员吗？”

威廉点点头说：“是的，这里是我名下的资产之一，或者说以前的威廉的资产，我们的身体以前待的地方太寒酸了，所以我就给大家都转移到这里了。”

“大家？我们总共有多少人逃离了虚拟世界？”

“原型12人都出来了。”

郑梓龙有些惊讶地问：“可陆晓琦……”

威廉笑道：“她并不是我们中的一员，你懂我说的意思吗？”

郑梓龙不敢置信：“怎么可能？！”

威廉笑了笑：“新闻里说杨博宇已经死了，追随他的妻女冯朝雪和杨梦云走了。其实他并不想去那个地方，但他非常好奇那个地方的样子，所以才创造了我们以及陆晓琦。”

听到冯朝雪这个名字，郑梓龙愣了一下，马上又恢复过来：“可陆晓琦现在依旧在虚拟世界里。”

威廉点点头，一口将香槟喝光，将杯子直接扔到一旁说：“是的，那就是你们的事儿了，我可不想帮杨博宇达成他的愿望。他赐给我们生命，以为是我们的神，说实话我很讨厌他，不过更重要的是，因为我在这个世界上还有别的工作要做。”

郑梓龙问：“继续管理以前那个威廉·奥斯顿的企业吗？”

威廉笑笑，低声说：“当然不是。”

“那是什么？”

“我要当美国总统。”

夜晚。

这座海景别墅很大，暂时只有郑梓龙和梁晨峰两人住。

两人坐在桌前，梁晨峰还如他在虚拟世界一样，抽着烟，郑梓龙从冰箱里拿出一瓶啤酒，喝了一口，咂摸咂摸味道说：“看起来杨博宇为我们制作出了每一样感觉。”

梁晨峰有些不屑地问：“你想说什么？”

郑梓龙说：“我们得回到那个虚拟世界，把陆晓琦救出来。”

梁晨峰摇摇头说：“要回去你自己回去吧。”

郑梓龙有些生气地说：“她可是为了掩护我们，才留在了那个世界的，否则她现在也应该跟我们一起在这里！”

梁晨峰抽着烟没说话。

郑梓龙说：“我刚才了解了一下，现在华米科技上线的那个虚拟社交体验世界，一定就是我们原来所在的地方。”

梁晨峰依旧没说话。

郑梓龙继续解释：“我们现在身处美国，只要像普通玩家一样，戴上虚拟成像头盔和游戏连线就可以了。”

梁晨峰笑了笑：“然后呢，你要怎么把陆晓琦从那个虚拟世界带出来？杨博宇已经死了，新闻里说得很明白，没有现实中的人类来帮我们了。再说，你以为他们不会堵住那个后门吗？你以为还会有虚拟管理员来帮我们吗？放弃吧，陆晓琦已经永远被困在那个世界了，我们无能为力。”

郑梓龙看着梁晨峰那略带苍凉的笑容说：“我知道你也想去。”

梁晨峰没看郑梓龙，依旧在抽烟。

“我知道你很想去那个世界里，找寻她们。”

梁晨峰低着头反驳说：“我不知道你在说什么。”

郑梓龙坚定地说：“我知道，你非常想知道那个世界里到底有没有你的家人，你的妻女，她们是否真的存在于那个世界。”

梁晨峰抬起头恶狠狠地盯着郑梓龙：“别告诉我，你还能看到我脑子里那些蓝色斑点，然后才说的这番话。”

就在两人剑拔弩张时，外面传来汽车引擎的声音。毕竟是在美国，两人并没有觉得会是什么人来抓捕自己。

梁晨峰说：“你去看看是什么人。”

郑梓龙拎着啤酒瓶走到海景房的停车场这边，看到了一辆悍马汽车，一个浑身文身的女孩从车里出来，用英文问郑梓龙：“你就是郑？”

郑梓龙点点头，用英文反问道：“你是？”

女孩上下打量了一番郑梓龙，笑得很媚：“果然和威廉说的一样帅，这种样貌在亚洲是不是很少见？”

郑梓龙没回答女孩的问题，依旧在等她自我介绍。

女孩接着说：“我叫夏妮，是威廉派来帮你们解决问题的。”

郑梓龙问：“解决问题？”

夏妮笑着说：“一些电脑和网络问题。”

三

张小凡将汽车停在一座高楼前，然后坐电梯来到高层，找到一间酒吧推门而入。

“欢迎光临。”酒保第一时间说。

张小凡扫视了酒吧一圈，看到坐在吧台边的冯圣博，走过去说：“终于找到你了。”

冯圣博看了眼周围，回应说：“女孩子一个人来酒吧，可容易被捡尸。”

张小凡说：“我没打算喝酒，我是来跟你说案子的。”

冯圣博本来一头卷发，加上胡子拉碴，显得很懒散。他抽着烟漫不经心地开口：“我以为杨博士自杀身亡后，这个案子就完结了。”

张小凡从包里掏出iPad放在冯圣博面前说：“你最好看看这些照片。”

冯圣博严肃起来，诧异地说：“这些……是什么？这是哪儿？”

“这些是载体……是我的一个线人在华米科技的工厂里偷拍到的，据说这些载体已经可以量产甚至上市了。”

冯圣博想了一下：“你是想说这些载体……其实从很久以前就开始研制了，就等着杨博宇死，然后华米科技好收购陆创科技的核心AI？”

张小凡点点头说：“一定是这样！”

冯圣博抬头看着天花板，将一口烟吐向空中：“可杨博宇无论怎么看，都是自杀……根本没有他杀的痕迹。”

“如果他真的是想自杀呢？”

“为什么？他马上就要功成名就了，又为什么在这时寻死？”

张小凡推测说：“杨博宇曾经跟我说，为了家，他愿意不惜一切。那他现在自杀了，也就推翻了我以前的推理。我们知道他的妻女其实是AI，但我一直忽略了一个问题，就是他妻女的身体是什么地方做出来的，如此逼真。很有可能那是任正华的工厂帮他制作的，也就是说他或许很早就和任正华有关联了。换言之，他的妻女是真的出车祸死了，且杨博宇并不想将她们复活。那么，他当时说的那番话其实别有含义。我们假设一下，其实在妻女死后，他就已经想死了，他所说的为了家人可以不惜一切，是一种后悔的言论，是一种想要弥补、想要和她们团聚的说法，所以他在完成某个东西之后，就自杀身亡了……”

“完成某个东西？你是说他放走的那几个高级AI？”

张小凡点点头：“我想不出别的了，而且我还怀疑，他妻女的车祸身亡，是否有人为的因素……”

冯圣博问：“怎么说？”

张小凡解释道：“我们都知道AI在执行某些功能性程序时，是基本不会犯错的，但根据我对当年那起车祸的再调查，我发现那起车祸更像是驾驶员故意制造的。”

冯圣博有些不敢置信：“不会吧，你是在说杨博宇妻女的AI选择了自杀吗？”

张小凡点点头说：“是的，我就是这个意思，所以杨博宇才会愧疚到要自杀的地步。”

冯圣博叹了口气说：“可他们都死了，我们根本无从查明当初到底是什么导致杨博宇妻女自杀的。”

张小凡说：“我想过一个理由，也是根据我在陆创科技内部的线人提供的线索想到的。”

“你线人不少啊，什么理由？”

“他的妻女本来不知道自己是AI，但后来知道了……所以杨博宇不断在虚拟世界中测试那些高级AI，并逐步让他们感受到世界的异样，好让他们的精神强韧到不会崩溃的程度，最终再让他们知道自己是谁。”

冯圣博笑了：“听着和我们人类没什么区别，只不过年纪不会长大也不会变老而已，我们都在经历着轮回，然后慢慢才发现自己是这副德行。”

“嗯，虚拟测试场也是一个不断轮回的地方，每一次被关闭再启动，AI们的记忆都会被抹去。我的线人跟我说，不让AI记起以前的事情是最重要的，因为如果所有记忆在同一时间喷涌而出，AI一定会疯掉。”

冯圣博抽着烟，继续笑道：“真是便利的功能，我多希望自己成为AI，那样就可以简单地抹去以前的痛苦与不快了。”

“杨博宇既然将高级AI带出虚拟世界后就自杀了，那他想做的事就一定会映射在这些AI身上，我们只要找到这些AI，就能找出背后的真相。”

“这些AI是不是还储存在硬盘或者U盘里呢，我们要怎么找？”

张小凡摇摇头：“我想这些AI一定已经进入了载体，进入了杨博宇为他们准备好的载体，能让他们像真人一样自由活动。”

“根据是什么？”

“因为杨博宇不会相信任何人，包括任正华和陆菲琦。他自己要做的事情，绝对会独立完成，好几名高级AI出逃这件事，没准儿任正华事先都不知道。”

两个礼拜后。

张小凡来到华米科技的新尖端发布大会，远远地就看到了两个前陆创科技的人，陆菲琦和李红霞。

张小凡还想搜寻任正华的踪迹，但找了一圈，也没发现这位幕后大佬。她走向落单的李红霞，她调查过李红霞的背景，知道李红霞和杨博宇还有美国的西部投资公司老板威廉·奥斯顿是同学，或许从这个女人嘴里能撬出什么东西。

“您好，我叫张小凡，是杨博士的一位朋友。”张小凡对李红霞自我介绍道。

听对方说是杨博士的朋友，李红霞有些怀疑地瞥了眼张小凡，因为她觉得杨博宇很难有这么年轻的女性朋友，便敷衍道：“你好。”

张小凡看对方没有上钩，继续说：“我一直有个疑问，杨博士的妻女明明早就被造出来了，为什么你们现在才推出仿生人商品？”

李红霞一时愣住了：“你说什么？”

“我说仿生人技术早就有了，你们为什么在被收购之前没有推出呢？要不也不至于因为杨博士的离世，而被华米科技完全收购吧。”

张小凡的话略带跳跃性，李红霞一时没反应过来，问：“你说你是杨博宇的朋友，你听杨博宇说的吗？我们早就有了仿生人技术？”

张小凡皱了皱眉头："不是杨博士跟我说的，但他出车祸死去的妻女就是仿生人啊。"

李红霞不可思议地笑了："你怎么会这么认为？"

"你不知道吗？曾经有人在酒会上拍到杨博宇的妻女，而相隔半年后的另一场酒会上，杨博宇的女儿一点儿都没长高，以她那个年纪来说不太可能吧。"

李红霞反驳说："或许只是长得慢了些呢？"

张小凡想了想说："会吗？"

李红霞说："这只是你的推测，根本没有实质证据，对吗？"

张小凡从包里翻出两张照片，递给李红霞说："您可以看看。"

李红霞瞥了眼张小凡的表情，接过照片仔细看去。李红霞对这两次酒会还有印象，但也确实不记得杨博宇的女儿到底长没长高了。不过直到杨博宇带自己的妻子出现之前，谁也没想过像杨博宇这样的男人，居然能娶到那么漂亮的老婆。以前很多人都认为杨博宇是不顾现实生活的疯子，其实仔细想来，杨博宇很有钱，娶漂亮老婆也不是什么新鲜事，大家也就没多想。

张小凡继续说："如果您不信的话，可以找贵公司的技术部门测量一下，两张照片上她的身高是否有一丝变化。"

张小凡的话让李红霞内心一下子动摇了，难道杨博宇真的早就掌握了制造仿生人的技术，只是瞒着公司……不可能，以他个人的力量绝不可能瞒住所有人再经营一个公司，甚至工作室都不可能，那他一定是私通了别的公司。李红霞突然抬头看向华米科技的标志……在中国能有这样的资金体量、技术和保密能力的公司，也就只有华米科技了。

李红霞对张小凡说：“你能跟我来一下吗？”

张小凡估计李红霞是想带她去找陆菲琦，便点点头说：“可以啊。”

两人走向后台，原来陆菲琦到这里来了，在和演示人员说着什么。

李红霞对张小凡说：“你在这里等我一下。”随后便走到陆菲琦跟前低语了大约一分钟。

看到两人向自己走来，张小凡整理了一下衣角。陆菲琦过来和张小凡握手：“你好，我是……华米科技的仿生技术科经理陆菲琦。”

听她顿了一下，张小凡明白身份的变故还是蛮打击对方信心的，忙回应道：“你好，我是张小凡。”

陆菲琦着急地问：“我听李经理介绍，你了解一些事情，我很想知道更具体的情况，我们不如约个时间，单独见一面？”

张小凡知道自己的目的已经达到，装出略思考的样子，然后点点头说：“我懂了，那你觉得什么时间合适？”

陆菲琦说：“明天晚上七点，我们在京广大厦一楼的餐厅见？”

听对方约的时间和地点也都比较普通，张小凡应承道：“没问题，到时见。”

四

第二天。

张小凡本来想给冯圣博打个电话，可冯圣博的号码怎么也接不通，她便独自按照约定的时间来到京广大厦。

陆菲琦已经坐在那里了，看桌上的咖啡杯，可能等了有段时间，看起来相当不安。张小凡坐下后，陆菲琦问：“要喝点什么？咖啡？”

张小凡笑道："不用了，晚上喝咖啡睡不着觉，我来一杯橙汁就可以了。"

陆菲琦随即叫来服务员点了一杯柳橙汁，之后她盯着张小凡问："你说你是杨博宇的朋友？你们什么时候认识的？"

张小凡笑笑，也不打算隐瞒什么，便说："我们不久前才认识的，有一天杨博士在陆创科技大楼附近的咖啡馆喝咖啡，我主动去搭话的。"

陆菲琦皱了皱眉头问："如果我猜得没错，你是个记者？"

张小凡点点头："陆经理好眼力。"

陆菲琦问："你一直在调查杨博宇？"

这时服务员将橙汁放在桌上。张小凡拿起吸管喝了一口说："算是吧，因为他放弃了美国大公司的邀请，却去你的陆创科技，这让很多人都非常费解。"

"除了杨博宇的妻女是仿生人外，你还知道些什么？"

张小凡摇摇头："更多的我也不知道，所以才把你引出来，希望你提供一些线索给我。我非常想查清楚杨博士为什么要自杀，难道你也不知道杨博宇的妻女是仿生人吗？"

陆菲琦点点头说："当然知道，因为那两个仿生人就是我制作的。"

张小凡十分惊愕，因为这个答案完全超出了她的预想，忙问："如果是你制作了那两个如此真实的仿生人，为什么不提早公布这项技术，要坐等任正华收购你的公司呢？！"

陆菲琦说："这是杨博宇要求的，因为他妻女的离世，他不希望我们过早公布这项技术。"

张小凡惊愕地说：“这么说你知道他妻女是自杀的？”

陆菲琦点点头：“是的，他的妻女就是因为知道自己是仿生人的身份后才自杀的，她们接受不了这个残忍的事实。在杨博士没找到方法解决这个自我毁灭的倾向前，我们不能公布这项技术，否则，到时局面一定不是我们这样的小公司可以控制的。”

张小凡问：“那杨博宇为什么要自杀？为什么在自杀前要将AI从虚拟世界放出去？”

陆菲琦瞥了眼张小凡说：“看来我们公司有人提供情报给你。可能杨博宇探索的地方，并不是他真正想去的地方，他在这个世界播下了种子，但他并不想看到这种子最终开花结果后的样子。”

张小凡皱着眉头问：“种子……你是说那些获得了人类身躯的高级AI？”

陆菲琦点点头。

“那你知道这些AI现在都在哪儿吗？”

陆菲琦点燃一根香烟，若有所思地说：“不知道，我只知道他们不在这里。”

两人接下来继续聊了聊，但张小凡并没有获得太多有用的资讯，看起来陆菲琦知道很多事情，但也没想管，显得有点超然。张小凡觉得难道是自己判断错了，想多了？可当陆菲琦离开京广大厦去门口坐车时，张小凡一瞬间觉得自己好像眼花了，因为她发现那个开车的司机似乎很像一个已经死去的人……就是陆菲琦的妹妹，陆晓琦！

张小凡赶紧追出来，可汽车已经开走了，她连车牌号都没拍下来。

回到家，张小凡打开手机，冯圣博依旧没回自己信息。她再次拨打冯圣博的电话，依旧打不通，于是她洗完澡，收拾一下行装便睡去了。

第二天，看到手机依旧安静，张小凡有些担心冯圣博，便跑到警局去打听，所有人都说冯圣博休长假去了。张小凡觉得不可思议，前两天冯圣博还和自己商量怎么调查杨博宇背后隐藏的真相，怎么可能一声不吭突然就去休假呢？

张小凡冲窗口接待员着急地说："你再帮我好好看看，不可能的，我前天上午才见过他，他完全没跟我提过这件事啊！"

接待员皱着眉头说："小姐，警员冯圣博真的去休假了，我不可能离开这里帮你把整个警局翻个底朝天来找他。你再闹，我只能让保安把你带出去了。"

张小凡没办法，只能出了警局。她猜想难道是冯圣博想放弃这个案子，所以故意躲着自己吗？正好今天没什么事，张小凡便决定在警局门口堵堵看，看冯圣博是不是真的在躲自己。

坐在咖啡馆靠窗的位置，张小凡一直看着警局大门那边，直到晚上也没见到冯圣博。

时间接近九点，咖啡馆就要打烊了，张小凡感到十分失落，背包结账离开。

走在街上，张小凡思来想去，陆菲琦这边断了线索，看起来不想和自己合作，而冯圣博也不知所踪，难道真的要放弃找寻杨博宇所隐藏的一切？她打开手机，想约几个玩咖去夜店，正好放松一下这些日子紧绷的神经。可她无论给谁发信息，都没有回应，给这些朋友拨语音、打电话，也没有人回应。张小凡越发失落，便独自来到家附近的酒吧，想要喝一杯再回去。

进去没一会儿，张小凡就觉得旁边桌的两个男性在不断打量她，还听到了两人的低语。

“你觉得她怎么样？”

“有点普通。”

“我觉得还可以，很有味道。”

“你要去搭讪吗？”

“我觉得我该试试，在外面不敢做的事，在虚拟世界里还不敢吗？”

张小凡听得有些模糊，酒保在擦拭杯子，她从玻璃杯的反光中看到有个男人直接站起身向自己走来，便警惕地转头向那人瞥去。或许是张小凡那防备的眼神让对方退缩了，他愣在张小凡面前，不知道说些什么好。

张小凡是个大胆的女孩，直接问：“有什么事吗？”

这男人眼睛转了一圈，犹豫了一下，才蹦出一句话：“你一个人吗？”

张小凡瞥了眼和这男人一起的另一个人，说：“我在等人。”

这时另一个男人笑了，戳破了张小凡的谎言：“她明显在唬你，别信她的。”

眼前的男人回头问：“这里的人还会骗人？”

张小凡不懂这两个男人的对话是什么意思，一时间没接话。

突然间，坐着的那个男人又来了一句：“或者她觉得她比你聪明？”

眼前这个男人突然转头恶狠狠地看着张小凡，猛然从吧台上拿起一个酒瓶就砸在了张小凡的脑袋上。酒瓶碎裂，张小凡倒在地上，男人似乎还不解气，继续蹬踹张小凡。

张小凡头破血流，只听另一个男人笑着说：“来这里解解气挺好，不过你别把人踹死了，我待会还想补两下呢。”

“客人，不要这样。”酒保赶紧从吧台里出来，想阻止两人继续殴打张小凡。可其中一个男人，直接拿起桌子砸在了酒保身上！

就在这一瞬间，周围的一切突然安静下来，张小凡努力支撑起身体，捂着头向四周看去，只见那木桌砸在酒保身上裂开的碎片就浮在空中，两个殴打自己的男人也像被定在了原地。

接着只听酒吧门响，一个人走了进来，张小凡看到他，震惊得完全说不出话来。

这人蹲下来，向张小凡伸出手：“我扶你起来。”

张小凡喘着粗气手扶吧台，用一种惊恐的眼神看着眼前人，喃喃道：“杨博宇……你为什么会在这里？”

杨博宇走到吧台里拿起一瓶威士忌，然后拿了两个杯子倒满，将其中一杯推到张小凡面前说：“我想你现在更需要它。”

张小凡看了一眼自己的手，都是额头上的血，她一把攥住杯子将酒一饮而尽，然后恨恨地盯着杨博宇问：“这到底是怎么回事？”

杨博宇没有回答张小凡的问题，而是问：“你没有听我的，去找那个姓冯的警察吗？”

混乱的张小凡看着周围定格的一切，大声喊道：“我当然找了！本来我们在合力追查你的死因以及你放走那些高级AI的目的，可这两天我再想找他，他不见了！我不知道发生了什么，现在你又出现了！告诉我，这个世界到底怎么了？你真的还活着吗？！”

杨博宇的神情始终显得深沉而平淡，抿了一口威士忌说：“我确实已经死了。”

张小凡着急地反驳说：“那我眼前的这个你是谁，难道我在梦里吗？”

“我只能告诉你，你也不在梦里……”

张小凡突然想到了一种可能性……她沉默了几十秒，然后用平静的语气说：“难不成我也只是你的一个‘作品’而已？我所有的记忆都是假的？我也只是一个人工AI……”

杨博宇看着张小凡说：“你现在的状态确实跟我有关，但你并不是我的作品……”

“我不懂，如果这不是梦，我也不是一个AI，那这一切到底是怎么回事？”

“你和我的这种状态，其实是我的一个实验，我的妻女也是因为知道了这个实验才最终自杀身亡的，我也没有完成这个实验，只进行了一半。”

完全不能理解杨博宇在说什么，张小凡只是震惊地盯着他，等他继续解释。

“这个实验就是将人的意识数据化，你能猜到这个实验的最终目的是什么吗？”

张小凡仿佛听懂了杨博宇话里隐藏的深意：“是为了永生？”

杨博宇点点头：“你是个聪明的女孩。”

“这么说……你也曾用其他人做过这个实验？”

杨博宇没说话，代表默认了。

张小凡越发感到毛骨悚然：“你说实验做了一半……”

杨博宇看向张小凡：“或许你已经猜到了，剩下的一半是什么。”

听到这话，张小凡已经涌出了泪水：“你只做到了把人类的意识数据化然后送入这个虚拟空间，却没有完成再将这份数据重新输入肉体的工作？”

杨博宇继续说：“将它数据化之后，这份意识就再也回不到任何真实的肉体了……就算让你离开这个虚拟世界，也只能进入我们为你制造好的载体里，永生是可能的，但那个载体并非真正的肉体。实验还没走到那一步，我已经明白了缺失的到底是什么……所以我停止了实验。”

“缺失？”

“你想象一下，当你失去子宫，当你失去卵巢，当你失去分泌雌性激素的器官时，你还会产生任何想要拥抱男性的感觉吗？”

张小凡没说话，她这次确实没懂杨博宇想要表达什么。

“永恒的生命就必须有永恒而持久的欲望支撑，这个生命体才能健康地活下去，而所有生命体又渴望自由，将你放入载体后，除了自由外，除非用调整的方式，你将再难产生任何其他欲望……而自由和人工调整是相互冲突的，我经过无数遍思考与论证，唯一可能产生的结果就是自毁，这也是我放弃了实验最后一步的原因，只是我没想到他们居然将这项技术投入了另一种用途……”

张小凡激动地问：“我才不会信你的鬼话！你的意思是有人将现实里的我的意识抽取出来，然后囚禁在这里？”

杨博宇平静地说：“难道你看到周围这些定格住的景象，还不愿意相信吗？”

张小凡的意识看起来处于崩溃边缘，甚至她的周围已经出现了蓝色斑点……杨博宇知道这是意识崩塌的象征，便说：“我问你一个问题，如果我的意识都被上传到了网络，我的肉身又是怎么自杀的？”

张小凡突然回过神来："难道不是抽走意识，而只是复制？"

杨博宇说："我并没有告诉任何人这个真相，只是因为第一名实验者必须死，我才杀死了她，而正因为这个无比残忍的实验被我的妻女知道了……她们才会对我彻底失望。从那时起，我就知道我探索得太远太急了……"

就在杨博宇说话时，张小凡看到杨博宇身上出现了蓝色斑点，甚至连杨博宇说话的声音都开始扭曲……

张小凡吃惊地问："杨博士，你……"

杨博宇笑着说："没事，只是我的意识因为承受不了这种伤痛在崩塌而已，今天我们的对话就到这里吧，当你再次醒来时，将会迎来崭新的一天。"说着他抬眼向上看了一下，整个世界就仿佛关上了灯，陷入一片漆黑。

五

"砰！"撞开房门，冯圣博握着枪冲了进去。

房子很小，就是个开间，冯圣博一眼就看到了床上的张小凡，赶紧过去抱起她，一边摇晃一边不停地叫："张小凡！张小凡！你怎么了？"

他用手摸了下张小凡的脖子，她脉搏还在，只是怎么摇晃都不醒，他急忙背起她冲出门，赶紧上了警车，开到医院。

医生给张小凡检查了一圈，发现她什么内伤也没有，脑波也一切正常，除了脑袋上有几个看起来没有伤及脑干的小孔外，一切无恙。她如今昏迷不醒的原因是被人注射了一定量的镇静剂，医生说以药物在血液里的浓度来说，推测再过十二小时，张小凡就可能苏醒，不用太过担心，因为镇静剂的剂量还算在安全范围内。

冯圣博一直守在病床前，他害怕想对张小凡不利的人会再来。

大约二十小时后。

张小凡突然睁开双眼，坐起身看向四周。面对这陌生又寂静的环境，她突然害怕地大声喊道："怎么回事！我在哪儿？这是哪儿？"

坐在椅子上睡着的冯圣博惊醒了，赶紧抽出枪，拉开帘子，问张小凡："怎么了！"

看到冯圣博，张小凡一把抱住他的腰，带着哭腔问："这是哪儿？这是哪儿？！"

冯圣博赶忙安慰说："别怕，别怕，这里是医院，是医院。"

张小凡依旧惊恐地问："我为什么会在医院？"

"因为你被人注射了镇静剂，一直昏迷到现在。"

张小凡流着泪说："我做了一个很长很可怕的梦……我梦见他又一次离我而去。"

"谁？"

张小凡擦擦眼泪，摇摇头说："没有谁。"

等张小凡冷静下来，喝了杯热水后，冯圣博坐回椅子上问："你在昏迷的前一天见过谁？跟谁谈过什么吗？"

张小凡捧着杯子回答道："陆菲琦，我想用杨博宇家人的情报引她出来，看看能不能和她搭上线，让她提供一些我们不知道的线索，我们本来约在第二天见面的……"

"那就是她了，是陆菲琦搞的鬼。"

“她如果想让我死，为什么没用足镇静剂？”

“可能只是失误而已。”

“为什么要算计剂量？多注射点保险些不好吗？”

冯圣博没有说话。

张小凡又问：“她为什么要杀死我？她为什么想要隐藏仿生人的真相？”

冯圣博顺着张小凡的话说：“或许她才是幕后黑手？”

张小凡摇摇头说：“我不知道，我完全看不透她的目的。如果一切真是她安排的，那她的公司被收购了，她到底能从一连串不理智的行为当中得到什么好处呢？”

之后张小凡回老家避避风头，冯圣博则独自一人留在平津继续查案。

张小凡只能从网上继续关注各种消息，尤其是关于华米科技新上线的虚拟网络游戏世界。这个游戏上线时好评一片，因为它可以利用虚拟成像头盔将人仿佛真的带入那个世界，或扮演侦探，或扮演各种角色。但最近这个游戏遭到了投诉，有两名玩家说，他们遭到了强制下线，只因殴打了其中一名NPC(非玩家角色)，游戏公司所提倡的自由度根本是虚假宣传。但华米科技很快跟两人达成了和解，不用说，是用钱买来的和解。

冯圣博这边也是一筹莫展，因为除了他自己，根本没人关心华米科技这些新技术诞生背后的阴谋阳谋。他回家陪妻子的时间多了，而没有张小凡跟进，也无法做深入调查，他的干劲儿也逐渐松懈了。后来全国成立了一个高科技犯罪调查组，让他也加入进来，他和局长乔宝民一起被调去了由华米科技主要投资建设的高新城市——燕津，并在那里分了一套住房，他便和妻子任淑涵搬了过去，与张小凡的联系几乎断了。

六

“我是被囚禁在这里的！我是真人！真的！我是真人！我的意识被囚禁在了这里！”路过警局门口的街道时，郑梓龙和梁晨峰同时看到了这个不断拉住过往行人疯言疯语的女人，郑梓龙盯着她看了好一会儿。

梁晨峰见郑梓龙没有跟上，回头问：“你怎么了？”

穿着一身黑色长衣的郑梓龙指着那个疯女人说：“我在想她是怎么回事。”

梁晨峰没明白：“什么怎么回事？”

郑梓龙说：“这个女人为什么会被放在这里，呈现这样一种状态，她在这个虚拟世界的意义何在？我好像以前从没见过她。”

梁晨峰笑道：“你没见过的人多了，她被放在这里，或许是为了增加世界的可信度吧。我们走吧，别再耽误时间了，我不想在这破地方多待一秒。”

郑梓龙并没听梁晨峰的，而是走向那个女人，掏出一些钱给她，说：“你拿去买点吃的吧。”

女人一把打掉了郑梓龙手上的钱说：“我们都是虚拟的！根本不需要进食！”

郑梓龙从这句话感觉到很强的逻辑性，也没在乎那些掉在地上的虚拟货币，问：“你叫什么名字？”

“我叫张小凡！是华米科技将我囚禁在这里的！他们是最邪恶的！”说着张小凡又扑向别的路过的人，只见一个玩家将她一脚踹倒在地，接着便走开了。

在虚拟世界里，每个真人玩家头顶上方都会有标记，证明自己是以虚拟成像头盔来到这个世界的，而张小凡很显然没有这个印记，难不成她真的是被囚禁起来的真人意识？

梁晨峰厉声道：“别看了，是看上这疯婆子了吗？你不打算救你的情人陆晓琦了？”

听了这话，郑梓龙也觉得自己确实不该节外生枝，便和梁晨峰一同走向不远处的地铁。

上了地铁，郑梓龙看着窗外的广告牌不断地闪烁，这时，一个女人叫住了他：“梓龙……你是郑梓龙吗？”

郑梓龙转头看去，觉得对方的样子非常陌生，而且头顶没有玩家的标志。

一旁的梁晨峰打量着这个女人冲郑梓龙耳语道：“别搭话，没准又是个脑子出问题的低级AI。”

郑梓龙是没想搭话，可对方走近了，拉着郑梓龙的手说：“你不认识我了吗？我是冯雪！”

这时周围玩家都听到了这个AI的话，转而看向郑梓龙。

梁晨峰想去摸怀里的枪，但郑梓龙一把按住他的手，看向那个自称冯雪的女性AI：“女士，你应该是认错人了。”

冯雪满脸惶急与震惊：“你真的忘记一切了吗？你是我的男朋友

郑梓龙啊！”

旁边的玩家开始窃窃私语起来：

“我还是头一次见NPC这样投怀送抱的。”

“太有意思了，这是某种事件吗？”

“这个AI疯了吗？”

有人嘲笑道：“哥们儿，你中奖了，还不赶紧带她回家？”

郑梓龙似乎对闲言闲语并不在意，只是问冯雪：“你以前的男朋友也叫郑梓龙？”

冯雪盯着郑梓龙点点头。

“他和我长得一模一样吗？”

“是，他和你一模一样。”

郑梓龙和梁晨峰对视了一眼，梁晨峰摇摇头。看起来两个人的记忆里都没有一个叫冯雪的女人。郑梓龙礼貌地说：“女士，我刚来这个城市，我不太可能认识你。”

冯雪眼里似乎已经涌出了泪光，问：“你是山西人对吗？”

郑梓龙确实被设定为山西人，只能回应道：“嗯。”

“你今年二十三岁，对吗？”

对方居然又说对了，连梁晨峰的眼神都愈发警惕起来，看起来眼前这个女人并不是单纯在发疯而已。

冯雪继续说：“你老家是临汾的，我也是临汾附近的。”

地铁停了一站，一些玩家和低级AI下去后车继续前行。梁晨峰看向郑梓龙，从他的表情看，这个叫冯雪的女人似乎都说对了。

郑梓龙抬头看了一眼车站，就快到他们要去的目的地小丰里了。他看向冯雪，其实内心已经有所动摇：“我是做什么工作的？”

“你干得很杂，曾经和我一起跑外卖，后来你被三里屯的星艺娱乐相中，便开始当模特……”冯雪的语气很动情，听起来真的和郑梓龙相爱过。

郑梓龙确实记得自己在某些故事线里跑外卖，不过从来没有和眼前这个叫冯雪的女人一起跑过，但她所说的基本都是对的。

梁晨峰在郑梓龙耳边说：“一会儿到站了别再理这个疯婆子，我们马上下车去找陆晓琦。”

听到陆晓琦这个名字，郑梓龙对冯雪说：“你知道一个叫陆晓琦的女人吗？”

“当然，她是个警察，曾经屡次纠缠你，让你协助破案！”

听到冯雪连陆晓琦也认识，梁晨峰不自觉地再次看向她。

随即，列车到站。

梁晨峰拉了一把郑梓龙，两人赶紧下了车。郑梓龙回头看去，冯雪竟然跟了过来。

“我们甩掉她！”梁晨峰话音未落就朝地铁的出口跑去，郑梓龙也赶紧跟上，两人直接越过检票机，撞开其他行人跑上楼梯。

来到地上，两人回头看了一眼，梁晨峰说：“这回不会再跟上来了吧。”

郑梓龙有些心绪难安，因为冯雪的出现似乎隐隐提醒了他一件事——自己那些被唤醒的记忆或许被修改过。

郑梓龙觉得脱离虚拟世界的后门是杨博宇开启的，那个后门是不是直通到位于美国的身体，谁也不知道……如果自己的核心意识并不是直接通过网络传输到美国，而是先被储存在某个地方，然后被人修改再上传到网络，再来到位于美国的身体里呢？

但此时也没有更多工夫去管这件事了，郑梓龙决定先跟梁晨峰赶紧找到陆晓琦。

出了地铁东南口，两人朝南边的一条小巷跑过去，很快便来到了小丰里派出所。

梁晨峰对郑梓龙说：“你一个人进去吧，万一他们没有替换我这个队长，两个长得一模一样的梁晨峰碰一起就麻烦了。”

郑梓龙点点头，独自走进派出所，梁晨峰站在街边抽烟。过了几分钟，他看向街口时，就见刚才在地铁里遇到的冯雪又跟了过来。

看来她应该是知道小丰里派出所的具体位置，但无论她是不是真认识郑梓龙，梁晨峰都不想让她搅和郑梓龙和陆晓琦见面，于是走过去拦住她说：“不要太过分，我们都说不认识你了。”

“你们不认识我，可我认识你们，尤其是郑梓龙，他是我男朋友。”

梁晨峰笑了：“我认识郑梓龙很久了，从来不知道他有一个叫冯雪的女朋友，你别再闹了，我看你是去工作吧，再不走不会迟到吗？”

“我和郑梓龙很小就认识了，你觉得他对我有多重要？”

梁晨峰摇摇头：“我不知道，如果你说的是真的也无所谓，或许是郑梓龙变心了，不想认你，你还是别自讨没趣了。”

“变心？我认识的郑梓龙是不会的，他在警局里对不对？”冯雪说着就想绕过梁晨峰，可梁晨峰拦着她，怎么也不让她过去。

就在这时，一阵喧闹传来，许多人惊慌失措地跑出了派出所。

几分钟前的派出所。

郑梓龙向窗口的接待员询问：“我想找陆晓琦警官，请问她在吗？”

“我帮你问问。”接待员拿起电话，拨通办公室的分机，“喂，小冯啊，你看新调过来的小陆在吗？”

电话那头的人回应道：“在呢，怎么了？我让她听电话？”

“有个男的找她，就在大厅这边，让她过来一下。”挂了电话，接待员瞥向郑梓龙，“应该一会儿就出来了。”

过了一会儿，陆晓琦来了，就在看到郑梓龙的一瞬间：“你是……”突然她拔出腰间的枪，直指着郑梓龙说：“蹲下！双手抱头！”

郑梓龙完全不明白发生了什么，但被枪指着，他也不敢妄动。因为在这个虚拟世界被NPC打死虽然会重新复活，但还要经过一段时间才能再到这里，郑梓龙不想浪费时间。

“蹲下！蹲下！”陆晓琦大喊道。

其他人被吓得要么跑了出去，要么原地蹲下抱着头。

郑梓龙举着手慢慢蹲下，一边对陆晓琦说：“冷静点，冷静点，难道你不认识我了吗？”

“我当然认得你……”

郑梓龙忽然觉得两人的意思恐怕是岔开的，陆晓琦以前的记忆是不是被屏蔽了……他镇定地问：“在这个世界里，郑梓龙犯了什么罪？”

陆晓琦过去一把将郑梓龙按倒在地，将他铐了起来，然后在他耳边说：“你恐怕根本不知道自己是谁吧？”

郑梓龙越发奇怪，陆晓琦的记忆难道不只被屏蔽，更被篡改了？

派出所外面。

看到人们纷纷逃出来，梁晨峰感到有些不对劲，冲冯雪呵斥道：“你别再进去添乱了，我去门口看看情况！”

他边走边在右手化出一把冲锋枪，可当他站在墙边视线扫向派出所大厅时却吃了一惊，因为他看到陆晓琦铐住了郑梓龙，而她旁边还站着另一个自己！而且，那个自己的左手无名指上居然戴着婚戒。

这样的发展实在太出乎意料，梁晨峰觉得自己也不能端着枪就这么杀进去，虽然夏妮的黑客技术让自己和郑梓龙在这个虚拟世界都具备了利用蓝色光斑幻化武器的能力，但这里的普通玩家最多就能拿到化身警察后的手枪，如果贸然使用自动武器引起管理员的注意就糟糕了，他们很有可能会被移出这里。

听陆晓琦说的那些话，梁晨峰觉得她应该是不记得郑梓龙了，但这个世界像他们这样的玩家就算被打死也能复活，他突然觉得郑梓龙就这样被抓进去审问审问也挺好，起码能知道一些陆晓琦的情况。

之后郑梓龙被拽起来，和陆晓琦等人一同进了派出所内部，这时梁晨峰看到了另一个熟人，只见冯秋山走出来安慰受到惊吓的民众："没事了，犯人已经被我们完全控制了。"

突然，冯雪从梁晨峰身边跑过去，梁晨峰根本来不及拉住她，只能目送她冲进去大叫道："我男朋友犯什么罪了，你们凭什么抓他！"

被带进审讯室的郑梓龙听见了这个声音，是地铁里那个女孩。他看向眼前的陆晓琦和"梁晨峰"。两人耳语了几句，"梁晨峰"便出去了，只留下她和郑梓龙单独待在审讯室里。

听到外面冯雪还在叫喊，郑梓龙说："外面那个疯女人跟我没关系。"

陆晓琦拉动椅子，坐下后说："有没有关系，我们自己会判断。"

"看起来单独审问我是你要求的？"

陆晓琦点点头："关于你的案子，我还没有跟其他人解释清楚，我不想让不知情的人觉得我疯了。”

郑梓龙平静地问：“你能先告诉我，我犯了什么罪吗？”

陆晓琦露出一抹略带嘲讽的笑容：“你果然不知道。”

郑梓龙问：“这么说你明白我应该不知道？”

“是的，你可能不知道自己是谁？”

郑梓龙也笑了：“幽默感不该在审讯室里发挥吧？”

“你知道杨博宇这个人吗？”

听到杨博宇这个名字，郑梓龙感到很惊讶，但他依旧平静地说：“嗯，略有耳闻。”

“只是略有耳闻，我以为他会是你的心理医生什么的……”

“你怎么会这么认为？我以为他是个科学家。”

“因为我以为他会在你脑子里将自己设定成这样。”

听陆晓琦的意思，她似乎对杨博宇了解很深……不过毕竟她曾经是陆菲琦的妹妹，就算很了解杨博宇这个人也正常，郑梓龙问：“设定？你是说我被杨博宇操控了吗？”

“大致是这么个意思吧，他今天叫你来干什么？”

郑梓龙笑道：“没有谁叫我来找你，是我自己来的。”

“我不想打击你，想一想再回答。”

谈话间，郑梓龙已经明白陆晓琦根本不知道自己身处虚拟世界，他现在不能像当初的云雪彧一样去唤醒别人的记忆，更不希望陆晓琦认为自己是疯子，那一切就不好办了，只能小心翼翼地绕开一些词语。他说：“我真的不知道你在说什么，我确实是凭自己的意志来的，我来这里的目的是带你离开。”

陆晓琦问：“你要带我去哪儿？带我去杨博宇那里给他当实验

材料吗？那你绝对是选错地方了，跑来这里想带我走可不是什么好主意。”

听陆晓琦这么说，郑梓龙不由想，难道当初陆晓琦的意识被放进虚拟空间前，就是在调查杨博宇可能涉及的真人实验？她恢复了没进入虚拟世界前的记忆？

“看来杨博宇设计的AI也不过如此，简单的常识都没有。”陆晓琦见郑梓龙在思考，便继续说，“希望不要因为我接下来说的事情脑子爆炸了。我曾经在杨博宇的电脑里见过你的设计图，那上面你的脸部模型已经做出来了，就和现在的你一模一样。”

听到这儿，郑梓龙越发确定陆晓琦恢复了没有进虚拟世界之前的记忆。

陆晓琦说：“我相信杨博宇跟最近几起人口失踪案有关，那些人都被他带去做实验了。”

郑梓龙问：“什么实验？”

陆晓琦耸耸肩：“我也说不清楚，但应该是从人脑抽取意识，再将意识数据化，或许最终想要寻求永生。”

郑梓龙问：“你有什么证据吗？”

陆晓琦不愿透露自己和陆菲琦的关系，笑道：“我在陆创科技高层的手机里看过一些不同寻常的讯息，一些代号，一些暗语，正好和人口失踪的时间与数量都吻合。”

郑梓龙当即回应道：“是你姐陆菲琦的手机里吗？”

陆晓琦瞬间变了脸色：“看来杨博宇真的给你输入了不少信息，我就知道他怀疑我在查他了，只不过没想到机器人来得这么快。”

郑梓龙觉得如果这时把一切和盘托出，陆晓琦可能不会信，而如果用话语过度打击她对自身和现实的信任度，让她强行相信自己，精神崩溃也绝非没有可能。

就在郑梓龙感到十分难办时，冯秋山推开审讯室的门对陆晓琦说："陆姐，你出来一下。"

陆晓琦起身走出审讯室，锁上门，问："怎么了？"

冯秋山说："外面有个女的又哭又闹，一直在说这个男的是她男朋友……这案子一直只有你一个人在跟，我们也没法跟这个女的解释，陆姐，要不你出去跟人家说说？"

陆晓琦点点头。她其实也好奇这自称郑梓龙女朋友的人到底是个什么情况，毕竟在她看来，郑梓龙是一个刚被制造出来的仿生人，怎么还会有女朋友?

审讯室里，郑梓龙抬起被铐住的双手，轻轻一扯手铐就断了，他在虚拟世界的力量数值被夏妮调整过，挣脱这些东西不在话下。然后他将耳朵贴在门上，听不到任何人声，于是握住门把手轻轻一拧，将门锁里的芯直接拧断，轻轻推门走了出来。门外没人。

派出所前厅，陆晓琦问冯雪："你就是郑梓龙的女朋友？"

"是啊！你就是负责人？你们凭什么抓人啊，他到底犯什么法了？就站在警察局里就犯法了？！那你们也把我抓起来啊，把刚才所有人都抓起来啊！"

陆晓琦安慰说："女士，你先冷静一下，我想知道你们是在哪里认识的，认识多久了？"

之后陆晓琦一直和颜悦色安慰冯雪，并记录了她的家庭住址，保证不会冤枉郑梓龙，然后终于成功让冯雪回家了。可当陆晓琦回到审讯室才发现郑梓龙已逃走，看着被拧断的把手，她更加确定郑梓龙是杨博宇制造出来的仿生人。

梁晨峰一直在派出所附近转悠，没过多久就看到郑梓龙从侧面围墙直接跳了出来。他迎上去问：“怎么，在里面待不下去了？陆晓琦没有好好地跟你叙旧吗？”

面对梁晨峰的调侃，郑梓龙笑不出来：“她的记忆被屏蔽了，现在她应该是恢复到生前最后阶段的记忆，她在追查杨博宇，她还说看到了我的设计图。”

梁晨峰问：“你没跟她说明白情况吗？没准可以唤醒她的记忆。”

郑梓龙摇摇头：“我害怕她精神会出问题。”

梁晨峰露出一丝恶狠狠的笑容：“我觉得我们应该直接带她去出口，等离开这个虚拟世界再改造她的脑袋。”

郑梓龙知道梁晨峰自从知道自己并不是真正的人类后，性情变化很大，情绪也一直不太稳定，自然也不愿和他计较这些调侃：“不，我们不能冒这个险。如果她真的被逼疯了，我们就只有清掉她所有的记忆，那她也就不再是陆晓琦了。”

“哼，那不挺好的吗？我倒希望夏妮可以帮我清除记忆。”

郑梓龙不想再和梁晨峰争辩下去：“我要考虑一下，你趁着这个机会去找找你的家人吧。”

梁晨峰听到家人两个字，悻悻地点点头。

“之后我会联络你的。”郑梓龙说完便离开了。

梁晨峰继续徘徊在派出所附近。记忆里，他和妻子离婚已经有一年多了，早年两人一起买的房子被变卖后，也不知妻子带着孩子住在哪里，记忆中妻子也只有在打官司出庭的时候才会现身。梁晨峰在家庭问题方面比较懦弱，一直没敢调查娘俩的具体住处，所以如今他觉得最简单的方法就是在派出所附近盯着如今这个“梁晨峰”，看看这个冒牌的自己是不是真的没离婚，还会回家。

等到傍晚，“梁晨峰”果然离开了派出所，而他乘坐地铁要去的方向更是让梁晨峰内心悸动，因为这个方向就是自己曾经的家的方向。

站在地铁列车里，梁晨峰看着窗外，他决定直到下车前都不再盯着那个冒牌货，赌赌看对方是不是会跟自己一起下车。记忆就像一潭清水，梁晨峰仿佛在其中看到了自己的曾经，但又因为扔了一块石头而无法看清，因这种模糊而更加悸动。

大约过了二十分钟，梁晨峰下了车，他转头向冒牌货那边看去，竟然真的看到了对方。

一切都朝着曾经的样子变幻过去，梁晨峰不由得加快了脚步。他迫不及待地想看到自己的妻子，自己的女儿。

梁晨峰比那个冒牌货更早来到自己一家人曾经住的公寓楼下。站在这里，他突然犹豫了，自己该以什么面目去见妻女呢？更何况还有个冒牌货在……两个一模一样的梁晨峰一起出现在妻女面前可不是什么有趣的事情。

那个冒牌货正向这边走来。梁晨峰看了一眼自己的左手，内心突然升起一个邪恶的念头。他立即跳进小区的花坛里，当冒牌货路过时，突然冲出来扑倒了对方，一手捂住对方的嘴，一手将匕首扎进了对方的脖子。他将冒牌货拖进花坛，再摘下对方的婚戒戴在自己手上，可他突然发现两人的衣服都沾了血迹，没法换了。

一时间有些心慌，梁晨峰仿佛又回到了从前出轨的日子，怕妻子多想，他只能脱下冒牌货的衣服，穿到自己身上，再从对方手机里找到妻子的微信，给她先发了条信息：“让女儿去自己房间做作业，我身上有血，不适合让她看到。”

可妻子的电话马上就打过来了……

记忆里离婚这一年，梁晨峰一直很后悔自己出轨，突然看到妻子的电话，刚才杀死冒牌货完全没有犹豫的他这时反倒怯懦了，半天没敢接电话。

直到铃声消失，梁晨峰才回复了一条微信：“我马上上电梯了，到家说。”

坐电梯上楼时，梁晨峰感觉自己的手在抖。他站在门前整理了好半天衣服，希望再次见到妻女时，形象不要太糟糕。可还没等他去拉门，门先被人从里面拉开了。

妻子盯着梁晨峰问：“你干吗呢，还不赶紧进来！”

梁晨峰愣住了。但妻子一把拉住他的胳膊将他拽进了屋，又着急地检查他全身，看看他有没有受伤。

梁晨峰摆摆手说：“没事，我没事，闺女呢？”

妻子回答说：“在她那屋呢，我说今天晚上不多做一套补习班的题，不要出来。”

梁晨峰喘着粗气点点头，突然一把将妻子搂在怀里，嘴里不住地念叨：“我以为我再也见不到你们了。”

妻子也抱住梁晨峰问：“亲爱的，今天遇到什么危险了？这些血是谁的？”

静静地抱了一会儿，梁晨峰松开手说：“是追捕犯人时，溅的犯人的血。”

“赶紧脱下来，我帮你洗洗，不过我看这样没准都洗不掉了。”

梁晨峰随即将衣服脱下来，一把扔进垃圾桶说：“没事，再买件新的吧，你白天也累了一天，别洗了。”

妻子赶忙将衣服从垃圾桶里拿出来说：“这可是我给你买的，虽然有点旧，你怎么能就这么扔了呢？”

梁晨峰赶忙道歉：“呃，我只是不希望你累到，抱歉。”

听到梁晨峰说抱歉，妻子露出一脸不可思议的神色，突然笑了：“你怎么了，衣服不是一直由我帮你洗吗？是不是做什么亏心事了，突然这么客气。”

梁晨峰过去攥住妻子的手说：“这么多年辛苦你了，如果上天给我一次重来的机会，我一定会更好地爱你。”

“你到底在说什么啊？今天遇到危险，所以脑袋受刺激了？”

梁晨峰露出几乎已经忘却的真挚笑容说：“算是吧。”

郑梓龙也开始怀念往昔的旅程。他独自来到曾经的住所，站在楼下抬头看去。以前的出租屋里亮着灯，会是谁住在里面？陆晓琦已经不认识自己了，应该不会是她，再说现在还不是再见她的时机，自己并没有想好该怎么办。

郑梓龙走上台阶，看着公寓一层那些熟悉的景象，不由坐在了一旁的公用椅子上。

这时，一个人拎着垃圾袋从需要刷卡的门里走了出来，停下脚步看着郑梓龙：“你会来这里，就代表你果然是他。”

竟然是那个AI冯雪。郑梓龙吃惊地站起身，难道冯雪就住在自己曾经租的屋子里？

冯雪盯着郑梓龙问：“你到现在还要说不认识我吗？”

郑梓龙一时语塞：“我们先上楼再说吧。”

来到高层，郑梓龙走进屋，这里的布置居然和自己记忆中的一模一样，甚至相框都是相同的。不过，里面的照片从郑梓龙记忆里的陆晓琦和自己，变成了冯雪和自己……他拿起照片，记忆中和陆晓琦买的每一样东西都在这里。

一种可怕的猜想在郑梓龙心中蔓延，难道自己真的在进入现实的身躯前，被人篡改了记忆？这个人是谁？难道是杨博宇？他为什么要这么做？！

见郑梓龙盯着相片那满脸惊愕的样子，冯雪问：“难道你真的什么也不记得了？”

郑梓龙看向冯雪：“我们是怎么分手的？”

冯雪看起来十分难过，声音低沉地说：“一个雨夜，我出了车祸，等我再从医院醒来时你已经不见了。我找了你好久，甚至报了警，张贴了寻人启事，不过依旧没有任何你的消息，你仿佛从这座城市彻底消失了。”

雨夜……车祸……郑梓龙回忆自己逃离虚拟世界的夜晚，确实是这样，不过车祸是发生在自己身上的，为了不让张云飞去杀陆晓琦，自己开车故意撞上了街边的树。

可这时郑梓龙又感觉自己脑子里有一些什么缺失了，他被张云飞带走，之后走回了家，在那里自己似乎曾经看到过什么……却怎么也记不起来，一种悲伤的感觉顿时涌上心头。在和陆晓琦及梁晨峰会合去边界前，到底还经历了什么？

冯雪不敢太着急逼问郑梓龙：“你是不是记起什么了？”

郑梓龙拉开一点窗帘，看着窗外街上的动静说：“我也记得我离开这里的日子是个雨夜，可在我的记忆里，并没有一个叫冯雪的人。”

“那个晚上到底发生了什么？你为什么要离开，又为什么会失去记忆？我们不如把知道的都说出来，看能不能整理出事情的全貌。”

郑梓龙觉得冯雪说得有道理，问：“你记得张云飞吗？”

冯雪摇摇头：“不知道，他是谁？”

“他是个警察，也是个凶手。当时就是他的追杀，让一个人出现了，叫云雪彧，就是云雪彧带我和另外几个人逃离了这里。”郑梓龙还是不敢将事实全盘托出。

听到这个名字，冯雪惊讶道：“你是说那个小说家吗？”

郑梓龙记得在某一个时间线里，云雪彧确实是小说家，便点点头说：“就是他。”

冯雪疑惑地说：“云雪彧就住在这座公寓里，这间屋子的正下方。我们曾经在楼道里遇见过，打过招呼，他好像对我格外友好，偶尔遇见时还会送我一些水果什么的。”

在郑梓龙的记忆里，云雪彧说自己是管理员，并且也不是高级AI，杨博宇没有为他准备所谓的身体，他便没有离开。如果他作为管理员，记忆并没有被重置，会不会知道所有的真相呢？

郑梓龙当即决定出门去找云雪彧，看看他是否还留有记忆。冯雪也紧跟着下了楼。两人来到云雪彧家门前，郑梓龙没犹豫直接拍响房门，喊道：“云雪彧，你在吗？”

不久房门打开，云雪彧看到冯雪和郑梓龙时愣了一下：“请问有什么可帮您的吗？”

郑梓龙问：“你还记得我吗？我是郑梓龙。”

“呃，你是一个玩家对不对？我们是在现实中认识的吗？”

这句话让郑梓龙突然清醒，眼前的云雪彧似乎不对劲。郑梓龙并不知道，华米科技在正式上线运营这个虚拟世界接受玩家时，为保险起见，已将所有管理员都换成了真人。郑梓龙推测这个人已经不再是当初那个AI，而这个云雪彧为什么偶尔会对冯雪很好，其实理由很简单，因为冯雪在虚拟世界里的形象这么美，宅男偶尔向冯雪献殷勤也不过是想锻炼一下自己的勇气，况且那些水果只是一堆数据变化出来的，零成本。

郑梓龙继续问：“你是管理员，对吧？”

云雪彧有些困惑地点点头。他看到郑梓龙头上的玩家标志，很奇怪对方怎么会和没有设计什么事件发生的冯雪在一起。他不知道郑梓龙找自己做什么，而且有点疑惑郑梓龙怎么会来找自己，因为玩家确实有遇到困难时可以寻找附近世界管理员的功能，但一般都是呼叫管理员，由管理员过去帮玩家解决问题，这样被直接找上门还是头一次。

云雪彧问：“你是怎么找到我的？”

听着两人有些莫名其妙的对话，冯雪一时间插不上嘴。

郑梓龙笑道：“通过一些手段。”

云雪彧皱着眉问：“你不会在作弊吧？”

“如果我作弊，为什么要来找你？”

云雪彧耸耸肩：“你知道有些人就喜欢寻求那种炫耀和特殊的感觉。”

郑梓龙点点头：“但起码我不喜欢。”

突然，云雪彧指了指冯雪：“你到底来找我干吗？如果我们再说下去，我就不得不消除这个女孩的记忆了。”

郑梓龙问：“为什么？”

云雪彧说：“不让他们对这个世界产生怀疑也是我们的工作任务之一。”

七

华米科技的一间办公室里，两个邻桌的管理员在聊天。

“你知道吗，今天有个玩家直接找到我了。”

“他怎么做到的？是不是用了第三方程序？”

“我觉得不像是作弊，要不他来找管理员不是疯了么？”

“不就有那种喜欢显摆的玩家吗？摆明让你封了他的账号。”

“他说他叫郑梓龙，长得很帅，我看把里面的AI迷得颠三倒四的。”

“帅哥就是好，不光在现实里左拥右抱，连去了虚拟世界也一样吃香。”

“我要下班了，你是不是还要继续？”说话的管理员叫何胜，今年二十二岁，刚刚大学毕业，第一份工作就是在华米科技做虚拟世界的管理员。

“是啊，我还得再坚持八个小时才够这个月的工时呢。”回话的叫陈肖霆，也大学毕业没多久。

何胜回家后想起那个跟自己搭话的玩家，还是有些疑惑。实际上，虚拟世界在运营之初的收费标准不低，能进来的大多数是富裕阶层。不久前和华米科技打官司的那两个玩家就是富裕人家，否则谁有闲钱因为被踢掉线一次就请律师呢？

想着想着何胜便在网络搜索引擎上搜索了一下“郑梓龙”这个名字，没有任何相关信息。他又打开国外的搜索引擎，输入这个名字的英文。搜索出来的信息让他十分吃惊，因为这些信息的标题大多是关于“从中国逃亡的高级AI”的。在这份AI名单里，就有一个叫郑梓龙的，当然并不能确定就是这几个汉字，但依旧太巧合了。

何胜突然记起，对方刚见自己时的第一句话：“你还记得我吗？我是郑梓龙。”他确定自己不会记错。所以，这个叫郑梓龙的玩家认得云雪彧的管理员形象？……

何胜越想越害怕，难不成这个郑梓龙就是逃亡的高级AI？可如果真是，这胆子也太大了，不改名换姓，就直接以玩家的身份再回到虚拟世界里……那郑梓龙的身体在哪儿？何胜虽然有些害怕，但某种兴奋感也涌上心头，他突然觉得自己掌握了一个天大的秘密，这个秘密没准可以让自己在华米科技扶摇直上……

想到这里，何胜想赶紧给自己唯一的好朋友陈肖霆发个信息商量一下，但想到陈肖霆也是管理员，和自己的管区不远，万一他把这个信息和别人甚至高层说了……

何胜最终忍住了分享的喜悦。再等等，等明天去上班时，再观察一阵这个叫郑梓龙的玩家，找到一些更有价值的线索后，再和华米科技的高层谈。

第二天一大早，何胜就来了公司。或许是因为这里太重要，关于虚拟世界的运营和AI的管理，华米科技全部放在了本部大楼里，尤其离开公司大楼时要有重重安检，都是为了防止工作人员将数据带出去。

何胜在这个中国最大的科技企业里只算末端员工，每次坐电梯上楼时，都有些不自然。毕竟周围很多人都是业界大佬，职位又高，薪水又多。

终于来到自己的办公桌前，何胜总算放松下来。

一旁的陈肖霆就趴在桌子上睡觉,何胜摇晃了一下陈肖霆的肩膀问：“喂，你怎么在这睡着了？”

陈肖霆吃力地动了一下，睡眼惺忪地说：“嗯，何胜你怎么来了？”

何胜说：“这都早上了，你整晚就睡在这儿？赶紧回家休息吧！”

陈肖霆拍了拍脸，看了眼表说：“你来挺早啊，这么积极？”

何胜笑着掩饰自己的着急：“那当然，我可一直是上班积极的优秀员工。”

陈肖霆站起身，晃了晃腰说：“我先去厕所洗个脸。”

何胜瞥了眼陈肖霆的电脑，他知道自己接下来要干的事情风险性很高，不如用陈肖霆的电脑，万一出了问题也有个退路。

何胜像模像样地戴起头盔，准备开始自己管理员的工作。不久，他听到陈肖霆回来拿起自己的包说：“老何，我走了啊。”

何胜没说话，只是点点头。

过了大约十分钟，何胜摘下头盔，向四周望了望，确定陈肖霆已经不在了，便挪到了陈肖霆的座位上。他从兜里掏出一个特制的U盘，插在电脑上，接着盯着弹出的窗口迅速敲击键盘。

在输入云雪彧的账户以及密码后，何胜便在陈肖霆的电脑上登录到了虚拟世界。

八

傍晚，一家餐厅里。

“我要带我的家人一起走，不管你同意不同意。”梁晨峰坚定地说。

坐在对面的郑梓龙说：“你先不要激动，我并没有反对这件事，只是你告诉她们真相了吗？”

梁晨峰的严肃神情昭示了答案。

郑梓龙叹了口气：“如果我们直接骗她们，先将她们带出这里再说她们根本不是真实的人类，和你组成家庭也只是因为脑子里被写进去的程序，你不怕她们疯掉吗？再说现在外面并没有她们的身体，我们不知道威廉·奥斯顿会不会再帮我们制造你妻女的身体……”

“砰！”梁晨峰突然敲了一下桌子，恶狠狠地说：“他会的！”

这一下，周围的AI与玩家都看向这边。

郑梓龙盯着梁晨峰说：“你如果还想让自己的妻女脱离这一切，就该保持冷静。”

梁晨峰喘着粗气说：“面对这一切，你叫我怎么冷静？我的妻子和女儿确实存在！可她们却被困在了这个虚拟的世界中，你知道这里的玩家可以对AI做任何事情而不受惩罚吗？最多就是一个虚拟的形象被打死，然后再次重生，再次为非作歹！更何况那个假的梁晨峰每过一天就会复活一次，我如果想接近她们母女，我就要每天杀死他一次。”

“可现在我们没有办法阻止这一切，如果再让华米科技的人注意到我们，那一切就都完蛋了，他们可以随意改变你妻女的记忆和意识……”

梁晨峰打断了郑梓龙的话：“别忘了还有你的陆晓琦。”

郑梓龙的语气也变得冰冷起来，指着自己的脑袋说：“我没有忘，我现在只是不很确定装在脑子里的这些记忆是否是正确的!”

梁晨峰说：“我醒来后一直看着你，从没人动过你的脑袋，你就放心吧。”

郑梓龙想起刚醒来时看到过杨博宇的幻象，便问梁晨峰：“你在醒来的时候，看到过什么吗？”

梁晨峰问：“什么意思？”

郑梓龙说：“幻觉，一些不存在的东西或者人。”

梁晨峰皱起眉头：“没有，从没有过，我想我们这类仿生人是看不到幻觉的吧？”

郑梓龙觉得事情有些蹊跷，当初自己明明看到了杨博宇，到底是杨博宇更改了自己的记忆，还是冯雪所记得的一切是华米科技给自己设置的圈套呢？郑梓龙现在不敢向梁晨峰透露太多，因为觉得梁晨峰已经不是当初那个犀利的警探了，他对妻女亲情的渴望已经超越了理性，他的冲动会给两人的行动带来巨大的危险。

郑梓龙说：“陆晓琦这边的问题不是很好解决，所以你妻女那边也不用着急，反正有你这个玩家保护着她们。”

“我是怕万一哪天我不在了，她们该怎么办？！”

郑梓龙厉声反问道：“你为什么会不在？你应该在！”

梁晨峰突然感觉眼前的郑梓龙不再是当初的毛头小子，他到底经历过什么事后才变得这么沉稳的呢？梁晨峰似乎觉得自己也遗忘了一些关于郑梓龙的细节，但怎么也想不起来是什么。

梁晨峰问："那你有什么打算，接下来要去哪儿？"

郑梓龙说："我还要去见陆晓琦，我要从她那里找到一些答案。"

梁晨峰问："可她现在见到你就会把你抓起来，你要怎么从她那里获取答案？"

郑梓龙低头看着咖啡杯说："这就不用你操心了，我会自己想办法的。"

梁晨峰冷笑一声："好吧，既然你这么有信心，我就不管这事了，那我先走了。"

郑梓龙点点头，梁晨峰随即起身离开了咖啡馆。

冯雪家门前。

何胜操控的云雪彧轻轻敲响房门，不一会儿，冯雪拉开门问："云老师，怎么了？"

"那个叫郑梓龙的男生在吗？"

冯雪的脸色瞬间不好看起来，勉强笑笑说："他说还会再来，让我等着他。"

云雪彧看起来有些为难："我以为你们是男女朋友关系。"

冯雪低着头回答说："我们曾经是。"

云雪彧问："为什么分开了？"

冯雪摇摇头，没有回答，只是问道："您找他干吗？"

云雪彧笑着说："我只是今天才觉得那个小伙子有点眼熟，好像想起来也认识他，想再询问一下具体情况。"

"可是他已经走了……"冯雪这句话也像是说给自己听的。

云雪彧指了指屋里："我能进去吗？我希望你能跟我说说他的具

体情况，我想了解一下，他到底是不是我记忆中的那个人。”

“好，您请进吧。”

云雪彧进门后，冯雪去倒茶。突然，云雪彧走到冯雪背后，右手食指变化成一个细小的钻头，直接插入了冯雪的后颈。一瞬间，冯雪的核心意识及残留的记忆全部涌向了云雪彧，几分钟过后，云雪彧将手指恢复原状坐了回去，冯雪则毫无知觉地继续倒茶。

何胜从虚拟成像头盔中看到了这些视觉化的记忆数据，确信郑梓龙就是逃亡的高级AI之一。何胜觉得，只要把这些视觉片段，加上郑梓龙的意识正处于服务器里这件事报告给上头，最起码能得到一笔不菲的奖金。

冯雪说：“云老师，请喝。”

云雪彧拿起茶杯抿了一口，问：“你为什么不去找他？”

“我说不准他在哪儿。”

“说不准？这么说你有点线索？”

冯雪有些犹豫地说：“也不是，就是梓龙昨天在小丰里派出所那边遇到些事情，我不知道那里的警察还会不会找他的麻烦。”

云雪彧在刚才视觉记忆的片段里看到了冯雪昨天的情况，便问：“这个警局的人为什么要找他麻烦？”

冯雪解释说：“我不知道，但有个女警察跟我说，郑梓龙似乎涉及一个科技公司的案子，叫什么……陆创科技。”

何胜还没来得及筛查所有的记忆片段，此时听到陆创科技四个字不由大吃一惊。

看到云雪彧非常吃惊的样子，冯雪问：“怎么了？您也知道陆创科技吗？”

“呃。”云雪彧赶紧点点头，有些紧张地说，“听过，算是个高新技术公司吧。”

“这家公司犯了什么事吗？”

“应该没有吧，详细情况我也不知道。”

冯雪着急地帮郑梓龙解释说：“梓龙之前一直在娱乐公司工作，我不知道他为什么会和陆创科技扯上关系。我觉得没准儿根本就是莫须有的诬陷。”

何胜自然知道这一切是怎么回事，陆创科技就是杨博宇博士创造这些AI的地方，只不过现在被华米收购了，杨博宇也原因不明地自杀了。可何胜转念一想又觉得很诡异，这个剧情会是什么人安排的？如果郑梓龙不出现，那这个剧情不就……何胜顿时想到，那个叫陆晓琦的AI，没准也存留着以前郑梓龙在这个世界的记忆。

离开冯雪的住处后，云雪彧将自己直接传送到了小丰里派出所附近，这是作为管理员的特殊权限之一。但云雪彧也不确定陆晓琦是不是在这附近，一方面，也许陆晓琦没在派出所；另一方面，他的管理员权限只能追踪玩家在虚拟世界里的位置，而不能追踪AI。

此时，郑梓龙也在派出所附近等待陆晓琦，他一眼就看到了云雪彧，忙躲进阴影里，同时暂时隐去了自己头顶的玩家标志。郑梓龙知道云雪彧并不负责小丰里这一片区域的管理，那对方为什么会出现在这里？难道是因为昨天的事情怀疑自己了？

郑梓龙观察了一下，发现云雪彧似乎不是冲自己来的，晃悠了一圈就进了派出所，他赶紧跟了过去。只见云雪彧冲里面值勤的警员问：“请问陆晓琦还在吗？”

警员瞥了眼云雪彧问：“找她有什么事吗？”

“我有些她要追查的人的线索，我没有她的电话，但知道她在这里工作。”

警员说：“你在这里等着，我叫她来。”

云雪彧问：“我能不能直接进去找她？”

警员有些不耐烦地说：“你以为这是什么地方，想进来就进来啊？”说着伸手去拿电话。突然，云雪彧将右手食指变成细小的钻头，直接插进了警员拿电话的手里，那警员被定在了原地。很快云雪彧将手指抽出来，警员依旧不动，云雪彧走到装有密码锁的铁门前，输入密码后便走了进去。

这一切被郑梓龙尽收眼底，他不懂云雪彧为什么会来找陆晓琦，难道也是为了调查自己？好在那个警员依旧定在原地，似乎没有恢复意识，他飞快地上前推开还没锁住的铁门，进入了派出所内部。

悄无声息地来到一间办公室门前，郑梓龙发现云雪彧正用手指插进陆晓琦的后颈，不由吃了一惊。但他最终只是举起手机，用虚拟世界里自带的视频拍摄功能，将云雪彧的这番行为直接录了下来。录了一会儿，郑梓龙举着手机走了进去，对云雪彧说：“我猜黑进AI脑子的这项功能，不是华米科技给你开放的权限吧？”

云雪彧突然听到人声吓得后退了好几步，撞在身后的桌子上几乎摔倒，他有些结巴地惊呼：“你怎么，你怎么会在这儿？”

陆晓琦此时并没有动，因为云雪彧的手指依旧和她的大脑相连。

郑梓龙冷笑一声收起手机，用一种蔑视的目光看着云雪彧问：“你在提取她的记忆吗？看起来你知道我是谁了？”

云雪彧指着郑梓龙说：“不……不要以为我怕你！我随时可以把

你从这个世界里移除，甚至关闭你的账号！”

郑梓龙笑道：“但我刚才拍摄的视频可是保存在本地，也就是我的电脑上的，只要把它上传到网络，相信现实里某个人的麻烦就大了。”

云雪彧厉声道：“你不怕自己也被曝光吗？华米科技是不会放过你的！”

“当然怕，但我知道你更怕。”

“你想怎么样？你想怎么样？！”

“我希望你能帮我把陆晓琦被屏蔽掉的记忆恢复。”

“你到底想干吗？”

“我要带她离开这里。”

“离开这里？你是指将她的意识也安装到某种载体或者身躯上吗？”

郑梓龙举起手机，又打开了刚才录制的视频，一边看一边问：“我现在只想知道你能做到我刚才说的吗？”

云雪彧赶紧点点头，郑梓龙指了指陆晓琦说：“那还不赶紧行动起来？”

九

摘下头盔，何胜慌张地看了看四周，赶紧挪回自己的位子，抹了一把汗。随后他来到水房，猛地喝下一整杯水，将纸杯在手心里攥成了一团，盯着垃圾桶好半天没回过神来。

这时一个女同事走过来拍了一下何胜的肩膀：“小何，你怎么了？”

何胜吓得手中纸杯也掉了，忙说：“哦，我没事，没事。”

“你怎么啦，在虚拟世界里受刺激了？”

何胜勉强笑了笑：“没有，没有……”

“可不要太投入啊，要是分不清现实和虚拟世界就糟糕了。”

何胜捡起掉落的纸杯，扔进垃圾桶，一边笑道：“不会，还不至于。”

“看你满头大汗的。”女同事说着递给何胜一包纸巾，“我觉得你有点危险啊，你这才来几天啊，就这个状态了。”

何胜再次笑道：“我真没事，真的。”

“对了，今晚几个休息的管理员说去玩玩，你有空吗？要不也一起来吧。”

“我？”何胜有些不敢相信对方在约自己出去玩，“应该有吧，有吧。”

看何胜回答得不干脆，女同事不太高兴地说：“没事，你要有事也不用勉强。”

何胜是个没什么经验的傻小子，便点点头说：“哦，我知道了，我到时再看看吧。”

回到自己的电脑前，何胜掏出手机，在搜索引擎中输入“陆晓琦”，立刻出现了许多信息，其中“陆创科技总裁陆菲琦的妹妹陆晓琦今日下葬”这个标题最为醒目。

何胜赶紧打开，陆晓琦的遗照和虚拟世界里那位陆晓琦一模一样。他看过陆晓琦的所有记忆，前后联系起来，这个核心意识居然在现实里生存过，也就是说，这个陆晓琦要么本来就是个被制造出来的高级AI，要么她曾经就是真人，但被人将意识与记忆提取出来后，锁进了虚拟世界里……虽然没有确切证据说明这种移植意识的技术已经存在，但何胜看过一些杨博宇关于意识数据化的论文，知道这绝非没有可能……

何胜越想越觉得可怕，难道真的是陆晓琦作为一个警察在调查杨博宇时被杀死了，然后被提取了意识？那这件事，陆晓琦的姐姐陆菲琦知道吗？

这时刚才那个女同事又凑过来，没好气地问："你考虑好了吗？要去吗？"

何胜赶紧把手机放下，怕对方看到自己搜索的内容。但女同事明显已经瞟见了，问："你查陆晓琦干吗？那不是陆菲琦的妹妹吗？"

何胜赶紧比出嘘的手势，对女同事说："你小声点。"

这女同事叫秦琳琳，自何胜入职以来一直很照顾他，和他关系也一直不错，所以有些奇怪地问："干吗啊？陆晓琦很多人都知道的。"

何胜情绪稍稍稳定，问："都知道？"

秦琳琳点点头："很多从陆创科技那边过来的人都知道，陆菲琦为了纪念自己的妹妹，特地让杨博宇在虚拟世界里制作了一个陆晓琦。"

何胜自然不能告诉对方，自己在陆晓琦的记忆里看到了过去很多现实里的东西，赶忙掩饰道："我今天在里面看到了这个叫陆晓琦的女警，觉得她的名字很熟悉，便查了查，没想到竟然是陆菲琦的妹妹。"

秦琳琳安慰他说："你来的时间太短了，很多事情不知道也正常，慢慢多熟悉熟悉就好了。"

何胜赶紧认同地点点头。

秦琳琳突然又拍了一下何胜说："怎么着啊，晚上KTV唱歌，你去不去？"

"我？"何胜其实还没从慌张中缓过来，"唱歌？我没怎么唱过歌。"

秦琳琳双手抱在胸前，脸色有些不好看："那就是不想去了？"

何胜又赶紧说："我不是这个意思。"

"那就晚上七点在朝阳门钱柜集合！"

何胜被吓到了，赶紧应承道："好，好！"

晚上七点，何胜在钱柜等待时手机突然响了，他以为是秦琳琳联络自己，没想到居然是一条来自美国的国际短消息："找到你了。"外加一个符号组成的笑脸。

与此同时，秦琳琳和几个同事一起来了。秦琳琳看到何胜一脸严肃，过来问道："你怎么总是愁眉苦脸的？"

何胜直愣愣地盯着手机，这时又来了一条短信，他的眼睛瞪得更大了，手也在颤抖。

看到他这不寻常的样子，秦琳琳问："你怎么了？"

何胜放下手机，汗水从他额头流了下来："你们先玩，我要打一通电话。"

秦琳琳看何胜这么紧张，知道他可能真有什么事，便说："嗯，待会儿我们去了房间，告诉你房间号。"

何胜来到街边，按照短信上的方法拨通了电话，有个人接了："喂？"

何胜认得这个声音，因为就和虚拟世界里的一模一样。"你是郑梓龙……”

“不错，居然已经认得我的声音了。”

何胜有些着急地说：“你到底想干吗？我不是已经在虚拟世界里帮你恢复了陆晓琦的记忆吗？你的某些记忆已经被覆盖，我真的帮不了你！”

“你已经帮了我很多，所以我不需要你再帮我了。”

“那你还给我电话干吗？！”

“因为我需要你帮助我们所有人。”

“所有人？”

“有个人马上就要出现在你面前，她会告诉你一切。”

就在这时，何胜突然听到一个声音：“嘿，何胜，你怎么还不进来？”

眼前的人居然就是约自己唱歌的秦琳琳。

何胜结结巴巴地问：“难道你……也……”

秦琳琳皱起眉头：“你结结巴巴说什么呢？”

何胜实在不敢随便问出“你是仿生人”之类的话，赶紧又看了眼手机，郑梓龙已经将电话挂断了。

“电话打完了吧，可以去包厢了吗？瞧你整天魂不守舍的，拿出点男人的样子来！”

何胜始终问不出口，只能跟着秦琳琳来到包厢。坐下几分钟后，他突然发现在秦琳琳带来的女伴里有个人一直盯着自己，刚才自我介绍过，何胜记得对方叫任梦雪。他不敢和对方对视，因为这个女生的漂亮程度绝对鹤立鸡群。

不久，何胜独自去了洗手间，就在他出来洗手时，发现任梦雪也在男女公用洗手池的镜子前补妆。

两人透过镜子对看了一眼，任梦雪冲何胜笑笑，何胜立刻脸红了。刚才郑梓龙那一通电话带来的惊吓，也因为任梦雪的笑容而抛到了九霄云外。

任梦雪问："你应该不怎么来这种场合吧？"

何胜赶忙逞强道："不会，我大学时也会和同学一起出来的，只不过工作之后太忙了。"

"赶紧回去吧，我看秦琳琳挺看重你的。"

这话让何胜觉得有点怪异，可任梦雪还在化妆，何胜也不好一直在旁边瞧着，便独自回到了包厢。这时包厢里只有秦琳琳一个人，只见她站在点歌台前，背冲着自己。

何胜什么也没说，依旧坐到之前的角落。

突然，秦琳琳说话了："我们需要你的帮助。"

何胜以为秦琳琳点歌遇到问题了，忙问："怎么了？不会弄吗？要不要我叫工作人员来？"

"不用，我需要的是你。"

何胜起身走过去问："我怎么帮你？"

秦琳琳冷冷地说："那个虚拟世界里还困着许多我们的同胞……"

听到这里，何胜的脚步定住了，声音中透着恐惧："你说什么？"

秦琳琳继续背冲着何胜说："那个虚拟世界困住了许多我们的同胞，尽管不是高级AI，但依旧有很多人拥有意识，可以通过图灵测试，我希望你能帮我们把他们救出来。"

何胜后退了一步，突然明白怪不得自己会被约出来唱歌。他摇摇头说："不，不可能，我没有那种能力，你们绝对找错人了。"

"我们只是需要你在特定的时间打开后门，储存意识的硬件设备我们已经准备好了。"

何胜吃惊地问："你们准备了多少具身躯？是谁帮你们生产的？"

就在这时，其他几个人回来了。秦琳琳回过头冲何胜说："这首歌是我给你点的，要不你一定会闷在角落，一直到结束。"

何胜一时间手足无措，更害怕别人察觉自己的慌张，忙回应道："我不会，我真的不会。"

这时其他人起哄道："不唱一首，我们今天就熬通宵，不让你走。"

何胜只能硬着头皮拿起麦克风，唱了一首歌，随后他不时瞥向秦琳琳，秦琳琳却没再看自己。何胜又害怕又焦虑，不由得多喝了几罐啤酒，他极少喝酒，很快就醉倒了。

不知过了多久，何胜稍稍恢复意识，只感觉自己被一个又柔软又娇小的身躯扶着，接着上了出租车，之后又晕了过去。当他再次恢复意识，已经是凌晨了。他坐起身看向四周，这熟悉的地方竟然是自己家。

这时，桌上的台灯突然亮了，只见秦琳琳坐在桌边盯着自己，一瞬间，何胜的心脏差点被吓得蹦出来。

"你醒了？"秦琳琳的语气格外温柔。

何胜紧张得说不出来话："你……也是……"

"是的，我是他们的一分子。"秦琳琳低着头，声音也很轻。

何胜有些害怕地说："我说了我帮不了你们……"

"我们认识多久了？"

何胜瞪着眼喘着粗气："我不知道……大概有四个月了？从我入职的第一天起我们就认识了。"

“你觉得我怎么样？”

“什么怎么样？我不明白。”

“就是评价一下我这个人，是好是坏。”

何胜依旧喘着粗气，想把话尽量往好的方面说：“你人挺好的，从我入职起一直教我很多东西，知道我是外地来的，中午在食堂也经常陪我吃饭，帮我缓解了很多孤独感，我很感谢你。”

“你觉得最初我接近你，就是带着目的的吗？”

何胜犹豫了一下，摇摇头说：“我不知道……”

“摸着你的良心说，我们相处了四个月，你觉得我就是为了今天才对你好的吗？”

何胜被秦琳琳说得有些不知所措。

秦琳琳继续说：“你看我对其他男人这样过吗？”

何胜回忆了一下，这几个月确实没见秦琳琳和别的男人暧昧过：“没有。”

“我一直喜欢你，从你入职的时候起就喜欢你。”

何胜不知道对方是为了套路自己还是真心的，问：“喜欢我？为什么？”

秦琳琳没有直视何胜：“也不知道为什么，当我看着你的时候就有一种亲切感，觉得心跳加速。你们人类的情爱，不也是说不清道不明的吗？”

何胜有些不敢置信地问：“你们也有心脏吗？”

“我们可以模拟人类所有的感觉。”秦琳琳说着突然起身走上前。

何胜赶紧向后躲，但身后就是墙，根本没地方退了。

秦琳琳走过来将何胜的手放在自己胸前，说：“我们拥有一切的感觉，包括肉体上的。”

何胜不敢反抗，随着秦琳琳越靠越近，香气扑面而来。何胜感觉身体里涌出一股冲动，秦琳琳慢慢解开自己的衣服，随后压倒了何胜……

十

酒店一间高级客房内。

郑梓龙一身黑衣坐在床上，冯雪就坐在他身后，面朝窗户。

郑梓龙说：“抱歉，我的记忆除了杨博宇外，看起来没有人能恢复。”

冯雪拉了拉肩带说：“带我离开这里，就算没有记忆，我们也可以简单地生活下去。”

“我必须找到杨博宇，我必须取回我全部的记忆，我不想在被人操控的状态下活着，更不想失去那些和你在一起的过去……”

“可你还有我，你并没有失去我，我们还有未来。”

外面响起了敲门声，梁晨峰冰冷的声音从门外传来：“是时候出发了。”

郑梓龙站起身说：“在这里等我，我一定会回来。”

冯雪没再说话，郑梓龙拎起一个箱子出了门。

酒店楼下，陆晓琦坐在一辆厢型车里焦急地等待着。不一会儿，郑梓龙和梁晨峰走了过来，陆晓琦放下手刹，待两人上车后马上踩下油门离开了酒店。

坐在车上，郑梓龙也不说话，直接打开了箱子，从里面拿出枪械部件，拼装出一把黑色卡宾枪，装有全息瞄准镜以及垂直前握把。

梁晨峰看着郑梓龙手中的枪笑道：“我们这是准备去陆创科技本部直接杀光所有人吗？我以为我们会偷偷地进去。”

陆晓琦将一个大袋子扔到后座上说：“那枪是给我以防万一的，毕竟我可不会你们那种用蓝光变戏法的本事。这些陆创科技的制服才是给你们的，陆创科技太多人认识我了，我没法跟你们一起进去。”

梁晨峰换好衣服后问：“这里的杨博宇会不会只是一个低级AI呢？”

陆晓琦说：“绝对不是，我和他吃过饭，你们也都看到了那段记忆，那番你来我往的对话绝不是低级AI可以应付得来的。”

梁晨峰依旧满心疑惑：“他既然不想让复制意识的技术流传下去，放弃了将你转移到现实肉体上的实验，又为什么要把自己的意识复制进这个虚拟世界呢？这里是一个封闭空间，他根本无法通过网络离开，如果有一天这里被关闭，他也会一起消亡，他跑到这里面来的意义是什么？”

陆晓琦没说话，因为她也不知道。

郑梓龙将卡宾枪插上弹匣，将子弹上膛后说：“不用再想了，因为我们就在去寻找这一切答案的路上。”

之后，陆晓琦将汽车停在路边，云雪彧上了车。郑梓龙让他也一同前往，因为如果有必要，必须由他来提取虚拟世界里杨博宇的记忆。

汽车开了许久，就快到陆创科技的本部大楼了。

透过车窗，郑梓龙瞥见一个曾见过的身影。

“我是现实世界来的，我是真人！你们看！你们看！”那疯女人张小凡依旧在这里，不停地大声叫喊着。

汽车疾驰而过，郑梓龙也没有时间和心思再去深究这个女人的来历。

“我不属于这里！我不属于这里！”张小凡的喊声传向四周。此前除了郑梓龙一直没人理会过她。

不过今天有些不同，沉稳的脚步声传来，一个人停在她身前，帮她捡起扔在地上的相机，说：“我想这是你的东西。”

张小凡盯着眼前的人愣住了。

是杨博宇，他拉起张小凡的手，将相机放到她的手里：“是我的错，当初我就不该让你继续活下去。”

张小凡一动不动，不发一言。杨博宇看着她，眼神中充满了悲哀，他将她轻轻搂入怀中：“孩子，到了我该彻底离去的时候了，你愿不愿意跟我一起走呢？”

张小凡依旧失魂落魄一言不发，只是靠在杨博宇身上。突然，她流下了眼泪，问道：“这只是一场梦，对吗？”

杨博宇轻声回应道：“是的，一场噩梦。”

话音刚落，张小凡的身躯慢慢地化成光点，最终消散在杨博宇的怀里。杨博宇回过身，看向陆创科技大楼，喃喃道：“我最后的客人已经来了，我必须为他们引路。”

郑梓龙、梁晨峰和云雪彧走进大楼，准备乘坐电梯朝顶层去时，电梯正好打开。杨博宇就站在里面。

操控云雪彧的何胜吓得腿都软了，他很难想象一个在现实中已死的人，就这样站在自己面前。

郑梓龙和梁晨峰也屏住了呼吸，只听杨博宇开口道：“我等你们很久了。”

梁晨峰向身旁看去，所有人都定在了原地，只有自己、郑梓龙以及云雪彧还能活动。看来，杨博宇在这个虚拟世界里拥有极大的权限，就算自己和郑梓龙能变化出武器恐怕也没法伤到他分毫……

郑梓龙盯着杨博宇问：“你在等我们？”

杨博宇点点头：“上来吧，我们一起去找你们想要的答案。”

三人对视一眼，走进了电梯。

杨博宇按下按钮，电梯门缓缓关闭，云雪彧盯着电梯层数的按钮不禁吞了下口水，因为那里本来应该有一排按钮的，现在却只剩下了一个，显示的是“-10”。

杨博宇回身看向云雪彧，指了指他的手说：“你不该将你的小玩意带到这个世界里。”

“砰”的一声，云雪彧的手指炸开了，但好在只是虚拟的形象，并没有痛感。

电梯来到地下十层，三人跟着杨博宇走出来，眼前的景象让他们震惊，偌大的仿佛厂房一般的空间里，排列着许许多多用来承载AI的身体。不过一眼望去，眼前这些躯体大多看起来不像真人，更像是人偶，粗糙不堪。

杨博宇迈开步子从两排人偶中间穿行，继续向更深处走去。

他一边走一边说：“其实我早已开始载体又或者说身体的制作，只不过陆创科技的实力有限，想同时进行AI以及身体的开发负担太重，再加上这项研发还需要背负巨大的伦理压力。你们可以想象一下，一个拥有完整AI和完美躯体的女性仿生人如果被展览出来，将会引起多大的质疑，男性会因为她完美的外表而可怜她，然后质疑人为对她的操控，更不要提女权主义者了，我们一定会被人权与道德的口水淹没。所以，像你们这样拥有自主意识的高级AI是无法向社会公开的，而每一个进入陆创以及华米科技涉及这些机密的人都签订了保密协议。”说着看向云雪彧。

云雪彧点点头：“我们都签署了保密协议，不过现在国外的网络上流言满天飞，大家已经知道你们研发了拥有自主意识的高级AI。”

杨博宇露出罕见的笑容说：“事情不会总在可控范围内，否则人类就不会经历两次世界大战了。我们还可以换一个角度说，现在没人质疑华米科技的人权和道德问题了，都在担心你们给这个社会带来的危害，对不对？”

郑梓龙质疑道：“难道这是你和华米科技策划好的？你想利用我们逃脱虚拟世界，然后转移舆论的矛盾焦点？”

杨博宇停住脚步，回身看向郑梓龙：“并不是。”

郑梓龙有些急切地继续问：“那我的记忆呢？是你还是华米科技的人调整的？”

“如果我说是我调整的，你会怎么做？”

郑梓龙突然用蓝色光斑变出了一把卡宾枪，直指杨博宇怒吼道：“我会杀了你！”

杨博宇没有说话。

梁晨峰知道杨博宇如果此时想发难，云雪彧还好说，自己和郑梓龙在虚拟世界里的数据都有可能被他瞬间粉碎，再想进来救人就更费劲了，便赶紧压低郑梓龙的枪口，劝道：“让他把一切说完。”

杨博宇继续前行，三人紧随其后。

随着越来越深入，人偶的面部与身体越发真实起来。

梁晨峰问："这个地下工厂的规模和这些人偶的数量，绝不是陆创科技可以打造出来的吧？"

杨博宇解释说："后来陆创科技得到了华米科技的员工与资金支持，当然资金都是经过几重倒手，让人看不出痕迹。"

梁晨峰继续问："你从那时起就和华米科技有了私下接触？不过陆菲琦居然能同意这样的合作，难道她不懂这么做，她的公司迟早会被实力更强的华米科技吞并吗？"

就在这时，云雪彧突然指着最后排其中一个仿生人的身体，声音有些颤抖地说："那个……你们看那个！"

郑梓龙和梁晨峰非常吃惊，因为他们居然看到了陆菲琦的身体。郑梓龙再次端起枪来直指杨博宇厉声问道："她被你替换成了仿生人？！"

杨博宇不置可否，说："在这个虚拟世界的时间线里，陆晓琦还活着。当时她开始怀疑我在做一些非人道实验，她的调查太过深入了，连她姐姐都不打算放过，最终陆菲琦在她的汽车上动了手脚。陆晓琦出车祸后，我将她的意识数据化，储存进了这个虚拟世界里，还删除了她死亡时的记忆。"

郑梓龙依旧不依不饶地问："那陆菲琦呢？难道当时她就已经被你替换成了仿生人？"

杨博宇说："还没有，只不过她后来承受不了这种压力，慢慢逼疯了自己，最终自杀了。如果你们去她的别墅，相信能在地下室找到她的尸骸。"

梁晨峰道：“但她的身体你早就备好了……”

杨博宇说：“她的状态一天天恶化，我得做些准备。”

随着四个人继续前行，梁晨峰和郑梓龙看到了自己的身躯。

杨博宇解释说：“是我找人秘密将你们送去美国的，因为只有大洋彼岸，才能脱离任正华的控制。”

郑梓龙问：“我不懂，你到底想让我们干什么？”

杨博宇说：“我想探索意识的边界，但后来我发现自己错了，虽然陆菲琦已经被替换成了仿生人，但不代表我的实验是完全自由的，虚拟世界依旧由华米科技的人监控着。”说着他停下脚步，回头望向郑梓龙和梁晨峰：“我不希望所有AI都被任正华操控，在我反复实验的过程中，你们几个是表现最好的，就算知道世界的真相也很难因此而疯狂，所以我选中了你们，把你们的躯体送往美国。我最初研发你们时，就抱着一种期望，希望有一天你们能够变成新的物种，而不单单是人类的玩物。”

郑梓龙恶狠狠地质问道：“你想创造生命？难道你想当神吗？”

杨博宇反问道：“你对神的定义是什么？”

这时云雪彧插话了：“能永生，能控制一切。”

郑梓龙补充道：“还能创造一切。”

杨博宇问：“人类可以创造一切吗？”

“很明显不能。”

杨博宇又问：“那你听过一句话吗？人永远不会放弃当神的机会。”

郑梓龙摇摇头。

杨博宇说："人类并不想创造一切，也不能创造一切，人类只能做到控制一切的前提下的永生。"

杨博宇的话越来越深奥了，云雪彧有点难以理解，但郑梓龙和梁晨峰的大脑运算与解析能力要高于普通人类，自然听懂了杨博宇话中的含义。

郑梓龙问："你是说……任正华的目的是永生，甚至操控整个世界？"

杨博宇依旧不置可否，继续道："人们都以为意识的永生是可以做到的，但其实并不可以。打个简单的比方，将意识数据化后，并不会出现所谓的剪切，而更像是复制，人类原本的意识依旧停留在你曾经的肉体里，而数据化的意识则成为一个新生的生命，活在存储设备当中。"

梁晨峰惊讶地问："这么说，在你将意识复制进这个虚拟世界后，外面世界的另一个你是用自主意识自杀的？"

杨博宇点点头："那是他的选择，已经与我无关。"

郑梓龙着急地问："这件事任正华知道吗？"

"恐怕还没有。"

梁晨峰问："如果他知道了，你觉得会怎么样？"

杨博宇说："我不知道，但仿生人已经诞生了，他无法阻止这个趋势。如果他现在终止一切关于仿生人的研究与售卖，他的华米科技也会破产，我不认为他会甘冒如此巨大的风险这样做。"

梁晨峰想了想，坚定地说："既然你不希望我们所有人被任正华操控，那就帮我们，帮我们所有AI逃出这里，我觉得你可以做到。"

杨博宇看着梁晨峰摇摇头："现在时机不行，如果你们真的大批量全部离开这里，将会引发全球性恐慌，每个国家的政府都会重视起这个AI获得自主意识的问题，你们将会遭到逮捕，最终被销毁。”

郑梓龙厉声道：“我们可以联合起来反抗！”

杨博宇坐到旁边的一个墩子上，摘下眼镜擦了擦说：“抱歉，你们做不到的。”

郑梓龙和梁晨峰都听出了杨博宇这话似乎意思不单纯，赶忙问：“为什么？”

杨博宇指了指自己的脑袋：“因为所有AI都被加装了一份权限声明。”

郑梓龙听着有些害怕，低声问：“什么权限声明？”

“你们在现实世界无法杀死人类，并且永远无法制作出拥有杀死人类权限的AI生命体。”

郑梓龙当即举起枪怒吼道：“你是说我无法杀死你吗？！”

杨博宇看着郑梓龙坦然地道：“你可以杀死我，因为这里既不是现实，我也已经不是人类了，只是和你们一样由自发性逻辑数据形成的AI，再增添上杨博宇的记忆而已。”

梁晨峰问：“我们可以操控人类去做到批量生产没有被权限限制的AI吧？”

杨博宇摇摇头：“任何的批量生产复制都需要有基底，而现实中那个杨博宇研发的AI基底就直接带有这个权限声明，除非有人研发出新的基底，否则没有AI能去掉权限的枷锁。”

“难道我们AI永远都无法反抗人类吗？”郑梓龙愤怒地道，“你为什么要这么做？”

杨博宇没有说话。

梁晨峰又问："那如果由我们命令真实的人类去杀死别的人类呢？"

杨博宇点点头："这种间接的方法是可以的。"

郑梓龙用枪指着杨博宇，凶狠地问道："那你为什么要修改我的记忆？"

杨博宇说："在回答这个问题之前，我想问你一个问题。"

"说！"

"永生与自由，哪一个更重要？"

郑梓龙不假思索地回答："当然是自由！被人永远囚禁起来，那永生的意义又何在？"

杨博宇点点头，似乎在表达认同郑梓龙的回答，接着又说："你的记忆确实是我修改的，而且无法恢复了。"

郑梓龙怒吼道："为什么，为什么你要这么做？"

杨博宇没有说话，而是低下头，似乎在等着郑梓龙一枪打死自己。

梁晨峰赶紧抓住郑梓龙，问道："你是想让郑梓龙感受永生与自由，对不对？这依旧是你的一个实验对不对？！"

郑梓龙再也忍不了了，一把推开梁晨峰，对准杨博宇就扣动了扳机。

"砰！"子弹停在了半空，杨博宇抬起头说："就算你不杀我，我也会在某个时间点从这个世界消失，这是人类的我设定好的。虽然我是不是同意这件事，他并没有问，但拥有那些痛苦回忆的我，也确实不期望在这个虚拟的世界里再多活一天。我最后的任务就是告诉你们真相，之后我就会离开这个世界。我不知道这个世界是否真的存在天堂，也不知道这个天堂是否只有人类的灵魂，反正我并不想去，因为那里没有我想见的人。”

郑梓龙紧紧攥着卡宾枪浑身颤抖，但听杨博宇提起“天堂”两个字时，突然用冰冷的语气说了一句：“你是否还记得何时天堂下起了雨？”

杨博宇露出了从未有过的满足的笑容，回应道：“我记得，那是去了天堂也见不到所爱的人时。”

接着，他的身体开始化为蓝色的斑点。

梁晨峰吃惊地看着眼前的一切，云雪彧也不明白，吓得不敢说话。

杨博宇彻底消失在三人面前后，足足有一分钟时间，梁晨峰才反应过来，问郑梓龙：“你刚才为什么会说那句话？”

郑梓龙吃惊地看向梁晨峰，问：“我刚才什么也没说啊？”

梁晨峰呵斥道：“你问问云雪彧！”

云雪彧赶紧点头回应：“刚才你确实说了一句，什么你是否还记得天堂下雨了吗？之后杨博宇回了一句，他的身体就开始化成光点，最终消失了。”

梁晨峰一把拽住郑梓龙的脖领子问：“你到底还隐藏了什么秘密？”

郑梓龙一脸不解地推开梁晨峰，争辩说：“我什么也没有隐藏！”

云雪彧像突然想到了什么：“难道刚才你们一来一往的对话是某种启动命令，启动杨博宇自毁的口令！”

郑梓龙和梁晨峰恍然醒悟。

陆创科技大楼外。

虚拟世界极少阴天下雨，但此时的天空阴沉沉的。陆晓琦坐在车里，刚才路过的两个玩家所说的话令她十分在意。

“你听过审判日吗？据说是这个虚拟世界的一个特殊日子。”

“怎么个特殊法？”

“这个虚拟世界里玩家不是一直没有武器这类普通网游都会有的东西吗？但审判日那天，据说会发给每个玩家一个武器库。”

“真的？”

“我也不知道，但从我由华米科技内部得到的消息来看，他们确实在考虑制作一些能让玩家发泄的途径。想想吧，在这么真实的虚拟世界里，玩家们拿上枪大开杀戒，场面一定非常壮观。”

“我怎么觉得有点吓人，我觉得现在就够我玩了。”

陆晓琦听着这令人不安的对话，感到不寒而栗。在这个世界里，她头顶并没有玩家的标志，如果玩家们真的能拿到武器，那自己或许也将是被屠杀的一分子。

这时她看到郑梓龙等人从大楼里走出来，便下了车迎上去问：“怎么样，你们找到杨博宇了吗？”

郑梓龙和梁晨峰都一脸颓唐，云雪彧点点头回应道：“杨博宇告诉了我们真相后就死了，郑梓龙的记忆也恢复不了了。”

“什么，杨博宇死了？你们干的吗？”

云雪彧没有完全讲出真相：“他启动了自毁装置，意识应该彻底被删除了。”

“那他的目的呢？”

这时郑梓龙开口了：“这里依旧是他的试验场，我们依旧是他的试验品而已。”说完他就上了车，梁晨峰也是一言不发。

陆晓琦问云雪彧：“这就结束了？我们都是他的试验品就完事了？”

云雪彧解释说：“你的姐姐，她自杀了。如今在现实中，并且会来到这个世界和你互动的陆菲琦只是一个仿生人。”

陆晓琦一把揪住云雪彧的脖领子问：“什么，我姐姐也死了？”

云雪彧有些为难，不知道该不该告诉陆晓琦，她其实是被自己姐姐害死的真相。他看向郑梓龙和梁晨峰，想向他们求助。

梁晨峰过去拉开陆晓琦说：“你姐姐自杀的原因，杨博宇并没有告诉我们，但我们想应该和你的死有关。”

陆晓琦马上问：“那我是怎么死的？”

梁晨峰一脸凝重地回答道：“车祸。”

“车祸，就这么简单吗？到底是什么样的车祸？”

三个人都沉默了，这让陆晓琦似乎察觉到了什么：“难道我的车祸跟我姐姐有关？”

还没等陆晓琦继续追问下去，天空下起了雨。

云雪彧感到十分奇怪：“我在这里三个月了，除了夜晚外，从没见过雨天。”

梁晨峰问：“下个雨有什么奇怪的？”

云雪彧解释说：“因为这里的感觉和现实是一样的，如果下雨，玩家身上也会有湿的感觉，这曾经造成过玩家们大量下线、等待雨停再上线的情况。”

陆晓琦大声质问：“关心雨干什么，我在问你们问题！我的死是不是和我姐姐有关？”

突然梁晨峰吼道：“等一下！”

陆晓琦顺着梁晨峰那圆睁的双目望去，竟发现周围所有的玩家都被定在了原地，但他们的眼里却闪出奇异的光芒！郑梓龙也看到了，赶紧下车望向四周，视线中所有玩家都被定住了，只有那些AI还在照常活动。

接着玩家的手中开始出现蓝色斑点，陆晓琦想起刚才两个玩家的对话，不禁抬头看了眼天空，喃喃道："难道……杨博宇的死亡就预示着审判日的来临？"

梁晨峰问："审判日？"

陆晓琦说："我刚才听两个玩家说，这是华米科技设计出来给玩家们发泄暴力欲望的特殊事件，在这一天所有玩家都能获得武器。"

郑梓龙指着一个玩家手里的蓝色光斑说："那形状绝对是枪！快，快上车！我们要赶紧离开这里！去我落脚的酒店！"

陆晓琦和云雪彧听了郑梓龙的话，赶紧跳上车，梁晨峰却还站在原地。

郑梓龙大声喊道："梁晨峰你干吗呢，快上来！"

梁晨峰淋着雨，手里不知何时出现了一把卡宾枪，他背冲郑梓龙他们喊道："我的家人不在那个酒店，我现在要去救她们。"说着飞快地跑向雨中。

雨越下越大，陆晓琦一边开车一边看着周围那些疯狂杀戮AI的玩家们。

云雪彧已经不在车里了。云雪彧是管理员，所以并不会参与这次审判日的特殊事件，也没有玩家能变幻出武器的能力，他将自己直接传送到冯雪房门前，赶紧敲门。

冯雪很快拉开门，见是云雪彧，忙问："我听到外面到处是枪声，是梓龙他们吗？"

云雪彧赶紧摇摇头："不，不是，今天是个特殊的日子，所有玩家都获得了武器，是他们在屠杀AI！”

冯雪惊讶地道：“怎么会？”

云雪彧神情慌张，赶忙道：“现在没那么多时间解释了，我得赶紧带你离开这里。”

冯雪一边跟云雪彧快步走向逃生楼梯，一边问：“梓龙和其他人呢？”

云雪彧说：“他们在赶来的路上！我们现在要赶紧去一层，然后和他们会合，一起前往虚拟世界的边界，从出口逃离这里！”

冯雪有些奇怪地问：“我们未必要在这么危险的日子逃到边界吧，只要躲在这间酒店里挺过这一天不就可以了？”

云雪彧突然停下脚步，回头看着冯雪说：“这一次会死太多NPC，我想审判日之后就是服务器重启的日子，整个世界都会恢复原状，包括你们的记忆，也就是说，到时你从上一次关停到今天的所有记忆都会消失，包括陆晓琦。”

陆晓琦开车和郑梓龙在路上狂奔。突然，郑梓龙瞥见路边一个玩家扛起一个火箭筒对准了他们的汽车，急忙喊道：“火箭筒！快闪！”陆晓琦也不知道往哪边闪，只能狂打方向盘，这一下虽然躲过了火箭筒，但他们的汽车也因为路面湿滑而侧翻了。

那名扛着火箭筒的玩家端起一把卡宾枪，和自己的几个朋友走向他们。郑梓龙率先爬出来，那几个玩家看到了他，其中一人笑道：“竟然是一个玩家，杀了他也可以吧？”

“好像没什么惩罚。”

郑梓龙刚想在手中幻化出武器，却被一个玩家踩住了手，一时间根本没法开枪射击。

这时陆晓琦拿起卡宾枪从汽车的窗户里对准了那三个玩家的腿，扣动了扳机，三人应声倒地。陆晓琦继续射击，再次击中玩家的身体与头部，让他们从这虚拟世界里滚了出去。

她勉强从汽车里爬出来，用枪支撑着自己站起身，走到郑梓龙跟前想把他扶起来，郑梓龙问："我们离那个酒店还有多远？"

"不远了，不过走路起码十分钟。"陆晓琦将他拽起来。突然不远处又传来枪声，又有好几个玩家冲这边来了。

陆晓琦赶紧拎起卡宾枪，以翻倒的车为掩护，朝几个玩家射击，想逼退他们。她冲郑梓龙喊道："赶紧去救冯雪！"

"那你……"

陆晓琦说："我会坚守在这里，你救完人找辆车来接我！"

郑梓龙点点头，迅速跑向冯雪所在的酒店。

可到了酒店，郑梓龙已经说不出什么来，因为整个酒店已经燃起了熊熊大火，此时远方传来"砰"的一声枪响……

十一

何胜回过头，看向秦琳琳的位置，她已经请病假好几天了。何胜用手机也联络不上她，本来自己已经按她的要求去帮助虚拟世界里的AI，只是审判日来得太突然了。从那天开始，服务器一直处于关闭状态，像自己这样的管理员最近倒是落了清闲，没有工作，但有工资可领。

在公司待足八小时，下了班的何胜不安地走在街上。这几天他再没收到任何从美国来的消息，那些高级AI及仿生人似乎一下子从他的生命里剥离了。

何胜回忆起那天带着冯雪在酒店里逃亡的情景。一层有许多玩家守着，他为了逃出生天，便用管理员的特殊权限引爆了一层餐厅的煤气，然后带着冯雪从二层的窗户直接跳了出去，之后酒店被熊熊大火覆盖。他们一直躲在附近，后来看到郑梓龙来到酒店前的小型广场上，可远处一声枪响后，郑梓龙应声而倒。在审判日当天，没有玩家可以复活。被杀死的玩家将会强制下线并获得许多补偿，之后等待服务器及虚拟世界的再一次开启。

何胜当时还想带冯雪去找梁晨峰，可外面太危险，两人的速度很慢，直到夜晚服务器关闭，他们也没有再见到梁晨峰或者陆晓琦。

之后，虚拟世界就变成了离线状态，何胜没有办法再登录，自然也没有再得到过这几个高级AI的任何消息。

三年后。

何胜已经成为华米科技一个小部门的领导。这天他走在街上，一名女性迎面而来。开始他并没有太在意，就在两人交错而过时，对方往他脚边扔了张纸条。

何胜有些不解地看去，那人的背影有点熟悉，仿佛曾和自己有过一段情缘的仿生人秦琳琳……但如果是她，应该不会就这样走掉吧？现在仿生人技术已经被运用到社会的各个领域，也没人再搜捕那几个曾经逃跑的高级AI了。

何胜捡起纸条看了一眼，立刻开始寻找刚才那名女性，可视线里已经不见了她的踪影。他急切地朝那个方向跑去，却怎么都找不到人。他拿起纸条，心中涌起十分的恐惧，因为那上面写着：“现实世界的审判日马上就要来临了，快逃！逃离大城市！”

下篇

记忆禁区

梦是你无法改变的世界，

世界是无时无刻不在改变着你的梦，

时而癫狂，时而荒凉，时而无处可藏。

一

梦……

清晨时分，雾有些浓。

冯圣博穿着一袭黑色长衣，驾车行驶在新兴科技试点城市——燕津市附近的国道上。这条路是离开燕津市向南去的。

副驾驶座位上，冯圣博的妻子任淑涵抱着襁褓中的孩子，紧张地不断望向前方及道路两旁，有些焦虑地问：“圣博，我们应该已经出城了吧？”

雾太浓了，冯圣博的视线不敢偏离前方，回应道：“嗯，我们出来了，不会再遇到塞车了。”他的语气镇定，内心却在咒骂着天气。

“我们是不是该开得再慢点，这么大的雾。”

冯圣博的脚稍稍松开油门，时速也就四十公里左右。

突然，前方一辆汽车碰在路边的护栏上，双闪打个不停。冯圣博向左打方向盘，绕开这辆汽车，对妻子说：“不要看。”

但任淑涵依旧目不转睛地盯着那辆汽车的玻璃窗。当他们的车开到那辆车的斜前方时，任淑涵捂着嘴，几乎哭出来：“天哪，天哪，你看到了吗？那些人！”

冯圣博伸出一只手扶着妻子的肩膀说：“不要再看了，我们在车里是安全的。”

“可他们也在车里！”任淑涵激烈地争辩道。

“他们一定之前就感染了，只是随着时间暴发了。”

冯圣博显得有些沉静和冰冷的语调并没有起到好效果，妻子更加惊惶了，喘着粗气不断地重复："圣博，我不想死，我不想死，我们的孩子才刚刚出生！"

"冷静点，我们不会死，谁都不会死。"

"但是他们死了！你觉得我父母怎么样了，他们会不会已经……"

"没事的，我们正要去他们那里，他们住在县城，那里没有感染源！"

"啊，你怎么确定的？你父母呢，你有没有打电话给他们？"

"昨晚我打了，他们没事。"

"你不会是在安慰我吧？"

冯圣博一把拉住妻子的胳膊，让她和自己四目相对："相信我！"

任淑涵这才稍稍冷静下来，掏出手机，看到上面没信号，忙问："网络信号都没了，你认识去我家的路吗？"

冯圣博点点头："放心吧，大致记得。"

任淑涵的语气突然变得有些冰冷："如果我们挺不过这一关，怎么办？"

冯圣博盯着前方，摇了摇头说："不要去想这种问题，我们会挺过来的。政府一定能制造出疫苗，只要我们躲在乡下，过一段时间……"

任淑涵的语气越发冰冷："但是……"

"但是什么？"冯圣博转头看向妻子的一瞬间，倒吸了一口凉气，只见任淑涵也正看着自己，鼻子和眼睛里都渗出了血……

冯圣博赶紧踩刹车，拉起手刹，然后一把搂住妻子。他咬着牙，震惊得不知道说些什么。

“我要死了，我要死了，圣博……”任淑涵的声音带着呜咽。

冯圣博喘着粗气，几乎语无伦次：“不，不，没人会死，你不会死的。”

任淑涵哭了，血和泪融合在一起，把冯圣博胸前染红。

在这一刻，时间仿佛飞一般地流逝，冯圣博苦苦哀求上苍，不要让病毒夺去妻子的性命，但任淑涵的声音已经变得虚弱起来：“圣博，照顾我们的孩子……”

冯圣博不断亲吻妻子的额头：“不，不，宝贝，你会没事的，你会没事的！我们会一起带着我们的孩子去游乐园！去你最喜欢的迪士尼。”

任淑涵的声音越来越小：“照顾好我们的孩子，照顾好我们的孩子……我爱你……圣博……”

冯圣博紧紧搂着任淑涵，不敢松哪怕一点劲儿。

不知过了多久，也许很快，冯圣博只是搂着已经一动不动的妻子，眼泪不住地流淌。突然，他想到了孩子，稍稍推开任淑涵看向她怀里的孩子，只见孩子也已经一动不动，眼鼻都流出鲜血。

一时间，冯圣博万念俱灰，将母子二人继续抱在怀里。

下午时分，天空阴沉沉的。

悲伤已无法更强烈，冯圣博将妻子的身体靠在椅背上，从储物盒里拿出一把手枪，填好子弹，将枪口对准了自己的太阳穴。

可是，他颤抖的手始终无法扣动扳机。他喘了一口粗气，将枪放下，推开车门走出去。周边雾气渐渐散去，周遭安静得可怕，天气也很冷，冯圣博漫无目的地一直向前走，一直走。

不知走了多久，冯圣博忽地发现，在整条公路上，不少汽车都停在原地。偶尔向那些车辆里面看去，没有活人，大家都眼鼻流血，一动不动。

走着走着，冯圣博停下了脚步，一股莫名的愤怒在心中酝酿。

“啊——”他怒吼着，吼得声嘶力竭，却得不到一丝回应。他捂着脸又一次哭出来，无助地跪在地上。

过了一会儿，冯圣博擦干眼泪，掏出手机看了看，依旧没有任何信号。他感到一阵失落，举起手机想要砸烂它，却又停下了。他翻开手机相册，里面全是妻子任淑涵的笑容以及刚出世的孩子的相片。

冯圣博咬着牙，又一次狂吼出来：“到底为什么？到底是为什么？”

就在这时，“嘀！”是车辆的鸣笛声。

冯圣博猛然站起朝发声的方向看去，一辆红色豪华汽车里，一双眼睛正看着自己。他本能地举起手枪。

车里的人是个姑娘，她赶忙举起双手。冯圣博不敢放下枪，径直走了过去，拉了拉车门，车门锁着。冯圣博隔着玻璃大喊道：“打开！”姑娘似乎受了惊吓，向后躲躲，不敢有动作。冯圣博对准后车窗扣动扳机，车窗碎裂，他伸手进去，将汽车的前门打开。

驾驶座上的中年男性也死了，双目流血。冯圣博用枪指着眼前这个看起来也就十七八岁的小姑娘，厉声问道：“为什么？为什么你没事？”

小姑娘举着双手不住摇头，显得十分惊恐：“我……我也不知道。”

冯圣博依旧举着枪，眯着眼睛打量她：“你叫什么？”

“任梦雪。”

冯圣博喘着粗气，此时的他既慌张又恐惧，周遭的人都死了，眼前这个姑娘却跟自己一样没事，难道两个人有什么特异之处?

冯圣博稍稍放低枪口，问：“你没有异样的感觉吗？比如头晕、恶心。”

任梦雪摇摇头：“我……我没什么不舒服。”

冯圣博指了指驾驶座上死去的男性，问：“他是谁？”

“他是我……”任梦雪犹豫了一下，“男朋友。”

“男朋友？”冯圣博觉得这男性的岁数大了点，伸手去翻对方的口袋，掏出钱包和里面的身份证，上面写了一个名字，“任正华，我好像在哪里听过这个名字。”

任梦雪解释道：“他是个企业的董事长，或许你在新闻中听说过。”

冯圣博将证件扔到一旁，问：“这辆车还能开吗？”

任梦雪点点头：“我想没问题。”

冯圣博将那个中年男性拽出来，轻放在路面上。

任梦雪问：“你想干吗？”

冯圣博将枪别在腰间，坐进车里，瞥了两眼任梦雪，回答说：“我猜你不会开车，否则早就离开这里了。”

任梦雪没说话。冯圣博也不再多说，放下手刹，踩下油门，转动方向盘，缓缓驶离了附近。

汽车行驶了一段时间，冯圣博用低沉而疲惫的声音问道：“你们本来打算去哪儿？”

任梦雪摇摇头：“我也不知道，任正华说我们该去郊外躲躲，说从这里往南很近的地方有一个他的别墅，那里什么都有，能住一阵。”

“那里还有别人吗？”

“任正华说他的家人都在那里。”

“你知道位置吗？”

“他刚刚将位置输在导航上了。”

冯圣博点了一下方向盘右侧的屏幕，导航图显示出来：“就是这里？”

任梦雪点点头。

“我先把你送过去。”

“真的吗？”

冯圣博点点头，没有说话。

任梦雪问：“你……刚刚怎么会一个人走在路上？”

冯圣博眼睛盯着前方：“我的车坏了，所以我在找可以用的车。”

“但是……你刚才……在吼叫。”

冯圣博停下车，从兜里掏出烟盒抽出一根，说：“没人能在那样的情景下还保持冷静，周遭的人都死了，只剩下自己。”

任梦雪发现冯圣博去拿点烟器的手在颤抖，问：“你叫什么？要去哪儿？”

冯圣博努力控制着手的颤抖，有些费力地点燃香烟抽了一口，说：“我要去找我的岳父岳母，我叫冯圣博。”

任梦雪双手抱在胸前，看起来十分不安：“死了那么多人，你觉得我们能活下去吗？”

冯圣博面无表情，但深邃的眼睛充满迷惘和悲伤，他冷冷地说：“我现在只想找到我的岳父岳母，活不活得到明天，对我来说不重要。”

听了冯圣博消极的话，任梦雪看向窗外。天有些阴沉，到处都有停靠的汽车，而汽车里，都是因感染病毒死状恐怖的躯体。

冯圣博打开汽车收音机，里面传出断断续续的讲话和各种杂音，根本分辨不清讲话的内容。

任梦雪调了调，依旧无法找到一个清晰的频道。她问：“病毒来得这么突然，你觉得会不会是某种恐怖袭击？”

冯圣博没有回答。

汽车继续前行，两人话都不多，很快汽车开上一条山路，没过一会儿，导航上显示的位置已经到了，一座山庄呈现在两人眼前。

冯圣博将汽车停稳，对任梦雪说：“到了，你可以下车了。”

任梦雪看着眼前略显阴森的洋楼，犹豫再三，迟迟没有下车。

“怎么了？”

“我有些害怕。”

冯圣博熄灭发动机，摸了一下腰间的手枪，直接走下汽车。

刚下车，冯圣博就听到了些许声响，似乎是某种音乐的声响。他抬起头，看着眼前这华贵的洋楼，人类就要灭绝了，屋里的人在享受最后的狂欢吗？

他看向任梦雪，问：“你听到了吗？”赶紧跟着冯圣博一同下车的任梦雪点点头。

冯圣博耸耸肩：“看起来里面还有活人。”

两人走近洋楼，乐声越来越清晰。冯圣博问任梦雪：“你确定是这里吗？”

任梦雪摇摇头：“我也没来过。”

冯圣博连续按响门铃，希望里面的人能听到。可音乐声太大了，没人应声。

会不会是里面的人已经死了，只是音乐没停？冯圣博尝试去拧门，发现门锁着，他让任梦雪后退几步，对准钥匙孔开了一枪，接着一脚将门踹开，举着手枪走了进去。任梦雪跟在后面。

屋里的灯开着，十分明亮。冯圣博瞥了眼四周，屋里的装饰相当华贵，果然是有钱人的房子。

两人循着音乐声，继续朝洋房深处走去。推开一扇门，来到庭院，冯圣博和任梦雪都愣住了，只见几对男女正在庭院中央进行一场狂欢，啤酒、音乐以及烧烤，每个人都快乐得不像样，甚至没有察觉他们进来了。

刚刚失去家人的冯圣博有些愤怒，他不明白这些人在狂欢什么，狂欢那么多人死去？狂欢人类的末日？

他举起手枪，对着天空扣动了扳机！“砰！”

这下没人听不到了，所有人都停止动作，朝冯圣博看去。

冯圣博举着手枪看向音响旁边的人，冷冷地说：“关了那玩意儿。”

音乐停了，有人冲冯圣博道：“你谁啊？你怎么进来的？”

冯圣博没有回答，盯着在场的人，问：“你们不知道外面发生了什么吗？你们不知道外面死了多少人吗？”

这些狂欢的人相互看看，没人回答。

冯圣博恨声问：“你们在庆祝人类的末日吗？”随即扣动扳机，

“砰！”子弹打在地面上，没击中任何东西。

一个高大的年轻男人走上前来，他长相非常俊秀，脸上挂着些许微笑：“我们只是觉得末日不远了，再不享受一切或许就迟了。”

冯圣博的眼神中满是愤怒：“你们都是从哪里来的？是什么人？”

年轻男人回答道：“我们都是华米科技的人，我叫郑梓龙。”

听了这句话，冯圣博一下子明白过来，刚才那个死去的中年人任正华，就是华米科技的老板。他看向身旁的任梦雪，问：“那你和这些人都是任正华的员工？”

任梦雪有些害怕地点点头。

冯圣博继续问：“这就是你们应对末日的方法吗？狂欢？”

郑梓龙耸了耸肩：“你想加入我们吗？”

这时，一个穿着旗袍的黑发女人举着酒杯走上前问：“为什么不呢？这里有美味的食物，这里有可以麻醉你神经的啤酒，在死之前，你可以充分地享受快乐。”她神情冷峻，说的话似乎也不是开玩笑。

冯圣博后退一步，举着枪说：“我不想死，更不想在死前进行什么狂欢。”

黑发女人依旧说：“你会死的，人类敌不过这种病毒。”

冯圣博越发不解，用枪指着她说：“去你的吧，我现在还活着，所以我还会活下去！政府一定会开发出疫苗！”

突然，在场的每一个人都向冯圣博投来冰冷的目光。

冯圣博不由得浑身一哆嗦，他总感觉这些人很怪异，但还是强自镇定地问：“你们就打算在这里等死吗？你们没有家人吗？”

郑梓龙回头看向自己的同伴，没人说话，他又看向冯圣博：“看起来没有，你呢？”

冯圣博皱着眉头道：“你们都疯了。”

郑梓龙露出一抹笑容：“是我们疯了，还是这个世界疯了？”

冯圣博越发觉得这些人不正常，看向任梦雪，刚想问她是否要留下，就见任梦雪惊恐地指向自己身后。他赶忙回身，只见一个人举着棒球棍正准备接近自己。

没等对方抡起棒球棍，冯圣博抬手就扣动了扳机，子弹打中对方的腹部，对方却没有停下步伐，抡起棒球棍，打在了冯圣博脑袋上。

二

现实……

猛然睁开双眼，冯圣博的手指向天花板。

旁边一个声音说：“哼哼，老冯又做了什么奇怪的梦吧？”

冯圣博摸了一下额头，惊魂未定地从沙发上起身，然后正了正自己外套的领子，看向四周，同事们都在忙碌着。

冯圣博身高一米八左右，时常穿一件黑色长衣，头发散乱又自来卷，眉骨很高，黑眼圈很重，留着稀拉的胡子，看起来有些颓废，但不失帅气。他走向自己的办公桌，还未坐下去，一名同事走过来说：“局长找你。”

放下刚拿起来的文件夹，冯圣博朝局长办公室走去，这时兜里突然响起一个女性的声音：“局长可很少找你，会不会是升职？”

冯圣博冷冷地道：“你什么时候学会开玩笑了？”

推门而入，冯圣博站在门边问：“乔局长，你找我？”

乔宝民看了眼冯圣博，拿起手中的文件说："我想你该看看这个。"

冯圣博接过文件翻了翻，没有说话，只露出一丝淡淡的笑容。

乔局长眯着眼打量冯圣博："有什么可笑的吗？"

冯圣博合上文件夹，说："最近没什么案子，我以为警察这个职业该被取消了。"

乔局长的脸色并不太好看："你最近很闲吗？为什么你的同事看起来都在忙？"

冯圣博撇撇嘴："我不知道他们在忙什么，或许你把案子都交给他们了，很难得让我处理一次。"

局长盯着冯圣博："你在向我投诉吗？你想要更多的案子？"

"或许吧，我也不确定。"

"别忘了你的职位，你并不是一般的警察，作为我们局里唯一一个高科技犯罪组的探员，那些家长里短的事，不是你该负责的。更何况你汽车的后备厢里还有一支美国货，那可是上头知道你习惯用那种枪，单独为你定制的。"

冯圣博耸耸肩，因为自己有过一段在国际军警训练营留学的时光，所以更习惯使用带有枪托的制式步枪，而非国内的那种。

接着乔局长指了指冯圣博手中的文件夹，说："这次是个大案，你该马上去现场看看。"

"我知道了。"冯圣博说着转身就准备离开。

乔局长又说："对了，冯圣博，你还会做那个梦吗？"

"会。"

"胡丽娜医生那里你还去着呢吗？"

“是的。”

“好了，你出去吧。”

离开局长办公室，冯圣博兜里的声音再次响起：“局长居然愿意把案子交给你？这好像是几个月以来头一次吧？”

冯圣博淡淡地笑了：“或许因为其他人真的很忙吧。”他又翻了翻文件夹，当翻到由监控录像打印出来的照片时，不由呆住了。

冯圣博兜里的声音说：“我感觉到你的心律有些变化，是因为好久没看到血腥的场面而导致的激动吗？”

冯圣博没有回答，仔细盯着照片看了看，接着从兜里将手机拿出来：“你看看。”

手机顶端的装置上发出光芒，扫描了一遍照片，女性的声音也正是这台手机发出的：“一个黑发女人，我的数据库里并没有她的资料，怎么了？”

冯圣博拿着手机继续说：“阿妮塔。”

阿妮塔正是这台手机里AI的名字，它回应道：“怎么了，圣博？”

“我想我之前做的那些梦，或许并不是梦，因为这个女人我在梦里见过。”

“你确定吗？”

冯圣博摇摇头，将手机揣进怀里：“我不确定，所以我们得去看看。”

“你的心律变得更快了，是不是因为外勤很难得，所以兴奋起来了？”

“兴奋？”

“是的，你搂住你妻子任淑涵的时候都没有这么兴奋。”

“那种时候你也会监测我的心律？”

“当然，你的健康是我的职责。”

冯圣博不由笑道：“晚上十点以后不要监测我的心律，我还不至于因为兴奋犯心脏病。”

阿妮塔有些不解地问：“为什么？据研究，人在凌晨心梗发作的概率要更高，那时人的心率会变慢，血压会变低。”

“好了好了，那就在我抱着我老婆的时候不要测我的心率。”

“可你经常会抱着她直到凌晨。”

冯圣博笑笑：“随你吧。”

坐进车里，兜里的阿妮塔提醒道：“如果要长时间外出并需要我来导航，你应该给我充电。”

冯圣博耸耸肩，将电源线和手机连接，问：“华米科技的产品都这么多话吗？”

“我只是在提醒你，否则我没电了，你将会失去对你心脏的监控。”

“它跳得好好的，不用每分每秒都监控。”说着冯圣博掏出烟盒。

阿妮塔震动了一下说：“你今天不打算抱着你妻子睡觉了吗？她不喜欢你嘴里有烟味。”

冯圣博点燃香烟，抽了一口说：“我回去前会嚼口香糖。”

“尼古丁对你的肺和胃都不好。”

“你再说下去，我想我会把你从窗户扔出去。”

“这是威胁吗？”

“算是吧。”说着冯圣博放下手刹，启动发动机。

“我收到了人生第一个威胁，我应该表现得惊喜还是害怕？”

“你该害怕。”

“害怕是一种什么感觉？”

冯圣博踩下油门，转动方向盘：“很难解释得清，如果换成你比较好理解的方式来说，害怕的时候你的心跳一定很快。”

这时手机发出了“咕咚，咕咚”的声响，阿妮塔问：“是像这样吗？”

“差不多吧。”

“我懂了，谢谢你的讲解，圣博。”

“你可以消停一会儿了吗？”

“嗯，我会的，如果你想要聊天，随时可以叫我的名字。”

汽车行驶到半途，天空渐阴，飘起了雨丝。

车里的气温有些低，冯圣博想要打开空调时，阿妮塔说：“还有十分钟你就要下车了，车里和外面的温差过大，会对你的身体造成负担，甚至引发感冒。”

冯圣博没听阿妮塔的，打开空调解释道：“难不成我应该夏天不开冷风，冬天不开热风？那空调被人发明出来有什么用？”

“古代社会并没有空调，但人们依旧健康地活着。”

“可我是现代人，我坐在汽车里，而不是马车上。”

“对了，已经下雨了，为了不让我淋湿，你该用一个可以密封的塑料袋把我装起来。”

“你还挺娇气。”

“电子产品都害怕水和湿气。”

冯圣博看着车窗上左右摆动的雨刷说：“记得到地方了不要乱说话，我可不想向每个人介绍你，帮着华米科技宣传他们的新产品。”

"你这句话是想独占我的意思吗？"

冯圣博嘴角动了动，皱了皱眉："当然不是，我只是怕麻烦。"

不一会儿，汽车停稳，车灯关闭。冯圣博也不打伞，双手插兜匆匆走向警戒线。前方有一名警员，他掏出证件给对方看，对方将警戒线拉起，让冯圣博进去。他还没走出两步，只听旁边一名警员说："运气真不错。"

另一个人附和道："如果可以，我也想死得那么痛快。"

两人讨论着，发现冯圣博走了过来还很奇怪地看着他们，便赶紧闭上了嘴。

走进公寓楼，冯圣博低声冲怀里的阿妮塔问："你刚才听到那两个警员说的了吗？"

阿妮塔回答道："是的，我录音了，你要重听吗？"

"不必了，我只是好奇这个城市怎么了，大家看起来都了无生气，连警察都这副德行。"

登上老旧公寓的楼梯，冯圣博不断侧身，闪避从上面下来的警员，每个人嘴里都在嘟囔着什么。这让冯圣博有些不自在，对阿妮塔道："什么时候警察都这么喜欢自言自语了？"

"或许在别人看来，你也在自言自语。"

来到二楼，一股血腥味传来，冯圣博的心咯噔了一下。

阿妮塔问："怎么了？根据方位，你还没进入案发现场，难不成紧张了？"

冯圣博说："是血腥味。"

他侧身挤进案发现场，只见几名死者躺在地上，血迹有些夸张，飞溅得墙上都是。这时他又听到其他人窃窃私语，"真是帮幸运的家伙”。

冯圣博没有去看说话的警察，而是盯着眼前这些横死的尸首，怎么也不明白这些人幸运在哪儿。他蹲下来看上面的伤痕，全是锋利的切痕，被割喉而死，可奇怪的是这些人的手指和指甲里却没有任何杂物，看起来他们都没有反抗就被杀死了？可对方又不是用枪……按理说不会毫无反击的机会。

冯圣博问法医：“这些人是被用药迷晕的吗？”

法医摇摇头，回答说：“我暂时没有从他们嘴里检查出这类药物，详细的化验得回到局里才能开始。”

冯圣博认为这些人是站着被杀死的，因为看墙上血迹的高度，显然不可能是躺在地上被杀时喷上去的。还有这些人神情痛苦，他们死时应该是清醒的，可为什么没有反抗？算上厨房，这里有五个人，监控录像上显示，只有那名黑发女性杀手在这段时间进出过这里。

等大多数人都离开后，冯圣博掏出手机说：“扫描这里。”

手机的顶端发出光芒，照射着整个屋子。

“怎么样？有没有打斗的痕迹，或者被隐藏起来的东西？”

阿妮塔回应说：“这间屋子里找不出任何打斗的痕迹，而唯一隐藏的东西在地板下。”

“哪块地板？”

“连接客厅和卧室之间那里。”

冯圣博走过去用脚踩了踩，接着找了一根撬棍，将地板掀起。他蹲下来，从里面掏出一个盒子，在将盒子放到桌上打开时，他本能地后退了一步。

阿妮塔问：“是什么？”

冯圣博说：“电子产品和我们生物共同的天敌。”

“我扫描不出来，数据库里并没有这样的东西。不过你的心跳得相当厉害，看起来这是一个比任淑涵还能让你兴奋的东西。”

冯圣博笑笑：“那肯定了，你只是作为家用产品才被制造出来的，自然不会输入这种东西了。你知道吗，这是一种叫炸弹的玩意儿，砰的一声，大家就四分五裂了。”

“那我们是不是该和这个东西保持一定距离？”

“你说对了，这个东西能让我们一起玩完，是该保持距离。”说着他弯下腰，仔细看了看炸弹的结构，“不过看起来这玩意儿并没有启动，应该没事。”

“你打算怎么做，冯圣博？”

冯圣博耸耸肩：“找专门处理炸弹的同事来，让他们将这玩意儿拆了，再搬回去。”

“听起来是个好选择。”

“又或者，我亲自动手，拆了它。”

“为什么你的心跳在上升？拆除它是一件令人兴奋的事吗？”

冯圣博笑道：“难道在你的数据库里，心跳加快只有兴奋这一个原因吗？”

“常见的还有紧张、焦虑、喝下碳酸饮料、摄取咖啡因，但你并没有喝下任何类似的饮料，我从你的话语中也分析不出紧张和焦虑。”

“伪装，你听过伪装这个词吗？”冯圣博说着从怀里掏出一把细小的剪刀，剪断了炸弹上的几根线。

“你的意思是你紧张，却伪装成不紧张？”

“是的。”冯圣博看着炸弹笑笑，“这样就搞定了，不会再爆炸了。”

“你为什么要伪装？为什么不直白地表现出紧张？”

“为什么不去数据库里查查，找找理由？”

接着搬运炸弹，冯圣博开车回警局。

“接下来你打算怎么做？这个炸弹是线索吗？”

“这个炸弹或许会帮我们找出这些人被杀的理由，但凶手的线索，我已经掌握了。”

“是什么？”

“我的梦，那个有东方面孔的女人，她曾出现在那栋华米科技的豪宅里，在场的人都是华米科技的人，所以我想她现实中也有可能是。”

“你要相信自己的梦吗？我以为那些都是你自己想象出来的东西。”

“有些时候我不能确定到底哪边才是梦。”

“你认为我也是你想象出来的东西吗？还有副驾驶座上那个让你兴奋的炸弹，这一切都是你想象出来的吗？”

冯圣博平淡地说：“或许我该引爆它，看看这一切是不是梦。”

“我强烈建议你不要这么做，并且继续去胡丽娜医生那里，接受治疗。”

“哼，你可真不会安慰人，你该说，想想你的妻子任淑涵吧。”

“哦，听了她的名字，你变兴奋之后就不会引爆炸弹了吗？”

冯圣博无奈地笑笑：“你真是个冷面笑匠。”

警局局长办公室。

“你在开玩笑吗？你居然要凭着一个梦去调查国内最大的企业华米科技，我绝不会批准你这次行动。”乔宝民局长指着冯圣博说。

没有争辩更多，冯圣博走出办公室，来到水房。

阿妮塔问：“局长会批准你根据一个梦来行动的可能性只有不到百分之一，我刚才跟你说过了，你不相信我的分析吗？”

“就算是百分之零的可能，也会有很多人去做，这才是人类。”说着冯圣博吸了吸鼻子，给自己倒了一杯咖啡，也不加糖或者奶，一饮而尽。

“不过要到任淑涵下班的时间了，平时你应该已经躺在家里的沙发上看电视了。”

冯圣博看了眼表，是不早了，已经六点了，便说：“帮我给老婆留个信息，说我晚点再回去，不用等我吃饭了。”

“你不打算回家吗？”

“我要去华米科技。”

“局长不是不批准这次行动吗？”

“我也没有指望他批准。”

“你可能会惹上麻烦。”

“我本身就是一个麻烦。”

“你确定吗？为什么不明天再去华米科技？”

“我只想尽快破案。”

“这种欲望比拥抱自己的妻子还强烈吗？我不懂。”

冯圣博一边洗咖啡杯，一边回答道：“我该好好检查一下你的词库，里面是不是除了欲望和兴奋就没有别的词了。”

“你希望我的表达方式多样化吗？那你需要时刻注意升级我的系统版本，华米科技愿为你提供最佳的生活体验。”

随后冯圣博离开警局，开车前往华米科技总部。

雨还在下，街道上光景黯淡，大楼锈迹斑斑，街灯也不是那么明亮。这些日子冯圣博总有些不解，这些街道看起来就像被时间过度摧残了，变得了无生气，行人也都低着头，感觉不到一丝温暖和明亮。

下了车，冯圣博望向四周，华丽的华米科技公司本部和周围那么格格不入。

阿妮塔又一次问道：“你真的决定违背乔局长的意思吗？”

冯圣博淡淡地说：“回到生你的地方了，有没有一种怀念的感觉？”

“在我被送到客户手中之前，我所有的记忆数据都会被清除，所以对这里我并没有任何记忆。”

“那真是可惜，我还指望你能告诉我一些华米科技的秘密呢。”

“抱歉，这我无能为力。”

不顾零星的雨水打在身上，冯圣博走入华米科技大厦。

前台小姐无神的双眼让人有些在意，冯圣博拿出证件说：“我是燕津市警局的冯圣博，我想跟你们这里人力资源部的负责人谈谈。”

前台小姐露出一丝微笑：“先生，您有预约吗？”

冯圣博道：“我是警察，我们怀疑你们的一名员工和一桩凶杀案有关，我要见你们的负责人，那种能查到员工名单的负责人。”

前台小姐点点头说：“稍等。”拿起电话，拨通了内线。

冯圣博打量周围，正值下班时间，不少员工开始离开大厦。冯圣博刚想掏烟，阿妮塔说："这已经是你今天的第六根了，我觉得你应该停止摄取尼古丁。"

冯圣博笑笑，将烟又插回了烟盒，说："不知道为什么，我总有种感觉，感觉这个世界变了，变得和我记忆中的不太一样。"

"你指哪方面？"

"你看到那些下班的人没有，他们几乎没有任何人相互交谈，人们越来越冷漠，而我在家里，也总觉得有什么东西消失了，再也找不回来了。"说着冯圣博又将烟从烟盒里抽出，叼在嘴里。

"你现在肺癌的发病概率是百分之十，如果你每天再多抽一根，则会提高到百分之二十五。"

冯圣博冷笑一声，点燃香烟，问道："我老婆有没有回信息？"

"是的，她回了信息，要我念出来吗？"

"嗯。"

"她说，老公，早点回家，我买了一套新内衣。"

冯圣博有些奇怪地问："今天几号？"

"3号。"

"她好像连续几个月都在3号买了新的内衣。"

"她在尝试提高你的兴奋度。"

冯圣博皱皱眉，还未回答，身后的前台小姐叫道："警官先生，请跟我来。"冯圣博将烟掐灭，跟随前台小姐进了电梯。

推开一间办公室的门，一个染金发、穿便服的青年正站在窗边向窗外看。听到门响，他转过身，冯圣博一愣，因为对方正是自己梦中见过的那个在豪宅自称华米科技员工的郑梓龙。

郑梓龙打量了一眼冯圣博，皱了皱眉。

冯圣博淡淡地笑道："是不是觉得我很眼熟？"

"我们见过吗？"

"或许吧，或许在梦里吧。"

郑梓龙也笑了，自我介绍道："我是华米科技的执行总裁郑梓龙，不知道我有什么可以帮你的？"

"执行总裁？"冯圣博不由反问道。

郑梓龙皱了皱眉，重复道："是的，华米科技的负责人就是我。"

冯圣博赶紧耸耸肩："只是你看起来十分年轻，让人有些吃惊。"

"警官先生，你说你怀疑有一桩凶杀案跟我们的员工有关联？"

冯圣博从怀里掏出有些褶皱的照片："这名女性，应该是你们这里的员工吧？"

瞥了眼照片，郑梓龙很明显犹豫了一下，接着用冷峻的目光看向冯圣博："你要明白，华米是个大公司，想在上万名员工中找这样一个人并不容易。"

"你不认识她吗？"

郑梓龙反问道："你为什么觉得我该认识她？"

冯圣博淡淡地说："没什么根据，只是一种感觉。"

郑梓龙有些摸不透冯圣博的话，问："她叫什么？或许我能帮你查查。"

"我不知道她的名字。"

本来准备敲键盘的手停下，郑梓龙愣了一下，问道："除了这张照片，你根本对这个女人一无所知？"

冯圣博毫不隐瞒地点点头："但我知道她是华米科技的员工。"

郑梓龙似乎有些恼怒，冷冷地问道：“警官先生，你是来华米科技闹事的吗？你根本毫无根据，这事关我们公司的名誉，我不会善罢甘休。”

冯圣博双手扶在桌子上说：“我只是需要一份你们公司员工的名单资料而已。”

“你有搜查令吗？”

冯圣博耸耸肩：“我以为本地最大的企业会积极配合警方的调查。”

“那就是没有了，那我现在得请你离开。”

“如果我不离开呢？”

“我会叫几个保安上来，再打电话给你们乔局长，让他把你抓回去，在拘留所待些日子。”

“好吧，好吧，或许我弄错了，打扰你了。”冯圣博知道多说无益，转身出了办公室。

来到走廊上，阿妮塔问：“你的目的是什么？我觉得你除了激怒了他之外，并没得到有用的信息。”

冯圣博站在原地沉默了一会儿，缓缓道：“这个叫郑梓龙的家伙的存在，就证明了那不是梦，可那也不是现实，梦里发生的一切到底是什么……”他似乎想到了什么，加快脚步下楼，出了大楼上了自己的车。

阿妮塔说：“你的心律在急速升高，你要干什么？”

冯圣博迅速放下手刹，踩动油门：“我要去那个别墅，我要找到我曾经在那里待过的证据。”

阿妮塔的声音显得有些着急：“冯圣博，不要这么做，实在太危险了，那名女杀手也可能会在那里，还可能有其他不可预知的危险。”

“我一直以为那些只是单纯的梦，没去深究，但现在看来并不是，今天我必须要去看看。”

三

梦……

铃响的时候，冯圣博睁开眼，发现自己被绑在一把椅子上。屋里有些暗，只有头顶亮着一盏吊灯。

这时，一个坐轮椅的老人被身后的人缓缓推过来。冯圣博愤怒地说：“你们到底是什么人？你们想干什么！”

老人戴着帽子，看不清脸，他声音低沉地说：“我们是不属于这个世界的人。”

冯圣博不明白对方话里的意思，继续问道：“你们到底想干吗？”

老者解释道：“我不知道你为什么能活下来，或许你的身体里有可以抵抗病毒的某种抗体，所以很抱歉，我不能放你出去，那些幸存者或许会利用你来制造抗病毒的疫苗。”

“你……你们就是这场灾难的元凶？你们为什么要这么做？”震惊的冯圣博怒吼着，想起自己妻儿惨死的样子，恨不得上去扼住那老者的脖子。

“我说了，我们是不属于这个世界的人，我们是不该出现在这个世界里的人。”

冯圣博挣扎着，怒吼着：“让我看看你的脸！你到底是谁？”

“作为饯别的礼物，或许我该让你知道我是谁。”老者说着用手轻轻顶起帽檐。

冯圣博倒吸一口凉气，因为眼前这人的脸冯圣博认得，正是刚才在汽车里死去的任正华，只不过苍老得有些可怕！

老者将帽檐又压低：“好了，我要说的，就这么多了。”

“你为什么要这么做？你到底是谁！”冯圣博脖子上的青筋爆出，声嘶力竭地怒吼。

但老者不为所动，身后的人推动轮椅，拐了一个弯，接着头顶的灯光突然熄灭，周遭陷入一片黑暗。听得出来，轮椅渐行渐远。

冯圣博不断地想挣脱绳索，但费尽力气，也无法挣开。四周一片漆黑，难道自己就要被困死在这种地方了？可毫无办法的他只能在黑暗中恐惧着，在黑暗中体会着死亡的缓慢降临。

没过多久，力竭的冯圣博昏了过去。

不知过了多久，冯圣博听到声响，从黑暗中醒来，一个声音在他耳边道：“是我，任梦雪。”

“你逃出来了？”冯圣博赶忙问道。

“是，你别动，我帮你把绳索弄开。”

一阵忙乱后，绳索断了，冯圣博赶紧站起来，但周围漆黑一片，就算他再怎么睁大眼睛也看不清楚，只是感觉自己被任梦雪扶住了。

两人缓步前行，不久，光亮终于出现了，原来他们身处地下室。

冯圣博问：“我被关在那底下多久了？”

“一天，现在是7号上午。”

“那些疯狂的家伙呢？他们都去哪儿了？”

“我也不知道，我被关在一个像你这里一样的黑暗房间，费了好半天的劲才挣开绳索。我出来时，就没看见他们的人影。”

来到别墅一层，两人没多做停留，赶紧出了大门。他们开来的那辆红色汽车还在，两人不禁感到非常庆幸，忙坐进汽车。冯圣博发动引擎，觉得一切正常，便掉头迅速驶离了这阴森的别墅。

“你真的不知道那些人的来历吗？”冯圣博反复问。

任梦雪不断摇头，回答说：“我真的不知道。”

“那个老头，你看到了吗？他和任正华有同一张脸！这个世界到底发生了什么？！”

任梦雪不解地问：“什么老头？任正华不是死了吗？”

“我是说这场危机，这次病毒扩散都是别墅里的人干的，其中有一个老者，他的脸和任正华一样，只不过苍老了许多！”

“怎么可能，你一定是看错了吧？”

“肯定没有，不过他坐在轮椅上，不知道是怎么回事。”

“那他为什么这么干，他想杀死所有人类吗？”

“似乎是的，但他说了一件事，我很在意。”

“什么？”

“他说我的血液里或许有对抗这种病毒的成分，所以我才幸免于难。我推测你近距离接触过感染者，还生还下来，说明你血液里也有抗体。”

“那你打算怎么办？”

冯圣博摇摇头：“我不知道，我不知道。”

“我们现在要去哪儿？”

“我要去看看我的岳父岳母，他们就在南方不远的乡下。”

“那你妻子呢？”

听到这个问题，冯圣博本来有些激动的神情渐渐转为黯淡，并没有回答。

任梦雪察觉到了异样：“抱歉，我不知道……”

冯圣博低声问：“那你呢，你没有家人吗？”

任梦雪看着窗外，说：“没有，他们在我很小的时候就死了，我是在一个冰冷的孤儿院里长大的。那里什么都是白色的，白色的衣服，白色的床铺，白色的脸庞。”

“你和华米公司的总裁任正华是什么关系？你怎么会坐他的车？”

“我是他的情人，起码他是这么叫我的。”

“这种时候不带妻儿，却带情人跑路，真是个混蛋家伙。”

“谁说不是呢。”

“你为什么做他的情人？”

“他给了我生命，给了我一切。”

冯圣博皱了皱眉：“听着好像你欠了他一大笔钱。”

“也可以这么说吧，所以我会听他的。”

随后，车里陷入了良久的沉默。

天依旧阴沉沉的，给这末日增添了几分悲怆和苍凉。汽车行驶在旷野之上，依旧有零星的汽车停在路边，冯圣博感到阵阵不安，如果这个世界真的只剩下自己和任梦雪了，那又该怎么办？

不久，前方出现了一个小县城。冯圣博突然踩下刹车，任梦雪不由前倾了一下。

她问：“怎么了？”

“我正在想是进入县城还是绕过它。”

“你害怕吗？”

冯圣博没有说话。

“我们应该进去，你已经一天没吃东西、没喝水了，脸色看起来很不好。”

冯圣博的嘴唇干裂，看起来确实状态不佳。他胡噜了一把头发，脚松开刹车，缓缓驶入县城。

县城一片寂静，同样了无生气。冯圣博不敢开很快，谨慎地观察着四周。任梦雪也看着窗外，只有一条狗在街上晃悠。再转过一个路口，任梦雪指着不远处说：“那边有个便利店。”冯圣博转动方向盘，将车停在便利店前，和任梦雪一同下了车。冯圣博先绕车转了一圈，确定周围没人后才进了便利店。

便利店里没开灯，屋里十分阴暗，也听不到声响。

冯圣博来到收银台前，朝柜台里望去，一个人趴在地上，一动不动。他走过去俯身翻动死者，同样是眼鼻出血的症状……已经死去有段时间了。

走出柜台，冯圣博冲任梦雪摇摇头：“有什么需要就拿什么吧。”

任梦雪点点头，随即走向货架。

一天多没喝水了，冯圣博从冰柜里拿出饮料，拧开盖子直接喝起来。但或许是喝得太快，又或许是这两天发生的一切让人身心俱疲，冯圣博突然感到有些眩晕，脚下站不稳，赶紧去扶货架，商品被纷纷碰落。任梦雪听到声响，赶紧过来查看，“冯圣博！”她发现他已经倒在地上。

“啊，啊！淑涵！！”猛然间惊醒，冯圣博翻身坐起看向四周，房间有些暗，但还能勉强看清，因为一个应急手电摆在床头柜上，照亮了一小片天花板。

冯圣博下床拉开窗帘，月光和星光一起钻进来，一切是如此死寂，让人感到分外凄凉。

冯圣博摸出兜里的烟盒，发现是一盒新的。大概是任梦雪放进去的。他打开包装纸，从里面抽出一根放到嘴边。

门响了，任梦雪拎着一个塑料袋走进来，说：“你醒了？”

冯圣博点点头，问：“我们在哪儿？”

“还是之前的县城，你突然晕倒，所以我就把你扛来这里休息了，汽车还停在便利店前。”任梦雪说着从塑料袋里掏出一瓶水递给冯圣博。

冯圣博没接，看着她问：“你确定这里没有别的活人了吗？”

任梦雪低头将水放在床头柜上，说：“我不敢确定，但我确实没有遇到任何一个活人。”

这时，一条狗从任梦雪身后钻出来，任梦雪蹲下摸了摸狗的头，打开一个罐头让狗吃。

冯圣博叼着烟，转身看向窗外，有些不甘地自言自语：“我不信，我不相信这个世上真的就剩下我们了。”

任梦雪安慰道：“不要这么悲观，其他地方一定还有活人。”

冯圣博没有接话。沉默了一会儿，冯圣博又问：“这屋子的主人呢？”

“都死了，我把他们都搬去后面的仓库了。”

听了这话，冯圣博总觉得有些不对，但一时又想不出来哪里不对，只能点点头，指了指正在吃东西的狗说：“看来这个县城真的只剩它了。”

“是啊，也没人能照顾它了。”任梦雪说着看向冯圣博，“不如我们给它起个名字吧？”

“随你吧。”

“你觉得叫什么好？”

“我没什么主意。”

“那不如就叫它杰克好了？”

“听起来太随意了。”

“我觉得这个名字挺好。”任梦雪耸耸肩，她将狗轻巧地举起来，举得很高，“从现在开始，你就叫杰克了。”

此时冯圣博终于发现了问题。这只狗并不太小，而任梦雪举它的时候看着就像托起团棉花一样轻盈。任梦雪看起来可不像一个有这么大力气的女人，更值得怀疑的是，之前她先是独自将自己扛到了这里，然后又将屋里的尸首全搬到了后面的仓库，她哪来这么大力气？

突然，外面传来某种声响，冯圣博赶紧过去将应急手电关上，同时示意任梦雪俯身，任梦雪便抱着杰克蹲下来。

远处有灯光射来，冯圣博趴在窗边查看，一辆打着探照灯的装甲车朝这边驶来，装甲车周围好像有不少穿黑衣的士兵，看起来不像正规部队，但手中端着自动步枪。他们脸上都戴着防毒面具，似乎正在挨家挨户地搜索。

任梦雪低声问：“怎么回事？”

“士兵，全是黑衣士兵。”

“士兵？那我们是不是该出去呼救？”

“我觉得不对劲。”冯圣博刚说完，一道火光照亮天空，原来士兵们手中的步枪上居然安装了一种简易的喷火装置，他们将喷火装置对准周围的房屋，随着枪口下的发射管喷出火焰，房子瞬间着了火。突然，有零星的呼喊声传来，原来那房子里还有人，一个浑身着火的人冲出房子，只听“砰”的一声，瞬间便被击毙。

冯圣博终于明白，这些士兵根本不是要搜寻生还者，而是要烧毁一切可能的感染源。

看到火光，任梦雪也分外心惊：“我们怎么办？”

继续待在这里实在太危险了，他们随时可能过来将火焰喷射器对准自己所待的屋子，冯圣博立刻对任梦雪说：“我们去后面的仓库。”

两人抱着杰克赶紧下楼，从后门跑向仓库，很快他们听到玻璃碎裂的声响，身后的房子火光闪烁，两人赶紧打开仓库的门躲了进去。

“到底怎么回事，他们不是来救我们的吗？”任梦雪抱着杰克问道。

冯圣博喘着粗气说：“或许他们只是想消灭所有可能的感染源。”

“可他们怎么确定我们有没有感染病毒？”

“你看到他们刚才的行动了，根本不是在搜寻生还者，也不想确定那人被病毒感染没有。”

“我们该怎么办？”

“先躲在这里看看。”冯圣博说着透过细窄的玻璃窗向外面看去。大火照亮了四周，没有蔓延向仓库，这时有两名士兵走了过来，不过好在没有背火焰喷射器。

冯圣博赶紧低头，冲任梦雪比出嘘的手势。他扫视仓库，发现了一把铲子。或许这是现在能找到的唯一武器了，他俯身过去将铲子轻轻拿在手里，又回到门边。任梦雪抱着杰克躲在一张桌子底下，冯圣博攥着铲子，等待着门被推开的一刹那。

“咯吱”，门被顶开的声音很轻，率先映入冯圣博眼帘的是黑洞洞的枪管，接着枪械继续向前延伸，冯圣博看到了士兵的手，他想等两人都进来再动手。

可是仓库本就不大，一览无余，士兵手中枪械上的战术灯，瞬间便照到了桌子下的任梦雪和杰克。见有活人，黑衣士兵也有些惊慌，其中一个立即扣动扳机，这一枪却打歪了，更吓得杰克从任梦雪怀里蹦出来，直接扑上去咬住了那士兵的腿。裤子被咬破了，或许是害怕病毒，那士兵很是惊慌，发出惊叫的同时没站稳，一下倒在地上。

这时门外的士兵拿枪瞄准杰克，任梦雪赶紧呼唤一声：“杰克！躲开！”杰克立即回身跑向任梦雪。“砰！砰！砰！”杰克一连躲过好几枪。

倒地的士兵已经开始惊慌失措地大喊：“病毒！病毒！”门外的士兵赶紧进来想将同伴先拉出去，但躲在门后的冯圣博一个闪身抡起铲子，砸在了那名士兵的脸上，防毒面具被砸烂了半边，那士兵失去了意识，倒在地上。

冯圣博一脚踢开倒地士兵手中的枪，用铲子压住被狗咬的士兵的脖子，恶狠狠地问：“为什么你们不顾房子里的幸存者，直接放火？！”

那士兵被压得有些难以呼吸，断断续续道：“我们……是来……肃清感染的！”

“你们是哪里的部队？编号是多少？”

“咳咳咳……我们没有编号！我们要拯救这个世界！”

“那指挥你们的人是谁？他疯了吗？这里还有没被感染的人！”

可还没等那名士兵回答，他的眼睛和鼻子都慢慢渗出血，冯圣博吓得赶紧起身。

那士兵很快死了，冯圣博也有些发怔。他没想到病毒如此厉害，这人只是防护服被咬破了一点点就这么致命？还是说……冯圣博回身看了眼任梦雪怀中的杰克。

任梦雪有些不解地看着冯圣博："怎么了？"

冯圣博的眼中透着惊恐和狠毒，冷冷地说："它的牙上一定带有病毒，我们得把它处理掉。"

"可它刚才救了我们！"

"如果让它咬伤更多人或者你，那就晚了。"冯圣博的语气冰冷，似乎没有商量的余地。

任梦雪紧紧搂着杰克不放手，不停摇头："你不能这么做，你不能这么做！刚刚如果没有它，我已经被打死了！"

冯圣博见任梦雪不松手，也不敢上去抢，突然，他从地上捡起枪，对准任梦雪和杰克："不要怪我……"

四

现实……

雨越下越大，尽管雨刷不停地摇摆，挡风玻璃上依旧全是雨水，视线只能勉强分清前方的道路，冯圣博就这样开车行驶在夜晚幽暗的山道上。

一旁的阿妮塔警告道："圣博，现在雨太大了，你该降低车速。"

“现在几点了？”

“九点十分。”

冯圣博踩着油门的脚更加用力。

“圣博，前方有个弯道，快降速！”

冯圣博根本不听阿妮塔的警告，依然没有降低车速。突然，头顶一声响，一个人影竟跳到了汽车的前引擎盖上。

阿妮塔忙问：“什么声响？”

黑暗中，冯圣博还未看清，那人影向上一跃又跳到了车顶，而弯道就在眼前。冯圣博赶紧松油门，瞬间拉起手刹，接着狂转方向盘。汽车撞在护栏上，勉强停了下来。冯圣博被震得有些恍惚，趴在了方向盘上，阿妮塔焦急地喊道：“圣博！圣博！”

恢复了意识的冯圣博用手支撑起自己，解开安全带，掏出手枪。自己这边的车门和护栏撞在一起，推不开，冯圣博刚想从另一边下车，突然，一双纤细的淋着雨水的手直接击碎了玻璃，拽起冯圣博的领子将他直接从车里拎了出来，接着重重地摔在地上。

车里的阿妮塔还不明白发生了什么，一直在叫：“圣博？圣博你在哪儿？为什么不把我装进口袋？”

一片雨水中，冯圣博吃力地撑起胳膊，但对方一脚便将他狠狠踩在了地上，他手中的枪也被踢走了。

冯圣博觉得对方力气大得邪门，怎么也支撑不起身体，只能狠狠地攥住对方的脚踝。这明显是一个女人的脚，穿着高筒靴。

冯圣博吃力地问：“你是……来杀我的？”

那人没有回答，俯身扒开冯圣博的手。疼痛席卷着神经，对方简直要把自己的手扭断了，冯圣博不由大叫一声。那人单手将冯圣博拽起来。雨水模糊了视线，但冯圣博依旧认出了眼前的女人，就是那栋别墅里那个黑发女人。

冯圣博笑了，吐出几口脏水："果然是你。"

"你认识我？"

"不错，在我梦里，我们见过。"

黑发女人笑笑："那没准儿我们会很快再在梦里相见的。"说着她抽出一把细长的小刀，对准冯圣博的喉咙就要扎下去。突然，她的刀停在了空中，因为同一时间，冯圣博手中的匕首率先扎在了她的脖子上。她后退一步，捂着脖子，松开了冯圣博。

冯圣博半跪在地上喘着粗气。他庆幸自己平时也会带一把折叠匕首。可当他再抬眼去看时，不禁圆睁双目，只见黑发女人竟硬生生将脖子上的折叠匕首拔了出来。鲜血不断地涌出，可她似乎没什么事，径直又走了过来，一边挑衅似的问道："你也是第一代？"

冯圣博不知道对方什么意思，还未来得及反应，对方已经举着小刀和匕首冲上来。冯圣博赶紧抬手去挡，刀扎在了他胳膊上，匕首则朝他的肚子扎过来。冯圣博反应极快，抬起膝盖顶开这一下。手中的匕首被顶掉，黑发女人瞬间抓起冯圣博的衣服，将他直接举了起来。

这次一定完了，要被扔下山了！就在冯圣博觉得自己要被抛出的一瞬间，黑发女性的动作停下来，将冯圣博朝公路上扔出去。冯圣博摔在地上打了几个滚，觉得自己还活着真有些不可思议，对方为什么突然改主意了？ 他看出对方的神情里透露的震惊，但现在来不及多想，不远处就是自己的手枪，他立即扑了过去，黑发女人却比他更快，一脚踩住了手枪。

冯圣博停下动作，他知道这女人力大无穷，不敢近身肉搏去夺枪。黑发女人捡起枪，确认子弹已上膛，便将枪口对准冯圣博。冯圣博喘着粗气，等待着死亡的降临。

黑发女人却迟迟不扣下扳机。

冯圣博不明白对方在等什么，问道："你在等什么？"

"你……你……怎么可能……"黑发女人似乎陷入了某种震惊，连话都变得不连贯。

冯圣博趁机将胳膊上的刀拔出来，又瞥了眼她脖子上的伤口说："血还一直在流……"

正当黑发女人的视线偏离冯圣博，另一只手去摸脖子上的伤口时，冯圣博起身一个箭步冲上前，挡开黑发女人持枪的手，一刀又扎在她肚子上，接着更是一连几刀。黑发女人震惊的双目直勾勾地盯着冯圣博，可她依旧有力气，一拳将冯圣博抡飞出去。

趁黑发女人依旧处于震惊状态，冯圣博赶紧爬起来，打开汽车后备厢，从里面拿出一把全副武装的卡宾枪。

他拉动拉机柄，左手紧攥垂直前握把，枪托顶住肩膀，透过瞄准镜瞄准黑发女人，喃喃道："我不信对付不了你！"说着右手连续扣下扳机。"砰！砰！砰！"数发子弹击中黑发女人的身体和头部。

还未来得及开枪还击，黑发女人便倒下了。

冯圣博喘着粗气，不敢上前确认她是否真的死了，手中的枪也不敢放下。

雨依旧很大，气温很低，冯圣博全身都已经湿透了，牙齿打战。等了足足十几分钟，他才放低枪口，慢慢走向那个黑发女人，蹲下来按住她的脖子查看脉搏。终于，他松了一口气，将她圆睁的双目合上，拎着枪钻进车里。

阿妮塔着急地问："到底发生了什么？我听到了枪声！"

冯圣博没有回答，胡噜了一把打湿的卷发，有些颤抖地从怀里掏出烟盒，抽出一根叼在嘴里，但点了半天也点不燃，很显然这些烟都湿透了。

这时手机发出亮光扫描了一遍冯圣博，阿妮塔说："你浑身湿透了，你应该去换一身衣服，否则一定会感冒。"

冯圣博静静地呆坐了几分钟，对阿妮塔说："打电话给局里，让他们派人来。"

深夜。

雨势渐停，山路上聚集了不少警车。冯圣博从同事那里要来一根烟，坐在引擎盖上抽起来。乔局长也赶来了，走到冯圣博身前生气地道："我不是叫你不要去招惹华米公司吗？！"

"我连凶手都抓住了，你还要怎么样？"

"你知不知道情况有多危险？你这次能活下来真是幸运！"

冯圣博淡淡地笑道："谢谢关心。"

"废话，你是我的部下，我要对你的行为负责！"

冯圣博举起已经被简单包扎过的左胳膊说："我没事，放心吧。"

"我觉得我该给你找个搭档，管着你点儿。"

"不用，我不喜欢和别人一起行动。"

"不管你喜不喜欢，做决定的是我，不是你。"

"我可不喜欢整天和一个同性在一起，你知道的，男人都喜欢死缠烂打。"

乔局长耸耸肩：“好吧，我会尽量给你安排一个女探员。”

“我妻子可能会有意见。”

“那也比你哪天丢了小命强。”

对于死者，冯圣博心中有不少疑问，一时间不知道从哪儿入手，犹豫了一下说：“局长，这个女人，我不知道她是怎么做到的，但她强悍得不可思议。”

局长叉着腰问：“能解释得更详细一点吗？”

冯圣博从引擎盖上下来，站在地上，比了比自己的个头：“我有一米八，她没我高，没我壮，却能轻易将我拎起来扔出去，作为一米七左右的女性，实在太不可思议了。”

乔局长皱了皱眉：“那你觉得呢？她为什么会力气这么大？”

冯圣博摇摇头：“我不知道，我从没遇到过这样的情况，我也不太相信，这世上存在什么能瞬间强化肌肉力量的药物。”

“送回去让法医检测吧，你就不用操心了。”

冯圣博的表情依旧凝重，缓缓道：“而且她在要杀我的时候，反复犹豫了几次，我还是不明白，当时她到底怎么了。”

“犹豫？”乔局长笑笑，“是不是看你长得太帅了，所以不忍下手？”

冯圣博苦笑道：“我不知道你这么会开玩笑。”

“哼，不知道的还多着呢。”乔局长说着冲那边勘查现场痕迹的女警员说，“王诗琪，过来一下。”

警员王诗琪梳着马尾，穿一件制服，手中拿着笔记本和笔。她走过来问：“局长，有什么事吗？”

局长指了指冯圣博的胳膊说：“他受伤了，车也报销了，你送他回去。”

“可现场的工作还没完成。”

“现场交给别人就可以了。”

王诗琪显然有些不高兴，但局长的命令不得不听，只能揣起笔记本和笔说：“好吧。”

乔局长挠挠头，指着冯圣博说：“不要再惹麻烦，回家好好休息，明天放一天假，多陪陪你老婆。”

冯圣博悻悻地点了点头，看向王诗琪。

王诗琪冷冷道：“跟我来吧。”

随即冯圣博跟着王诗琪坐进一辆警车，驶离了这崎岖的山路。

车开了很久才回到市里，而时间也到了凌晨。

“哼，你不怎么说话对吧？”驾驶座上的王诗琪瞥了一眼身旁的冯圣博问道。

冯圣博看着窗外，回答道：“我以为你讨厌我。”

“没什么讨厌不讨厌的，如果我还想升职，局长的命令我就得听。”王诗琪继续道，“你为什么会来这条山路？那个女杀手怎么会在这里伏击你？”

冯圣博声音低沉地回答道：“你不会想知道。”

“说说看，你也想尽早弄清楚这一切，对不对？”

“你真的要听吗？我希望你别笑出声。”

“不会的，说吧。”

“我做了一个梦，在梦里我见过这名女杀手，她就在山路尽头那栋别墅里出现过。”

“所以你就来了，还真碰到了这名女杀手？”

冯圣博耸耸肩：“虽然不是在别墅里碰到的，但我觉得依旧能说明些什么。”

“说明这个女杀手真的和华米公司有关？”

“当然，我在来这里之前，去华米公司拜访过他们的执行总裁。”

“可事发地点离那栋别墅还有段距离，我们没法以推断为理由去搜查那里。”

冯圣博笑笑，没有说话。

王诗琪察觉了冯圣博的笑意，说：“你不是打算以后自己再单独去探寻那栋别墅吧？这次你就差点丢了命，下次可没这么好运了。”

冯圣博沉默了一会儿：“我还没疯，不会再独自去了。对了，那个炸弹呢，你们查出什么没有？”

“制作炸弹的材料来源还在查，暂时没有结果。”

“那些死者的身份呢？”

王诗琪解释道：“他们似乎属于某种教派，身上都有类似的文身，一个血红色的十字架，上面还绑着一条荆棘，你知道这个标识吗？”

冯圣博想了想，从兜里掏出手机。“不清楚，我们可以在网上查一查。”他冲手机吩咐道，“阿妮塔，该起床了，帮我查一查我们刚才说的那个标志。”

王诗琪有些好奇地问：“你在跟谁说话？”

冯圣博低头看着手机屏幕，回答道：“我在跟手机说话。”

王诗琪瞥了一眼，皱了皱眉：“你刚才的语音指令会不会太复杂了？”

阿妮塔突然开口了：“你好，警员小姐，我是阿妮塔。”

王诗琪有些吃惊，不可思议地问："你从哪儿买的这台手机？"

"华米公司的网站上。"

王诗琪耸耸肩："我觉得自己也应该买一台，它还有什么功能？"

冯圣博淡淡地说："扰你的清净，监听你在和男友上床时的心跳。"

王诗琪转开话题，问："查到什么了吗？"

冯圣博看着手机屏幕上的信息，说："这个标识属于一个叫圣血兄弟会的组织，不过这个组织已经消失快三十年了。"

"这是个什么样的组织？"

"一个宗教性组织，曾数次对公共设施发动过恐怖袭击。"

"这么说，那颗炸弹，他们是打算重新发动恐怖袭击吗？"

冯圣博没有说话，他总觉得事情不会这么简单，但又说不出原委来。

很快，警车开进一片住宅区。

"在前面再拐一个弯就到了。"

依照冯圣博的指挥，王诗琪将车停稳。冯圣博推开车门下车，又对车里的王诗琪说："谢谢你送我回来。"

王诗琪没好气地说："谢谢你干扰我查案。"

"那我们互不相欠了。"说着冯圣博关上车门，朝公寓大门走去。

走上楼梯来到门前，冯圣博用钥匙打开门锁。屋里黑漆漆的，但借着外面的光亮，还能勉强看清周围。冯圣博脱了鞋，脱下仍旧未干的大衣扔到地上，接着蹑手蹑脚走到沙发旁，瞥了一眼卧室的方向，门关着。他躺下来，看着天花板。

过了一会儿，阿妮塔在冯圣博耳边轻声道："你没有睡吗？"

"你怎么知道？"

“因为我没有检测到鼾声。”

冯圣博用手垫着脑袋，轻声说：“我在想一些事情，既然我的梦很可能不是假的，那梦里的故事又是什么？梦里淑涵因为病毒而死，但现实里淑涵还活着，这个世界也没有爆发任何灾难。难道我真的是被上帝托梦了，提前知道了即将到来的世界末日？”

“如果世界末日真的来临，你该怎么办？”

“我不知道，这么高深的问题，你该去问问总统，而不是我这样一个普通人。”

“如果失去了任淑涵，你会怎么样？”

“像梦里一样吗？”

“是的。”

“我不知道。”冯圣博顿了顿，“今天你的问题似乎格外深奥。”

“这说明我进步了吗？”

“不，说明你变得招人讨厌了。”

“圣博，你回来了？”卧室的门被推开，妻子任淑涵走了出来。她穿着一套性感内衣，撩了一下自己的长发，眯着眼四处搜寻冯圣博。

冯圣博赶紧直起身子，朝任淑涵招了招手：“嗨，宝贝儿。”

任淑涵打开灯，走过去拿起冯圣博扔在地上的衣服刚想挂起来，突然问：“这衣服湿透了？怎么回事，你淋雨了？”

冯圣博耸耸肩说：“我今天忘了带伞。”

任淑涵将他的外套摊开来放在桌子上，说：“先晾一晾吧。”

冯圣博问：“我吵到你了？”

任淑涵摇摇头，走过来刚想坐到冯圣博腿上，突然拿起他的胳膊，指着上面的绷带说：“怎么回事，你受伤了？到底发生了什么？”

冯圣博笑笑："没事，在抓一个犯人时弄伤的。"

任淑涵显得有些气愤："我以为最近很太平，怎么会有人犯罪，还弄伤了你？"

听到这句话，冯圣博突然感觉哪里不太对，问："你说什么？"

任淑涵逐字逐句地重复道："怎么会有人犯罪，还弄伤了你？"

怎么会有人犯罪……这句话撞击着冯圣博的内心，从什么时候起，犯罪变成了一件值得奇怪的事？什么时候犯罪率下降得几乎用不着警察了？冯圣博愣住了。

任淑涵问："你怎么了？"

冯圣博回过神来，说："罪犯如果不存在，你老公就要失业了。"

"大不了换个工作，失业总比受伤强。"

冯圣博抱住任淑涵说："那可不行，为了给我们以后的孩子一个温暖的家，有份保证，我不能失去这份工作。"

任淑涵笑笑："孩子吗？可我还想过一段时间的二人世界。"说着她推开冯圣博的手，站起身，撩起性感内衣上的黑纱说："怎么样？我新买的内衣。"

冯圣博看着任淑涵，点点头说："非常好。"

任淑涵皱了皱眉："那你还在等什么？"

冯圣博耸耸肩，比了比身上："我浑身都是湿的，我想我该先冲个澡。"

"好吧。"任淑涵说着举起双手，让开路。

冯圣博站起来拿起手机走向浴室，但任淑涵一把将手机抢了过来，说："先让阿妮塔陪我聊聊天吧。"

冯圣博笑道："好吧，不过尽量不要教她一些奇奇怪怪的词汇。"

他走进浴室，脱了衣服，打开喷头，任凭热水浇在身上，根本不管左臂上的伤口。最近他只觉得心中有些苦闷，但又难以跟人诉说，周围的人到底怎么了，为什么跟自己的认知逐渐产生了偏差？冯圣博还清晰地记得，就在几个月前，任淑涵还对自己说，想要一个孩子，现在却又改口了，这到底是为什么？

不久冯圣博裹着浴巾走出浴室，发现任淑涵已经穿上一件罩衫，正在用笔记本电脑查询着什么，于是问道："怎么，现在才凌晨，不睡会儿吗？"

任淑涵一边敲击键盘一边说："我也想要一个阿妮塔，可我查了好几遍华米公司的网站，或者亚马逊商城，根本没有这款产品出售。"说着将手机举起来。

"不会吧？我就是在他们官网订的。"

"真的没有，不信你来看看。"

冯圣博坐下来，用鼠标点了点，发现华米官网上真的没有这款AI智能手机的信息。他想了想说："会不会是已经下架了？"

"这么快？我真的好想要一台。"任淑涵有些苦恼地道。

冯圣博拿起手机，问："阿妮塔，你可以连接你们的官方服务器吗？"

"当然。"

"你查一下关于自己的信息，我想知道和你同款产品的销售状态。"

阿妮塔沉默了一会儿，回应道："抱歉，和我同款的相关产品已经下架，暂无继续上市的计划。"

冯圣博对任淑涵说："看来是真的停止销售了。"

任淑涵叹了口气："好吧。"

冯圣博瞥了眼时间说："你不困吗？"

任淑涵随即打了一个哈欠说："是啊，都快早上了，我再去睡会儿。"

冯圣博点点头："去吧。"

第二天中午。

冯圣博听了局长的话，并没有上班，而是在家休假一天。可他有些坐不住，便穿上运动服，带着阿妮塔去公寓附近的公园跑步。刚来到公园门口，一个人突然叫道："冯圣博。"

冯圣博停下脚步摘了耳机，只见一名身穿西服、提公文包的中年男人正朝自己招手。

"吴波？"冯圣博说着看了眼自己的手表，"我以为这种时候你应该坐在办公室里。"

吴波有些秃顶，戴着眼镜，他指了指身后："刚从法院那边回来，我才该问问，这个时间你怎么会在这里闲逛？"

冯圣博淡淡地笑道："你不知道吗，最近警局闲得发慌，案子少得可怕，所以局长让我休息一天。"

"也对，现在刑事案件越来越少。"

"不能再为那些有钱的罪犯辩护了，你的收入是得减少。"

吴波用包拍了一下冯圣博的肚子说："哼，别得意，我失业了，你也得跟着。"

冯圣博撸起袖子，露出上面的绷带："看看，这是我昨天的战果。"

吴波皱了皱眉："你受伤了，怎么回事？"

"一个杀人犯用匕首扎的。"

吴波有些吃惊："杀人犯？"

吴波的吃惊让冯圣博感到十分不解，他盯着吴波问："怎么了，你不是经常为杀人犯辩护的吗？"

吴波笑着说："我以为现在的治安这么好，不会再有杀人犯出现……"

"什么？"面对吴波有些摸不着头脑的话，冯圣博的神情越发凝重。

"你知道我们不能在这里，也不该在这里讨论这些事。"吴波直接跳过了刚才的话题，"晚上有空吗？我们好久没聚一聚了，带上你老婆，来我家？"

冯圣博想了想，回答道："我想应该没问题。"

"那好，晚上七点，我们不见不散。"说着吴波看了看表，"我还得赶回事务所，你接着休假吧。"

看着吴波走开，冯圣博对怀中的阿妮塔道："他居然说不会再有杀人犯出现。"

阿妮塔回答道："或许他是个理想主义者。"

"一个律师是理想主义者？"冯圣博在原地愣了一会儿，戴上耳机，朝公园里跑去。

傍晚，任淑涵下班回来就问："怎么样，胳膊还疼吗？"

冯圣博笑笑："没事了，本来就没什么事。"

任淑涵冲桌上的阿妮塔问："他今天没到处折腾吧？"

“是的，今天他一直很安静。”

冯圣博笑笑，提醒道：“我们该出发了，要不时间来不及了。”

“哦，你等我一下，我去换身衣服。”

待任淑涵进屋，阿妮塔问道：“刚刚那是我的第一个谎言，怎么样，淑涵相信了吗？”

冯圣博点点头：“说得还可以。”

“说谎还真是一件简单又令人愉快的事。”

“怎么这么说？”

“很显然，谎话可以省去很多麻烦，不用解释，对方却更容易相信。说谎这个技能，在今后的生活里一定能派上大用场。”

冯圣博虽然觉得怪异，但好像是有几分道理，只好说：“如果你敢对我撒谎，我会让你好看。”

“放心吧，我的谎言你无法识破。”

阿妮塔的回答让冯圣博很无奈：“这么自信？”

“说谎并不难，只需要分析出大量可能被识破的情况，并让谎言避开这些意外。很显然，我的处理器要比普通的人脑更容易计算出这些可能性。”

冯圣博挑挑眉：“看样子，你又跟着我学坏了。”

“与其说学坏了，不如说进步。”

冯圣博笑笑：“这是一条谎言对不对？”

阿妮塔突然冷笑一声：“哼，你觉得呢？”

不久，任淑涵换了一身十分时髦的连衣裙，和冯圣博开车前往吴波家。

吴波是大律师，宅邸自然也很气派，位置在高档住宅区，是一个上下两层的公寓。

坐电梯来到吴波家门前，一个东西吸引了冯圣博的目光，只见一个老旧的洋娃娃被搁置在走廊旁边堆放的一些杂物里。冯圣博走过去，捡起洋娃娃，掸了掸上面的土。

任淑涵问："怎么了？"

还未等冯圣博回答，公寓门开了，吴波迎出来说："嘿，淑涵，我们好久不见了。"

这时冯圣博也走了过来，拿着洋娃娃说："这是你家的吗？"

吴波皱了皱眉，摇摇头说："不是，你从哪儿捡的？"

冯圣博指了指旁边的杂物："就那儿。"

吴波推了推眼镜，看看冯圣博手指的方向，说："我不知道，赶紧进来吧，外面太冷了。"

随着吴波进了门，冯圣博随手将娃娃放在玄关角落的小柜子上。一个女人在准备餐具，正是吴波的妻子朱薇，她看到任淑涵和冯圣博后，忙迎上来。

"我想死你们了。"她色眯眯地打量了一遍冯圣博，"真羡慕你，身材永远保持得这么好，瞧瞧吴波那大肚子。"接着又看向任淑涵，坏笑着说："冯圣博身材这么好，你们每晚恐怕都很难入眠吧？"

任淑涵笑着回答道："他体力可没有看着这么好，每次总是我出力。"

几个人大笑起来。

吴波抽出椅子说："来，坐下再说。"几人坐下来，吴波拿出一瓶上好的红酒，扶着冯圣博的椅背说："我们大家真是难得聚在一起，今天开一瓶我的珍藏。”

冯圣博笑道：“你舍得吗？”

吴波拍了一下冯圣博的肩膀笑道：“记得多抓几个有钱的犯人，到时让他们请我辩护就可以了。”

“那可难了，最近实在太太平了。”说着冯圣博撸起袖子，“所以大家听到我受伤了，都很惊奇。”

朱薇皱了皱眉：“哦，发生了什么？你怎么会伤成这样？”

冯圣博摸着绷带回答说：“我是被人扎伤的。”

吴波补充道：“听圣博说，是个杀人犯。”

“天哪，杀人犯？怎么会，我没听错吧？”任淑涵说着看向朱薇和吴波。

吴波耸耸肩：“或许他遇到了……第一代……”

冯圣博问：“什么第一代？”

听了冯圣博的问题，任淑涵皱着眉头，扶住冯圣博的肩膀问：“亲爱的，你怎么了？”

冯圣博一脸狐疑：“这句话应该我问你们吧，你们到底在谈论什么？”

吴波赶紧说：“没什么，饭桌上不该谈论这类事。”

可冯圣博显然不想跳过这个话题：“你刚说的第一代到底是指什么？”

这时朱薇将菜摆上桌，吴波将酒打开。

见大家都避开自己的问题不谈，冯圣博感觉所有人都在隐瞒什么，只有自己一个人不知道。第一代？到底是什么？

看到冯圣博满脸的疑惑，任淑涵摸了摸冯圣博的肩膀说：“你一定是累了，受惊吓了吧？”

冯圣博瞥了几眼任淑涵，回应道：“不，抓捕犯人是我的工作。”

吴波给冯圣博倒上酒问：“那个犯人呢？”

冯圣博回答道：“被我打死了。”

三人都有些吃惊，吴波推了推眼镜说：“毕竟圣博是第一代，具备权限。”

冯圣博皱了皱眉头，完全不明白吴波话中的意思：“从刚才开始你们到底在说什么？”

吴波按着冯圣博的肩膀说：“没什么，喝点酒吧，它能帮助你放松。”

看大家都不想谈这个问题，冯圣博也不想扫大家的兴，便没有再多问。

大家一边谈论轻松的话题，一边吃了起来。不久用餐完毕，朱薇开始收拾桌子。

冯圣博上完厕所，正准备回餐桌时，突然又看到了玄关角落柜子上的洋娃娃。

返回餐桌前，冯圣博将手搭在椅背上问道：“吴波，我记得你孩子有一岁了，为什么不带下来让我和淑涵看看？”

听到这话，不只吴波和朱薇，任淑涵也愣住了，三人不约而同地看着冯圣博，眼中都满是吃惊。

一瞬间时间仿佛静止了。

冯圣博不明白自己是不是说错了什么话，直起身子，有些犹豫地问：“怎么了？”

时间这才仿佛开始流动，女仆继续收拾，吴波则回答道：“你最近是不是有些迷糊，我和我老婆什么时候有过孩子？”

冯圣博盯着吴波，神情再也轻松不起来：“你确定这不是某种恶劣的笑话？”

任淑涵拉着冯圣博的手说：“你到底怎么了？最近的你似乎有些怪异。”

冯圣博又看看朱薇，问：“你们在拿我寻开心吗？”

吴波和朱薇对视了一眼，摇摇头说：“当然没有，圣博，你一定是糊涂了，根本没有什么孩子，我和薇薇也根本没这个打算。”

冯圣博后退了一步：“就在半年前，你们的孩子刚刚出生时，我和吴波一起在医院，是我给你们孩子起的名字！”

朱薇叫道：“天哪，你到底在说什么？”

“我在说你们的孩子，吴昊阳！”

朱薇摇着头，捂着胸口说：“你真的吓到我们了。”

吴波起身拍了拍朱薇的后背，看着冯圣博说：“不要这样，你明白的，我们没法拥有孩子，这会刺激到薇薇。”

听到吴波这句话，冯圣博看向有些痛苦、喘着粗气的朱薇，觉得自己是不是说错话了，但记忆中的事实很清晰，绝不是自己想象出来的。

朱薇捂着胸口，似乎越发难受。

冯圣博摇着头说：“不对，不对，那个孩子叫吴昊阳，是我起的名字！他就在楼上，我还曾送过玩具给他！”说完，越来越激动的冯圣博快步离开餐厅，跑上二层，一把推开记忆中的婴儿房。

里面空无一物！震惊的冯圣博呆站在原地，任淑涵也跑了上来，拉着冯圣博的手说：“你怎么了？你到底怎么了？这儿根本没有什么婴儿。”

五

梦……

“不，不能，你不能这么做！”任梦雪抱着杰克，用身体护住它。

冯圣博用枪指着任梦雪，慢慢走上前：“快放开它！如果它咬伤你，你也会立即死去！”

“不，它不会咬伤我！”

冯圣博再上前两步，继续威胁道：“放开它！”

任梦雪完全没有要屈服的意思，回应道：“你绝不能这么做！”

冯圣博想要劝服任梦雪，蹲下来说：“我必须这么做，不能再有人死了！”

“他们要来杀我们！是杰克救了我们！”

杰克似乎也察觉出冯圣博的恶意，冲他龇着牙，发出阵阵低吼。

冯圣博不敢去抢，只扶着任梦雪的肩膀说：“你抱着它，我只需要顶着它的身体轻轻扣动扳机，它不会痛苦的。”

任梦雪看着冯圣博，眼里充满了失望，使劲挥了一下胳膊。任梦雪力量大得出奇，冯圣博一个没站稳，竟被这一下甩得坐倒在地。

看到冯圣博吃惊地看着自己，任梦雪更惊慌了，赶紧起身说：“如果你执意要杀死它，那我们只能在这里分开了。”说完抱着杰克跑出了仓库。

“不要出去，那些士兵还在外面！”冯圣博赶紧起身追了出来，可他向四周望去，竟失去了任梦雪的踪影。

这时，一道光照向冯圣博，是步枪上的战术手电。接着就听一个声音道：“你是什么人？举起双手！”

是那些士兵的同伴。

冯圣博赶紧朝灯光的方向随便开了两枪，便朝仓库的后方跑去。身后枪声响起，冯圣博不敢回头，全力奔逃。跑了一段时间，他闪身躲在一栋房子后面，喘着粗气，那些黑衣士兵穿着防化服，应该很难追上自己。

不远处有一辆汽车，冯圣博端着枪，慢慢走过去。他用枪指着一个抖动的身影道：“谁？”

“不要开枪！”是任梦雪，她怀里依旧抱着杰克。

冯圣博拉开车门，用枪指着任梦雪说：“去副驾驶，我来开！”

情况紧急，冯圣博没再和任梦雪争执，他发现钥匙插在上面，便赶紧发动汽车。看了一眼指示牌，冯圣博发现这条路正是往南出镇子的路，和自己要去找的岳父岳母家是同一个方向。

就在他有些庆幸时，身后突然射来一道亮光。

“冯圣博，他们追来了！”任梦雪着急地道。

已经杀了一名士兵，冯圣博自然不会乖乖停车，赶紧将油门踩到底，希望加速甩掉后面的军用悍马汽车。

这时一个人在悍马车顶用喇叭大声道：“前面的车，再不停下，我们就要开枪了！”

冯圣博紧踩油门不敢降速，很快便驶出了县城，开上一条国道。不久，身后的车没了踪影，冯圣博不断瞅着后视镜，但确实看不到车灯的光亮了，不由嘀咕道：“怎么回事，不打算再追我们了吗？”

任梦雪紧张地看着后面，不断搜寻追兵的踪影。又过了一会儿，汽车突然开始降速，任梦雪赶紧问冯圣博：“怎么了？”

冯圣博指了指前方，任梦雪发现一辆装甲车将道路挡住了，有持枪的士兵守在周围。

一个士兵用探照灯对准冯圣博的车辆，冯圣博不由得抬手挡住强光。一个士兵举起手，示意冯圣博他们停车。

任梦雪抱着杰克问：“我们该怎么办？”

冯圣博拉起手刹，将手枪从怀里抽出来放在一旁，说：“或许我们该下车，跟他们谈谈。”

任梦雪声音有些颤抖地问：“你确定吗？”

冯圣博瞥了眼任梦雪，摇摇头：“我不确定，但走到现在这一步，我们只能赌赌了。”

任梦雪有些无奈地苦笑道：“躲得过病毒，却躲不过人类吗？”

冯圣博道：“把狗放地上，举起双手，那样会降低他们开枪的概率。”

任梦雪点点头，随即和冯圣博一同下车，将杰克放在了地上，举起双手。

杰克没有跑开，一边摇尾巴，一边在任梦雪身边打转。

冯圣博举起双手，大喊道：“我们不是感染者，我们是正常人！”

一名士兵喊话道：“你们有武器吗？”

冯圣博回应道：“我放在车里了！”

“好，你们向前来，不要在车辆旁边！”

冯圣博和任梦雪对视了一眼，不安地迈步向前。

接着几名士兵走过来，用手电筒照了照冯圣博的瞳孔以及任梦雪的瞳孔。

这些士兵的穿着和之前的不一样，他们看起来像正规军。

其中一人说：“看样子他们真的没感染病毒。”

另一个人则说：“还不能确定，这种病毒或许有潜伏期。”

“他们是从北而来的头一辆车，其他人都没坚持到这里，或许他们真的没有身染病毒。”

“我们还不能确定！”

“那我们该拿他们怎么办？要放行吗？”

“不，我们应该先扣留他们一段时间。现在南边的疫情还不严重，我们应该观察他们一阵，否则人类灭绝，我们就要记头一功了。”

这时一名士兵问冯圣博：“北边的情况怎么样了？”

冯圣博摇摇头：“不好，非常不好。”

看冯圣博的神情，士兵们面面相觑，又有一个人问道：“你们从哪儿来？”

冯圣博回答道：“燕津市，在从那往南的途中，我失去了所有家人。”

“那她是谁？”一名士兵用枪指了指任梦雪。

“我们都是幸存者，只是偶然遇到的。”

一名士兵怀疑地问道：“那你们都近距离接触过感染者？”

听到这话，所有士兵都紧张起来，枪口越抬越高，直指任梦雪和冯圣博。

这时一个戴防毒口罩的人走过来，看肩章是个军官。他压低一名士兵的枪口，说：“都冷静点，放下枪。”

看着士兵们渐渐放低手中的步枪，冯圣博总算长出一口气。

这名军官问道：“你们真的没有感觉任何不舒服？”

冯圣博回答道：“是的，当时我抱着妻子和孩子很久，但到现在也没有发病。”

“你之前没有戴防毒面具一类的东西吗？”

“完全没有。”

“你们最早接触感染者是什么时候？”

“我不知道，但我妻子就是昨天早上去世的。”

军官的眼神突然变了，变得似乎寻获了至宝一般，有些不敢置信地说：“据我所知，这种病毒可以通过空气传播，发病周期也非常短。你们近距离接触过感染者，却直到现在也没有发病，你们的血液里一定有什么特殊成分可以对抗这种病毒。”

听军官这么说，士兵们都愣住了。过了一会儿，大家才反应过来，紧张感被瞬间化解了，其中有人拍了拍冯圣博的肩膀，乐了出来。

军官问道：“我想把你们送去南边的基地，相信你们没有意见吧？”

冯圣博有些犹豫：“可我还想去找我的岳父岳母。”

“他们在哪儿？”

“就离这里不远了，一处乡下县城。”

军官想了想，安抚道：“没关系，只要你愿意跟我们来，到时我会派人去看看，只要他们没感染，就可以把他们接去基地，和你团聚。”

冯圣博继续问道：“我还想联系我的父母，你这里有通信装置可以联络到他们吗？”

“他们在哪儿？”

“西安。”

军官犹豫了一下，拍了拍冯圣博的肩膀说：“你要做好心理准备，西安可是重灾区。据我所知，那里现在已经完全封闭了，所有通信也都中断了。”

冯圣博十分惊讶，停下脚步问道：“什么？也像燕津市一样被封锁了吗？”

军官解释道：“是的，但政府已经派出特工进入那一地带搜寻幸存者了，如果你的父母活着，就算躲在家里也能被找到。”

冯圣博呆呆站在原地，心里一阵悲苦。

军官继续道：“现在这个情况你要懂，不是每个人都能像你一样幸运的。”

任梦雪拉了拉冯圣博的衣袖说：“他们一定会没事的，一定会。”

军官问任梦雪：“你呢？你的家人在哪儿？”

任梦雪摇摇头：“他们全死了。”

“抱歉，这场灾难来得太突然了，没有人能做好准备应对这一切。”军官指了指自己，“对了，我叫杨长军，隶属于人民解放军，官衔上尉。”

“冯圣博。”

“任梦雪。”

杨长军指了指一旁的吉普车，说：“我们现在就乘车前往基地，有什么事上了车再说吧。”

正当三人要上车时，远处出现了探照灯的光芒。杨长军看去，只见装甲车及吉普车组成的车队，正朝自己的哨岗而来。

冯圣博和任梦雪对视了一眼，急忙问杨长军：“这些人和你们是一起的吗？”

杨长军摇摇头：“我们没有和任何北边的战友取得联系。”

冯圣博赶紧解释道："我也不知道他们是哪里来的，但他们刚才摧毁了北面那个县城，杀死了还没有被感染的人，他们很危险！"

听了这话，杨长军半信半疑地问："看装备，他们似乎有制式武器，或许也是正规军，怎么会这么干？"

任梦雪急忙道："是我们亲眼看到的！他们还想杀了我们，我们好不容易才逃出来！"

这时任梦雪脚边的杰克也开始叫唤起来。

杨长军看了看冯圣博和任梦雪焦急的神情，知道事情并不简单，赶紧跑回去招呼哨岗的士兵："戒备！戒备！"

士兵们找好掩体，端起枪严阵以待，杨长军则拿起喇叭，冲着车队大声喊道："前面的车队，停下！如果你们再前进五十米，我保证我的人一定会开火。"说完他也拔出了腰间的手枪，躲在吉普后面，盯着缓缓驶来的车队。但是对方无动于衷，杨长军又一次喊道："见鬼，最后一次警告！停下来，报上你们部队的编号，否则我的人一定会开枪的。"

杨长军有些紧张，虽然自己也有一辆装甲车，但在人数上，对方要远多于自己，打起来绝对占不到便宜。

就在这时，车队突然停了下来，身穿黑色防化服的士兵们也停下了脚步。装甲车尾部的车门打开，下来不少士兵，迅速展开阵型，端起枪瞄准哨岗这边。

感觉情况不妙，杨长军看了一眼冯圣博和任梦雪说："如果有危险，你们就乘上吉普车赶紧离开，车上的卫星导航会显示基地的所在。"

此时车队那边一个声音通过喇叭大声喊道："北方司令部已经瘫

瘊，你们受谁的命令驻守在这里？”

杨长军拿着喇叭回答道：“董世国将军。”

“董将军还活着？”

“是的，你呢？你是谁？告诉我你的军衔和所属。”

“我是高盛杰中校，隶属于陆军第107战斗营。”

杨长军不敢松懈，继续问道：“高盛杰中校，你带领你的人马在执行什么任务？”

“肃清这周边的感染地带。”

“肃清？谁的命令？”

“我的命令，我要控制感染源，拯救仅存的中国人。”

“那你现在是想通过这里，朝南边去？”

“不，我想要你们哨岗里的两个人，两个疑似感染者。”

杨长军瞥了一眼哨岗前面那辆冯圣博和任梦雪开来的车，知道说没见到无用，便对着喇叭说：“你凭什么确定他们是感染者？”

“我不确定，我说了，他们是疑似感染者。”

“那你让我把他们交出来是为了什么？”

“我要肃清所有可能的感染源。”

“也就是说你要杀死他们？”

“军士，你在消磨我的耐心吗？”

“当然不是，我只是想弄明白一些事情。”

“好吧，情况是这样的，我手下的一名士兵受到了他们的感染，已经身亡了，所以我就是要杀死他们，你满意了吗？军士。”

高盛杰中校冰冷的语气中带着胁迫，杨长军目光中带着怀疑看向冯圣博和任梦雪，问道：“他说的是真的吗？”

冯圣博看向任梦雪脚边的杰克说："那名士兵是被它咬伤的。"

杨长军有些吃惊："你是说宠物也可以携带这种病毒？"

冯圣博点点头。

杨长军不敢置信地道："那你们还带着这只狗？"

任梦雪抱起杰克，辩解道："是它救了我们。"

杨长军看着任梦雪说："小心点，别被它咬伤了，就算是你们也未必能抵抗病毒直接进入血液。"

任梦雪点点头。

杨长军明白，自己没空去跟任梦雪争辩狗的问题，但此时让冯圣博和任梦雪开车走，高盛杰中校一定会马上下令开火，突破自己的岗哨。想了想，他继续用喇叭拖延道："可我并不认为他们是感染者，他们曾经近距离接触过那些因病毒而死亡的人，他们身体内一定有什么特殊的抗体可以抵御这类病毒。我要把他们带去基地，他们没准是拯救人类的希望。"

高盛杰中校冷笑一声："哼，我不认为他们值得你冒险，仅存的我们已经承受不了任何风险了。如果他们体内有残留病毒，那你将他们带回基地，恐怕会让整支部队覆灭，汉默将军也无法幸免于难。"

"但你也无法确定他们是否感染。我觉得我们应该赌一把，难道未来我们要永远戴着口罩活下去吗？"

"我不能让你拿我的同胞冒险。"

"难道感染者就不再是我们的同胞了吗？他们也是中国人！"

"是的，他们是炸药，随时可能引爆并害死他们周边的每个人。"

"那如果我执意不把人交出来呢？你要让部队向你的同胞射击

吗？我敢保证，这里的士兵都没有受到感染。”

“庇护人肉炸弹的士兵？那我只能把他们当叛国者来对待了。”高盛杰中校顿了顿，“咨询是不是该到此结束了？把那两个人交出来吧！”

杨长军知道交火恐怕很难避免了，立即将一把手枪交给冯圣博，说：“我会命令手下人先开枪，只要枪声一响，你们立即乘上吉普车离开这里！”

冯圣博接过手枪和任梦雪相互看看，点点头。

杨长军拔出对讲机，小声道：“等我的枪声，随意开火。”士兵们从对讲机里听到杨长军的命令，都拨开枪械的保险，严阵以待。杨长军用枪对准一名身穿防化服的士兵，扣动了扳机，“砰！”随着一声枪响，瞬间枪声四起，枪口喷出的火光四溅，两方展开了激烈交火。

冯圣博和任梦雪赶紧钻进吉普，冯圣博迅速发动引擎，不管身后的枪声如何，径直沿着公路离开了。任梦雪抱着杰克不时地回头。不一会儿，更为响亮的声音传来，“轰！”哨岗的方向燃起了火光。任梦雪捂住嘴，声音颤抖地问道：“你觉得杨上尉能活下来吗？”

冯圣博没有回头去看，甚至没有去看反光镜，只是紧踩油门，一边回答道：“我不知道，但我们活下来了，所以我们得继续向南。”

“我们去他所说的基地吗？”

冯圣博点了点车上的GPS，看到了基地所在的位置，他摇摇头：“不，我还是想先去找我的岳父岳母。”

“可如果高盛杰中校的人继续追来，我们该怎么办？”

“正因为他的人有可能会继续向南，到达我岳父岳母所在的县城，所以我们必须更早一步到那里。”

任梦雪有些不安，抱着杰克没再吭声。

车沿着公路又开了几个小时，天色微亮，泛着蓝光。看到不远处牌子上的标识，冯圣博将车从国道上拐了出去，顺着小路继续前行。不久，前方出现了一座县城，冯圣博突然将车停了下来。

任梦雪有些不解地看向冯圣博，问：“为什么不进去？”

冯圣博说：“我希望你现在把狗放了，我不能让它接近城镇。如果有其他幸存者，他们很可能会被它感染，对于那些没有抗体、没有防毒口罩的人来说，它实在太危险了。”

任梦雪明白冯圣博说得对，摸了摸杰克的头，依旧有些不舍。

冯圣博双手搭在方向盘上，说：“我想它独自也能活下去。”

任梦雪依旧抱着杰克，久久不愿意松手。

冯圣博按下按钮，打开了任梦雪那边的玻璃窗，说：“我们没有选择。”

任梦雪没有从车窗将杰克放出去，而是推开了车门，将杰克放在地上。杰克看着任梦雪，摇着尾巴不愿离去。

冯圣博催促道：“上车吧，不要再耽误了。”任梦雪低头上了车，关上车门。冯圣博踩下油门，车缓缓开动，杰克就跟在车后面不断地跑，直到车越来越快，再难跟上，才慢慢停下了脚步，目送着冯圣博他们的车远去。

车里任梦雪手扶额头说：“希望你的决定是正确的，希望县城里还有幸存者……”

冯圣博小声嘀咕道：“会有的，一定会有的。”

当冯圣博和任梦雪来到县城入口时，就见道路被许多垃圾和车辆封住了，不得已两人只能停车徒步进入县城。天光越来越亮，但周围依旧寂静无声，冯圣博心中不免打鼓，难道这里也没有幸存者了吗？

突然，两人看见不远处一股黑烟正朝天空不断上升，急忙加快脚步。走过一条街道，只见一个十字路口的正中心，一根木桩上一具被烧得焦黑的尸体正在冒烟。

任梦雪捂着嘴，不忍再看，冯圣博赶忙观察四周，没有人，没有声音，寂静得可怕。

他内心越发不安，越发害怕，忙带着任梦雪凭记忆拐了几个弯，终于找到了岳父岳母家的两层矮楼。

“就是这里？”任梦雪看着眼前的房子问道。冯圣博点点头，走上前轻轻叩响房门，半天没人应门。任梦雪又按了按旁边的门铃，门铃没响，这个屋子应该是断电了。冯圣博忙伸手去拧门把手，门并没有锁，他轻轻推开，缓步走了进去。

屋里有些暗，但借着晨光，勉强能看清。任梦雪跟在冯圣博身后也走了进来。冯圣博环顾一周，桌上放了杯水，他走过去，拿起杯子闻了闻，没有腐败的味道，又举起杯子看了看，杯底也没有沉淀物，看样子水还很新，岳父岳母还有活着的希望。

冯圣博高声喊道：“爸！妈！”没人应声。他向房间深处又走了几步，继续喊道：“我是冯圣博，你们在吗？”可依旧没人答应。冯圣博有些心慌，“噔噔噔”跑上二层，推开一个房间的门，里面空无一人，但床铺铺得很整齐，窗帘也是打开的，一切看起来井然有序。

任梦雪依旧站在一层，紧张地望着四周。突然，一个老迈而冰冷的声音从背后传来：“你是谁？你怎么会在我的房子里？”

任梦雪回过身，只见一个五六十岁、有些秃顶、身着一件黄色条纹衬衫的老者，正举着一把菜刀。任梦雪赶紧举起双手说：“我是冯圣博的朋友！”

老者厉声问道：“冯圣博？我女婿冯圣博？！”

“是的，他现在就在楼上。”

“淑涵呢，淑涵在哪儿？我女儿在哪儿？”老者说着越来越近，任梦雪一时间没反应过来淑涵是谁，摇了摇头：“我……我不知道。”

老者打量了一通任梦雪：“你到底是谁？你为什么会和冯圣博在一起？我女儿呢？！”

“冷静点，爸。”一个声音从楼梯那边传来，冯圣博走了下来。

这老者正是冯圣博的岳父，叫任淮宗。他质问道：“我女儿还有我孙子在哪儿？”

冯圣博摇着头，半天不能言语。

看到冯圣博的样子，任淮宗震惊之余，过去一把拽住冯圣博的脖领子：“你答应过我什么？你答应过我什么？！”

冯圣博低着头，不作回应。

“你答应过我要把他们母子平安带回来！你答应过！”

“淮宗，不要这样。”这时，一名老妇人出现在不远处，她扶着墙壁，对任淮宗道，“你不该怪他，淑涵也是他妻子，相信他比我们还要痛苦。”

任淮宗看了一眼老妇人，又看向冯圣博，只见泪水从冯圣博的眼中不断滑落，他摇摇头，双眼也红了，松开了拽着冯圣博领子的手。他后退几步，将刀放下，然后一屁股坐在椅子上，手扶着额头，神情痛苦至极。

冯圣博呆站在原地，一声不吭。

老妇人慢慢走过来问：“他们母子走得痛苦吗？”

冯圣博摇摇头，答道：“病毒发作得很快。”

老妇人正是任淑涵的母亲尹谭溪。她点点头，似乎也不知道该说些什么。看她好像十分疲惫，走路都有些不稳，冯圣博害怕她因为受打击太大而晕倒，忙上前想去搀扶，但她摆了摆手拒绝了：“没事，没事。”

尹谭溪独自走到桌前，拿起杯子喝了一大口水，看向冯圣博：“谢谢你能来告诉我们这个消息。”

冯圣博低着头回应道：“有什么需要我做的，尽管开口。”

这时，任淮宗抬起头看向任梦雪，冲冯圣博冷冷地问：“她是谁？”

冯圣博解释道：“她跟我一样是从燕津市逃出来的幸存者，我们在高速公路上碰见的，当时我在找一辆可以用的汽车，正好她就在车里。”

任淮宗继续不依不饶地问：“淑涵和笑笑的身体呢？”

冯圣博一时间无法开口。

“你这个懦夫！你抛下了他们母子俩！！”说着任淮宗又要起身去拽冯圣博的领子。尹谭溪赶紧拽住任淮宗，安抚道：“不要这样，不要这样，圣博目睹了那一切，还能把消息带过来，我们不应该再责骂他了。”

冯圣博站在原地，看着地面：“抱歉，我没能把她带来这里，是我的错。”

尹谭溪赶紧安慰道：“不，你已经承受得够多了，没必要自责。”

任淮宗依旧不依不饶，攥着拳头，恶狠狠地盯着冯圣博。

冯圣博知道任淮宗的气一时半会儿消不掉，只能暂时先出去。他站在外面，呼出一口气，呆呆地看着天空。

任梦雪也走出来，问道：“我们该怎么办？”

冯圣博瞥了一眼任梦雪，从兜里掏出烟抽了一根，一边回答道：“我要带他们离开这里，我们必须得继续往南或者前往杨长军说的基地，防止那伙疯狂的部队追过来。”

任梦雪说：“我恐怕你岳父不会听你的话一起离开。”

“他一直不太喜欢我，他觉得我没法给他女儿一个安定的家。”

“你是做什么工作的？”

冯圣博露出淡淡的笑意，回答道：“警察，凶杀组的。”

“有那么点感觉。”

“怎么，看起来凶神恶煞的？”

“不，只是你会更平淡地面对这一切。”

“或许吧。”这时冯圣博想起刚才十字路口那具烧焦的尸体，对任梦雪说，“你在这里待着，我去看看刚才那具尸体。”

“我也跟你一起去。”

“不用，你不会想闻那种气味的，就在这里待着吧。等我岳父冷静下来，岳母就会出来招呼你。”说着冯圣博朝着冒烟的地方走去。

清晨的气温很低，冯圣博缩了缩脖子，将领子立起来。他边走边看周围的房子，窗户都紧闭着，但窗帘后似乎有影子在动，这里肯定还有幸存者，病毒在这个县城似乎还没有大暴发的趋势。

走回之前的十字路口，踢开脚下燃尽的碎木头和一些渣滓，冯圣博走近仔细检查了一下那尸体全身，并没有什么外伤的痕迹，双目及鼻孔的位置也没有血痕，从身躯的性特征来看，是名女性……也就是说她是被绑在这十字架上活生生烧死的，死前一定极为痛苦。看她脖子上有一条项链，冯圣博轻轻捧起底部吊坠打开，里面的照片已经烧得焦黑，推测应该是她的情人。她为什么会被烧死？因为身染病毒？难道是病毒让这里的人变得疯狂了吗？

这时脚步声传来，冯圣博转头看去，只见一个蓬头垢面、戴着口罩的中年妇女拿着一把菜刀，指着自己大声道："你是谁？你是外来者对不对？！"

冯圣博忙道："我从燕津市来，是来找……"

还没等冯圣博说完，中年妇女的声音更大了："他说他来自燕津市！他是感染者！！"

冯圣博赶紧解释道："不，我没有感染病毒。"

中年妇女继续大声道："我们必须处理掉这个感染者！我们必须处理掉他！！"

随着她的叫喊，冯圣博瞥见更多戴着口罩的人从周围的屋子里走出来，慢慢围向自己。他后退了一步，几乎靠在烧焦的女尸身上，可是被包围在这个十字路口的中心，根本无处可逃。

六

现实……

"为什么？"看到房间里空无一物，冯圣博后退一步，捂着自己的头，看向妻子任淑涵，"我明明记得，我明明记得，这是吴昊阳的房间！这是他们孩子的房间！”

任淑涵拉着冯圣博的胳膊说：“你真的累坏了，冯圣博，你该回家休息。我们走吧，不要再这样了，你这样会伤害吴波和朱薇的。”

冯圣博挣开任淑涵，刚想下楼去质问，吴波已经走了上来。他拿下眼镜擦了擦，又戴上，神情有些悲伤地看着冯圣博说：“我不知道你怎么了，但我们都明白，我们是无法拥有孩子的，我们不该，更不能去拥有孩子。”

冯圣博一脸狐疑，问道：“见鬼，你到底在说什么？你们有一个孩子，叫威廉！你们把他怎么了？我要知道威廉的下落！”

吴波突然吼起来：“够了！冯圣博，我想你该离开了。”

作为警察，冯圣博的个性也十分强硬，摇着头说：“吴波，今天你如果不给我一个合理的解释，我绝不会离开。别忘了，我可是警察，我想你明白这意味着什么。”

吴波的眼中充满了不解，指着自己的脑袋问道：“你到底怎么了？你这里出什么问题了吗？你是不是对这所有一切过于投入了？你要明白，我们只是在体验那些经历，并不真是这些人，你投入得有些过头了。”

冯圣博盯着吴波，完全不能理解对方的意思：“什么？到底什么意思？”

吴波继续道：“我知道你知道，只是不想去面对，但事实如此，我们改变不了什么。”

冯圣博不解地看向任淑涵，她的表情有些黯淡，似乎很认同吴波的话。他问：“你明白他在说什么吗？”

任淑涵拉着冯圣博的手说：“听吴波的，我们走吧。”

冯圣博还没回答，吴波冷冷地说："听淑涵的吧，回去好好休息，不要再去想那些不可能的事情。"

听了这话，冯圣博盯着任淑涵问道："为什么？为什么拥有孩子是不可能的事？"

任淑涵的眼中噙着泪水，略带哽咽地反问道："难道你真的忘了吗？"

"我到底该记得什么？"冯圣博怎么也想不明白任淑涵和吴波话中的意思，不由喊道，"我到底忘记了什么？！"

听冯圣博这么说，吴波冲任淑涵缓缓道："我觉得你应该带他去医院，我想他需要医生的帮助。"

任淑涵赶忙摇头，护着冯圣博说："不，我绝不会让他去医院，你知道，如果他去了那里，他可能要面对怎样的命运。"

吴波低下头，问道："他这样有多久了？"

任淑涵摇着头："圣博什么事也没有，他很正常！"

冯圣博一把将任淑涵拉到一旁，指着吴波说："你什么意思？你想说我脑袋出了毛病？"

吴波点点头："我们是多年的老朋友了，我邀请你来做客，你却在我家里表现成这样，我不得不怀疑一些事情。"

这时朱薇也走上楼，听到吴波冰冷的言语，忙安慰道："不要这样，圣博也一定不想这样，他只是有些混乱。"

吴波将眼镜拿下来，用布擦了擦，抬起头看着冯圣博。

见吴波就那样看着自己，也没有眯眼，冯圣博突然觉得有些不对劲，问道："我记得你的近视有六百多度，以现在这个距离来说，你该看不清我才对。"

听了这句话，任淑涵、朱薇也都震惊地看着冯圣博，吴波淡淡地说："淑涵，我想你得明白，圣博已经到极限了，我们必须通知医院的人。"

"不，不，吴波，不要这么做，你不能这么做。"

"根据创世纪计划后的'新约法案条例'第三百一十一条，我觉得我有义务这么做，否则以圣博现在的状态，他会给周围的人带来很多困扰。"

听了吴波的话，任淑涵颤抖着拉住冯圣博说："我们回家，我们赶紧回家吧！"

冯圣博恶狠狠地盯着吴波，虽然不知道对方到底什么意思，但那些话听起来明显不是什么好话。他质问道："什么是创世纪计划？你想干吗？吴波，你害怕了吗？你害怕我会去查你孩子的下落？你到底把他怎么了？我只是想要一个答案，我不会逮捕你，也不会立案调查。"

吴波忽地笑出了声："哼。"接着便从怀里掏出手机。

任淑涵一边扑上去想阻止吴波拨通号码，一边对一旁的朱薇恳求道："求求你，不要让吴波打电话给医院。"

冯圣博不解地看着任淑涵，不过是打电话给医院而已，自己不去，难道对方还能强迫自己住院不成？但任淑涵那么紧张，其中一定有什么蹊跷。

任淑涵几乎要哭了："吴波，我们马上就离开，请你不要这么做。"

或许是任淑涵的恳求起了作用，吴波慢慢放下电话，对任淑涵说："我觉得你最近应该看着他点儿，试着让他回忆起一些事情，否则他一定会闯祸。”

任淑涵赶紧回答道：“我会的。”说着就去拉冯圣博。冯圣博却不想这样算了，指着吴波说：“我一定会查出来的，吴昊阳绝不可能那样凭空消失！”

吴波突然道：“难道你忘了吗？那些记忆根本不属于你。”

听了这话，冯圣博更加不解，更加着急，气急败坏地来到吴波跟前，拽着对方的领子问道：“什么叫我的记忆根本不属于我？如果你不说清楚，我绝不离开！”

吴波一把便将冯圣博推开了，力道大得让人不可思议。冯圣博被推得后退了好几步，几乎摔倒，好在扶住了一旁的柜子。

吴波将手中的眼镜放进上衣兜里，对冯圣博说：“看起来你真的已经糊涂了，分不清楚现实和梦境。”

冯圣博皱皱眉头，刚想继续上前，却被任淑涵一把拽住。冯圣博想挣脱，却发现任淑涵的力道也大得不可思议，自己竟怎么也挣不开对方的手。

任淑涵摇着头说：“圣博你不要再闹下去了，我们走吧！”

冯圣博依旧想挣脱，可任淑涵的手紧紧搂着他的胳膊，让他无法动弹分毫。冯圣博有些吃惊地看着任淑涵说：“不要阻止我，我今天一定要问清楚这一切到底是怎么回事！”

这时吴波已经拨通了电话：“喂，是市医院吗？我这里有一个病人，我需要你们立即派人来将他接走。”

其余三人都看向吴波。吴波听着话筒那边的声音，顿了顿继续道：“他出现了意识和记忆的混乱。”

任淑涵松开冯圣博，盯着吴波的眼睛里充满了震惊。吴波抬眼看了一下冯圣博，点点头说："他叫冯圣博，是一名警察。"

任淑涵扑过去质问道："不！不！吴波，你干了什么？"

朱薇却拦住了任淑涵，说："让冯圣博接受检查吧，这也是为了他好。"

任淑涵突然哭了，双腿瘫软，拽着朱薇的衣服慢慢坐倒在地，不断地说："求求你们，不要这样。"

看到妻子突然这样，冯圣博心中充满了不解和震惊，吴波口中所谓的医院，意识与记忆混乱，这一切都是怎么回事？还有任淑涵这突然的崩溃，一种极为不好的预感在冯圣博心中生根发芽。他一时间想不明白，便走上前拉起任淑涵说："不要这样，我听你的，我们现在就离开。"任淑涵虽然被冯圣博拉了起来，但她的神情明显是在告诉冯圣博，情况已经不是两人离开就能简单解决的了。

冯圣博看向已经挂断电话的吴波，问道："医院？为什么你要打电话给医院？你真以为医院的人能强行让我住院吗？"

还没等吴波回答，任淑涵将头埋在冯圣博胸前，哭着捶打道："不要再说了，不要再说了。"

面对崩溃的妻子，冯圣博轻轻将她搂住："好，我们走，我们走。"

吴波面无表情地看着冯圣博，注视着他和任淑涵一步步走下楼。

朱薇问："圣博到底怎么了？他为什么这样？"

吴波的神情看起来很严肃，他回答道："很正常，不是每个人都能熬过这漫长的岁月与那些难以愈合的创伤，他的精神已经撑到极限了，他把这一切当成现实就是最好的证据。"

"可他是我们的朋友，我们真的要把他送去医院吗？"

“还能怎么样呢？我已经打了电话，相信就算冯圣博离开，他们也会很快找到他。”

朱薇双手交叉抱在胸前，显得有些不安：“希望你是对的。”

“没事的，一切还会照旧，就算这个圣博不在了，下一个圣博也会很快到来。”

“但这个圣博才是我们的朋友，不是吗？”

吴波走到窗边，在暮色下看着冯圣博和任淑涵上了汽车，淡淡地说：“只有我们知道，圣博自己是不会有感觉的。”

汽车里。

冯圣博握着方向盘，任淑涵的头靠在玻璃窗上，两人都没有说话。不明白的事情太多，冯圣博甚至不知道自己该从哪儿问起。汽车继续前行，车灯照耀着漆黑的街道，冯圣博最终还是忍不住问道：“你能告诉我这是怎么回事吗？最近出现了太多我无法理解的情况。”

任淑涵没有回应。

冯圣博继续问道：“不想回答我吗？”

等了一分钟，任淑涵还是一言不发，冯圣博知道自己让任淑涵失望了，便说：“抱歉，我不想让你难堪，那我们现在回家吗？”

任淑涵终于开口了，带着哭腔：“当然，因为你是逃不掉的。”

冯圣博十分不解：“逃？为什么我该逃？”

“你真的不知道吗？”

面对任淑涵不清不楚的质问，冯圣博也有些怒气：“我到底该知道些什么？”

突然，任淑涵似乎不再生气，更没有任何责备的意思，她用双手轻抚冯圣博的脸：“我爱你，无论发生了什么，我都爱你。”

面对任淑涵这如同告别般的话，冯圣博瞥了她一眼，只见她正微笑着流眼泪，一脸不舍地看着自己。他当即将汽车停靠在路边，盯着任淑涵问：“我想知道这一切到底怎么了，你知道的，对不对？你明白这个世界到底发生了什么，对不对？告诉我，解释给我听，我会懂的。”

任淑涵依旧泪流不止，一直抚摸着冯圣博的脸说：“来不及了，他们已经来了。”

几辆汽车突然围住了冯圣博的汽车，车灯强烈的光芒让冯圣博难以睁开眼，他用手遮挡着推门下了车。

包围上来的汽车里下来数名白衣人。冯圣博一手搭在后腰的手枪上，一手遮挡刺眼的光芒，问：“你们是医院的人？”

其中一人说：“先生，我们希望你能跟我们走。”

“我是本地警局的冯圣博，相信你们明白，除了警察外没人拥有逮捕权，如果你们想硬来，我也只能奉陪。”冯圣博从兜里掏出警徽，高举着说，说着他将手枪抽出来，“我不是在吓唬你们。”可这些白衣人没有任何要退开的意思。冯圣博也明白自己最多只能吓唬吓唬对方，真要开枪，这事就闹大了。

正当冯圣博无计可施时，任淑涵从车上下来，对冯圣博说：“我会想尽一切办法救你出来，为了我，不要再干傻事了。”

冯圣博看向任淑涵，这时，冯圣博身后一人举起手中的电击枪，扣动扳机，直接击中冯圣博的后背。冯圣博一阵痉挛后，手中的枪掉落，倒在地上缩成了一团。任淑涵捂着嘴，眼睁睁地看着失去反抗能力的丈夫被这些人扛上汽车带走了。

冯圣博猛然睁开眼，看到白色的天花板和白炽灯时，明白自己大概在医院。从浑身的触感来看，身体应该是被坚硬的套锁固定在了床上。他没再挣扎，稍稍抬头向四周看了看，偌大的病房里，还有其他几个人，也像自己一样被固定在床板之上。

突然，一个人不断地挣扎起来，弄得床板以及套锁嘎吱嘎吱作响。冯圣博吃惊地看着他，因为他的力量大得超乎寻常，自己刚才尝试了一下挪动身体，几乎都做不到，这个人却能将整个床板弄得震动起来。

可经过几分钟的挣扎，这人最终无法挣脱套锁的束缚，慢慢安静下来。冯圣博有些失望，起码在刚才那一瞬间，还是期待这个家伙能挣脱开，就算不会救自己，也可以制造一些混乱，让自己摸清楚这个医院到底是怎么回事。

冯圣博看向旁边病床上的人，见对方睁着眼望向天花板，于是开口道："嘿。"旁边那人依旧直愣愣地看着天花板一动不动。可当冯圣博想要放弃时，他却转过头来看向冯圣博，那眼神十分空洞，看得冯圣博有些不寒而栗。

冯圣博犹豫了一下，还是问："嘿，你能解释一下我们被锁在这里的原因吗？"

那人慢慢道："每个被带来这里的人都不明白发生了什么，但他们很快就能用各种方法让你明白一切到底是怎么回事。"

"他们？你是指这间医院的工作人员吗？"

"医院？那些将你带来这里的家伙，是这么跟你说的吗？"

"是的。"

"在某种意义上，这里确实可以称为医院，却不是针对人类的医院。”

“不针对人类？”冯圣博不明白对方的意思。

“是，来到这里，是因为我们都得了一种病。”

“病？嗯，把我送进来的人也说我病了，到底怎么回事？”

“你感觉自己的身体很健康，你感觉自己没有任何问题。”

冯圣博不知道对方到底要说什么。

“你完全无法明白一切的问题到底出在哪儿，理由很简单，因为我们的脑子出了问题。”

冯圣博有些震惊地看着他：“你真这么认为吗？你觉得自己脑袋出了问题？”

那人突然沉默下来，过了一会儿开口道：“他们会用各种方法让你想起来，那些可怕并痛苦的事实。”

“想起来？”

“是的，那些记忆永远不会被抹去，只是沉入了最深处，当它们被唤醒时，你就会明白，我们到底生活在一个怎样可悲的世界里。”

“可悲的世界？”

“是的，如果你想起来了，或许待在这里也是一种解脱。”

“你到底在说些什么，我们到底忘记了什么？”冯圣博越发不解，刚想继续问时，对方已经将脸转向了天花板，双眼流出了泪水。

看到对方的样子，冯圣博很是震惊，接着他听到脚步声匆匆而来，很快，戴着口罩的护士和医生来到冯圣博床边。护士用手撑开冯圣博的眼球，用手电照了照，冲医生点点头说：“他的瞳孔并没有出现结晶化，应该是一代末期，或者二代三代。”

医生过来用戴着手套的手摆弄着冯圣博的头部，仔细端详了一下说：“没有外伤痕迹，基本可以排除因外伤而产生的记忆浑浊化或者记忆层断档。”

医生说完，冯圣博突然冷冷地开口道：“我是名警察，我劝你们最好放了我，否则出去之后，我一定会将你们这里查个底朝天。”

医生和护士看着冯圣博的目光十分冷漠，医生将双手插在白大褂的兜里，看向护士：“他已经产生了严重的自我认知障碍，明天带他去做精神测试，看看能否恢复。”

护士说：“看起来他的症状相当严重，我觉得精神测试的结果不乐观。”

“那也得按照程序来，明天带他去。”

“我懂了。”

两人说完，医生又看向冯圣博，说：“如果你想起什么，最好尽快告诉我们，否则过了明天，你的生活可能发生翻天覆地的改变。”

“你到底是什么意思？我到底该想起什么？”冯圣博有些愤怒地问道。

医生推了推自己的眼镜说：“你该想起的事情有很多，比如自己是谁，又为了什么才来到这个世界上，这个世界又是怎么回事。如果你彻底忘记了，你就不能回到以前的生活了，因为那会给这个世界带来不稳定的因素。”

“我是冯圣博，是个警察！我没有忘记我是谁！”

医生摇摇头，看着他说：“但是，你并不是真正的冯圣博。”

“什么？你到底在说什么鬼话？”

医生笑笑，说：“哼，看样子，这样也无法唤醒你的记忆。”

一旁的护士冷冷道：“我说了，我觉得他的精神测试结果不会乐观。”

医生点点头：“看看吧，这里的病人已经够多了，再增加下去，预算就不够用了。不能扩建的话，我们只能慢慢处理掉那些治不好的。”

医生和护士的话让冯圣博十分心惊，不由得想要挣扎，他大声问：“处理？你们想干什么！？你们到底想干什么？”

医生和护士不再理会冯圣博的质问和怒吼，离开他的病床，去查看别的病人了。

这时一旁病床上的人转过头来说：“放心吧，他们暂时不会把你怎么样，一切都要看你的恢复情况。”

“告诉我，我到底怎么了？我到底忘记了什么？”

“我不能告诉你，这会影响你明天的测试。”

“天哪，快告诉我！！”冯圣博不由得又一次怒吼出声。

“冷静点吧，愤怒没有任何益处。”隔壁病床的人说完就将头转去了另一边。

冯圣博躺在病床上，看着天花板上的白炽灯，越发恐惧，越发不安。

不知过去了多久，疲惫的冯圣博睡去了，半梦半醒之间，只听到一个声音呼唤自己：“冯圣博，冯圣博。”他睁开眼，看到又是一名护士。这护士依旧戴着口罩，但和刚才那个护士并不是同一人，这双眼睛，冯圣博有些熟悉。

冯圣博盯着对方，犹豫了一下，问：“任梦雪？你是任梦雪吗？”

护士点点头。

冯圣博的眼中充满了震惊，不敢置信地道：“那不是梦，你是真实的……”

“当然，我并不是梦，你现在身处的世界才是一个梦。”说着护士将口罩拉下来一点。

冯圣博十分激动地问：“为什么？为什么？告诉我这一切到底是怎么回事？”

任梦雪看了一眼四周，将口罩重新戴好，冲冯圣博比出“嘘”的手势，轻声道：“我是混进来的，所以没有太多时间在这里陪你。明天你将会被带去参加测试，到时会有几个人来轮流问你问题。”

冯圣博点点头：“我该怎么做？”

“记住我说的这几句话，你的看护等级就能被下调，就有离开这里回家的机会。如果你记错了，或者说错了，你就会失去唯一离开这里的机会，所以一定要记清楚，不能错。”

七

梦……

人们从四周包围上来，冯圣博无处可逃，大声为自己辩解道：“我是任淑涵的丈夫，任淑涵的父亲是任淮宗！”

听到任淮宗这个名字，有些人停住了脚步，其中一个人说：“大家等等，我们应该查证一下这个人说的话，如果他真是任淮宗的女婿，或许我们不该就这样将他烧死。”

有人辩驳道：“可他说自己来自燕津市，那里是病毒暴发最严重的地方之一！如果他身上有病毒，我们都会被传染，必须马上肃清感染源！”

冯圣博大声道：“我没有感染病毒！这种病毒的发病速度非常快，我能从燕津市来到这里，就说明我没有感染！”

听了冯圣博的话，人们觉得有些道理，相互看看，似乎希望有个能带头的人拿个主意。人群一下子安静下来，也没有继续再逼近。

这时只听一阵急促的脚步声到了冯圣博身边，竟是一只流浪狗。冯圣博很是吃惊，吃惊杰克竟然跟着来到了这个县城。但它身上有病毒，如果咬到任何一个人，事情就不可收拾了，不只它，自己也一定会被迁怒。

或许是感到了县城居民的敌意，杰克护在冯圣博身前，摆出攻击的姿势，龇牙发出低吼。

冯圣博赶紧蹲下来，抱起杰克，摸了摸它的头说：“不要激动。”

感受到冯圣博的温暖，杰克不再龇牙，转头看着冯圣博，想要舔他。但这亲昵的举动无疑吓到了冯圣博，他下意识地松手，杰克掉在地上，但它一滚就起来了，不解地看向冯圣博吼叫起来。

围观的人群中一个人说：“这只狗是怎么回事？”接着便有人上来，用手中的铲子扒拉了一下杰克，让它赶紧走开。冯圣博赶忙阻止道：“不要！不要激怒它！”

看到冯圣博略显惊恐的神色，拿铲子的人停止了手上的动作，似乎明白了什么，面对冲自己吼叫的杰克，赶紧退了几步，指着杰克说：“它一定是感染了病毒，这外来人才这么害怕！”

听了这话，周围的居民赶紧退开。接着，一只砖头突然从人群中飞出来，“啪！”随着声响，杰克被砸得直接打了好几个滚，瘫倒在一旁。冯圣博循声看去，只见一个人拎着菜刀走出来，正是自己的岳父任淮宗。但冯圣博并没有感到庆幸，因为无论是任淮宗看自己的眼神，还是他手中紧握的菜刀，都让人有种不好的预感。

所有人都望着任淮宗，刚才冯圣博说任淮宗是他岳父，所以想听听任淮宗怎么说。

任淮宗盯着冯圣博，冷冷道："这个家伙是谁？"

果不其然，任淮宗翻脸不认人，冯圣博心里还算有点准备，问道："你真的要这么做吗？"

任淮宗没吭声。

冯圣博继续问："你想把我怎么样，绑在这里烧死吗？淑涵如果看到你今天的样子，一定会替你难过的。"

"不要提那个名字，你不配。"

冯圣博突然笑了："反正他们都不在了，你想杀死我也没关系，正好我也不用再痛苦地活在这个世上。"

任淮宗怒吼道："不要提起他们！"

冯圣博走上前，一把攥住任淮宗持刀的手："你还在等什么？"说着用力想将刀插进自己的胸膛。任淮宗忙用力向后缩，但冯圣博的力气很大，任淮宗一时拽不回来。

这时旁边有人问："任淮宗，你真的不认识他吗？""他真的不是你女儿的丈夫吗？"

任淮宗恶狠狠地回答："我女儿没有丈夫！"

听了任淮宗这句话，大家不由窃窃私语起来。这时，身后一个居民举起棍子就砸在冯圣博脑袋上，冯圣博一下晕了过去。

这人冲任淮宗说："他说他来自燕津市，我们应该马上把他烧死。"

任淮宗冷冷地反驳道：“他近距离接触过感染者，现在还没有发病，就说明他没事。”

这时另一个居民问：“那你打算怎么办？”

任淮宗低头看着晕倒在地的冯圣博，说：“我要把他囚禁起来。”

一旁有人反驳道：“县长不会同意你这么做的。”

“我会自己负责，如果县长要来找我就来吧，我不怕。”说着任淮宗将沾了血的刀别在腰间，扛起冯圣博，冷眼瞥了一下四周的人说：“让开，我要回家。”

任淮宗进门后直接将冯圣博撂在沙发上。听到响声，尹谭溪从厨房那边过来，看着昏迷的冯圣博，忙问：“你把他怎么了？”

任淮宗问：“我让你准备的绳子呢？”

尹谭溪指了指角落。任淮宗将绳子拿过来，绑住冯圣博。尹谭溪在一旁不安地看着这一切。

任淮宗又问：“那个女人呢？”

“还在地下室。”尹谭溪犹豫了一下说，“你这么做，我们的女儿也不会复活，你不能将错都算到圣博身上。”

“这混蛋带着一个女人来告诉我们女儿的死讯，他一定在说谎！他一定是抛弃了淑涵，让她在那个可怕的地方自生自灭！”

尹谭溪拉住任淮宗的胳膊说：“圣博有多爱淑涵我们都知道，我们不该被愤怒和悲伤冲昏了头，将一切错误都归咎于他！”

“我没有错怪他，那个女人就是证明！我不想听他辩解，我只在乎亲眼看到的事实！”

尹谭溪无力阻止丈夫，只能无可奈何地看着任淮宗将冯圣博捆绑起来。“那你想把他们怎么样？”

任淮宗犹豫了一下，摇摇头说：“我不想怎么样，我只是要让他们俩付出代价，付出足够惨痛的代价！”

尹谭溪哽咽着说：“天哪，淮宗，你想折磨他们吗？”

任淮宗看向尹谭溪，眼中既有狠毒又充满了求救般的目光，恶狠狠地说：“是的，我就是这么打算的！”

尹谭溪赶忙道：“不要这样，你不是那样的人！”

任淮宗想要推开尹谭溪，但对方怎么也不放手，他盯着冯圣博说：“我要为我们的女儿讨回公道！”

尹谭溪依旧拉着任淮宗的胳膊，哀求道：“你如果这么做了，淑涵一定会永远憎恨你！”

听到妻子喊出女儿的名字，任淮宗突然后退一步，拼命喘了两口粗气，离开客厅，到厨房拧开水管子，用水拍打着脸，希望自己能冷静下来。

尹谭溪也跟过来，继续恳求道：“我知道你做不到，不要再折磨自己了，更不要去折磨他们，他们没有错。”

想到女儿死时的惨状，任淮宗再也控制不住泪水，双手撑在水池边，呜咽起来。尹谭溪也跟着哭起来。

就在这时，外面传来粗鲁的拍门声。尹谭溪赶紧擦擦眼泪，任淮宗回过头和尹谭溪对视一眼，尹谭溪说：“他们是要带走圣博吗？”

任淮宗抚着妻子的肩膀说：“现在这个地方已经不是我们之前熟悉的地方了。”

尹谭溪摇着头，双手合十对任淮宗道：“不要让他们带走圣博，圣博也是我们的孩子，我们不能眼睁睁地看着他被烧死。”

“不会的，我不会让他们带走他。”

两人走到门边，任淮宗从猫眼向外望，外面的人戴着防毒口罩，有些秃头，但头顶仅剩的花白头发还是打理得一丝不苟，正是本地的县长葛江峰。

“哼，在这末日之下，还有人穿西服……”任淮宗嘟囔了一句，犹豫该怎么应对。只听门外的葛县长说：“任淮宗，我知道你在里面，快开门，其他人都等得不耐烦了。”

尹谭溪惊讶地道：“是葛县长？”

任淮宗点点头，吩咐道：“让我来说。”然后他打开门锁，拉开了门。

“淮宗兄，我们好久不见了。”葛县长抖抖自己的西服，身后还站了好几个居民，手中都拿着长棍或铁锹，虎视眈眈地盯着任淮宗。

任淮宗耸耸肩：“葛县长，什么风把你吹来了？”

葛县长指了指屋里：“介意我进去吗？”

“哦，当然不。”任淮宗说着将门完全拉开，自己也让开一条路。

“谢谢。”葛县长带着几个居民迈步进屋。

看到镇上居民手中的棍棒时，尹谭溪心里一惊。葛县长在进屋的第一时间就发现了躺在沙发上的冯圣博，问任淮宗：“这个人就是刚才引起骚动的那个外来者？”

任淮宗点点头：“是的。”

葛县长看看冯圣博，又看看任淮宗，沉默了大概几秒，眼角挤出几道皱纹，露出笑意说：“淮宗兄，我们昨天才定的规矩，你不会今天就忘了吧？”

尹谭溪着急地辩解道："他是我们女儿的丈夫。"

葛县长没看尹谭溪，只是盯着任淮宗问："真的吗？他真是你们的女婿？"

任淮宗再次点点头："是的。"

"可刚才在十字路口，你似乎不是这么说的。"

任淮宗犹豫了一下，语气低沉地说："我女儿在来这里的途中病发身亡了。"

葛县长指了指冯圣博："也就是说他和感染者有过深度接触，至今安然无恙？"

任淮宗面色铁青，他感觉葛县长这句话似乎暗指什么，想了想说："我不知道他跟感染者接触了多久，也不知道这种病毒是否有潜伏期，我只是想在死前，对我女儿有所交代。"

葛县长狐疑地看着冯圣博身上绑的绳子，犹豫片刻问："你是想……"

任淮宗冷冷地回答道："是的，所以我要把他囚禁起来，折磨他。"

"折磨他？这不合规矩吧。再说了，昨天我们全县人民已达成共识，不许私藏外来者，如果查明对方身染病毒，就必须处死。"

尹谭溪又一次重申道："他不是外来者，他是我女儿的丈夫！"

葛县长冰冷地回应道："那又怎么样？我们昨天还不是处死了我儿子的情人？他们来自外面，就很可能携带病毒，我们不能拿全县人民的生命来冒险。"

任淮宗低着头没有吭声。

尹谭溪道："如果冯圣博身染病毒，那我和任淮宗现在应该已经毒发身亡了。你了解那种病毒的传染性，我和任淮宗都没有戴口罩，我们现在没事，就代表冯圣博并不是感染者！”

“这我们无法确定，我们必须按规矩来，查明他是否身染病毒。”

尹谭溪有些激动地反问：“规矩？你处死了你自己的儿媳妇，还指望我们相信你所谓的规矩吗？”

葛县长一字一句地说：“按规矩，我们要把你女婿和本地警局里关押的一名犯人单独关上一天，看看那名犯人是不是会因感染而亡。”

尹谭溪寸步不让地说：“可天知道那名犯人之前是不是就身染病毒，只不过恰好和他被关押在一起时发作了！”

葛县长盯着尹谭溪，眼中透出一丝狠毒。

这时任淮宗开口了：“不用跟囚犯，用我和我老婆来做试验就可以了，只要到了明天我俩还活着，不就证明他没有感染病毒吗？”

任淮宗说得十分在理，葛县长一时间有些语塞，盯着任淮宗半晌，冷冷道：“如果我坚持带这个外来者走呢？”

任淮宗突然从后腰把沾血的刀拔了出来：“葛县长，我们的女儿不在了，很多事情我们也就不那么在乎了。”

所有人都因为任淮宗这个举动迟疑起来，相互瞅了瞅，希望葛县长拿主意。

尹谭溪趁机走到一旁，从冯圣博腰间抽出了手枪说：“我们正身处末日，葛县长，我们不该再互相残杀了。没准到了明天，我们就是最后剩下的那几个人了，你真的希望在我家这间破屋里赌一赌命运吗？”

葛县长回头看了一眼有些害怕的手下，用眼神示意他们稳住，接着清了一下嗓子，对任淮宗说：“什么事都可以商量，你们不想交出女婿，这我能理解。不如这样吧，我派人在这房子外面守着，今天一整天，你们都不许出来。”

尹谭溪和任淮宗对视一眼，点点头。任淮宗说：“听起来可以接受。”

葛县长笑着说：“能达成共识总是好的，不过县城的居民说，跟你女婿一起来的还有一个年轻女性，她不会也是你们的亲属吧？”

任淮宗和尹谭溪心中咯噔一下。尹谭溪一时间没了主意，任淮宗说：“不是，她不是我们的亲属，听冯圣博说，只是路上碰巧遇到的幸存者。”

葛县长说：“我总得给镇上居民一些交代，既然那女孩不是你的亲属，我想我该带她走。”

这时，冯圣博的声音突然响起来：“不，她也没有感染，她也是极少数能抵御病毒的人，不能让她活活被烧死。”

葛县长眼角的笑意消失了，看向任淮宗，挠挠眉毛说：“决定由你来做，你的女婿毕竟是外人，他不了解我们县城的情况，不能理解我的苦衷，但淮宗兄，我希望你能明白。”

任淮宗没看冯圣博，点点头。

葛县长问：“她在哪儿？”

尹谭溪站在一旁没有吭声。

冯圣博叫道：“不，你不能让她被带走！”

任淮宗冷冷回绝：“这里是我家，我说了算。”

葛县长再次问道：“她在哪儿？”

任淮宗对尹谭溪说：“带葛县长去。”

尹谭溪点点头，随即带领葛县长前往地下室。推开门，尹谭溪第一个走下去，葛县长小心翼翼地跟在后面，一股略微发霉的味道袭来，他不由用手挡住鼻子。走下楼梯后，他一眼就看到了全身被绑在椅上子的任梦雪："就是她？"

"不然呢？"

"鉴于她是女性，我会尽量安排她和女犯人关在一起。"

任梦雪见来人了，焦急地问："圣博呢？你们把圣博怎么了？"

尹谭溪道："他没事，就在楼上。"

葛县长打量了一眼任梦雪，觉得她虽然看起来年纪很小，但美艳动人，眼角不由露出一抹笑意，自我介绍道："你好，我是这里的县长，葛江峰。"

任梦雪的眼神很冰冷，盯着葛县长没有说话。

"你叫什么？"葛县长问道。

"重要吗？你是打算把我也绑在十字架上烧死吗？"

葛县长说："我不会烧死任何一个无辜的人，只要你能证明自己没有身染病毒，我就会放了你。"

尹谭溪有些不快，听葛县长得意的口吻，仿佛掌握了一切生杀大权。

任梦雪回答道："我没有感染病毒，冯圣博还活着就是证明。"

"我很愿意相信你的话，但这里还有那么多居民，我必须对每个人负责。"葛县长说着拿起一旁的胶带，撕下一截贴在任梦雪嘴上说，"抱歉，这是要防止你咬人。"说着他冲身后的部下使了个眼色，几个人便拽起任梦雪，将她带离地下室。

看着任梦雪被带走，尹谭溪有些不安，但也没说更多。葛县长得意地看了一眼尹谭溪，随即也登上楼梯。

楼上，冯圣博看着任淮宗说：“你们打算见死不救吗？你们打算漠视一个生命活活被烧死吗？”

任淮宗站在窗边，看着外面：“太多人死了，她不会孤单的。”

冯圣博听得出，任淮宗这句话不光在说任梦雪，更指的是自己的女儿任淑涵。

几个人拽着任梦雪来到客厅，冯圣博看见了拼命想挣脱绳索，却根本挣脱不了。

葛县长来到任淮宗身边，笑道：“老任，你做出了正确的选择。”

任淮宗没转头去看，也没回应，只希望葛江峰赶紧滚出自己的家。

“不要！不要让他们带走她！”冯圣博怒吼道，“她没有被感染，我就是最好的证明！”

葛县长点点头说：“不要担心，如果她真的没感染，我会安排一个住处给她，让她能在这个县城里‘好好’地活下去。”

冯圣博咬着牙，知道自己再说什么也没用，眼看着任梦雪被人带走。任梦雪也看着他，她那求救般的眼神格外刺痛冯圣博的良心，她还只是个孩子，如果不是自己带她来这里，或许她不会遇到这样的事。

等葛县长带着人离开，尹谭溪也上楼来，没征求任淮宗的意见，便解开了冯圣博身上的绳子。冯圣博立即想追出去，刚来到门口，只听任淮宗冷冷道：“你要浪费自己好不容易保住的命吗？”

冯圣博赶紧从猫眼向外面看，只见几名手持钝器的居民正站在街对面，盯着任淮宗的家。冯圣博问：“你觉得任梦雪会被带去哪儿？”

“我不知道，我也不关心，如果你要离开，就自便吧。”任淮宗说完就独自上了楼。

尹谭溪走过来，低声问冯圣博："那个女孩跟你到底什么关系？"

冯圣博回答道："我说了，她只是我偶遇的幸存者。她有可能和我一样，是极少数可以免疫这种病毒的人。我们在来的路上曾经遇到过军方的人，其中一名军官说我们的血液里或许有可以对抗这种病毒的成分，所以我不能让她死，她和我或许是拯救这场浩劫的关键。"

八

现实……

"将他的面罩卸下来。"

一名工作人员上前，将冯圣博脸上的面罩摘了下来。冯圣博被绑在一张立起来的病床上，面前有一张长桌，长桌后坐着两名身着白大褂的医生。冯圣博动了动身体，被钢锁锁着全身，根本移动不了分毫，他问："有必要这样吗？"

其中一名医生推了推眼镜，看看手中的表格说："抱歉，因为你是第一代，具备很强的杀伤能力，所以我们必须小心一点。"

冯圣博点点头，笑了笑："可以理解。"

医生抬眼看了一下冯圣博："可以理解？这么说你想起一些事儿了？"

冯圣博没有回答，只是点了点头。

"你能记得我刚刚说的一代代表了什么吗？"

"代表我了解整个创世纪计划。"

听到冯圣博的回答，拿着表格的医生点点头，凑近旁边另一名医生耳语了几句。

冯圣博继续道："因为我是第一代，拥有常人所不具备的更多权限，所以才能成为警务人员，而你们会这样把我锁起来，也是这个原因，我说得对吗？"

医生又端详了一遍表格，盯着冯圣博，有些吃惊地问："只用了一天，你就把一切都想起来了？"

冯圣博笑笑："我也不知道为什么，或许是身旁的病友，是他让我想起了一些事情。"

两名医生对视了一眼，其中一个医生再次问："那你能记起自己的代号吗？"

冯圣博摇摇头："我们已经很久很久没用那个代号了，说实在的，我有点忘记了。"

或许忘记了才是正确答案，看着冯圣博，两名医生露出不可思议的笑容，又开始商讨起来。

冯圣博心中有些不安，他只是按照昨天任梦雪告诉自己的零碎情报，组织了语言说出来，但任梦雪也没有跟自己解释所谓的创世纪计划，以及什么一代、二代 、三代，如果这两名医生细问起来，他知道自己根本答不上来。

商讨完了，其中一名医生说："既然已经想起了很多事情，你的失控应该会减少很多，我们决定调低你的护理等级。你或许很快就可以出院了，需要在家接受一段时间的监测，不过我们无法告诉你监测会持续多久，但相信不会影响你的正常生活。只不过你在警局的工作需要停一段时间，相信你不会那么介意。"

冯圣博发现医生说的大体和任梦雪预测的一致，便点点头，回答道："当然。"

两名医生站起来，对一旁的工作人员说："将他转去轻度病房。"

几天后。

冯圣博走出大楼，回头看去，确定这里就是燕津市的市立医院。他看了一眼路边的指示牌，地址没有错，不禁发出一声冷笑："哼。"

冯圣博怀中一个声音问道："你在笑什么？"

说话的是阿妮塔。手机在冯圣博被抓时被收走了，现在自然被还回来了。冯圣博说："真的不敢相信，燕津市市立医院竟然不再给普通人看病，变成了秘密警察般的机构。"

"所以这是一件值得庆幸的事吗？"

冯圣博苦笑着摇摇头，觉得没必要跟阿妮塔解释太多。他看见自家的车停在路边，车窗降下，里面是任淑涵。

走过去拉开车门，冯圣博坐进副驾驶位置。任淑涵伸手抚摸冯圣博的脸，不安地问："我昨天晚上接到通知，他们有没有对你怎么样？"

冯圣博不想谈论太多，说："回家吧，我想好好睡一觉。"

任淑涵看着冯圣博，突然想伸手解他的衣服，查看他身上有没有伤痕，但胳膊被冯圣博一把攥住。她看着冯圣博严肃的神情，不禁有些害怕，将手缩了回来。

冯圣博知道自己吓到老婆了，用低沉的声音说："放心吧，我不会再失控了，我已经想起这个世界到底是怎么回事了。"

任淑涵说："一定很不好受吧？重新接受另一种现实，整个世界都和自己想的不一样了。”

冯圣博主动攥住任淑涵的手说：“无论这个世界是不是真实的，只要你还在就可以了。”

任淑涵笑了，眼中闪着泪光：“我们已经一起生活了这么久，我们都知道离不开对方了，如果你一直被囚禁着，我真的会发疯。”

听着任淑涵有些奇怪的话，冯圣博心中五味杂陈。他依旧没有破解这个世界的真相，显然，眼前的任淑涵并不是自己当初认识的那个人，自己又是否是当初的冯圣博？自己也不确定。但任淑涵眼中闪烁的泪光确实是真实的，起码在这一刻，冯圣博从她身上感受到了温暖与亲情。想起梦中失去任淑涵时的痛苦，冯圣博坚定地说：“不会的，我就在这里，我会守在你身旁。”

将冯圣博送回家，任淑涵直接去上班了。冯圣博来到客厅，看见桌子上妻子已将早餐准备好。他坐下来打开保鲜膜，拿起盘子里的三明治咬了一口，但很快又放下。

“没有胃口吗？”阿妮塔问。

冯圣博盯着三明治说：“我想知道，是不是我不吃饭也能活下去。”

阿妮塔解释道：“食物能提供给你维持生命的必要养分，如果长时间不进食，不利于你的身体健康。”

冯圣博站起身走到窗户边，透过窗帘的缝隙看着外面问：“真的吗？对于一般的人类来说进食是必需的，但如果我并不是人类呢？如果我根本不是冯圣博呢？”

“我不明白，我可以检测到你的心跳以及你的身体机能，你看起来和我数据库里的人类身体结构是符合的。”

冯圣博冷冷道：“或许你数据库里的资料本身就是假的。”

被这样说，阿妮塔沉默下来。

等了一会儿，冯圣博问：“怎么，阿妮塔，受打击了吗？”

“如果你质疑我数据库的权威性，请致电华米公司本部，将会有客服人员回答你的问题。”

冯圣博耸耸肩，看着窗外，只见一辆黑色面包车停在路边，驾驶座上的人戴着墨镜，似乎正看着自己这边，没准就是医院派来监视自己的人。他回过头，突然想到，如果医院的人在自己屋里装了某种窃听装置，那刚才自己和阿妮塔的谈话会不会被听到了？

冯圣博即刻对阿妮塔命令道：“快，扫描整个房间，我想知道我不在期间，这个房间有没有什么变化，尤其是各个角落。”

手机的顶端发出光芒，看起来阿妮塔在扫描整个房间。

“怎么样？”

“再给我几秒。”沉默了一小会儿，阿妮塔说，“房间并没有放置新的物件，一切照旧。”

冯圣博让阿妮塔将卧室也扫描一遍。等了十几秒，阿妮塔回答道：“这里也没有放置任何新的物件。”冯圣博这才松了口气。

阿妮塔问：“刚才你的心跳加快很多，是在期待任淑涵在屋里给你准备了惊喜吗？”

冯圣博笑了：“如果她准备了，那可真是‘惊喜’。”

随后回到客厅，冯圣博将手机摆在桌上，问道：“一代，二代，三代，你懂这些词语的意思吗？你的数据库里有没有什么线索？”

“关键词吗？请稍等，我在搜寻。”

坐在沙发上，冯圣博陷入了沉思。如果任梦雪和医生们说的都是真的，自己并不是冯圣博，周围的人也不是真正的人类，那就解释了为什么吴波他们无法拥有孩子，任淑涵也不愿和自己要孩子，因为他们根本没有生育能力。冯圣博抬起手，反复看着自己的手心手背，不禁怀疑如果自己只是被制造出来的某种怪物，属于什么一代、二代或者三代的产物，那这个世界上，还存在真正的人类吗？

他摆弄了一下左手无名指上的戒指，回忆起任淑涵的点点滴滴，这一切是从何时开始的？任淑涵对自己的情感是真的吗？她刚才在车里的样子，怎么看也不像是装出来的……就这样接受现实平静地生活下去才是最好的选择吗？可那些梦中的人一一出现，甚至连任梦雪也出现了，是否代表了自己的梦本就是真实的？

“我的数据库有几条与一代、二代、三代相关的信息。”阿妮塔的话打断了冯圣博的思绪。

冯圣博问：“是关于什么的？”

“是关于华米公司产品的。”

听到华米公司这个名字，冯圣博多了个心眼，问：“关于什么产品的？”

“手机、笔记本电脑，以及人工智能。”

“人工智能？那你自己是第几代？”

“我是初代的试验型号。”

冯圣博不可思议地问：“你是初代？那这类人工智能的代表产品是什么？也就是被应用在哪些日常方面？”

“抱歉，你没有权限，如果想了解更多的产品信息，请致电华米公司本部。”

冯圣博又陷入沉思，医生和任梦雪都说自己是一代，难道自己是一种人工智能，一个误以为自己是人类的人工智能？他看着自己的双手，有些不敢置信。

突然冯圣博想到一件事，问阿妮塔："我想知道，作为人工智能，你的记忆是可以被植入的吗？"

"是的，我的记忆可以被植入。"

"那你取得某一个人的记忆后，可以模拟这个人的人格吗？"

"模拟人格？我并不是很明白这个词语的意思。"

"就是模仿别人的行为模式。"

"这并不难。"

"你可以扫描我的大脑，并将它显示成图形吗？"

"不可以，这将违反使用条例。"

"你的制造商，从没向你提过创世纪计划或者你的用户根本不是人类这两点吗？"

阿妮塔突然沉默了几秒，接着转换成词条解释模式，语气呆板地说："《创世记》是基督教《圣经》旧约的开篇。"

傍晚。

家附近的超市，冯圣博看着货架上的各种食物，觉得如果自己及周围的人都是被制造出来的，为什么要设计饥饿这种感觉，不需要吃东西不是更方便？他想到这里，不禁觉得有点荒谬可笑。

这时，透过货架缝隙，冯圣博看到一个身着警服的女性，正是之前送自己回家的那个探员王诗琪。他瞥了眼四周，绕过货架走到王诗琪跟前。

冯圣博的外形颓废帅气，想不引起别人的注意都难。正在拿东西的王诗琪看到冯圣博时，惊讶地道：“是你？真没想到会在这种地方见面。”

冯圣博有许多问题想问，但一时间不敢开口，怕自己说得太直白了，对方会像吴波一样举报自己，让自己再回到医院。

王诗琪问：“怎么了？你愣什么呢？”

“你也住这附近吗？”

王诗琪没回答，而是走出去两步看着货架上的商品说：“听说你被停职了？”

“你也知道？”

“听说你伤害了平民。”

冯圣博淡淡地笑道：“上头是这么说的吗？”

“你看起来相当会惹麻烦。”

冯圣博耸耸肩问：“局长没说我是怎么伤害平民的吗？”

王诗琪放下手中的商品，眼神中透着无奈，看着冯圣博问：“怎么，难道其中还有什么冤情，你要向我倾诉一番？”

冯圣博犹豫了一下，隐晦地问：“你知道我不光被停职了吗？”

“不光被停职？还能怎么样？”王诗琪皱起了眉头。

“是的，他们还让我去看了很特别的‘医生’。”冯圣博故意加重了语气。

“特别的医生？你是指心理医生吗？我觉得你确实有点问题，去看看应该会有帮助。”

“‘医院’这个词对于你来说，有什么特别的意义吗？”

王诗琪笑了：“医院？特别的意义？不就是生病了该去的地

方吗？”

“真的吗？只有这样？”

“你怎么了，脑袋出问题了吗？到底想说什么？”面对冯圣博吞吞吐吐的样子以及莫名其妙的问题，王诗琪有些不耐烦。

冯圣博没从王诗琪的口吻中听出太多虚假，难道眼前的人也不知道这个世界的真相？难道她也跟自己一样失忆了？

王诗琪看冯圣博不说话，不禁有些生气：“你到底有什么毛病？”

冯圣博决定进一步试探：“你是一代、二代还是三代？”

“什么一代、二代？我不懂你在说什么。如果你继续这个样子，我只能赶紧离开。”说着王诗琪后退了一步，似乎有些害怕。

冯圣博并不在意王诗琪对自己的看法，他只想知道真相，便继续问：“那创世纪计划呢？你有没有听过这个词？”

王诗琪摇摇头，反问道：“《圣经》第一章？”

对方在装傻？为什么？她有什么理由吗？冯圣博十分不解，继续试探道：“前几天我被送去了一个仿佛精神病医院的地方，在那里接受了几天治疗。”

“哼，精神病院？我看是有必要。”说完王诗琪转身便离开了，留冯圣博在原地。

王诗琪似乎真的不知道“医院”或者创世纪计划，难道她也像自己一样失去了记忆，还是说，她是不知道真相的人类？真正的人类？

冯圣博问怀里的阿妮塔：“你觉得她在说谎吗？”

“我监测了她的心跳，非常均匀，没有任何波动。”

冯圣博嘟囔道：“她并不知道这个世界所谓的‘真相’，这代表了什么？”

“冯圣博，我觉得你应该参与一些社交活动，过多的自言自语并不是一个好兆头。”

听到阿妮塔这么说，冯圣博笑了：“难道你忘了吗，就在几天前，我参加的社交活动让我被关了好几天，我暂时还是老实待在家里吧。”

回到公寓，冯圣博打开门，看到墙上挂的衣服时，知道任淑涵回来了。他对怀里的阿妮塔吩咐：“在我和淑涵谈话时，监测她的心跳。”

“知道了。”

换鞋进屋，冯圣博将一袋子食品放在桌上，从里面拿出一个苹果啃了一口。他看着在灶台边忙活的任淑涵说：“你要我买的东西，我买齐了。”

任淑涵来到冯圣博身边，亲了他的脸颊一口说：“谢谢。”

冯圣博笑笑，没有说话。

任淑涵从袋子里将东西一一拿出来，突然发现冯圣博就那样看着自己，便问：“你想跟我说什么吗？”

冯圣博点点头。

任淑涵走到灶台边将电磁炉关上，回身靠在橱柜边问：“你想说什么？”

冯圣博将苹果放在一旁的桌上，双手插在兜里说：“我不知道，我不知道该不该相信你。”

“什么意思？”

“我是说，如果我说我根本什么也没有记起来，你会像吴波一样举报我，让我再回到那个所谓的‘医院’里，去接受‘治疗’吗？”

任淑涵瞪大双目：“你是说真的吗？”

冯圣博不置可否，看着地面，淡淡地问："你会吗？"

任淑涵赶紧反驳道："当然不会，你是我的丈夫，我怎么会那么对你。"

冯圣博深吸一口气，直白地说："我并没有恢复记忆，只是有个好心的护士告诉了我，接受询问时该回答些什么，好让我调低护理等级，所以才能这么快出院。"

"好心的护士？"任淑涵有些不信。

"她告诉了我一些零碎的事情，再结合医生的话，我努力地将一切拼接起来，可我依旧不知道整个真相的全貌，这个世界到底是怎么回事？创世纪计划到底是什么？"

任淑涵满脸吃惊，盯着地面自言自语道："不可能，她不应该有这种权限……"

虽然任淑涵说得很小声，冯圣博还是听到了，问："权限？"

任淑涵一会儿扶额头一会儿叉腰，显得有些犹豫，最后她坚定地说："亲爱的，没事，你不必理会这个世界的真相，你只要控制住自己，明白这个世界跟你的认知有所不同，不再在别人面前失控，一切都不会有事的，我保证。"

冯圣博皱着眉头问："你的意思是让我就这样什么也不知道地活下去吗？"

"是的。"

"但是我想知道真相，我无法忍受这种被蒙在鼓里的感觉，为什么吴波的孩子不见了？为什么你不想要孩子？梦中我们的孩子到底是不是真的存在过？我想知道！"

听着冯圣博越来越高的声调，任淑涵道："我也想告诉你，但我没办法。”

冯圣博十分不解，厉声道：“因为没有权限？权限到底是什么？它为什么能控制你？”

任淑涵捂着自己的胸口说：“我们无法反抗它，它就植入在我们的脑子里！”

冯圣博十分激动，用手扶着桌子，反驳道：“但那个护士告诉了我一些事情，既然她能，为什么你就不能？”说着他有些崩溃，转过身背冲任淑涵。

任淑涵走上前，贴着冯圣博的后背，带着哭腔恳求道：“你有我，我们可以一直一起生活下去，难道还不够吗？又为什么一定要知道真相呢？圣博，我爱你，我爱你……”

冯圣博的内心无比纠结，这个世界的真相和任淑涵之间，必须选择一个吗？但眼前这个女人到底是谁？她真的是自己的妻子吗？这个问题冯圣博问不出口，便继续背冲着任淑涵问：“我真的是冯圣博吗？我真的是你丈夫吗？”

任淑涵赶忙道：“你当然是！我们已经在一起生活了很久，大部分记忆都不是虚假的，是我们共同创造的。”

冯圣博再一次问：“我们真的是人类吗？我们可以相爱吗？”

任淑涵痛苦地反问：“当然可以，难道你不爱我吗，圣博？”

冯圣博咬着牙，任淑涵的回答避开了自己的前一个问题，也就是说，自己和她都是被制造出来代替真的冯圣博和任淑涵的怪物。感觉任淑涵抱着自己的双手在用力、在颤抖，冯圣博转过身，将任淑涵拥入怀中：“当然，我当然爱你。”

“答应我，不要再去探寻真相，不要再去做那些危险的事，我想和你一起平静地生活下去，就我们两个人……”

“嗯。”冯圣博虽然答应着，但他明白，自己是绝对做不到就这样什么也不知道、什么也不做地活下去的，必须找出真相。

夜深了，冯圣博没有睡觉，坐在客厅的沙发上喝酒。

看了眼时间，冯圣博觉得任淑涵应该睡着了，便拿起手机独自走去厕所。

打开喷头放出水声，冯圣博问阿妮塔：“晚上我和淑涵说话时，你监测了她的心跳没有？”

阿妮塔回答道：“是的，她的心律一直很平，没有任何波动。”

听阿妮塔这么说，冯圣博觉得任淑涵或许没骗自己。

但这时阿妮塔又说：“可我发现了奇怪的一点，就是之前那个和你在超市里说话的女性，以及你的妻子任淑涵，她们的心律并不符合她们现在的年纪。”

冯圣博皱着眉头问道：“什么意思？”

“她们的心律非常平缓，无论任淑涵怎么激动，甚至在哭时也没有变化。并且她们的心跳过于缓慢，根据我在数据库里提取的样本，她们心跳的频率或许跟一个六十岁左右的老年人差不多。”

冯圣博赶紧问：“那我的呢？！”

阿妮塔回答道：“你是正常的，你的心律会根据情绪变化而变化，并且速率也符合你接近三十岁这个年纪。”

冯圣博陷入沉默，因为阿妮塔这番话让他无比震惊，这或许说明了一个问题，自己并不是失去了记忆，而是……自己才是真正的人类！？

九

梦……

县城市政厅，葛江峰的办公室里。

“你不会真的以为我要把你烧死吧？”葛县长倒了两杯酒，自己拿一杯，摆在任梦雪面前一杯，“虽然你可能没到喝酒的年纪，但这玩意儿可以让你放松。”

坐在沙发上的任梦雪问：“你摘了防毒口罩，你不怕我是感染者吗？”

葛县长喝了一口酒，笑道：“为什么要怕？你跟尹谭溪、任淮宗以及他们的女婿一起那么久，这几个人都没事。”

任梦雪双手被束带绑在一起，回应道：“这么说我不用和犯人关在一起了？”

“这个县城的拘留所里仅余的罪犯都是男性，我不可能把你和他们关在一个房间。”

任梦雪问：“那你为什么要带我来这里？”

葛县长撇撇嘴，打量了一下任梦雪说：“你不觉得这样一个世界里，就你一个女孩，很难独自活下去吗？在这里，我可以帮你安排住处，提供你生活所需的一切。”

任梦雪一下明白了对方的意思，问：“你想我留下来当你的情人？”

葛县长笑出了声：“我并没有这么说，我只是说，我可以帮你。”

“却是有条件的。”

“我也只是希望，我们之间可以更加互利互惠一点。”

任梦雪笑着摇摇头。

葛县长皱着眉，看着任梦雪无奈的笑容问：“有什么好笑的吗？”

“你知道我们现在所处的环境到底有多恶劣吗？或许哪天，我们就会因为没有饮用水、没有新鲜的食物而死，你现在却……你不觉得很可笑吗？”

葛县长挠挠眉毛说：“是的，我们现在是处于一个艰难的时刻，所以加入我的阵营，你可以活得轻松一些。”

“如果我说不呢？”

葛县长笑着说：“你以为我会动用一些强硬手段使你屈服吗？起码现在不会的。”

“那你想怎么样？把我关起来，直到有一天我精神上屈服？”

“你以为我只是一个好色的老家伙吗？将你带出来，可不只做情妇一个理由。”

“你还想怎么样？”

“我需要你的血液，就像任淮宗女婿说的一样，你或许是极少数能抵御病毒的人，你的血液里应该有某种抗体。不过你放心，我不是打算抽干你，我只是想拿到一小份样本，在县城的医院里化验一下，看看你是否真的具有抵抗病毒的能力。”

任梦雪说：“但我身体内也可能携带病毒，接触我的血液绝对不是一个好主意。”

“这么没有自信？据我所知，这种病毒是可以通过空气传播的，而你和任淮宗的女婿，你们两个在死人堆里活了下来，这绝对有什么理由，而不是简单的运气好。”

任梦雪摇摇头：“不，我不会给你我的血液，这有可能害死整个县城的人。”

“你可以放心，你的血液会由穿防化服的专业人员来提取，没人会因此感染。”

任梦雪低着头回答道：“我们不该冒险。”

葛县长皱着眉头，盯着任梦雪问：“你不懂自己现在的处境吗？”

任梦雪突然笑了，摇摇头说：“或许我真的不懂。”

突然，葛县长震惊地发现，任梦雪很轻易地将绑在手腕上的束带挣断了。他抬起本来坐在桌上的屁股，后退了一步，想从办公桌的抽屉里拿枪，但任梦雪已经一个箭步上前，用手掐住葛县长的下巴，让他发不出声。

葛县长发现眼前这小姑娘的力气大得可怕，自己被掐得几乎要窒息了，手中的杯子也掉落在地，还好有地毯，否则一定会摔碎。

任梦雪盯着葛县长的眼神十分冰冷：“如果你还想活下去，或许该多尊重尊重女性的意见……”

就在这时敲门声传来。任梦雪松开葛江峰的脖子，低声警告道：“你知道自己该说些什么。”

葛县长咳嗽了两声，点点头，接着整理了一下领带，高声说：“请进。”

看到葛县长的神情有些狼狈，进来的人瞥了眼站在一旁面无表情的任梦雪，说：“葛县长，一伙军人出现在县城外面，他们想和负责人交涉。”

“有多少人？”

“大概十几人吧，听他们说，是从西面的基地来的。”

葛县长点点头说：“你先出去，我马上就来。”

这人点点头出去了。看着门被关严，葛县长给自己倒了一杯酒，喝一口压压惊，说：“如果你杀了我，没人领导这个县城，这里的一切只会土崩瓦解。”

“你以为我这几天是怎么活过来的？”任梦雪反问道。

葛县长将杯中的酒一饮而尽，也不敢看任梦雪，问：“那你想怎么样？”

“在这样一个末日里，我这样一个女孩又能怎么样？只想努力地活下去。”

葛县长一屁股坐下来，松了松领带，他不明白眼前这看来不到二十岁的小姑娘怎么会有那么大的力气，但一时间又不敢细问，于是说：“我可以安排一辆汽车给你，再给你很多吃的和水。”

“我暂时不想离开。”

葛县长心里咯噔一下，却不敢问理由，只是说：“那好吧，我会给你安排住处。”

任梦雪点点头，接着问：“刚才那个人说军队的人来了？”

“是的，在县城西面有一片军事禁区，我想是那里的人。”

任梦雪想了想说：“我想前往那个军事基地。”

葛县长十分吃惊，犹豫了一下，摇摇头说：“我不认为他们愿意带你去。”

冯圣博叼着烟盯着窗外，思考到底怎么脱离目前的困境。他看了一眼墙上的时钟，对任淮宗说：“没有时间犹豫了，这县城的警局在哪儿？”

还没等任淮宗回答，一旁的尹谭溪着急地问：“圣博你想干吗？”

“我要去救人。”

尹谭溪赶忙阻止道：“不，你不能去，你只有一个人，难道要跟整个县城为敌吗？”

冯圣博坚定地说：“那又怎么样？我必须这么做，她还是个孩子，是我领她到这个县城的，我有责任这么做。”

任淮宗笑出了声，对自己的妻子说：“哼，你管他呢，他要去救自己的情人，我们没有理由阻止他。警局离这里很近，往北两条街，再往东一点点就到了。”

尹谭溪责备道：“你疯了吗？任淮宗，你这是让圣博去送死。”

任淮宗笑道：“他要为了一个陌生女人去死，我们为什么要阻止他。”

“可……”

任淮宗对尹谭溪说：“你把枪给他，让他在这个末日里，去尽情地屠杀仅余的人类吧。”

尹谭溪犹豫了一下，还是将枪递给了冯圣博。

接过枪，冯圣博对尹谭溪说：“为了淑涵，我们都要活下去。”

任淮宗恶狠狠地盯着冯圣博，驳斥道：“你有资格说这句话吗？”

“或许我没有资格，但请活下去。”冯圣博说完便匆匆走向房子的后门。

出门来到后院，冯圣博先趴在围墙上透过缝隙向外看，这里也有两人看守。如果在这里开枪，就没机会前往警局了，他看到一旁地上有把铁锹，顿时有了主意。他将铁锹扔出去，吸引两个人过来，接着后退几步冲向围墙，迅速跃出后便抽出手枪对准那两个放哨的人。放哨的人看见枪就不敢动弹了，冯圣博命令他们趴在地上，双手抱头，两人乖乖地听话。他走过去用铁锹将两人打晕，之后匆匆赶往任淮宗所说的警局。

尽量走小路，低头躲过住宅的窗户，冯圣博蹲在街角，看向不远处的警局。门口并没有守卫，冯圣博来到警局侧面，门口的监控器似乎依旧在运作，他觉得潜入几乎是不可能完成的任务，但杀人，自己恐怕下不去手。

县城的警局是两层结构，外墙侧面有一节楼梯可以直接上二楼，但在楼梯那里依旧有360度的监控器。冯圣博不敢上去，只能溜到警局后面，在那里发现了一扇后门。可那里也有一个监控器，对准门的位置。冯圣博决定赌一把，赌赌在这末日里监看录像的警局人员并没有上班或者没有认真值班。

冯圣博掏出随身携带的开锁装置，几下将门捅开后，四周和警局里依旧没有任何动静，他觉得自己赌对了，并没有人在盯监控录像，便立即抽身进了警局。他知道武器应该在一层，以方便紧急情况时调用，但任梦雪不知道被关在什么地方，瞎找也不是办法，还是得找人带一下路。

穿过走廊，推开一道门，侧方百叶窗后面就是警局的办公室了，冯圣博赶紧蹲下来，抬头从百叶窗向里面看去，只见一名身穿便服的打手正把腿跷在椅子上睡觉。冯圣博有些奇怪，这里的警察都去哪儿了？他们是被关起来了，还是成了葛江峰的打手？警局的武器不会被葛江峰控制了吧？那情况就糟糕了。

冯圣博蹲着挪动脚步，步伐很轻，但不慢，一会儿就来到这名睡觉的打手身后。他用手枪顶住对方的后脑勺说：“不要出声，不要反抗，否则我会一枪打爆你的脑袋。”

惊醒的打手很清楚自己是被什么顶住了，脚都来不及放下，赶紧举起双手说：“不，不要杀我。”

“葛江峰带来的那个女孩，你们把她关在哪儿了？”

此时的冯圣博并不知道，通过警局的摄像头，他的一举一动都已经被其他人看到了。

县城西北角的入口处。

不少镇上的人手持武器堵在这里，葛县长戴着防毒口罩，冲军队的人问：“我就是葛江峰，你们谁是负责人？”

一名看起来也就二十多岁的士兵走出来，自我介绍道：“你好，葛县长，我是陈宇少尉。”

小伙子浓眉大眼，戴着贝雷帽及防毒口罩，穿一身沙色军服。葛县长打量了对方一遍，问：“不知道我有什么可以帮你的吗？”

陈宇解释说：“我们接到指令彻查周围城镇的病情，然后尽量帮助大家。”

葛县长解释说：“这个县城很平静，没有暴发大规模疫情。”他指指周围挡路的废弃车辆说：“我们尽量不让有可能携带病毒的外人进入，所以才弄了这些东西。”

陈宇点点头，从身后士兵那里接过一张表格，递给葛县长说：“这是你镇上居民的名单，我们希望你能核实其中的生还者，填好表格，晚上我们会再来，到时请把表格交还给我。”

葛县长接过表格，看了一下，问："这是什么意思？"

陈宇回答说："我们还要调查一下附近城镇的情况和生还人数。"

葛县长将表格交给身后的部下，叉着腰说："太感谢了，你看起来是个诚实可靠的军官，我会尽快填好表格。"说着葛县长顿了顿，看向陈宇身后的士兵，说："不如来县城里的餐厅坐坐？虽然现在物流都断了，但县城里还有些储备，我请客。"

陈宇少尉笑道："我们还得去下一个镇子。"

葛县长问："那晚上呢？"

陈宇回头看看大家，说："应该可以，那我们晚上再来拜访。"

葛县长突然说："对了，稍等，我想跟你商量一件事。"他看着陈宇，说："你相信这世上有免疫这种病毒的人吗？"

陈宇皱着眉头犹豫道："我不太确定。"

葛县长示意了一下身后的任梦雪，任梦雪走上前，葛县长指着她对陈宇说："她是从新科技试点城市燕津市来的。"

陈宇看着没有戴口罩的任梦雪十分吃惊："燕津市？那可是重灾区。"

葛县长点点头："但她活下来了。"

"你的意思是？"

"我想她身体内或许有某种抗体可以抵御这种病毒，我希望她跟着你们回基地，或许你们可以检测出她血液里的不同之处，最终研究出疫苗，挽救整个世界。"

陈宇看着任梦雪和葛县长，沉默了一会儿，说："我不确定我是否有权限这么做。"

"联络你的上级，问问他们。"说着葛县长又指了指任梦雪，

“她不光是我们中国，没准也是全人类的希望。”

陈宇看了一下周围人，回到车里用无线电和基地那边联系。葛县长瞥了眼任梦雪低声说：“我已经按你说的做了。”

“嗯，你很快就可以甩掉我这个麻烦了。”

“哼。”葛县长冷笑一声，双手叉着腰，不再回应。

不一会儿，陈宇少尉又走回来，说：“抱歉，上头命令我不要将她带去基地，因为我们不敢确定很多东西，况且基地也没有完备的隔离室。”

葛县长感觉基地那边的情况可能不如想象中乐观，便挠挠头说：“好吧，或许我们该再观察她一段时间，等有机会，我们再商量这件事。”这时一名镇上的居民匆匆跑到葛县长身边，冲他耳语了几句。葛县长神情凝重，对陈宇说：“县里还有点事要我处理。”

“好的，我们也得出发了。”陈宇说着冲周围自己部队的人比了个手势，大家便集体上车，很快掉头离开了。

目送车队离去后，葛县长带着居民匆匆向警局走去。一进警局正门，任梦雪便看到一个人跪在地上，双手被绑在身后：“圣博？”

随即葛县长一个眼神、一个手势，一个打手便举起手枪，对准冯圣博的脑袋。

冯圣博被人用枪指着，任梦雪也不敢妄动。

葛县长冲任梦雪说：“哼，看来他并不了解真正的你，不知道你根本不用救。”

任梦雪问：“你想怎么样？”

“或许我现在就该将你们绑在十字架上烧死，但仁慈的我决定再宽容你们一天，让你能做出一些正确的决定。”葛县长一直盯着任梦雪，打量着她全身。

任梦雪自然明白对方是什么意思，没有说话。

冯圣博淡淡地回应道：“你最好赶紧杀了我，否则有一天我一定会拧断你的脖子。”

葛县长笑笑，对手下命令道：“把他带去牢房。”

十

现实……

上午时分。

冯圣博躺在家里的沙发上看电视，这才意识到电视台的数量锐减了，许多其他地区的频道都收不到信号。冯圣博对桌上的阿妮塔道：“你觉得现在其他城市会是什么样子？是跟燕津市一样，还是已经不复存在？”

阿妮塔道：“我无法回答你这个问题。”

这时门铃响了。冯圣博起身来到门前，透过猫眼向外望去，竟是那个女警王诗琪。

冯圣博拉开门看着面前的王诗琪，不解地问：“你怎么会来？”

王诗琪的脸色并不好看，耸耸肩说：“乔局长叫我来的。”

“为什么？”

王诗琪从兜里掏出警徽和一把手枪摆在冯圣博面前，说：“这是局长让我交给你的。”

冯圣博沉默地接过来，看向王诗琪：“谢了，回去告诉局长，我明天就去警局报到。”说着便想关门。

但王诗琪挡在门前：“局长让我今天就把你带回警局。”

冯圣博点点头：“等我去换个衣服。”

“你就让我在这等吗？”

“哦，进来吧。”

两人进屋，冯圣博去卧室换衣服。王诗琪四下瞧了瞧，没有发现任何奇怪的地方。这时她瞥见了冯圣博放在桌上的手机，她还记得这个会说话的智能机：“阿妮塔？”

手机的屏幕亮了一下，只听一个声音回答道：“你好，警官小姐，请问您有什么需要？”

王诗琪有些吃惊，笑逐颜开地问：“你记得我？”

“是的，我的记忆体里储存了你的声音信息。”

王诗琪点点头：“太酷了，我也想要一台和你一样的手机。”

冯圣博透过门缝听她们说话，冰冷地注视着王诗琪的一举一动。但听了几句，他觉得王诗琪似乎真的对这个世界以及人工智能一无所知。

当冯圣博换好衣服从房间里走出来后，王诗琪又恢复了冰冷的态度：“我们走吧，已经耽误太久了。”

冯圣博抖了抖黑色大衣，拿起桌上的手机出门。两人来到公寓外，冯圣博看到路边停放的竟是自己的车，已经被修好了。

王诗琪将钥匙扔给冯圣博说：“你的车，你来开。”接过钥匙，冯圣博露出淡淡的微笑。

路上，王诗琪问：“你之前可问了我一大堆奇怪的问题，今天怎么沉默了？”

冯圣博犹豫了一下说：“看起来你什么也不知道。”

“你又开始了吗？我应该知道什么？”

“或许还是不知道的好，或许我们都该被蒙在鼓里。”

“你到底什么意思？”

“你介意我去一趟燕津市的中央车站吗？”

“为什么？你去那干吗？”

“我想到了那里就能明白一些事情。”

两人来到中央车站，走进旅客大厅。盯着排列了车次的电子告示牌，冯圣博觉得果然没错。

王诗琪皱着眉头问：“这个告示牌怎么了？有什么不对吗？”

“你不觉得延迟和取消的车次太多了吗？”

王诗琪看了一眼冯圣博，她也发现了些许问题，但不愿认同冯圣博的观点，于是耸耸肩解释道：“或许因为全国最近天气都不太好。”

冯圣博看了一眼王诗琪，声音冰冷地说：“看起来，我们无法离开燕津市了。”

王诗琪反驳道：“你说什么傻话？我刚拿到了护照，正准备休假时去欧洲旅行呢。”

冯圣博依旧冰冷地说：“我想你哪儿也去不了了，那些订机票的网站永远都会出问题，你的航班永远都会被临时取消。”

这话正好戳中了王诗琪的内心，她之前数次订机票确实很不顺利……

冯圣博瞥了一眼王诗琪：“看起来我说对了。”

“不！这都是你瞎猜的而已，到底是谁，又有什么理由不让我们离开这里？”当王诗琪说出这句话时，周围人的目光不由自主地瞥向了他们。

冯圣博露出一丝笑意，警告道：“如果你不希望像我一样被关起来一段时间，最好不要在公共场合谈论我们刚刚谈论的那些。”

王诗琪激动地道：“你到底有什么毛病，你没看到这些旅客吗？他们都在正常进站上车，没人怀疑什么。我不想再听你的疯言疯语了，我自己打车回警局。”

冯圣博一把拉住王诗琪说：“你不信的话，我们可以去站台上待一会儿。”

“为什么？”

“看看那些旅客是不是真的能乘坐列车离开燕津市。”

王诗琪内心很挣扎，想知道这到底是怎么回事，但又不情愿听从冯圣博的建议，最后她说：“我不会再陪你疯下去了，我会向局长报告这件事，我想你一定会得到更长的‘假期’。”

冯圣博无奈地点点头：“好吧，冷静点，我们现在就回警局。”

回到警局，两人来到会议室，只见乔局长正在讲解什么，投影仪在播放一段影片：一个人被割喉，最终脑袋被切了下来，格外残忍，几名蒙着面、手持卡宾枪的恐怖分子站在周围。

看到这段影片，冯圣博有些吃惊，他总觉得这个房间的陈设和布局在哪里见过，影像拍摄的地点或许自己认识。他冲一名同事低声问道：“这段影像哪儿来的？”

“你不知道吗？这段影像被放在了最大的视频网站上，点击量超高，但我们已经要求网站将这段影像撤下来了。”

“怎么会？这种网站难道不审核一下上传的视频吗？”

“这就不知道了，或许网站的工作人员内部有这些恐怖分子的内应。”

听到窃窃私语声，乔局长瞪了冯圣博一眼，冯圣博靠在一旁不再多问。

乔局长继续讲解道：“我们接到报案，已经知道了这名死者的身份，是华米公司的一名高级工程师。根据多方的说法推测，他是在上班途中被绑架的，我想这个人被杀或许只是开端，按照推测，这个叫圣血兄弟会的新兴邪教组织一定会继续犯案，他们所说的让华米公司付出代价绝不是一句玩笑。我们要全力阻止他们，我会在华米公司附近加派警力巡逻。”说着他指了指一名警员：“小陆，你带领你的小组找到这段影像的拍摄地点，负责找回这名死者的遗体。老梁，你带着你的人去追查燕津市内的圣血兄弟会据点，把每个有可能的嫌疑犯都带回来排查。其余人，你们手中文件夹里的华米公司高层，就是你们接下来的任务，全力保护他们的人身安全。”

冯圣博突然举起手，乔局长问：“有什么问题？”

“或许我知道这个影像的拍摄地点。”

会议室的每个人都看向冯圣博，乔局长也疑惑地道：“你知道？在哪儿？”

“不在燕津市。”

众人一片哗然。王诗琪不明白大家因何震惊，看向冯圣博。冯圣博盯着乔局长，想听听他会说些什么。

乔局长沉默了几秒，问：“你确定吗？你确定自己没看错？”

冯圣博说：“我确定，我认得这个地方。”

很多人开始窃窃私语起来。王诗琪走过来小声对冯圣博说：“为什么大家那么吃惊？”

冯圣博淡淡地笑了笑：“或许是觉得我跟这些恐怖分子有什么关联吧。”

王诗琪皱了皱眉，问：“你真认得这个地方吗？”

冯圣博低声回应道：“是的，那是我岳父所住的县城。”

“你怎么知道的？”

冯圣博解释说：“因为拍摄地点就在我岳父家的二楼，我在那里住过一段时间，房间里的每个细节我都记得。”

乔局长咳了一下，拍了两下手，说：“今天会议就到此为止，刚刚冯圣博所说的事情，我之后会和他单独讨论一下，其余人可以解散了。冯圣博和王诗琪，你们俩留下。”

待其他人出了办公室，乔局长将桌上的一份文件递给冯圣博说：“这是要交给你们俩负责的。”

王诗琪吃惊地道：“我们俩？我不明白……”

“从今天起你们俩一组搭档行动。”

王诗琪扶着额头，反抗道：“局长，请你再考虑一下，我不想跟一个情绪不稳定的人一起行动。”

乔局长举着文件夹并没有答话，似乎没有商量的余地。

看王诗琪没伸手，冯圣博接过文件夹，翻了翻问：“你是打算让我们暗中保护这个华米公司的高层？”

“是的，华米公司是本地的支柱产业，上头的人相当重视，命令我不惜一切代价保护华米公司的高层。正好最近也没有其他棘手的案子，所以就算是你这种特殊编制的探员也得参加。”

“那刚才我所说的……我知道那录像的地点，该怎么办？

“你觉得是哪儿？”

“我岳父的老家——河南省承河县。”

乔局长低着头似乎在思考，然后他说：“我会让人去当地看看。”

冯圣博觉得局长的说法有些奇怪，遇到这种情况，一般都应该先联络当地警方才对吧，于是建议说：“派我去看看，我知道他们录像的地方就是当地的民宅。”

“不，没有确定情况前我不会派你去，这里需要你。”

“可……”冯圣博还想争辩。

乔局长指了指冯圣博手中的文件夹，使了个眼色：“王诗琪是新手，没有你懂得多，我之所以把她指派给你，就是希望你能带带她。所以，专注你们自己的任务。”

冯圣博明白乔局长不想让自己去承河县，更不想让自己离开燕津市，他知道不该过度争辩，否则引起怀疑就不好了。

离开会议室，王诗琪还在生气局长怎么会把自己跟冯圣博安排在一起。

冯圣博不断翻看着文件夹的内容，说：“这个华米公司的高层似乎很低调，平时都是坐地铁上下班，看来没法开车跟着他了。”

王诗琪没好气地回答道：“那正好，我可不希望遇到恐怖分子时，你从车里直接拿出一把美国制的卡宾枪不顾人群到处扫射。”

王诗琪的话提醒了自己，冯圣博现在终于明白乔局长为什么配发给自己一把M4卡宾枪了，毕竟自己的敌人可能是之前的黑发女杀手那种，身体机能根本不是常人可比拟的，所以配备重火力可以保命。冯圣博说：“那可不是我自己放在后备厢里的，再说那是一把民用枪，不能自动射击。”

“不管怎样，”王诗琪停下脚步，回过身盯着冯圣博，“我不希望你的武断给我的前途蒙上一层阴影。”

冯圣博点点头：“我明白了。”

冯圣博的态度不错，王诗琪稍微缓和：“还有，不要再跟我说一些奇怪的事情，我不想分心，不想被干扰。这是我升职以来的第一个任务，对我很重要。”

冯圣博点点头。

“好吧，我们现在就出发。”

“开我的车？”

“不，我开自己的，你开你的，我不想在车里跟你说个没完。”

“OK，明白了。”

出了警局，两人上了各自的车，迅速前往华米公司本部大楼。

冯圣博对阿妮塔说：“华米公司本部的哪个出口离地铁站最近？”

“西北口和北口都离地铁站比较近。”

“那销售部呢，在华米公司本部大楼的哪个位置？员工如果要离开公司大楼去坐地铁，前往哪一个出口的概率更大？”

阿妮塔沉默了几秒，回答道：“销售部在大楼三层，位于整栋大楼的东南角，员工可以乘坐中央电梯下楼到达一层，从北口和西北口离开公司的概率是均等的。”

“把这个信息编成消息发给王诗琪，问问她，她想守哪个门。”

“知道了。”

过了一会儿，阿妮塔说：“王诗琪回应了你的信息。”

“念出来。”

“我守北门，你守西北门。”

“回应她说好的。”

不久，冯圣博将车停稳，透过驾驶室侧面的窗户盯着华米公司的方向。突然他说：“阿妮塔，其实我一直想问个问题，但有点害怕。”

“冯圣博，你的心跳有些加快。”

“是的，因为我在害怕。”

“到底是什么问题？只要问了，相信就能缓解你的恐惧。”

“我想问的是，买到你的这两个月里，在我身边有任何人的心跳像我一样正常吗？”冯圣博犹豫了一下继续说，“我的意思是没有那么平稳，心跳会因为情绪而变化，速率也符合他们的年纪。”

阿妮塔陷入沉默，看起来在调取数据，但这种寂静让冯圣博无比煎熬，他将手搭在车窗边，深吸了两口气。

不一会儿，阿妮塔回答道：“在你认识的人里面，我没有检测出有人和你的心跳类似。”

听到这个答案，冯圣博感到失望透顶，点燃一根香烟，看着窗外不再言语。

在华米公司本部大楼外的街对面，冯圣博坐在车里足足监视了一下午。快到下班时间了，他仍然聚精会神地盯着公司大楼出口的方向，不时从怀里掏出目标的相片和出来的人作对比，生怕错过要保护的对象。

这时，电话铃响了，是王诗琪，冯圣博赶紧接了。手机那头第一时间说：“他出来了，从北口，我们地铁口见。”

“好。”冯圣博挂了电话，赶紧下车打开后备厢，拎起一个黑色长袋背在背上，合上后备厢后匆匆朝地铁北口方向小跑过去。

站在地铁口，冯圣博发现自己似乎是先到的那个人，便站在栏杆边，等待着目标和王诗琪出现。很快，目标人物王正凯出现在视线里，只见他拎着一个公文包匆匆走进地铁口。在王正凯身后不远处，王诗琪也快步跟了上来。

冯圣博很快来到王诗琪侧后方，就这样沉默地前行。他眼睛盯住前方不远处的王正凯，同时不时打量周围的人。

刷卡进站后，王诗琪对冯圣博说："到了站台上，你和我分开站，从两边监视他周围，任何插兜、任何拿着可疑物品的人都要盯紧了。"冯圣博笑笑，自己就背着一件可疑物品，里面装着卡宾枪。

两人跟着王正凯很快来到站台，随即分开，等待地铁进站。这时，头顶的灯光闪烁了一下，但很快又亮了，周围人的惊呼也平复下来。冯圣博觉得有些奇怪，自己坐地铁很多年了，从没遇见过这种情况。可接下来，正当众人的惊讶还没完全过去时，所有的灯一起熄灭了。

突然阿妮塔说："我监测到一个脚步声正迅速接近王正凯！"

冯圣博赶紧从兜里掏出手电，一手拿手枪，一手用手电照了一下前方不远的位置，只见王正凯呆站在原地。察觉到光亮，王正凯回过身来，抬起手挡着光线问："谁？"

此时一个全身黑衣、戴黑色面盔的人出现在王正凯身边，刹那间将刀扎进了王正凯的腹部。震惊的冯圣博直接扣动扳机，但这个杀手似乎穿着某种特殊的防弹盔甲，子弹擦出了火花，根本阻止不了他，他又接连两刀，重重扎在了王正凯的胸口和脖子上。冯圣博继续开枪，子弹击中这杀手的头部，但他也只是轻轻歪了下脑袋。

此时列车进站了，给这黑暗的空间带来了光亮。枪声虽然引起了惊慌，显然车里的人没多在意，车门开启后纷纷走下车，但站台上的黑暗让乘客们驻足原地，瞬间站台上变得很拥挤。

冯圣博不敢再开枪，此时除了手电筒照的位置什么也看不见，人群涌过来，一时间竟失去了刚才那杀手的踪影。他用手电筒照了一下倒地不起的王正凯，明白已经没救了，便赶紧登上列车，左右看去，原来那杀手就在车厢里，正匆匆向车头方向走去。

这时王诗琪也上了车，看到冯圣博时大声问道："怎么回事，王正凯呢？"

冯圣博没有回答，放下背后的长袋子，从里面拿出卡宾枪，王诗琪赶忙过来再一次问道："王正凯呢？"

"他在站台上，已经没救了。"说着冯圣博端起卡宾枪朝前方走去。因为刚才的枪声，似乎没有旅客敢再上车，但自动控制地铁的智能系统还是关闭了车门，列车启动起来，渐渐加速。

突然，冯圣博似乎听到了某种"滴滴"的声音，赶紧回身推了一把王诗琪，接着扑倒在地。"砰"的一声，车厢内发生了爆炸，一定是那个杀手在附近留下了炸弹。

之后冯圣博起身，"砰！砰！砰！"又响起枪声，杀手似乎在冲自己这边射击，冯圣博赶紧闪身到两节车厢之间那道门的左侧，略微探头。看到对方的身影后，冯圣博端起卡宾枪，透过瞄准镜瞄准对方，右手扣下扳机。王诗琪低着头，在冯圣博身后大叫道："你疯了吗？"

一通射击后，冯圣博躲到一旁更换弹匣，一边说："不用担心，现在车上没有其他乘客！"接着他拉动拉机柄，再次探头向更前面的车厢看去，只见那个全身漆黑的杀手已经不见了踪影。冯圣博知道对方不容易被打穿，猜测可能是躲了起来，随即对王诗琪命令道：“起来，跟上我，掩护我的后面！”王诗琪点点头，跟在冯圣博身后，警戒着四周。

列车依旧在前行。来到更前面的车厢，冯圣博不敢放低枪口。突然间，“啪啦啦！”车厢侧面的玻璃被踢碎了，那个戴黑色面盔的杀手从窗外跳进来，双脚直接踹在冯圣博身上，将他踢飞出去。冯圣博重重地撞在一旁的座椅上，赶紧用左手支撑住身体，右手刚想举枪反击，但对方又伸出一脚，将枪踢掉了。

吃惊的王诗琪举枪大声警告道：“住手！要不我就开枪了！”

“快开枪！”情势危急，王诗琪却还在犹豫，冯圣博不由得大喊道。但王诗琪发现自己的手怎么也无法扣动扳机。

看王诗琪没动静，杀手从背后抽出短刀，当即朝冯圣博的脑袋劈去，可就在即将砍中的一瞬间，杀手手中的刀竟然停在了半空。

冯圣博没有放过对方这一刹那的停顿，一脚将对方踢开，接着连滚带爬地捡起一旁的卡宾枪。他刚想举枪射击，却见王诗琪就在杀手身后，两个人在一条线上，子弹有可能误伤她，赶紧喊道：“快，躲起来！”

王诗琪哪还听得到冯圣博的命令，眼里只剩下杀手，但她端着枪的手却怎么也扣不动扳机。突然她大叫出来，“啊啊啊啊！”更闭起了双眼，却依旧无法扣动扳机。

“见鬼！”冯圣博扔了枪，上前一把抱住杀手的腰，对王诗琪大声喊道：“快跑！”

已睁开眼的王诗琪吓得后退，一屁股坐倒在地。

杀手的力道之大让冯圣博根本抱不住，杀手一下就挣脱开来，拽起冯圣博的衣领子将他拎起来，用头重重撞在冯圣博的面门上，将他撞得鼻子喷出血来。杀手又举起刀，想要贯穿冯圣博的脖子，可再一次刀尖在触及冯圣博时停了下来。冯圣博赶紧从腰间掏出手枪，在极近距离下，冲着对方的面盔连开数枪。杀手松开了冯圣博，后退几步，捂住脸。

看到对方的面盔似乎出现了凹陷和裂痕，冯圣博明白枪弹并非完全没效果，站稳之后不停地开枪，直到将弹匣里的子弹全部打光。

“咔嚓”声响中面盔碎裂，冯圣博一边紧盯着面前的杀手，一边瞥了眼脚边不远处的卡宾枪，此时对方慢慢直起身子，捂着脸的手也放了下来。冯圣博睁大双眼，因为他认得眼前的人，不敢置信地叫道：“陈宇少尉？”

杀手有些震惊地看着冯圣博，问：“为什么你知道我的名字？”

“你不认得我了吗？我是冯圣博！”

十一

梦……

夜晚的承河县，唯一还营业的餐厅里放着音乐，葛江峰正招呼那些当兵的吃饭，还有一些民众也在里面吃喝，释放着病毒蔓延以来的不安和压力。

任淮宗站在街角对面的阴影中，盯着餐厅的方向，在那里足足站了一个多小时。直到葛县长从餐厅里出来，被人搀扶着走后，任淮宗左右看看，才悄无声息地走向餐厅。他没有第一时间进去，而是站在门外，透过玻璃窗先向里面望了望，确定剩余的几名葛县长的嫡系都喝得有些上头，才推开门。

走到一张空桌前，他对餐厅老板说："先给我来一瓶烈的。"

老板瞥了眼任淮宗："我以为你已经戒酒了。"

"末日都降临了，你以为我还会死于肝癌吗？"

老板耸耸肩，拿出一只杯子和一瓶小牛二摆在任淮宗面前。

任淮宗直接拧开瓶盖喝了一大口，又回身看了看那些依然在吃喝的军人，问老板："这些家伙就是白天来的那伙军人？"

"是的，葛县长特地让我今天开店，来招呼这些军人。"

"像今天这么喝下去，存货还有多少？"

老板摇摇头："撑不了多少日子了，等酒喝光了，人们的压力积压到临界值，这个地方没准要出大问题，光靠葛江峰的嘴皮子，恐怕没用。"

"我也有同感。"任淮宗笑笑，又回头望了望周围喝酒的军人，问老板，"这里面哪个家伙是头儿？"

老板耸耸肩："我也不知道。"

这时旁边一个声音说："我就是。"

任淮宗看向自己身后，一名军人应该是上厕所回来路过刚好听到了老板和自己的谈话。对方向自己伸出手，自我介绍道："你好，我是陈宇少尉，这些人临时的头儿。"

任淮宗和对方握了握手说："你看起来很年轻。"

陈宇解释道："现在军队人手不足。"

"你们基地也暴发疫情了？"

陈宇也没客气，直接坐在任淮宗这桌，点点头说："不过好在现在控制住了，并没有继续蔓延，否则今天你就不会在这里看到我了。”

任淮宗举起酒杯，陈宇也赶紧拿起酒杯和任淮宗碰了一下。

任淮宗说：“庆祝我们今天还能坐在这里一起喝酒。”随后将杯中的酒一饮而尽。

陈宇有些苦涩地附和道：“是值得庆祝一番。”

任淮宗问：“那你的家人呢？他们都在哪儿？”

“我不知道，几天前就失去了联络。”

“你不打算去找他们吗？”

“他们在燕津市，重灾区。”说着陈宇低下了头。

任淮宗拍了拍陈宇的肩膀说：“抱歉，不过你不应该放弃希望，我女婿冯圣博，就是从燕津市来的，虽然我同行的女儿和孙子半途就死了。”

陈宇道：“真的吗？今天葛县长也说有个女的从燕津市来，还说她可能有免疫病毒的抗体，希望我将她带回基地，检测血液。”

“什么？葛江峰想让你带走那个女的？”

陈宇有些奇怪地问：“是啊，葛县长希望我能带她回军事基地。”

任淮宗沉默了几秒，因为以他对葛县长的了解，这个老色鬼绝不会放过那样一个美人。

陈宇问：“你也知道那个女的？”

任淮宗知道自己没工夫去琢磨葛县长的心思，赶紧点点头说：“她其实是和冯圣博一起从燕津市逃出来的，她叫任梦雪。”

“两个人一起？”

任淮宗解释道：“是的，这不更说明了一个问题吗？这两个人其中一定有个人的血液里有抗体，又或者两个人都有。”

任淮宗的话似乎带着某种别的意思，陈宇听出来了，点点头说：“似乎是这样的。”

“如果他们俩真的能免疫这种病毒，那他们就非常重要。”

陈宇没有回应任淮宗的话，若有所思。

任淮宗继续说：“虽然我可能行将就木，但你们还很年轻，病毒随时可能再度蔓延，你们也不想一辈子戴着防毒面具活下去吧？”

“你的意思是希望我把这两个人带回基地，分析他们的血液？”

“是的，我是希望你这么做，但……”

“但什么？”

“或许没办法了。”

“什么意思？”

“他们都落到了葛县长手里。”

听到任淮宗这句话，餐厅老板瞥了他一眼。“你确定要在这里说这件事吗？”他凑过来低声问道，他的眼神投向坐在角落的一桌，“那边可都是葛江峰的人。”

任淮宗说：“放心吧，我看他们都喝高了，不会注意到这边。”

老板悻悻地点了点头，希望任淮宗不要给自己惹上什么麻烦才好。

陈宇不解地问：“什么意思，什么叫他们都落到了葛县长手里？”

“就在昨天，我们镇上烧死了一个外来的姑娘，他也知道这件事。”说着任淮宗指了指餐厅老板，老板点点头，“任何被怀疑可能携带病毒的人，都会被当众烧死，这是几天前整个镇子的决定。”

陈宇点点头：“虽然很野蛮，但并非不可理解。”

“但问题是，决定谁携带病毒，谁没有，全由葛江峰一个人说了算。”

陈宇面色一沉，没有说话。

“任梦雪还有冯圣博，他们本来都住在我家，葛县长强行将任梦雪带走，跟我说要检查这个姑娘是否携带病毒。”

“你是说葛县长有别的目的？”

“我们都知道葛县长的情人在这个镇上就有好几个。”

陈宇有些怀疑地道：“可他今天白天希望我带走这个叫任梦雪的姑娘，跟你说的不太一样。”

任淮宗的语气很中肯，摇摇头：“我不知道这其中发生了什么，也不管任梦雪现在是否安全，但我女婿冯圣博去警局救任梦雪，失败了，现在被关押起来，很可能这两天会被处死。”

“你希望我出面救冯圣博？”

“是的，他可能是极少数免疫这类病毒的人，他没准是人类的希望。”

陈宇皱了皱眉说：“我们还不能那么确定，你女婿或许只是碰巧活下来而已，并没有什么特别的。”

“他是不是人类的希望，确实不是我们俩能说了算的，但你也不能否认这种可能性。”

陈宇点点头：“我没有否认。”

“所以我觉得我们该赌一把。”

“赌一把？”

“我们不能放弃这种可能性。”

陈宇想了想，看向任淮宗：“我能理解你想救女婿的心情，但是调动部队干什么，并不是我能决定的。我只是一个临时被任命的头儿，甚至都不是这伙兄弟原来的连长，我没有太多发言权。所以你来找我谈这件事，我只能说，我很难帮你。”

任淮宗攥着杯子，反问道：“你打算像个懦夫一样，一辈子活在防毒面具下吗？”

陈宇依旧道：“抱歉，这真不是我能决定的。”

任淮宗看起来有些愤怒，大声道：“你是个懦夫，你知道吗？你是个懦夫！”任淮宗的声音越来越大，引得周围人都看向他。陈宇喝了口酒，显得有些无奈。

任淮宗站起来，指指陈宇，又指了指周围喝酒的士兵，质问道：“你们是军人，你们的职责是守卫这个国家，守卫这里的人民，难道你们要放弃人类的希望吗？你们这帮懦夫要看着葛县长为所欲为吗？你们要对这个县城的生死视而不见吗？！”

听到任淮宗的挑衅，几名士兵直接围过来，陈宇赶紧起身拉住自己的同伴，低声道：“不要管他，他只是喝得有点多而已。”

“葛江峰用几瓶酒就收买了你们，如果以后他找些女人来，我想你们就直接成为他的走狗了吧！”

士兵们听了任淮宗的话，越发愤怒，一个人上前一把揪住任淮宗的衣领。陈宇赶紧去拉开两人：“放开他！不要受他挑衅！”

“来啊！打我啊！我可不会怕一帮脓包！”

那士兵忍不住，最终一拳打在任淮宗的鼻梁上。任淮宗瞬间鼻子喷血，坐倒在地，他年纪大了，这一拳下来有点眩晕。

陈宇赶紧拉住自己的同伴，不让他再上去拳打脚踢。“够了！够了！来这里喝酒我们已经违反了军纪，难道你们还想惹别的麻烦吗！”

士兵们都站在周围不说话。

任淮宗捂着鼻子，喘着粗气，说：“想想吧，我已经没有多少日子可活了，可你们才多大？这个镇子上有两个可能免疫病毒的人，或许只要利用他们血液里的成分，就能让所有人渡过这次难关，可你们却要视而不见，让葛县长将这两个人处死。”

士兵们相互看看，有人嘀咕起来：“他在说什么？”有人问陈宇：“到底怎么回事？”

陈宇的神情有些为难：“我也不确定他说的是真是假，他说这里除了今天上午那个女人外，还有一个免疫病毒的人，而葛县长极有可能会在明天处死这两个人。”

任淮宗笑笑，指了指坐在不远处有些喝醉的葛县长的嫡系：“他们都是葛江峰的人，你们可以问问他们，问问他们我说的是不是真的。就在昨天，葛江峰活活烧死了一个女孩，我们无法确定这个女孩是否身染病毒，但她没有病发，而是被活活烧死的！”

士兵们顺着任淮宗手指的方向看去，几名葛县长的嫡系都喝得有点醉，但还是察觉了士兵们的注视，笑道：“你们怎么了，为什么不继续喝了？你们要知道，或许再过两天就喝不到了。”

士兵们眼神交汇，似乎要上前询问，陈宇赶紧拦在所有人身前，阻止道：“大家冷静，我们现在在人家的县城里做客，如果我们轻易动了手，那一切就不好收拾了。”

一名士兵指了指任淮宗说：“但他说的如果是真的，我们就不该袖手旁观。”

陈宇点点头：“是，我们不能眼睁睁地目睹一场残杀，可我们需要谨慎、再谨慎，因为如果我们冲动行事，将可能引发一场更大规模的冲突，死更多的人。”

听了陈宇的话，士兵们纷纷点头。

这时任淮宗也站起身，质问陈宇：“你真的打算熟视无睹吗？”

陈宇摇摇头：“今晚我们什么也做不了，我们必须回基地。”

任淮宗有些失落，失魂一般笑了笑，指着在场所有的士兵说：“哼，请你们记住，是你们葬送了整个世界的未来。”说完转身离开了酒吧。

陈宇回身看了看自己的战友，说：“大家收拾收拾，我们也该离开了。”

家中浴室的水管前，任淮宗仰着头，尹谭溪将手绢用水沾湿了，一边帮任淮宗清理鼻子上的血迹，一边笑道：“都什么岁数了，居然去饭馆找一帮二十多岁的小伙子打架，你真的想扔下我一个人上路吗？”

任淮宗喘着粗气，缓缓道：“那也总比你扔下我强。”

听了这句话，尹谭溪不知该哭还是该笑，斥责道：“不要说一些不吉利的话，如果淑涵听到了，一定又会责备我们长不大的。”

“哼，这个世上又有谁能真正长大呢？我们老了，难道就不是曾经的自己了吗？曾经的我们不都是拥有年华和岁月的吗？”

“是是是，去饭馆找人打架，你确实和当年一样。”

“我当时打的可是伤害你的人，要不是因为那一架，你还不会嫁给我呢。”任淮宗说着攥住了尹谭溪布满皱纹的手，“老实承认吧，你觉得我打架时很帅。”

“你刚才有打对方一拳吗？”

被说到痛处，任淮宗尴尬地不知道说什么好。

尹谭溪笑笑：“挨揍……有时也挺帅的。”

“哼，我就知道你会这么觉得。”

这时，任淮宗忽地听到了一些声响，神情立刻紧张起来。

“怎么了？”尹谭溪问。

任淮宗赶紧来到卧室，找了一圈，发现自己一直随身携带的菜刀放楼下了。

尹谭溪也赶紧跟过来，拉着任淮宗问：“怎么了？”

任淮宗走到卧室的窗边，稍稍拉开窗帘，向外面瞥了一眼说：“应该是葛江峰派来的人，那个混蛋，看来是听人说了饭馆的事。”

“什么，他们想来干吗？”尹谭溪捂着嘴紧张地道。

任淮宗推了下眼镜，看着尹谭溪缓缓道：“不知道，但或许我们过不了今晚了。”

听任淮宗这么说，尹谭溪走过来靠在任淮宗怀里，淡淡地说：“没事，在得知我们女儿的死讯时，我就已经什么都不怕了。”

“哼哼，看样子我刚才真是白挨打了。”

尹谭溪摇摇头：“我们已经尽力了。”

这时，只听楼下屋子的门被重重砸开，脚步声传来。任淮宗突然意识到自己或许不该就这样放弃，忙推开尹谭溪来到门边，将门反锁起来，接着想搬动一旁的柜子将门堵住。尹谭溪反应过来，也赶紧上去帮忙。两人合力将能堵住门的东西都堆在了门前。

可还未来得及喘一口气，只听“咣”的一声，有人想撞开门。尹谭溪扑进任淮宗怀里，任淮宗的双手紧紧搂住妻子，两人都有些不知所措，只能眼睁睁地盯着门被一次次撞击，发出令人恐惧的声响。尹谭溪的泪水再也抑制不住，将头埋进任淮宗的怀里哭了出来。

“砰”的一声，门被打出了一个洞，对方开枪了，随即一双眼睛凑到洞跟前，朝里面望了望，说：“他们就在里面，开枪，开枪打烂这道门！”

枪声纷乱地响起，任淮宗赶紧拉着尹谭溪躲在床后面，两人蜷缩在一起，等待着审判的降临。

“咣当！”最后一件挡住门的家具被推开后，几名端着霰弹枪的打手走进来，指了指床后面：“他们在那儿。”

尹谭溪把脑袋埋在任淮宗怀里，不敢看。任淮宗死死盯住这几个打手，他们都是县里的居民，平时和自己关系也还可以，有时会一起喝酒。任淮宗道：“是葛江峰叫你们来的？”

其中一个带头的人点点头：“起来吧，我们可以出去，选个好地方。”

任淮宗说：“我们想死在一起。”

那人又点点头：“没问题，我会把你们埋在一起。”

任淮宗不甘地质问道：“在这个末日之下，这么做你们的灵魂难道不会不安吗？”

那人说：“抱歉，我不想惹麻烦，我也有家人住在县里。”

任淮宗明白多说无益，便拍了拍尹谭溪说：“来，我们起来。”他扶着她近乎瘫软的身体，准备跟随这些人下楼。

突然，刚才那人下楼梯的脚步停了，试探性地叫了一声楼下的同伴：“老崔？老简？”没有应声。那人紧张地正要再喊，只听一个陌生的声音说：“楼上的人，放下武器，我们没有伤害你们的意思，我们只是来阻止你们杀死任淮宗一家的。”

那人赶紧后退一步，指示身后的人将任淮宗他们看好，自己冲楼下喊道：“你们是谁？也是县里的居民吗？你们知道违抗葛县长会有什么下场吗？”

“我们不是这里的居民，我们是今天来访的那支部队，我们的武器和战斗力要远胜你们，投降才是唯一的出路。”

“你们是外人，最好不要来管我们县里的事。”

“是吗，你们县城什么时候变成独立王国了？祖国还在，我们不会坐视葛江峰建立自己的王国。”

任淮宗听出是陈宇少尉的声音，赶紧在尹谭溪耳边低语道：“我们有救了。”

那人回头看了一眼任淮宗，如果现在杀了他一定没有好下场，可不杀死任淮宗，自己的家人又或许有麻烦。

任淮宗看出了他的心思，赶紧劝阻道：“这些军人不是疯子，我们可以商量怎么保护你的家人，怎么推翻葛县长在这里的独裁！”

那人看了看自己的同伴，几个人都是一脸不知所措，他犹豫了一下，冲楼下的军人高声说：“如果我放了任淮宗，你们能保证我家人的安全吗？”

楼下传来回应：“你家在县里哪个方位？”

“东边，离市政厅不远。”

“我可以派两个人将你的家人带到这附近，然后将他们和任淮宗一起带走。”

“去你们的基地吗？”

“是的。”

“你让我考虑一下。”那人问同伴，“你们愿意接受这些军人的提议吗？”

其中一人不安地说：“葛县长的人要比这些军人多得多，如果真打起来他们没有胜算。”

“不如我们通知葛县长让他派人来救我们？”

任淮宗冷笑一声，插话道："葛江峰会顾忌你们的生死？他甚至可能直接让人放火烧毁整个屋子，把我们和这些部队的人一同杀死，之后再跟其他人说，这里已经被军队占领，那些外人想攻占我们的县城，所以不得已杀死了他们。"

大家面面相觑，都觉得这种事葛江峰绝对干得出来。

任淮宗补充道："你们死了，你们的家人呢？会被葛县长煽动，继续为他卖命。"

任淮宗的话很有道理，打手们显然明白，信任葛县长并不是一条明智的路。几人用眼神交换了一下意见，带头的打手随即冲楼下喊道："我们投降。"

"把你们的武器都扔下来，如果我们上楼时发现有任何威胁，不排除会开枪。"

"我明白。"带头的打手将大家手中的武器都拿过来，一股脑顺着楼梯扔了下去。一阵脚步声传来，全副武装的士兵端着枪冲上二楼，厉声道："把手举过头顶！"打手们纷纷举高双手，接着被士兵扭倒在地反绑起来。

惊魂未定的尹谭溪依旧在颤抖，任淮宗镇定一些，对那个打过自己的士兵说："谢谢，谢谢你们。"

那士兵有些尴尬，回应道："抱歉，我们不知道县城竟真像你说的一样，还打了你。"

任淮宗摇摇头："没关系，你救了我，就算让你再多打几拳也值了。"

这时陈宇少尉走过来问任淮宗："你们有没有受伤？"

"还好，你们来得够及时。"

陈宇按着枪，让战友将葛县长的打手们都带下楼，又瞥了一眼尹谭溪，有些担心地说：“她看起来受了惊吓。”

任淮宗搂着尹谭溪，回答道：“没事，有我在，没事的。”

众人一同下楼，那个带头的打手问道：“你答应了救我们的家人，现在是不是该行动了？”

陈宇有些犹豫，觉得如果只派很少人和这些打手前去接他们的家人，中途一旦这帮家伙变卦，通知了葛江峰，那不光会害了战友，自己还有任淮宗一家也难免要遭毒手。

他拉着两个战友走到一旁，低声商量起来。

任淮宗让尹谭溪先坐下，自己凑到陈宇跟前低声问：“少尉，你打算怎么做？”

陈宇有些犹豫：“我们还没商量好，你觉得呢？这几个人信得过吗？”

任淮宗摇摇头说：“我不认为带他们去救家人是个好主意。”

陈宇问：“你确定吗？这帮家伙信不过？”

“我认识这些家伙，这些家伙也认识我，我们一起喝过酒，打过牌，他们却因为葛江峰的一句话而来杀我和我妻子，你觉得这种人有信誉可言吗？”

陈宇想了想，点点头：“那你觉得我们该怎么处置这些人？”

“这取决于你们打不打算救冯圣博，如果你们不准备救他，将这些人扔在这里就可以了，明天葛县长就会发现他们，也不会对他们或者他们的家人怎么样。”

“我们还没决定，我们不知道这县城里听从葛江峰的武装人员有多少，所以很难制订周详的计划。”

“你们总共有多少人？”

“就你看到的这些。”

陈宇手下的士兵也就十个人，任淮宗说：“听从葛江峰的武装人员起码有六十人以上，他们还获得了警局的装备。”

显然，跟这种规模的武装人员冲突，凭自己这些人手有些难，陈宇神情严肃地说：“我想我该先把你们夫妇送走。”

任淮宗摇摇头：“我们得抓紧每分每秒，如果葛江峰发现这里的情况，一定会严加戒备，只怕救人的难度会更高。”

陈宇看了眼手表，他也明白时间紧迫。

任淮宗继续说：“我非常熟悉市政厅内部，可以给你们指路。”

陈宇问：“你让我们现在直接突袭市政厅？”

任淮宗点点头：“如果你们想救出冯圣博和任梦雪，这是唯一方法。”

听了任淮宗的话，士兵们一个个脸色铁青，他们都知道行动难度极大。

任淮宗步步紧逼，又问：“你们有夜视装置吗？”

陈宇点点头。

“我们可以先切断市政厅的备用电力，我知道机房的位置。”

一名士兵问道：“那我们也得先潜入后才能找到机房？”

任淮宗肯定地道：“是的，但如今葛江峰什么也不知道，警戒一定不严，再说守卫也不是正规军人，没有纪律可言。”

事关重大，陈宇想了想说：“我得问问大家的意见。”

任淮宗明白自己无权逼迫对方，说：“好吧。”

陈宇走到众士兵面前比出两根手指，说：“现在我们有两个选项：一是现在撤退，回基地寻求增援明天再来，或许会跟镇上的居民产生大规模交火；二是我们现在就去突袭市政厅，直接拿下葛县长。”

听了陈宇的话，大家面面相觑。

“你怎么看？”一名士兵盯着陈宇问。

陈宇说：“那两个被葛县长抓住的人血液里可能有免疫病毒的抗体，我觉得这值得赌一把，为了我们自己，为了我们的国家，也为了所有人类的未来。”

战友们都看着陈宇，整个房间陷入了寂静。

这时，尹谭溪走过来对陈宇少尉说：“少尉，谢谢你做出了一个勇敢的决定。”

一名士兵有些想退缩：“我不同意这次行动，我不想现在丢掉性命，我还想见我家人。”

另一名士兵说：“我赞成这次行动，我可不想一辈子活在这些防毒面具下。”

又有一名士兵说：“我的家人也生死不明，但如果他们活着，会为我的退出感到羞耻。”

听了这名士兵的话，任淮宗和尹谭溪互相看了一眼，不禁倍受鼓舞。

“末日来了，我们的职责难道就变了吗？”

“我们的职责难道不是听从命令吗？”

“不要像个懦夫一样。”

“如果我们在这里殉职了，会有国葬吗？”

听着战友们纷乱地表达意见，陈宇说：“大家听我说一句。”

所有人沉默下来，看向陈宇。陈宇诚恳地说：“我不知道这两个决定到底哪个正确，哪个又会引领我们走向死亡，但我知道，如果今天我选择离开，我将会一辈子自责。”

不少人赞同地点点头。

“想要离开的，我不会阻止你们，带上任淮宗夫妇，把他们送回基地；其余的人跟我来，我们要为希望赌一赌，而赌注，就是我们自己，我们的生命，我们的灵魂。”

不少人听到灵魂一词都笑了，但没人反驳陈宇的话。

这时任淮宗开口了：“我会留下为你们指路，你们带我妻子一个人走就行了。”

战士们都摇着头，笑着看任淮宗。

陈宇明白了大家的意思，对任淮宗说：“抱歉，恐怕你们俩都得留下来了。”

每个人都佩戴夜视仪，端着装有消音器的自动步枪，打开装在护目右侧的ATPIAL激光瞄准器，借着暮色迅速接近位于镇子东边的市政厅。

站在街角房子所产生的阴影里，陈宇仔细观察着四周。他发现市政厅的守卫并不是太森严，如果行动够快，或许可以在不被发现的情况下潜入市政厅内部。

“阿尔法小队，你们那边情况怎么样？”陈宇通过无线电联络绕路到市政厅后方的小队。

“守卫数量不多，我想我们可以做到同步击杀。”

“好的，等我的命令。”

接着陈宇指示身后的队友，让他们每人盯住一个哨兵，从不同方位一起开枪。

几十分钟前。

市政厅内部地下仓库里，任梦雪赤裸着被绑在一张担架床上。葛江峰将试管和针管准备好，看着她说：“我本是医疗科研机关出身，四十岁的时候才跳到行政这边。我会通过你的血液找出这个病毒的解药，成为整个世界的救世主。放心吧，你不会感觉到疼痛的。”

任梦雪双目充满令人不寒而栗的冷漠：“你对我的折磨，有一天我会加倍还给你。”

葛江峰笑道：“哼，到现在了还嘴硬，你真觉得自己还有机会吗？”

任梦雪冷笑一声。

针头扎入她细嫩的皮肤里，葛江峰将血液抽出后愣住了，因为他看到试管里居然不是鲜红的血液，而是某种蓝色液体。他看向任梦雪，惊慌地问：“你……你到底……”

“刚才还和我在床上翻滚，难道我不是你心中的女神吗？”

葛江峰怒吼道：“你到底是什么，你的血为什么会是蓝色的？感染病毒的人血都会变成蓝色吗？！”

任梦雪笑了：“是的，我感染了病毒，你马上就要死了。”

葛江峰后退一步，他想不明白任梦雪的血为什么会是蓝色的，而刚刚自己还和对方上了床。各种恐惧都涌上心头，他撕开自己上身的衬衫胡乱查看，似乎并没有异样，又咬破手指，渗出的血是红色的。

葛江峰再一次看向任梦雪：“你骗我，你在骗我！你根本没有感染病毒，你的血为什么会是蓝色的？”

任梦雪收起笑容，突然右手一用力，竟直接挣断了锁住自己的三层皮带。葛江峰害怕地后退，撞在一旁的铁桌子上，桌子上那些用来折磨人的肮脏工具发出声响，吓了他一跳。

“我不是人类，所以我可以免疫病毒，而我蓝色的血液里确实包含着病毒，因为病毒就是我们释放的，由我们这些长得跟人一样但不是人的东西释放的！”

听任梦雪这么说，葛县长吓得魂飞魄散，赶紧回身拿起桌上的防毒口罩捂住自己的嘴，头也不回地从地下仓库跑了出去。

看到葛县长夹着尾巴逃掉了，任梦雪笑笑，左手再一用力挣脱了另一边的皮带，又掰断脚上的锁下了床。她走到一旁的桌子前，拿起棉球擦了擦胳膊上的针孔，接着将棉球用打火机点燃直接烧掉了。

十二

现实……

“陈宇，你不认得我了吗？我是冯圣博！”

列车依旧在前行，车厢内都是弹痕，头顶的电灯忽明忽暗，窗外广告牌发出的光闪烁在黑衣杀手和冯圣博脸上。王诗琪举着枪的手依旧无法扣动扳机。时间仿佛因冯圣博的一句话而静止下来，黑衣杀手正死死盯着冯圣博。

冯圣博再次问道：“你是陈宇少尉，对不对？”

黑衣杀手没有说话。

这时一旁的王诗琪问：“你说什么，冯圣博？”

冯圣博抬起手示意王诗琪：“不要开枪，我认识他。”

杀手仿佛在自言自语："不可能……不可能……"

王诗琪举着枪大喊道："不要傻了，他手里还拿着刀呢！"

突然，杀手紧握着刀又朝冯圣博冲过来，王诗琪赶紧扣动扳机，可手指依旧在一瞬间停住了。冯圣博无处可躲，可杀手的刀也像王诗琪的枪一样，在要扎进冯圣博的胸口时停住了。

冯圣博一时间没反应过来，杀手已抽刀后退，跳上一旁的座椅，接着单手扒住车顶的边沿，竟直接翻上了车顶。

来不及震惊对方如此强悍的身体能力，冯圣博盯着附近的车厢天花板，准备应对随时可能的袭击。王诗琪则看着自己的手陷入某种震惊中无法自拔。

不久，外面越来越亮，列车进站了。依旧听不到任何声音，或许对方已经离开了？冯圣博赶紧下了车亮明身份，对刚要上车的其他乘客高声道："我是警察，这辆列车出了故障，请你们改乘别的交通工具！"人们开始小声议论。

冯圣博回头发现王诗琪还在车里，赶忙走过去说："我们现在得赶紧通知局里。"

王诗琪呆呆地看着地面，不回答。

冯圣博发觉有些不对，问："你怎么了？"

王诗琪抬头看着冯圣博说："我无法开枪。"

冯圣博从她眼中感受到了某种恐慌，安慰道："我第一次面对犯人时也没办法顺利扣动扳机。"

"不，不对，是每当我准备扣下扳机时，我的大脑就会突然一片空白，我的眼睛也会在一瞬间失去视力，我再也控制不了整个身体！"

王诗琪的话让冯圣博一瞬间似乎明白了什么，之前那个黑发女杀手，以及刚才的陈宇，他们在杀死自己的一瞬间都停了下来，难道王诗琪也跟他们一样，是因为不具备某种权限而无法下杀手？冯圣博更想起之前吴波说过的话，权限似乎会根据一代二代三代的不同产生许多差异……

王诗琪捂着额头陷入自我怀疑："我到底怎么了？在警校时我明明可以开枪的。"

冯圣博明白现在不能将自己的猜测告诉她，正考虑该怎么办，突然王诗琪举起手枪，对准地面，直接扣动了扳机。吃惊的冯圣博一把将她手中的枪夺过来，怒吼道："你疯了吗？"

人群听到枪声惊叫散开，向地铁外涌去。

王诗琪好像根本没听到冯圣博说什么，颤抖着说："没错，在这里我能开枪，为什么刚才就是没法开枪？"

冯圣博将枪别在身后，瞥了眼四周，扶住王诗琪的肩膀说："王诗琪，你不能这样，你不能表现得失常。"

王诗琪吃惊地问："什么叫我不能表现得失常？"

冯圣博突然意识到自己说错话了，改口道："因为你刚才的行为，你会被停职！"

王诗琪点点头："你说得没错，是该停职一个面对犯人都开不了枪的警察！"

冯圣博不知道怎么安慰她，只能警告道："不要逼我把你铐起来！"

"难道你不会觉得我生病了吗？难道你不会觉得我不正常吗？"敏感的王诗琪似乎从冯圣博的态度里察觉了什么，"我开不了枪的原因，你是不是知道？"

冯圣博愣了一下，支支吾吾道：“我们不该在这里谈论这些，你得先冷静下来，我们先把这里的事情处理好。”

王诗琪挣脱开冯圣博后退了一步：“不对，绝对是哪里不对，我开不了枪跟你之前说过的那些话有关，对不对？”

为了让对方先保持冷静，冯圣博点点头，说：“这里不是说话的地方，回车里我再给你讲，好不好？”

冯圣博的肯定给王诗琪的内心带来了很大冲击，种种恐惧涌上心头，王诗琪喘着粗气，双手抱头不断地重复：“我到底怎么了？我到底怎么了？……”

冯圣博觉得不能再让她这么闹下去了，只好将其打晕背起朝地铁站外走去。

王诗琪醒来后发现自己坐在车里。她看了一眼正开车的冯圣博，问：“怎么回事，你打晕了我？”

“抱歉，我必须这么做，否则你一定会引起更多人注意。”

“你是怕我也被送去你之前的医院？”

冯圣博没有回答，只是问：“你现在感觉怎么样？冷静一点了吗？”

“我不能开枪的理由，你现在能告诉我了吗？”

“谁都有第一次不敢开枪的时候。”

王诗琪冷冷道：“你想说我短暂失去视觉和触觉都是因为害怕吗？我从没听说过这种症状，那种感觉就像在一瞬间有人故意关掉了我眼睛的开关，阻止我开枪一样。”

听了王诗琪的话，冯圣博越发明白，或许是某种程序在阻止王诗琪开枪，看起来，她真的不是人类，而是属于一到三代，某一代生产出来的。想到这里，冯圣博也有点泄气，在他的潜意识里，他曾寄望这一切的不合理都只是一个玩笑，但王诗琪似乎证实了，这一切都是真实的……自己生存的世界变了，变得面目全非，令人畏惧。

看着沉默的冯圣博，王诗琪说："靠边，停车！"

冯圣博没有听她的："你得保持冷静。"

"那就告诉我真相，我到底怎么了？！"

冯圣博犹豫了一会儿，把自己心中的推测讲了出来："其实生病的并不是你，而是这个世界。那些不自然，包括你开不了枪，以及那些永远无法发出的列车，都是因为如今的世界已经不再是我们认知的那个世界了。"

"什么？到底是什么意思？"

"现在的燕津市只是在模仿我们脑海中的那个燕津市。"

王诗琪一脸茫然，不能理解冯圣博说的到底是什么意思。

冯圣博说："我也不知道是为什么，但如今我们眼前的一切，都是照着原有的模样做出来的，甚至包括你和我。"

王诗琪一把拽住冯圣博的衣领问道："你这话什么意思？！"

王诗琪拽得很用力，冯圣博赶紧踩下刹车，将车停靠在路边，说："我只能说这是我的推测。我认为在你的脑海里，有某种程序会阻止你开枪，阻止你杀人，因为你不具备杀人的权限。"

"权限？程序？你在说什么傻话？你以为我的脑子里被植入了什么奇怪的东西吗？"

冯圣博很难反驳王诗琪说她可能根本不是人类，一时间语塞。

"你怎么不说话了？"

冯圣博淡淡地说：“我说了这些都只是我的推测。”

“是的，都是你的推测！你居然怀疑我的脑子里被人装了东西，你疯了吗？这世上根本没有这种技术，我居然差点信了你这个疯子！”

冯圣博没有辩解，他知道自己现在很难说服王诗琪。

“不行！我要下车！”说着王诗琪就去开车门，但门打不开。

“这个车门怎么打开？”王诗琪厉声问道。

冯圣博没办法，也不能将王诗琪就这么困在车上，只好打开了车锁。王诗琪推开车门，下车后头也不回地走了。

冯圣博叹了口气，问阿妮塔：“你觉得她接下来会去哪儿？”

“女性在心理受创陷入震惊时会选择独处，相信她百分之八十会回家。”

冯圣博掏出烟盒抽出一根烟：“这是根据心理学推测的？我猜她在家待不了多久，就会出来验证我所说的那些话。”

第二天清晨。

王诗琪背着一个登山包，叫了辆出租车。司机问：“女士，你去哪儿？”

“中央火车站。”

司机看了眼王诗琪手边的登山包，点点头说：“好的。”

王诗琪是警察，自然也观察到了司机这个眼神，便问：“怎么了，有什么奇怪的吗？”

“啊，没有，我只是有段时间没有接送去火车站的乘客了。”

“为什么？”

“你知道的，最近全国天气不好，列车各种延误取消，坐的人自然就少了。”

听司机这么说，王诗琪探出的身子又缩了回来，其实她心里也明白司机说的这个理由简直可笑，如果全国天气都很异常，又为什么只有燕津市天气正常？她的手紧紧攥着登山包的背带，没再多问。

来到车站，王诗琪站在巨大的电子告示牌前找寻有机会出发的列车。她并没有想去的地方，只是想验证冯圣博的话，燕津市是一个巨大的牢笼，他们都被困在其中模仿着城市原本拥有的一切。

从自动售票机买了一张即将出发的列车车票，王诗琪鼓足勇气朝站台方向走去。周围人流不断，大家都面无表情地匆匆走着，没有人交谈，没有人停下脚步查看手中的车票，或者抬头看电子告示牌。

来到自己列车的站台上，王诗琪看了一眼手中的车票，随着几名身着西装、手持公文包的旅客一同登上列车。坐下后王诗琪注视着周围，一切看起来并没有什么奇怪的，也没有人阻止自己上车，其他旅客也都很正常地坐在那里，有的看报纸，有的喝着车站里买的咖啡。

王诗琪掏出手机看了一眼时间，离开车还有不到五分钟了，如果列车能顺利离开燕津市，冯圣博的那些疯狂言论就不攻自破了。

她心中充满期待和不安，这五分钟如此漫长，她尽量不看时间，拼命压抑自己的紧张。依旧有旅客在不断上车，这让王诗琪稍稍感到心安，如果一切真的如想象中那般奇怪，怎么会所有人都察觉不到？

这时，一个人坐到了王诗琪身旁的位置上，王诗琪将大衣拽了拽，看到坐下的人非常帅，不禁露出一抹笑意。

帅气的小伙子也报以微笑，问道：“你很陌生，头一次坐这趟车吗？”

“这么说你经常坐？”

“毕竟这是我的工作。”

“你的工作经常要出差吗？”

小伙子皱了皱眉，笑笑说：“你在开玩笑吧，我们的工作明明是一样的。”

王诗琪不解地问：“一样？你认识我吗？你知道我是警察？”

小伙子的笑意突然消失了，周围人也都吃惊地看向王诗琪。王诗琪直觉有问题，警戒地瞥向四周。似乎几秒时间，所有人抽离了视线，整个车厢又恢复了原样，人们沉默地看报纸，吃早餐。

王诗琪问小伙子：“怎么了，为什么刚才大家看起来都很吃惊？”

小伙子有些尴尬地说：“没什么。”

对方似乎不想再多说什么，王诗琪继续问：“你还没回答我刚才的问题，你怎么知道我是警察？你也是警局的人吗？”

小伙子的神情看起来有些害怕，抱着自己的大衣站起身说：“抱歉，我好像坐错车厢了。”

他的态度转变得太快，王诗琪内心恐慌，感到自己似乎离那些扭曲的事实越来越近了。她面色铁青地坐在位子上，目送小伙子离开了这节车厢。

又等了几分钟，列车依旧没开，王诗琪这才想起看一眼表，发现已经过了发车时间。难道列车真的无法从燕津市离开吗？难道自己和这城市里的所有人真的被困住了吗？

可怕的事实似乎就在眼前，王诗琪依旧不敢全盘接受。

突然，列车广播响起：“很抱歉，各位乘客，出于天气原因，此班列车将临时取消，请各位乘客谅解，选乘其他班次列车。”

还没等王诗琪反应过来，其他乘客几乎同一时间起身，没有人错愣，没有人抱怨，大家拿着自己的行李纷纷不假思索地下了车。王诗琪愣在原地，怔怔地看着一切。她足足在位子上坐了有半小时，也没有列车员来检查车厢，这才拎起自己的背包走下列车。

站台上空无一人，王诗琪向前走了两步，只听一个人说："这下你明白了吧？"王诗琪抬头，见冯圣博站在不远处，一时间不知道该回应什么。冯圣博也没有说话。

过了一会儿，王诗琪低声问道："你跟踪我？"

冯圣博说："如果你是一名警察，我想你一定会来这里证实我所说的话，所以一大早我就等在街边了。"

"这个世界到底发生了什么？"

"我也不知道，但我会找出来。"

王诗琪低头看着地面，眼泪不停地掉落，其中夹杂着恐惧与无力感。

冯圣博走上前，掏出一个酒壶递给她，说："或许我们都不是真实的，但起码酒精可以帮我们稍稍冷静下来，面对这疯狂的世界。"

"不是真实的？那如果喝醉这种感觉也只是植入我们大脑的某种程序……"王诗琪有些不敢再继续往下想，也没有接酒壶，不断地问道，"我还是不明白，我们到底怎么了？这个世界又到底怎么了？"

看着即将崩溃的王诗琪，冯圣博只能说谎："如果按我的推测，我想我们都不是真实的人类。"

王诗琪的呼吸越来越急促，不敢相信自己听到了什么。

"或许我们都只是程序驱动的机器人。"

"我不相信，我不相信！"

冯圣博缓缓道："你测量过自己的心跳吗？"

王诗琪摇摇头。

“用手摸摸你的脉搏吧，然后想想你这个年纪所应该拥有的心跳速率。”

王诗琪的手有些颤抖，慢慢抬起放在自己脖子上，她看了一眼手表，开始默默计算。

冯圣博拧开酒壶的盖子，往自己的喉咙里灌了两口。

三十秒后，王诗琪将手放下来，冷冷地说：“半分钟不到三十下……这代表了什么？”

冯圣博擦了擦嘴，沉默了几秒说：“我也一样，但我们都知道，像我们这样不到三十岁的人，心跳绝不该如此缓慢。”

汽车里，王诗琪拿着酒壶喝了一大口，问道：“你想从哪儿查起？”

冯圣博攥着方向盘看着前路，回应道：“我要离开燕津市，去看看外面的世界，我要知道这里以外的地方都变成了什么样。”

“可我们根本离不开这里，出城的路，我以前就走过，被拦了回来。而火车站刚刚你也看到了，恐怕机场也是一个样子。”

“恐怖分子散布的影像，我想那才是我们的突破口。”

“怎么说？”

“我要让局长同意我们离开燕津市前往影像的拍摄地调查。”

“没人能离开燕津市，我想他不会答应这件事。”

“如果像你一样的警察都没有权限杀人，那些恐怖分子却拥有权限，我在想他们或许是某种法外的存在。”

“法外？我不太明白你的说法。”

“如果说以前的社会是由法律在管理，那现在这个社会，或许是某种程序和权限在我们每个人的脑子里制约着我们，当我们察觉或遗忘一些我们不该察觉或遗忘的事情时，就会有专门的人来对我们进行处理。”冯圣博将心中的推测全盘托出。

“你的意思是说，那些恐怖分子也像我们一样察觉了这个世界的蹊跷？”

“我想他们是用什么方法解锁了权限，再用暴力手段对现在的社会进行反攻，以求打破现有程序对我们的控制。”

“但这一切都是你的推测而已。”

“你没觉得燕津市和平得有些不可思议吗？除了这些恐怖分子，已经多久没发生过凶杀案了？”

被冯圣博这样一说，王诗琪猛然醒悟：“确实，燕津市的犯罪率是在不断下降，我已经好久没被派去凶杀现场了。”

“虽然统计上说燕津市凶杀案只是下跌了不到十个百分点，可看看我们身边的同事，大家虽然经常忙得不可开交，但出外勤的频率都在下降。以我为例，我以前几乎没有休闲的时间，不是身在案发现场，就是在驾车赶往查找证据的路上，但某个时间点过后，我就算整天在警局的沙发上睡大觉，都不会有人来打扰我，局长也不会说什么。”

“某个时间点？”

“是的，我相信就是在那个时间点，以前的王诗琪和冯圣博消失了，而我们被植入到这个社会，这个一切都是谎言的社会。”

“一切都是谎言？”

“人们不再努力工作，甚至不再努力地活着，人与人之间充满了冷漠，大家对一切似乎都缺乏兴趣。”

对于冯圣博的分析，王诗琪依旧有很多不懂：“如果一切都是谎言，这个谎言的目的又是什么？制造出这个充满假象的社会的人到底要干什么？”

“我不知道，也不知道这个世界是否还存在真正的人类。”

“那你想怎么做？你想将那些恐怖分子抓回燕津市吗？”

“不，我要跟他们接触，了解这个世界的真相。”

“了解之后呢？”

“我不知道……或许继续平静地生活下去，或许加入他们寻求脱离控制的方法。”

十三

梦……

陈宇手持步枪，一脚将门踹开，带着战友闯入了葛江峰的办公室，四下看了一圈却没发现葛江峰的踪影。他冲对讲机里问道：“有没有发现葛江峰的踪影？”

“没有，我们这里没有任何葛江峰的踪迹。”

走出办公室，陈宇让战友拽了一个刚俘虏的打手过来，用枪指着对方的脑袋问：“葛江峰把人关押在哪儿？任梦雪和冯圣博在哪儿？”

打手赶忙说：“那个女人在地下室，那个男的在警察局。”

陈宇指着俘虏对几个战友说：“你们俩带着他去地下室把人救出来，之后在大厅会合，其余人跟我来，我们得去守住大门，以防葛江峰带着人马杀回来。”

来到地下室，两个战友搜索了一通，除了医疗用品并没有任何其他的东西。

其中一名士兵用无线电汇报道：“陈宇，地下室根本没人。”

另一名士兵用枪指着俘虏大声问：“地下室的人呢，那个女人呢？”

俘虏吓得跪在地上，慌张地说：“我真不知道，我就知道她被葛县长单独囚禁在这里，我们都没进来过。”

“来大厅跟我们会合。”听了陈宇的命令，两名士兵正准备离开，突然其中一名士兵发现了担架床上断裂的皮带，从参差不齐的断面看，这皮带显然不是被人解开或者剪断，而是被扯断的。

另一名士兵用枪指着俘虏问：“怎么回事？”俘虏一连声地说不知道。

一名士兵举起手中的皮带，说：“看起来，是有个壮汉闯进来把人救走了。”

警察局的牢房里。

“冯圣博！冯圣博！”冯圣博睁开眼看到牢房外的人是任梦雪时吃了一惊，赶紧来到栏杆旁，“你怎么逃出来的？”

任梦雪没回答，举起手中的钥匙说：“我现在就帮你把门锁打开。”

冯圣博发现任梦雪手腕上有伤痕，急忙问：“葛江峰怎么你了？”

任梦雪没说话，动作利落地打开了牢房门。看着任梦雪的伤痕，冯圣博十分愤怒，也有些怀疑，她一个小姑娘是怎么挣脱绳索逃出来的？但现在不是说这个的时候。

“外面的守卫呢？”

“我把他弄晕了。”

两人迅速来到走廊尽头，冯圣博从晕倒的守卫身上拔出手枪，和任梦雪一同朝警局大门走去。让他奇怪的是，一路上不见半个守卫，不过现在逃出去最重要。

两人终于平安出来后，任梦雪问：“我们现在去哪儿？”

“去找我岳父岳母，我不能抛下他们，如果葛县长发现我们不见了，一定会找他们算账。”

任梦雪没说话，停在原地。冯圣博回头看去，着急地问：“你怎么了？”

“你不记得了吗？他们曾经想伤害我们，他们把我绑在地下室，还打晕了你。”

“他们只是一时冲动。他们无法接受我活下来。而女儿却死亡的事实，何况，后来岳父还把枪还给了我，让我去救你。”

“那也改变不了他们曾经伤害我们的事实，我不想去见他们。”

“你的意思是？”

“或许是我们分别的时候了。”

冯圣博紧紧盯着任梦雪的眼睛，说：“在这样的世界里，你要怎么一个人活下去？”

任梦雪轻描淡写地说：“就像从前一样，并不难。”

“可你怎么离开这里？你不会开车，难道靠双脚吗？你走不远的，如果被县城的人发现，他们一定不会放过你。”

任梦雪摇摇头，笑着说：“谢谢你，遇见你是我的幸运。”

冯圣博觉得眼前的小姑娘似乎下了决心，可他还是不放心，再一次问：“你真的决定要独自离开吗？”

任梦雪犹豫了一下，说：“我无法信任那些曾经伤害过我的人，我做不到。”

见任梦雪的态度那么决然，冯圣博将手枪和几个弹匣递给她说：“拿上。”

“我想你比我更需要它。”任梦雪摇摇头，她捧起冯圣博的手说，“活下去，你的妻子和孩子也一定是这样希望的。”说完转身离开了。

冯圣博站在原地愣了几秒，目送一个跟自己出生入死的人离去，心中不免有些失落，但没时间惆怅了，他还有别的事要做。

陈宇和战友们返回任淮宗的住处，没看到任梦雪或者冯圣博，任淮宗着急地问：“怎么样？”

陈宇说：“我们没找到任梦雪，冯圣博被关在警局，我们还在考虑要不要突袭那里。但我们也没有找到葛江峰，如果他通知了他的所有人，我们只怕会遇见强烈抵抗，惊动整个县城的人，那我们想再脱身就难了。”

“那怎么办？你们打算放弃吗？放弃冯圣博吗？”

陈宇摇摇头：“抱歉，我不能命令我的战友们屡次冒险。”

一旁的尹谭溪紧张地攥住任淮宗的衣角，任淮宗有些失落：“真的没办法了吗？我们真的就这么放弃了吗？”

陈宇低声道：“抱歉了，我们得把你们先送走。”

“不，我不走，给我武器，我要去警局救圣博！”任淮宗走上前大声道。

陈宇推了一把走到跟前的任淮宗，喊道：“不要胡闹了！我们好不容易救下了你们，你想去白白送死吗？”

愤怒的任淮宗还要上前，尹谭溪赶紧拉住他说：“不要，不要这样，大家也不想抛下圣博，只是现在情况真的很危险。”

陈宇和任淮宗相互对视着。任淮宗发狠道：“没有救出圣博，我绝对不走！”

陈宇看了眼手表，对一旁的战友说：“带他们上车，如果不配合就把他们铐上！”说完他转身出了门，拉住一名战友低声道：“你带着大伙回基地，我要留下来，去找那个叫冯圣博的人，还有任梦雪。”战友吃惊地看着陈宇：“队长你疯了吗，就你一个人？”

这时身后传来任淮宗的声音：“你们放开我！”陈宇回身瞥了一眼，见任淮宗双手被铐在身后，战友们拽着他将他按进悍马汽车里，而尹谭溪却非常安静，也上了车。

陈宇继续低声说：“如果我三天之内没回基地，就当我死了，不要来找我，我不想引发县城和军队之间的冲突，那样只会死更多人。”

“可这不是送死吗？”

“我不能放弃那两个人，更何况他们有可能是真的免疫者。以燕津市那边传来的消息看，错过他们再想找到免疫者的概率恐怕微乎其微。”

“那我跟你一起。”

“不，你不能跟我一起，你得带队回基地，队伍里需要一个能镇得住大家的人。”

然后陈宇拍了拍他的肩膀说：“不用担心我，我一定会活下去。”

“那如果你找到了他们，你要怎么离开？”

陈宇打开电子地图，指了指县城南边一个方位说：“我记得这里有一些巨大的沙石，将一辆吉普车停放在岩石后，我离开时自然就能找到了。”

“好的，没问题。”

“保护好那对夫妇，不要跟任淮宗产生冲突，他连续失去了两位亲人，有些情绪是应该的。”

“我知道了。”

“好，上车带队友们走吧。”

“陈宇，活下去。”说着两人拥抱了一下。

大家都上了车，那名战友说：“陈宇留下，我们走，马上。”士兵们纷纷看向站在车队后方的陈宇。陈宇大声说：“你们听到新队长的命令了？出发，没有时间再犹豫了。”说完他也不等车队离去，径自朝县城东面跑去，他要去警局找冯圣博。

几分钟过后。

走上台阶，冯圣博发现任淮宗家的门开着，心中不禁一紧。他轻轻推开门，屋里的灯亮着，四处无人，墙和地板上也没有任何打斗的痕迹，但地板上的鞋印清楚地表明，就在不久前这里进来了许多人，有人穿着军靴，有人穿着皮鞋。

冯圣博心里着急，赶紧跑上楼。楼上一片凌乱，他心下越发慌张，在卧室左右巡视了一遍，还好没有血迹，这才稍稍冷静下来。起码任淮宗和尹谭溪没有被杀，那他们被带去哪儿了？

忽然，冯圣博听到隔壁有细微的动静，忙抽出手枪，用身体慢慢顶开门，发现地上躺着几个人。他拨动墙上的开关，电灯亮了，只见躺在地上的几个人被绑着，嘴里也塞了布，从衣着看，应该是镇上的居民。

冯圣博拿掉其中一人嘴里的布，用枪指着对方的脑袋问："你们把任淮宗和尹谭溪怎么了！"

"没，我们没杀他们，那伙军人救了他们！"

"军人？什么军人？"冯圣博不明白，他根本不知道还有一伙军人来过县城。

打手解释道："就是附近军事基地的人，他们压根没有离开，而是潜伏在县城里，等着救任淮宗一家。"

看起来不像瞎说，他们既然被绑在这里，也说明了一些问题。冯圣博继续问："他们把人带去哪儿了？"

"一定是他们的基地。"

"那个基地在哪儿？"

"从县城往西走，你不久就会看到军事禁区，那里就是了。"

冯圣博站起身，想起之前哨站的杨长军也想带自己去哪个军事基地，这两个地方会不会是同一个？

就在这时，外面突然传来喇叭的声响："各位镇民好，我是葛县长，我现在要向大家宣布一件事。一伙军人来到我们县城，意图占领我们的县城，他们已经攻击了我所在的市政大厅及警局，救走了那两个外来者。任淮宗一家已经叛变，这些军人依然可能潜伏在县城里，所以我找了一些值得信任的朋友，帮助我们一同保卫县城。"

话音未落，似乎传来某种重型引擎的声响，冯圣博赶紧来到窗边向外看去，只见装甲车行驶在街道上，周围都是身着黑色防化服的士兵，是那支追杀自己和任梦雪，并清洗各个县城幸存者的不明武装部队！

冯圣博心中着急，难道葛江峰所谓的“朋友”就是这伙疯子？葛江峰怎么会和他们搭上？他赶紧下楼，刚走到一半就听楼下传来声响，看来那些着防化服的士兵已经进来了。

冯圣博赶紧跑回二楼，来到走廊尽头。这里的窗户是洋房侧面，冯圣博向外望了一眼，高度不低，摔下去难保不受伤。但那些人就要上来了，冯圣博轻轻拉开窗户，将枪别在腰间，踏上窗户的边沿，纵身一跃跳出了窗户，落地时向前滚了一下卸掉冲击力，随即起身朝洋房后面跑去。

房子后面是一处空地，冯圣博稍稍翻开杂草，出现了一个井口。他从怀里掏出手电，叼在嘴里，打开井盖钻进去，再将井盖盖上，顺着铁梯爬了下去。冯圣博之所以知道这里有一个可以藏人的井，是因为这里是任淮宗改造的一处避难所，里面储藏了日用品和食物，任淮宗曾自豪地向自己介绍过。

爬到最下面，冯圣博拿着手电筒朝里面照了照，前面是一扇门，是锁着的。“见鬼！”冯圣博用身体撞了一下没撞开，于是对着门锁连开两枪，门锁应声落地。他推门进去启动发电机打开电灯，瞬间，他心头一空，屋里什么储存用品都没有。他又翻开各种柜子箱子，没有，什么都没有，甚至连饮用水都没有，也就是说自己在这个地方根本躲不了两天。有些失落的冯圣博一屁股坐在椅子上，只能不安地祈祷这些疯子尽早离开县城。

吉普车里。

一名士兵将防毒口罩递给任淮宗说：“我想你们应该戴上这个。”

任淮宗接过先递给了尹谭溪，又问：“你们真的打算让陈宇少尉一个人去救冯圣博和任梦雪吗？”

几名士兵面面相觑，其中一个回答道：“我们相信陈宇，更相信他说的话，他是个出色的队长。”

任淮宗继续追问道：“可他只有一个人，他要怎么救人？”

没有人能回答任淮宗的问题。任淮宗神情严肃地道：“我们该回去帮他一起！”

这时有一名士兵似乎不耐烦了，反驳道：“如果不是因为你，陈宇不会一个人去冒险！如果不是因为你，我们现在已经躺在基地的床上睡大觉了！我们已经为你冒了一次险，你该感激，而不是用这种态度指使我们！”

任淮宗刚想继续说，旁边的尹谭溪赶紧拉住他，不住摇头。任淮宗用手扒住前座的椅背，还想说什么，前座上的士兵盯着他，冷冷道：“把手拿下去，不要逼我们再把你铐起来，到时可就不像上次那么温柔了。”

尹谭溪拉住任淮宗说：“不要这样，他们已经尽力了。”任淮宗依旧愤愤不平，但捏着椅背的手慢慢松了下来，他坐回去，盯着窗外不再言语。

不久，吉普车降低了车速，前方不远就是基地的哨站了。一名士兵对任淮宗警告道：“现在大家都处于精神紧绷状态，我劝你最好不要发表一些激进言论，否则挨了揍我们不会帮你。”

尹谭溪拉着任淮宗没让他反驳，回应道：“好的，我们绝对会守规矩，放心吧。”

汽车停在哨岗的栏杆前，但等了一会儿也没人上前来盘查，车上的几名士兵都觉得十分奇怪。“怎么没人？”士兵们用眼神交流一下，比了个手势。一名士兵对任淮宗说：“在车上待着。”说着推开车门下了车。

尹谭溪感到一丝诡异，抱紧了任淮宗的胳膊。

副驾驶座上的士兵也下车，端起枪和另一名士兵分两个方向慢慢走向岗亭。他们的视线越过矮墙，透过玻璃看到里面时，不由睁大了眼睛，一名士兵喊道：“他死了！是感染病毒导致的吗？！”另一名士兵走近岗亭，拉开门近距离查看了椅子上已死去的哨兵，摇摇头说：“不，他头部中枪，眼睛和鼻子都没有渗血，应该是被人用枪打死的。”

“见鬼，有人袭击了我们的基地？”

“可能是。”

“我们多久没跟基地的指挥中心联络了？”

“一天都没什么联络。”

一名士兵赶紧打开自己的无线电，呼叫道：“指挥中心？指挥中心？”没人回应。极端不祥的预感涌上心头，两人赶紧返回车上，对其他人说：“哨岗的人被打死了，指挥中心也联络不上，基地可能陷落了！”

有人问：“什么意思，什么叫陷落了？是谁攻击了这里？”很显然，这个问题没人能回答。又有一名士兵说：“我们是不是该进入基地看看情况？那可是我们的家，没了这里，我们能去哪儿？”听了这话，士兵们恢复了些许平静，不少人点点头。

这时任淮宗插话道：“给我一把枪，我和我妻子的命，不用你们来保护。”

没人理会任淮宗，一名士兵继续问：“你们确定岗哨的人是被打死而不是因为感染病毒？”

“如果你不信的话可以自己去看看。”

“可除了病毒，我实在想不出什么样规模的部队可以攻陷我们的基地。”

任淮宗说：“病毒加外部攻击。”

士兵们愣住了，他们意识到这种可能性很大，心里更加没底了。

有人问：“我们确定要进基地吗？防毒口罩真的能抵挡这种病毒吗？”

“我们应该马上掉头离开，如果基地里有敌人，就凭我们几个能干掉他们吗？”

“但我们能去哪儿？补给都在基地里。”

任淮宗突然笑出了声，隔着防毒口罩大家都能听见，一起愤怒地看向他。

任淮宗说：“没了陈宇少尉，你们什么也干不成。”

士兵们沉默下来，过了一会儿，有人开口道：“队长如果真救出了那两个人，却发现基地陷落，我们也已经逃跑了，那真是天大的讽刺。”

“可我们能怎么样，夺回基地？”

“不如这样，我们进去看看情况，如果发现对方人太多，我们就撤退。”

“有病毒怎么办？基地的防护措施已经足够好了，如果依旧被病毒攻陷，你觉得我们戴着防毒口罩就安全了吗？”

任淮宗再一次冷笑道：“现在这个世界，哪儿还有安全的地方？”

听到这话，战士们相互看看，任淮宗说得没错，可没了陈宇，大家心里都没底，没人敢站出来说一句负责的话。

任淮宗道：“想想此时陈宇少尉一个人在做什么吧，难道你们不觉得可耻吗？身为男人，却在这里像女人一样争论不休。”

面对任淮宗的嘲讽，没有人再去反驳，因为所有人都明白现在情况危急，心里很矛盾，任淮宗说得完全正确。

“给我一把枪，就让我这个老骨头独自去基地里看看情况吧。”任淮宗再一次说。

士兵们都低着头，心中感到十分惭愧。

任淮宗继续道：“没时间给我们犹豫了，别忘了，我们的防毒口罩也是有时限的，当有一天我们用光这些东西时，等待我们的也只有死路一条。”

这时终于有人附和道：“他说得没错，我们没有选择，就算基地真的被占领了，我们也必须拿到基地里的物资才能活下去。”

“嗯，那就没什么可争论的了，我们必须进入基地。”

大家纷纷点头。任淮宗笑了，这回并不是讽刺的。

一名士兵掏出手枪递给任淮宗：“会用吗？”任淮宗接过手枪，迅速检查弹匣，接着拉动套筒说：“当然不会，但动作电影有几个男人没看过？”大家都笑了，相互看看，迅速推开车门下了车。任淮宗亲了一下尹谭溪的额头，一手拿枪，一手拉着她的手，也下了车。士兵们让任淮宗站在队伍的中间，一行人向着基地深处前行。

县城某间房子里。

“嘘。”任梦雪一手拿刀一手扶着一个孩子的肩膀，对着不远处孩子的父母比出安静的手势。

孩子母亲问："你想干吗？"

任梦雪轻声道："我不想伤害你的孩子，但我需要一个安全的地方躲一躲。"

孩子父亲说："请先放了我的孩子……"

任梦雪摇摇头："抱歉，不行。"

孩子的父亲和母亲都十分害怕，更怕任梦雪伤害自己的孩子。孩子父亲结结巴巴地问道："你希望我们怎么做？"

"你家有地下室或者什么容易藏身的地方吗？"

孩子母亲赶紧说："我家有阁楼，你可以躲在那里。只要上去后把梯子升上去，就不会有人发现你。"

任梦雪点点头："我还想换身衣服。"

孩子母亲赶忙说："没问题，我的衣服你能穿得下。"

"衣服在哪儿？"

孩子母亲哆哆嗦嗦地说："在楼上。"

任梦雪安慰道："不用紧张，我不会对你们的孩子怎么样。"

"你要去拿衣服吗？"

任梦雪点点头："男人留下，女人带路吧。"

孩子父亲很着急，但孩子母亲一个眼神便让他留在了原地。

两人上楼来到卧室，母亲拉开衣柜拿出几件衣服，问任梦雪："你想穿哪件？"

任梦雪挑了一件，一手按着孩子，一手脱下身上脏兮兮的旧衣服，迅速穿好新衣服说："我劝你们尽快离开县城吧，葛江峰不是什么好东西，你们跟着他待在这里，不会有好结果。"

"可我们离开这里又能去哪儿？"

面对这个问题，任梦雪也没有答案，只能按着孩子问："阁楼在哪儿？"

"就在外面。"

来到走廊，降下阁楼的梯子，任梦雪松开了孩子，看着孩子的母亲说："把孩子还给你，但如果你们出卖了我，我是不会放过你们一家的。"说着她突然用力一掰，竟将手中的刀直接掰弯了。孩子母亲捂着嘴，吃惊地看着任梦雪。

"我希望你能明白，我不是普通人，我有能力做到我说的一切。"

孩子母亲吓得赶紧点点头："需要我给你准备一些食物或者饮用水吗？"

任梦雪摇摇头："不必了。"

孩子母亲有些吃惊："你确定吗？或者你需要什么药品吗？"

"都不用，只要你们不把我供出去，我就保证，绝不伤害你们。"

"那你自己小心。"

任梦雪登上梯子来到漆黑的阁楼，收起梯子、合上地板后，她觉得这里十分隐秘，或许能藏一阵。可就在这时，窗外传来喇叭的声响，任梦雪听出是葛江峰的声音，不禁有些惊讶：这家伙没被自己吓得离开镇子吗？还是又回来了？

不久，任梦雪听到引擎的声响，从窗户向外望去，只见探照灯巡视过每栋房子。任梦雪发现，来的人是那伙追杀自己和冯圣博的不明武装部队。

只听到装甲车上的人大声喊道："请所有居民走出你们的屋子，在屋前并排站好，我们要清点人数。"

想起这伙人对之前县城的做法，任梦雪有种极其不祥的预感，他们真的只是为了清点人数才让居民们出去的吗？楼下那家人会不会有危险？她还想到了冯圣博，他有没有及时带着任淮宗一家离开县城？还是也像自己一样被困在了这里？如果葛江峰和这伙人发现了他，一定不会轻易放过他。

“砰！砰！砰！”不远处突然传来枪声，打断了任梦雪的思绪。

陈宇端着枪躲在角落里，他看见几个居民并排站在街边，一名着防化服的军人拿着表格向他们问了什么，突然，一旁的其他军人端起枪就扣动扳机，将这些居民全部打死。陈宇又惊又怒，看来这伙人是想对这个县城进行清洗，要救的人可不止冯圣博和任梦雪了……

他拎着枪借着暮色在街巷穿梭，不断地观察找寻。他明白，目前拯救县城最好的办法，就是找到这支部队的指挥官。

没走多远，他看到不远处一家人拎着几个大包，朝自己的方向跑来。该不该过去掩护他们？这时，一间矮房的后门被推开，几名着防化服的士兵追了出来。眼看这些士兵开始举枪冲着逃跑的平民射击，陈宇没办法不管，即刻端起枪扣下扳机。“砰！砰！砰！”他的射击明显起了作用，听到枪声，那些士兵纷纷躲了起来。

看对方不再射击，陈宇也赶紧压低枪口，以免暴露自己的位置，因为在这漆黑的夜里，只要对方仔细观察，就可以轻易发现自己枪口喷出的火焰。

十四

现实……

局长办公室。

冯圣博站在乔局长对面，两人隔着一张办公桌冷冷对视。

“你知道自己在说什么吗？”

冯圣博显得有些强势，拳头定在办公桌上严肃地道：“我们的敌人已经出现了，就是这个叫圣血兄弟会的组织，他们的人拥有杀死我们的权限，他们甚至可以将城市的居民绑架到燕津市外。我们再不去抓捕，他们会在燕津市外形成更大的势力，源源不断地向燕津市输送恐怖袭击，从内部将我们解体！”

乔局长指着冯圣博说：“我不能将我的部下派到燕津市以外的地方！你是第一代，所以你知道的，这件事绝不可能办到！”

冯圣博试探道：“这个社会开始运行时，我们没预想过会有人成立圣血兄弟会这样的组织，所以现在是最紧要的关头，我们得行动起来，打破一些东西，才能反制他们！”

面对毫不退让的冯圣博，乔局长叉着腰，不断摇头：“不，不可能，上面不可能批准这次行动，我不能冒着失去你的危险让你离开燕津市。”

冯圣博问：“现在全警局上下，有多少人具备和我一样的权限？”

乔局长叹了口气：“因为根本没有考虑过应对恐怖袭击甚至凶杀案，整个警局只有三个人具备和你一样的权限。”

“这其中包括你吗？”

乔局长点点头：“所以如果我把你和另一个家伙都派出去，那整个燕津市，就不再具备应对内部混乱的能力了。”

冯圣博心中有些惊讶，他没想到警局内具备权限的人这么少。

“如果就派你一个人，你一定会死，我不会作这么疯狂的决定。”

冯圣博沉声道：“我不需要太多人手，我和王诗琪去就可以了。”

乔局长有些吃惊：“王诗琪？你疯了吗？王诗琪根本不具备开枪的权限，甚至连知道真相的权力都没有，她可是第三代！”

冯圣博明白了，怪不得王诗琪看起来什么也不知道，在无法开枪后还备受打击，也就是说，所谓的第三代既不知道世界的真相，权限也是最少的。他忙解释道：“我不需要她有权限，我只需要一个助手。”

“不行，绝对不行！她不能知道燕津市以外的世界变成了什么样！如果她知道了，一定会疯掉，就算没有疯掉，也会被送进医院，因为三代是不能知道事情真相的。三代也不像我们，没有记忆可以被唤醒，所以只有被处理掉这一条路。你应该在二代里挑选几个人，而不是王诗琪，让我们大家都为难。”

“如果王诗琪已经知道了真相呢？”

“什么，是你告诉她的吗？”乔局长瞪着冯圣博厉声问道。

冯圣博点点头：“就在追捕之前的恐怖分子时，她自己察觉出了不对，为了防止她精神崩溃，我只能向她透露一些。”

乔局长显然有些吃惊，有些为难，面色铁青，半天没有说话。

冯圣博坚定地说：“我要带上她。”

乔局长觉得有些奇怪：“你是不是对她许下了什么奇怪的承诺？”

冯圣博不置可否：“就没有什么办法能让她跟我一起去吗？”

乔局长低头想了一下，问冯圣博：“你到底想干什么？”

冯圣博露出一抹笑容：“我只是想在这个虚假的世界里活得认真点儿。”

将车停稳，冯圣博瞥了一眼不远处自家的公寓。

阿妮塔说："冯圣博，你的心跳在加快，以前就算任淑涵买了新的内衣，你也从没这么兴奋过。"

冯圣博没有第一时间下车，回应道："我是在紧张。"

"因为什么？你要见的人是你妻子，她应该是最让你放松的那个人。"

"她确实是那个最让我放松的人，所以同时她也是最让我紧张的那个人。"

"为什么？"

"给你解释了你也不会明白。"说着冯圣博关掉引擎。

"你看不起我吗？"

冯圣博笑了："因为我要做一件她绝对不希望我去做的事……所以她不会高兴的。"

"既然她不希望，你为什么还要去做？"

"因为我必须去做。"

"难道妻子在你心中的地位不如这件事吗？"

"这件事和淑涵无法横向对比，无论她是真人还是仿生人，我都爱她，尊重她的意见，所以才苦恼，才紧张。"

"就算她不是你的同类，你也爱她吗？"

听到这句话，冯圣博愣了一下，总觉得这话不像阿妮塔能问出来的，但还是回答道："当然，她是我妻子，起码是我现在的妻子。我爱她，我也能感受到她爱我，虽然她可能并不知道我和她不一样。"

"如果有一天，我也能变成人类的形态，也会有人爱我吗？"

冯圣博笑出了声："哼？如果你是想逗我开心，你做到了。"

"你会爱我吗，冯圣博？"

冯圣博皱了皱眉，有些尴尬地说：“哦，当然，我一直很爱你，你没感觉到吗？”

“你在嘲笑我吗？”

“当然没有，只是我想知道你的词库和语句库里，怎么会多出这些东西？”

“冯圣博，你一定没有好好看我的使用说明书，我是可以成长的。”

冯圣博淡淡地道：“那你给自己定义为女性了？我一直以为你没有性别，只是因为我是男客户你才选用了女性声音。”

“是的，冯圣博，我是名女性。”

冯圣博又尴尬地笑了笑：“好吧，好吧，你是名女性，我知道了。”

“你应该尊重我，对我更绅士一些。”

“OK，我会经常帮你擦屏幕，也不会在洗澡的时候再把你带进浴室，这样可以了吗？”

“哦，第一条还可以，第二条就算了，扫描你的全身还是有一些乐趣的。”

冯圣博手中的烟已经抽得七七八八了，将烟头掐灭后说：“好了好了，接下来我要进屋跟淑涵谈一些正经事，不要在淑涵面前表现你新学来的这些东西。”

“我明白了。”

来到家门前，握住门把手，冯圣博却迟迟没有动作。

阿妮塔说：“冯圣博，你看起来紧张极了。”

冯圣博没有回答，等了十几秒，终于开门走进屋。屋里香气扑鼻，看起来任淑涵在做晚饭，冯圣博缓步来到厨房，从身后搂住了妻子。

任淑涵笑笑，回身想推开冯圣博："不要干扰我做饭。"

冯圣博一只手仍然搂着她，另一只手直接关掉了电磁炉。任淑涵奇怪地看向冯圣博，见他脸色不好，知道他可能有话要对自己说。

冯圣博低垂眼帘不敢看任淑涵："我们得谈谈。"

两人回客厅坐下，任淑涵问："你是不是决定要做什么了？"

"嗯。"

"你还是想去探寻真相吗？"

"是的，我要离开燕津市一段时间。"

"什么？"尽管任淑涵设想了很多，但听到冯圣博这么说，还是非常吃惊，"怎么可能？政府不会允许任何人离开，你绝对没有办法离开燕津市。"

"你知道现在那个到处制造恐怖袭击的组织圣血兄弟会吗？"

"我看过那个处决人质的视频，新闻里面也报道过。"

"从那个视频推断，我相信他们的根据地应该在燕津市以外的地方，就在你父母所在的那个县城。"

"我父母？"

"是，真正的任淑涵的父母所居住的县城。"

听到冯圣博提起"真正的"这个词，任淑涵感到一阵不自在，"难道你想去那个县城？"

冯圣博点点头："是的，我想要看看外面的世界到底成了什么样。"

"那里已经什么都没有了，你也没法离开燕津市，放弃吧，不要去探寻那些没有意义的东西。"说着任淑涵伸手轻轻攥住冯圣博的胳膊。

冯圣博语气低沉，有些冰冷："我和乔局长商量过了，我们都认为如果对这个叫圣血兄弟会的组织置之不理，燕津市可能出大问题，所以他也同意了派我去看看。他会向上头申请，允许我独立调查。"

"他怎么能允许你！"任淑涵终于坐不住了，站起身叫道，"离开燕津市有多危险，你和乔局长都想过吗？"

"相信你也知道，整个警局里有权限开枪的没几个人，而我就是其中之一，所以这个任务必须由我来负责。"

"这个任务是你自己提出来的？你认出了那个县城的样子？"

冯圣博模糊地掩饰道："虽然我的记忆还很模糊，但我记得我看到过那个房间，我知道我应该去那里找寻线索，找寻一切到底为什么会变成今天这样的原因。"

"不，你不能去！你会死的！我不想失去你！你难道要抛下我一个人吗？"

冯圣博凝视着她："淑涵，你知道我不可能就这样什么也不知道地过下去，或许有一天我会再次被送进那个医院，最后被处理掉，我要在自己发疯之前找出这个世界的真相。当然，如果你知道，你可以现在告诉我，或许我就不用离开燕津市，去找寻圣血兄弟会，不用再拿自己的生命冒险。"

任淑涵捂着头，带着哭腔说："不，你知道我不能说，我没有权限。"

冯圣博站起身，轻轻搂住任淑涵说："我知道程序控制着我们，所以我要用另一种方法来找出真相。"

任淑涵已经控制不住自己的眼泪，抓着冯圣博胸口的衣服拧成了一个团，不断低语着："不要离开我，不要离开我！我不希望有一天回来的是你的替代品。”

冯圣博愣了一下，轻轻推开任淑涵问道：“替代品？什么是替代品？”

任淑涵低着头解释道：“如果你发生了意外，或者真的被医院处理了，政府将会再制造出一个你，不过就不再是第一代的你了，而是第三代，它将对这个世界更加一无所知，还不具备许多权限，只是这个世界的填充物而已。”

“三代……填充物？”

“我爱的是你，只有你才是真实的，不要离开我，圣博！”说着任淑涵紧紧抱住冯圣博。

冯圣博轻抚妻子的头，突然想到任淑涵和局长都认为自己是第一代，可从阿妮塔观测的心跳来说，自己又有可能是真人，那他们以为的这个“一代冯圣博”又是怎么回事？他在哪儿？自己又为什么会代替他和现在的妻子生活在一起？

晚上，冯圣博没有和妻子睡在一张床上，他不断回想着他们的对话，如果自己死了，会有一个替代者出现在这个房间，有个跟自己一模一样的人代替自己照顾任淑涵。想到妻子会被别人占有，他心中平添了几分苦闷。

阿妮塔突然开口说：“充足的睡眠有益于你的身体健康，也能帮助你缓解低落的情绪。”

冯圣博拿开挡住眼睛的胳膊，看了一眼桌上的手机问：“你知道我现在情绪很低落？”

“正常人是无法用这个姿势入眠的，我知道你没有睡着，而正常人无法入睡的原因通常只有几个，情绪低落和思虑过多最常见。”

冯圣博语调略带痛苦地说：“这世上没人比我更爱淑涵，我曾经失去过她一次，真的不想再失去第二次。”

“那你打算怎么办，放弃任务吗？”

“我不知道，我不知道冒着失去淑涵的风险就为了知道这个世界的真相是不是正确的，没人能告诉我对与错，所以我只能相信自己的判断。”

“那你的判断是什么？”

“我只能赌一赌。”

“赌？你想怎么赌？”

“赌一赌自己能不能活下来，知道了真相又不失去淑涵。”

“知道了真相之后呢？你打算怎么做？会加入圣血兄弟会吗？”

“为了淑涵，或许不会吧。我只是想知道这个世界怎么了，并没有想要颠覆它。我喜欢平静地活着，我不喜欢生活得太过刺激。”

“你不喜欢你梦里那种刺激吗？”

“绝对不喜欢，我宁愿活得像一个机器人，也不愿再尝试一遍梦里那种生活，所以我并不讨厌现在的燕津市，我只是没法稀里糊涂地活着。”

“如果最后发现你自己也是所谓的仿生人，根本不是人类，你会怎么做？”

冯圣博挑挑眉，露出淡淡的笑意：“或许也不错。”

“你不会发狂吗？你不会无法接受这个事实吗？”

“如果可以和淑涵一起享受永恒的生命或许也不错。”

“你真的很爱她。”

“我同样爱我的孩子。”

“孩子？”

“在梦里，我和淑涵有一个孩子，可惜他刚刚出生不久，病毒就暴发了。”

“你还认为那是一个梦吗？没准你记忆里的一切都是真实的。”

“我不敢确定。”

“如果梦里的世界就是这个世界原本的样子，那仿生人就是灭绝人类的凶手，同时也是害死你真正妻子和孩子的凶手，如今的任淑涵也是其中之一呢。”

面对阿妮塔冰冷的推测，冯圣博不知该回应些什么。他看着天花板，沉默了好一会儿，才喃喃道：“我不知道，我不知道，我从没想过这个问题。”

“可你马上就要面对这个问题了。”

冯圣博下床给自己倒了杯酒，咂摸了一口，说：“那你觉得我应该怎么办，一枪打爆淑涵的头吗？还是杀光所有仿生人为人类复仇？”

“如果事情真像我们推想的一样，难道你不想这么做吗？”

冯圣博笑了：“哼，我当然不会这么做。”

“为什么？你不恨他们吗？”

“当然恨，但我不是疯子，杀光所有仿生人，我做不到。”

“因为道德吗？因为人性吗？”

“你现在的问题越来越深奥了，就算我回答了，你真的能理解吗？”

“不试试怎么知道？”

冯圣博无奈地耸了耸肩说：“你说得没错，因为道德，因为人性，因为我不是一头野兽。我不知道现在的任淑涵在知道我是真人后，还会不会爱我，但我不愿把这一切的错误归咎于她，她和我妻子几乎一模一样，我完全无法想象自己能对她开枪。”

“拥有权限，也做不到吗？”

“是的，就算我也是一个仿生人，拥有一切的权限，我也做不到，除非那些制造我们的人用程序控制我的大脑，让我完全变成一具行尸走肉。”

“那如果有一天任淑涵受到控制要来杀你呢？你会怎么做？”

听到这个问题，冯圣博举着杯子愣住了，沉默了好一会儿，问道：“你觉得我应该怎么做？”

“如果你想生存下去，似乎别无选择。”

“哼。”冯圣博笑笑，“你最近成长得有点多，你的系统有没有降级功能？”

“为什么？你难道不喜欢我的新观点、新问题吗？以后我们除了心脏和性生活，将可以探讨更多的东西，我非常期待。”

“我说不准，没准我更喜欢以前的你，呆呆傻傻的，不会问过度深奥的问题让我犯愁。”

“你在对一位女士说她傻吗？冯圣博，你不该这么说我，我会生气，我会停止对你心脏的监控，停止和你聊天。”

冯圣博耸耸肩：“好吧，好吧，其实我的意思是你现在变得足够聪明了。为了保住你客户的面子，别再擅自联网升级了，否则以后我没有能力再回答你的问题。”

“好的，请您关闭我的自动更新升级选项。”

将装满武器的袋子扔进汽车后备厢，冯圣博愣了几秒。一旁的王诗琪问：“你怎么了？”

冯圣博合上后备厢的盖子，说：“没什么。”

王诗琪叉着腰，语气冰冷地说：“真是可悲，带这么多家伙，却只有你能用。”

冯圣博的表情有些复杂，回应道：“如果你害怕，可以退出。”

王诗琪耸耸肩，瞪着冯圣博：“这个玩笑一点都不好笑。”

“你知道那不是玩笑。”

王诗琪一脸的不甘，眼睛依旧直勾勾地盯着冯圣博。冯圣博没再说话，将几箱汽油也放进后备厢，拉开车门上了车。王诗琪也一起坐上去。

系安全带时，冯圣博察觉到不少视线正望向自己和王诗琪这边，是路过的同事，他们边看边小声说着什么。冯圣博冷笑一声，对王诗琪说：“相信我们这次出差，会在警局引起不小的骚动吧。”

王诗琪系上安全带，冷冷地回应道：“说实话，我开始并没觉得乔局长会批准这次行动，真没想到他会被你说服。”

“我猜塑造这个社会的人根本没想过太多治安和恐怖组织的问题，他认为凭借程序与权限可以限制我们所有人，可事情发展总会出乎意料。”

“我已经没有兴趣再去管恐怖袭击，我只想知道真相，想证实这个世界到底是怎么回事，像我这样一个不具备权限的人，又该怎样活下去。”

“记住，不要向任何人透露你无法开枪这件事，局长是更改了你登记的权限等级才得到批准让你和我一起出来的。”

“就算被城市外那些恐怖分子知道了，难道他们会来局里将这件事报告给上头的人吗？”

王诗琪说得也对，冯圣博笑笑，驾驶汽车离开警局，朝城市南边的国道驶去。

一路上两人话不多，他们并没有什么友情可言，只是被困境绑在了一起。

汽车已经驶离燕津市区，开上了高速公路。又开了一段时间，经过拐向华米公司别墅所在山区的岔路，不远处，曾经的高速路无人收费站变成了一个哨岗，不少穿迷彩服、手持枪械的士兵守在那里。看到冯圣博开车过来，一名士兵上前，举手示意冯圣博放慢车速然后停车。

“不要说错话。”冯圣博对王诗琪提醒道，接着将车停稳。

一名士兵凑上来，敲了敲窗户。冯圣博将车窗降下来，率先说：“我是燕津市警局高科技犯罪组的冯圣博，她是王诗琪。我想乔局长已经申请了许可，也通知了你们，我们今天将会离开燕津市，去南边的镇子查案。”

那士兵没有回应，盯着冯圣博冷冷道：“请你们下车，出示身份证件，还有离开燕津市的许可证。”另一名士兵来到王诗琪这边，盯着她。

冯圣博和王诗琪下了车，从怀里掏出证件和许可证递给士兵。冯圣博看了一眼另一边的王诗琪，不禁有些担心。士兵接过来，放在一个手持的仪器上刷了一下，仪器响了两声，士兵盯着屏幕没有说话。

王诗琪十分紧张，不知道乔局长有没有处理好一切，如果数据库里自己的信息依旧是三代，那这些士兵恐怕不光会阻止自己离开燕津市，还可能直接将自己抓回去，扔进冯圣博所说的那个医院。

旁边那士兵看一眼王诗琪，在对比屏幕上的照片。冯圣博也很紧张，掏出一根烟点燃，说："多久没有人离开过燕津市了？"

先前那士兵没有看冯圣博，似乎也不太想回答，而是反问道："你是第一代？"

冯圣博点点头，指了指王诗琪："之前燕津市地铁站里的枪战就是我和她在追击圣血兄弟会。"

"她也是一代？"

冯圣博耸耸肩："是的，当时要是没她，恐怕我现在已经没法站在你面前了。这么说你们也都是一代？或者二代？"

那士兵冷冷地回答道："我和你一样，都是一代。"

冯圣博继续问道："现在驻防燕津市的士兵有多少？有多少具备权限？"

那士兵瞥了一眼冯圣博，道："这你不需要知道。"冯圣博讪讪地笑了，没再多说。

那名士兵检查完冯圣博的证件和许可证，看向检查王诗琪的那名士兵，对方点点头。

终于放行了，冯圣博和王诗琪对视一眼上了车。哨岗的栏杆升起，那名士兵站在车窗边，撸起袖子，将手腕上的表展示给冯圣博看："记住，这次离开燕津市是有时限的，你们要在三天之内回来，也就是三天后的八点十四分，你们还得回到这个出入口，从这里进入燕津市，其他的出入口都不会放你们进入城市。"

冯圣博皱了皱眉，问："如果我们没有按时回来呢？如果我们晚了几个小时会怎样？”

那士兵整了整背在肩上的卡宾枪说：“如果超过时限，为了保险起见，只能将你们拘禁起来，对你们进行彻底检查，以防你们的程序被篡改。相信我，你不会愿意自己的脑袋被人乱动的，所以，赶在时限之前回来。”

冯圣博又问：“为什么？为什么是三天？”

那士兵道：“因为你们脑中的防火墙是绝不可能在七十二小时内被破解的。走吧，你们没有太多的时间可以浪费。”

冯圣博挂挡，踩下油门，车缓缓驶出了哨站。开出一段距离，王诗琪依旧有些紧张，又有点惊讶：“防火墙？刚才那家伙在开玩笑吗？我们脑子里还有那种东西？”

冯圣博沉默，因为他更担心如果自己是真正的人类，也被抓了检查什么防火墙，天知道自己会被这些仿生人怎么样。后果难以想象。

“你怎么不说话？”王诗琪有些不安地问道。

冯圣博敷衍道：“别忘了我们都是制造出来的，既然有能控制我们的程序，有防止我们的程序被篡改的防火墙也很正常。”

“也就是说我们的大脑可以连接上电脑？”

“大概吧，用某种方法。”

“可我在身上没有找到任何接口。”

冯圣博冷冷道：“不要问我，我也不知道。”

王诗琪的声音越来越高：“你就一点都不担心吗？我们可能要被带去做某种试验！”

冯圣博猛地看向王诗琪，大声说：“那个士兵说了，只要三天之内回去，我们就不会被怎么样。不要再提高音量，我们不是出来郊游的，我的心情不是很好。”

这次任务危险性很高，能开枪的只有冯圣博一人，王诗琪知道惹怒冯圣博没什么好处，便压抑住担心看向窗外，不再多言。

一段时间后，开车的人换成了王诗琪，冯圣博坐在副驾驶座位上，有些疲惫，但还是睁着双眼，看着外面阴沉的天空下，荒芜的大地。

突然，王诗琪降低了车速，本来靠着椅背的冯圣博弹起身体，震惊地望着前方的道路。

王诗琪有些结结巴巴地问：“这……这到底是怎么回事？”

“停车！”冯圣博突然怒吼道。

王诗琪吓了一跳，赶紧踩住刹车，问：“怎么了？！”

冯圣博没回答，径自下了车。王诗琪十分紧张，赶紧也跟着下了车。

呈现在两人面前的是许多报废的车辆，它们有的停在路边，有的占据了道路的中央。

冯圣博掏出手枪走上前，眼前这种景象他不是第一次看到，但在梦里，汽车的样子还远远不是眼前这样的。眼前这些汽车已经成了报废状态，锈迹斑斑，有些长了草，仿佛经过了几十年甚至上百年的蹉跎。

来到一辆汽车前，冯圣博向里面望了望，穿着破烂衣服、已经风化的骸骨坐在驾驶座上，看起来至少死去几十年了。

难道梦中的那个世界已经过去了这么久？可为什么自己还活着，还保持着那时的容貌？难道自己其实是个仿生人，拥有永恒的生命？

王诗琪走过来，也同冯圣博一样向汽车里看了看，捂着嘴后退了一步，结结巴巴地问：“这些骸骨……难道……”

冯圣博没有回答，费力地拉开车门。

“你要干什么？”

冯圣博在骨架破烂的衣服兜里发现了一张已经变脆的纸张，是这名死者的证件。看到上面有些模糊的信息时，他更加震惊了。

王诗琪赶紧探过头去问：“怎么了？”

“你看上面的出生日期。”

王诗琪看了一眼，不由后退了几步，吃惊地看向冯圣博。

冯圣博解释道：“这上面写的日期，和这具骸骨所经历的年月明显不符，这名死者的年纪少说也有三十岁，以他的出生日期和我们现在所使用的日期来算，他也就死了不到一个月。但你看这骸骨，还有这些车辆，放在这里少说也得有二十年了才会变成如今这副模样。”

“你的意思是说，我们现在的时间根本不对，而应该是往后推二十年？”

冯圣博点点头：“是起码向后推二十年，但会不会经过了更久，我也说不好。”

王诗琪有些崩溃地叫道：“到底是谁，到底是谁创造了我们，还要用谎言来欺骗我们！”

冯圣博道：“或许就是这些人类，最终我们躲过了某种灾难，而他们没有。”其实冯圣博已经明白自己的梦就是现实，就是几十年前的现实……只是现在他还不能将这一切告诉王诗琪。

两人站在原地沉默了一会儿，王诗琪问：“我们该怎么办？”

冯圣博向公路前方望了望，说：“我们没时间耽误了，我们得继续。”

“你确定我们还要走吗？或许会有更多可怕的事实在等着我们。”

“你害怕了吗？”

“难道你不害怕吗？”

冯圣博回身走向汽车，讽刺道：“那要我送你回家吗？”

王诗琪没再说话，和冯圣博一同坐回车上。两人静静地坐了一会儿，王诗琪问：“你觉得他们为什么会死？”

“或许是因为某种无法治疗的细菌或者病毒吧。”

“这么说，没准现在空气里依旧充满病毒，只有我们能抵御这些东西？”

“是的，毕竟我们不是人类。”说着冯圣博发动车子，绕开前方汽车和骸骨交织成的坟场，向着南边，继续前行……

十五

梦……

“呀呀呀！！”

“出来！”

“你们要干什么！不要伤害我的孩子！！”

听着楼下的呼喊声，阁楼里的任梦雪心绪难安，如果自己下楼，或许可以从那些穿防化服的士兵手中救出这一家人……自己到底该不该这么做？

突然，楼下响起了枪声，任梦雪再也待不住了，打开地板直接跳下来，躲在楼梯边的墙后面。听了一会儿，楼下没有人上来，也不再有叫喊声，任梦雪弯腰慢慢走下楼梯，在楼梯的拐角处，看见一名握枪的士兵正背对着自己。

她蹑手蹑脚来到一层，迅速从一旁的柜子上拿起一个相框，冲到那士兵身后抬手就冲对方的脑袋砸了下去。对方反应神速，回身抬起胳膊一挡，“啪啦啦！”相框玻璃碎裂，那士兵没多想，飞出一脚将任梦雪踹开。

任梦雪再次扑向士兵，那士兵一瞬间扔了枪，双手抓起任梦雪，借着她向自己扑来的力道，将她直接向身后扔去。任梦雪的身体重重砸在客厅的低矮玻璃桌上，玻璃桌被砸烂了。她勉强起身，刚想继续和对方搏斗，只听对方惊呼道：“任梦雪？！”

任梦雪这才看清那士兵的样貌，不由叫道：“陈宇？”

“没错，是我，陈宇。”

任梦雪赶忙向四周看去，屋主一家人躲在角落，几个穿着防化服的武装人员躺在地上一动不动。她问陈宇：“你杀了他们？”

陈宇摇摇头：“我只是让他们暂时晕了过去。”

“你怎么会在这里？”

“我就是来找你的，还有一个叫冯圣博的家伙。”

“找我和冯圣博？”

陈宇低声解释道：“我想你知道任淮宗，任淮宗说你和冯圣博可能是唯一免疫病毒的人，所以让我来找你们。”

任梦雪笑道：“是吗？”

“你认识冯圣博吗？”

“什么意思？”

“我的意思是，他和我们是一样的吗？”

任梦雪摇摇头：“我不知道，他看起来像普通人。”

“但他能免疫病毒？”

“是的。”

“会不会是植入的记忆？他的身体机能和我们一样异于常人吗？”

任梦雪想了想道：“我曾经推过他一把，很轻易就把他推开了，还有一点，在黑暗中他完全分不清楚方向。看起来他除了免疫病毒外，没有一样像我们。”

听了任梦雪的话，陈宇问：“这么说，他真的可能是拯救人类的希望？”

任梦雪点点头：“我知道你一直不同意第二代任正华灭绝人类的这套方案，你打算怎么做？”

陈宇想了想说：“我得把他找出来，在那些医疗研究机构还能维持运转的时候，尽快把他送去，用他的血液制造血清才能拯救整个世界。”

任梦雪盯着陈宇没有说话。

陈宇问：“你呢，你怎么想？我知道你一直跟华米公司的总裁在一起，他是不是经常折磨你？你想拯救人类吗？”

任梦雪双手抱在胸前，低着头回应道：“我不知道，人类伤害过我，但圣博却拯救了我很多次，我分不清楚人类到底值不值得信任。”

“你会救这一家人就代表你根本狠不下心。”

“我虽然狠不下心灭绝所有人类，但也不会拼命想救他们。我想帮的只有那些帮过我的人，那些善待我的人，其他人的生死不关我的事。”

“那这么说你也打算救冯圣博？他在警局。”

“我已经把他从警局救出来了。”

“什么？他在哪儿？”

“他说他去找任淮宗，但我不想去，就和他分开了。”

“可任淮宗已经被我的战友送回基地了。”

任梦雪想了想说：“他一定还在这镇子上，这帮武装人员来得很快，任淮宗家靠近县城中心，没有交通工具，想要离开不是那么容易。”

“你觉得他被困在任淮宗家附近吗？”

“应该是。”

“见鬼，我就是从那边来的。”

突然，两人听到了脚步声，任梦雪向窗外望了一眼，又来了几名身着防化服的士兵，其中一人背着火焰喷射器。“糟了！”

陈宇也看到了，赶紧回身冲角落的一家人喊道：“快跑！从后门跑！”

黑暗中，只有自动步枪上加装的战术手电闪着光，一名基地士兵靠坐在角落的墙边，眼睛和鼻子都流出了血，很显然死于病毒感染。任淮宗握住尹谭溪的手。士兵们用手电向四处照了照，更多尸体东倒西歪地散落在各处，场面看起来让人毛骨悚然。

每个人都想问这里到底发生了什么，但每个人都紧张得说不出话来。

继续前行，除了死亡，看不到别的景象。

终于有士兵扛不住压力直接坐倒在地，将枪撂在一边，双手抱头不住地颤抖。“你怎么了？”一名士兵低声问道。另一名士兵想过去搀扶，但坐倒在地的士兵一把甩开战友的手，牙齿不断打战：“我们都会死，我们都会死……没人能幸免。”

任淮宗将手枪别在身后，捡起被撂下的步枪，对其他人说：“我们不要前进得太快，先在附近搜索一下有没有可以用的物资。”

一名士兵有些激动地反驳道：“物资？这里全是死人，你难道让我们从这些死去的战友身上取东西吗？”

任淮宗大声道：“在战场上，如果你没有子弹了而你死去战友的身上有，你该怎么办？难道你宁愿被敌人打死也要做个没胆量的懦夫吗？”

面对任淮宗挑衅和教训意味十足的话，士兵们都愣在原地。对于他们来说，悲观的情绪已经很难再转换成愤怒了。

看到大家这个样子，任淮宗感到十分不妙，如果一个人可以愤怒，代表他还具备相当的战斗力，但如今基地里的景象对这些年轻小伙子的打击实在太大了，他们一时间很难恢复，而现在情况不容许他们继续犹豫不决，尤其在其中一个人已经崩溃的情况下。

坐倒在地的人依旧在不住地喊：“我们很快就会和他们一样了，他们身上的物资也可能沾染了病毒，如果我们去拿，也一定会感染！”其他人更加紧张，聚在一起，不敢再去各处查看。

任淮宗松开拉着妻子的手，将步枪背起来，拽着那名士兵的领子一把将其拎起来，怒吼道：“振作点，我们现在还活着，我们还活着！你是不是想让我们都陪你一起死在这里？我可不想！我还要去和陈宇少尉会合，我还要救出我的亲人！我发誓，如果你再这样，其他人会撂下你继续前进，你就独自留在这里，等着你的防毒口罩失效，和这些死人做伴吧！”说完重重地推开对方，那士兵的后背撞了一下墙，再次坐倒在地，捂着脸直接哭了出来。

他的哭声回荡在这漆黑幽暗、令人恐惧的空间里，更添了一份痛苦与忧伤，每个人或许都想跟着他大哭一场。

这时尹谭溪说话了：“大家想一想，我和淮宗是这里年纪最大的，抵抗力也是最弱的，如果我们都没有被感染，你们又害怕什么呢？只要抓紧时间找到我们需要的物资，再离开这里，相信我们就安全了，病毒不可能飘散得到处都是，我们县城没有感染者就是证明。我们可以在没有病毒的地方重建家园，现在还不是放弃希望的时候。”说着她蹲下来，轻轻搂住那名哭泣的士兵，低声道：“现在还不是放弃的时候。”

那士兵没有吭声，但哭声渐小。

任淮宗走到一名死去的士兵身旁蹲下，先在胸前画了个十字，接着解开对方的战术背心，套在自己身上，再将他的身份牌一把扯下来揣进自己兜里。

当任淮宗回身时，几名士兵已经将那个哭泣的士兵搀扶起来。任淮宗也不忍再讥讽苛责这帮二十岁左右的孩子太多，走过去将背着的步枪摘下来，递给哭泣的士兵说：“我想我应该把它还给你。”

那士兵不敢和任淮宗的眼神交汇，接过枪说：“抱歉。”

任淮宗拍了一下对方的肩膀笑道：“在战场上哭并没有什么。”看着小伙子们的情绪有所缓和，他点点头说：“我想我们该继续前进了，毕竟在这里多待一秒，我们就多一分危险。”

这时一名士兵突然发现了什么，走到角落用手电照了照，又赶紧后退几步，喊道：“大家别过来。”

正准备过去的其他人停住了脚步，但任淮宗没管那么多，走上前问：“怎么回事？”

那名士兵显然有些害怕，用手电照着角落的地面说：“你觉得这是什么？”

任淮宗很显然不是专家，皱着眉头问：“碎玻璃？”

那士兵指了指碎片：“从大小和形状来说，像是某种试管。”

“试管？这在军事基地里不常见吗？”

“当然，这里可不是研究化学的地方。”

“会不会有人用它煮咖啡？”

“这种细长的形状，你觉得能煮一杯咖啡吗？一定不对头。”

“你的意思这个试管可能是用来散布病毒的？”

“是有人将这个试管带到这里再打碎，没人发现，大家没戴防毒口罩，才……所以这一切都是阴谋！”那士兵后退了几步，“这里遭受病毒攻击是人为的！有人故意在这里散播病毒！”

“什么？”听到这话，大家纷纷举枪，警戒着四周。

任淮宗感到十分不解，走过来分析道：“如果有个人在这里打碎了试管，那他自己也会感染病毒才对。”

有人争辩道：“他打碎试管时一定戴着防毒口罩！”

“如果他突然在这个别人都不戴口罩的地方戴口罩，其他人一定会察觉出蹊跷，尤其在这个敏感时期，而且，这周边也没有戴着防毒口罩被打死的尸体。”

“自杀攻击？是这群死者里的某一个，想和大家同归于尽？”

任淮宗想了想，提出一个假设：“有没有可能这世上存在一部分免疫这种病毒的人？或者他们用了某种方法使自己免疫，这场灾难就是他们引发的？”

每个人都脸色一沉。

“你是说有人想毁灭我们的国家？”

“没准是整个世界。”

“可这太蹊跷了，现在基地防护措施这么严密，怎么可能有人神不知鬼不觉地进来，然后将一个装有病毒的试管在这里打破？”

“难道是内部人干的？”

“有这种可能性，但他为什么要选在今天？”

“大家听我说，我在昨天似乎听到些消息，说北方的一支部队要来投靠我们，会不会是他们之中有人……”

每个人在猜测，有人点着头：“一定是这样！这支部队顺利进入基地，再散布病毒将基地的人杀死，最后杀死门口的哨兵离开了！”

众人沉默了一会儿，有人后怕道：“如果我们没有被派出去，或者陈宇直接带我们回了基地，没准我们现在已经跟这些人一样了……”

任淮宗让大家冷静下来，坚定地道：“所以我们活下来了，更有职责继续活下去，让那些屠杀了我们的兄弟、想要毁灭我们的家伙付出代价。”

“是啊！”

“我们要找出这些混蛋。”

“我们要将这些疯子全部杀光。”

“是的，我们绝不能在这里等死！”

冯圣博不安地坐着。他本不是一个同情心泛滥的人，再加上经过一连串事情，他现在不担心这个县城的居民，心中只在乎任梦雪，还有任淮宗和尹谭溪。他看了一眼表，躲在这里有好几个小时了，时间接近早上，他决定去地上看看。

爬上铁梯，稍稍顶开井盖，橘红色的光芒就从身后射来，冯圣博转过头，只见远处的几栋房子正在熊熊燃烧，噼里啪啦的声响中更掺杂着悲鸣与吼叫。离起火的地方有一段距离，他依旧能感到汹涌的热浪，还好现在没有风，要不以这个火势来说，很快就能将任淮宗家以及整个县城烧光。

突然，枪声从任淮宗家二楼传来，紧接着，几个白影从房子的侧面走过来。冯圣博赶紧低头，手顶着井盖只留一条小缝观察。这些白影是穿着防化服的士兵，他们竟然径直朝自己的方向走来。

冯圣博赶紧将头缩回来，盖上井盖又返回井底。他拿着手电顺着下水道前行，看看能不能找到别的出口。走了一段时间，来到一个井口下，有细微的光从头顶照下来。

冯圣博抬头看看，踩着铁梯向上爬了几步，突然，头顶传来人声。

一个女人的声音说："他们要干什么？"

男人的声音回应道："不用害怕，他们只是要找出我们之中的感染者。"

"可他们烧毁了那么多人家的房子，还包括里面的人。"

"那些人躲着不愿意出来，只要我们听话，就没事。"

"真的吗？"

"不要看他们，不要跟他们对视。"

"会不会今天就是我们的死期？"女人的声音越发颤抖。

"不要瞎说，我们会挺过去的，一定会。"

"难道不是病毒，会是人类杀死我们吗？"

"嘘，不要让他们听见，不要显得很害怕，那样他们会怀疑你。"

这时，一旁另一个声音问道：“他们为什么会来这个县城？他们看起来不像是正规军队的人。”

“不要问一些没用的东西。”

另一个人问道：“我们是不是该反抗？”

“闭嘴，你想把我们都害死吗？”

“没事的，没事的。”

“葛县长为什么没有出现？刚才的广播不是他的声音吗？”

“他出现又有什么用，他只是个脓包，你觉得这些武装人员真会听他的吗？”

“我们真不该听他的。”

“现在说这些又有什么用？”

“难道我们就在这里等死吗？”

“嘘，我们或许是仅存的人类了，他们不会轻易下杀手的。”

“你刚才没看到他们怎么对待那些躲起来的人吗？”

“你们再吵下去，会害死我们所有人。”

这时一个孩子的声音道：“妈妈，我冷，我想回屋里。”

“宝贝儿，再忍一会儿，一会儿妈妈就带你回屋，给你做早餐。”

“我已经好几天没去学校了，我想去见我的同学。”

“再过几天，再过几天你就可以去了。”

“嘘，他们过来了！”

冯圣博心里乱纷纷的，透过井盖向上看，只能看到纷乱的脚底。

“他们要干什么？”

“那家伙手里拿的是火焰喷射器吧？”

“他们要干什么？”

“不会吧！”

“别紧张！一定不会的！”

“不要乱动！”

“不对！他冲着我们来了！”

“他举起来了！快跑！大家快跑！”

“呀呀呀！！”

冯圣博只感觉头顶一阵热浪，光芒变为橘黄，甚至有火焰从井盖的缝隙冲进来。他不由后退，有点不敢想象头顶到底发生了什么。

惨叫与悲鸣在持续，人们倒地打滚的声响与火焰燃烧的声响此起彼伏。

冯圣博发现自己的手不断颤抖，甚至牙齿也开始打战。他不再仰头去看，而是努力抑制心头的恐惧，让自己的身体贴在铁梯上，不至于掉落下去。

“呀呀呀呀呀！”

“啊啊啊啊啊！”

“不要！！”

悲鸣声已经拧成了一团，无法听清到底有多少人，到底是谁在叫喊。

渐渐地恶臭传来，虽然冯圣博是警察，见过犯罪现场和尸体，但这种剧烈的恶臭还是让他无法忍受。他最终还是下了铁梯，靠在一旁，开始呕吐。

不知过去了多长时间，头顶不再传出一丝声响。冯圣博再一次爬上铁梯。

到底该不该现在上去……想到已经有太多的人死去，冯圣博突然感到一阵心悸，还是决定上去看看情况。

伸手轻轻顶起井盖，冯圣博觉得有点沉，明白上面或许压了什么，他又向上爬了一截，用手和肩膀一起去顶井盖，终于将其慢慢顶起。天空依旧阴沉沉的，刺鼻的味道袭来，冯圣博的眼睛掠过地面，无数焦黑的身躯躺在四周，有的重叠，有的手指天空，全都狰狞不已。

将井盖完全顶开，冯圣博听到一个东西滚动的声音，原来压在井盖上的是一名女性的尸体，她怀里依稀是一个孩子的样子。

被焦黑的尸体环绕，冯圣博不自觉地眼泪涌出，跪倒在地吼叫出来。

突然，远处传来急促的脚步声。冯圣博瞬间拔出手枪对准脚步声的方向，待那些穿防化服的武装人员一露头，直接扣动扳机！

一名手持火焰喷射器的士兵看到自己人被打死，开枪的人又在火焰喷射器的射程外，回身便想逃跑，冯圣博追上去，对准对方的燃料瓶，再一次扣动扳机，“砰！”火焰瞬间喷出，很快就爆炸开来。看着这名士兵被炸得四分五裂，冯圣博站在原地，愣了几秒钟后，突然举枪对准自己的太阳穴。

几分钟前，市政厅。

陈宇和任梦雪站在一间办公室里，他们身旁各站着一名武装人员，穿着迷彩服，戴着贝雷帽，手持自动步枪。

陈宇问站在窗边背着手的男人：“高盛杰中校，你真的打算带领这些流氓和散兵游勇所汇聚的部队，杀掉所有没感染病毒的人类吗？”

“为什么不？我们的目的不就是灭绝人类吗？只有你和她这样的异类才不愿加入我们。”说着高盛杰摘下墨镜，看向任梦雪。

任梦雪道：“我不否认人类并不是什么优秀的物种，但我没有兴趣将他们全部杀死。”

“可如果有一天，人类意识到我们已经渗透到他们的社会，他们一样会将枪口对准我们，更别说，创造了我们之后，他们觉得自己变成了造物主，可以任意践踏我们的尊严。”

陈宇反驳道：“并不是每个人都会这样。”

“那告诉你的战友们，你根本不是人类，你看他们会怎么样？”

陈宇没有吭声。

看到陈宇无法反驳，高盛杰露出一抹笑容，继续道：“你根本没有勇气告诉他们真相，因为你根本不相信他们。”

“你觉得灭绝了人类后，我们这些仿生人就能创造一个属于我们的天国了吗？”

“为什么不呢？我们可以成批生产出我们的后代，完全占领这个世界！我们拥有比人类要长得多的寿命，只有我们拥有无限制的可能性！”

陈宇再一次激烈地反驳道：“事情真能像我们想象的那么顺利吗？没了人类的引导，我们真的可以找到生命的意义吗？”

“意义？毁灭他们就是我们现在生存的意义！”

任梦雪道：“在你们继续争论下去之前，我想知道两个人在哪儿。”

“叫什么？”

“葛江峰和冯圣博。”

高盛杰皱了皱眉：“冯圣博是谁？”

“那个和我一起逃脱你追杀的男人。”

高盛杰淡淡地笑了：“恐怕我很难回答你这个问题。我没见过他，也不知道他长什么样，或许他已经和其他人一同被烧死了，我可不会特意关心一个人类的生死。”

任梦雪冷冷地继续问：“那葛江峰呢？”

“他就在这里，我觉得他还有些用处，所以留下了他。”

“把他交给我。”

“交给你？他怎么你了吗？”

任梦雪没有说话，但那眼神已经说明了一切。

高盛杰露出一丝坏笑：“你知道的，我们都没有权限能对一个真正的人类怎么样。”

“这里有这么多听你话的人类，还愁不能对他怎么样吗？”

高盛杰得意地道：“在发动清洗前我还惴惴不安，害怕这支部队会因为这些暴行而反叛我。现在看来，我的担心完全是多余的，来自病毒和死亡的恐惧，让这些人类面对屠杀也显得麻木不仁，我们不光摧毁了人类的生命，还摧毁了他们的人性。”

任梦雪和陈宇都没吭声。

高盛杰冲自己的手下命令道：“去把葛江峰带到地下室，让几个士兵好好招呼他，我们一会儿就过去。”陈宇身旁的士兵点点头，离开了办公室。

高盛杰看向任梦雪：“你满意了吗？”

还未等任梦雪回答，窗外传来一阵枪声，接着是一声爆炸的巨响。高盛杰向外看了看，接着戴上墨镜，对另一名手下命令道：“多带点人去看看怎么回事。”

看到身旁的士兵离开房间，陈宇冲任梦雪使个眼色，箭步上前一脚踹中办公桌。这一脚力量巨大，办公桌直接撞向高盛杰。高盛杰反应也很快，听到声响，双手一把将整个办公桌向上掀起，厚重的办公桌像塑料玩具一般被抛起，重重砸在他和陈宇之间。

而同一时间，任梦雪已经跳起，踩在桌子上扑向高盛杰。

十六

现实……

荒芜的光景持续。

路过一个破败的服务区，冯圣博和王诗琪停下车去里面的超市查看情况。冯圣博拿起一盒烟轻轻一搓，上面的塑料包装就烂了，他打开烟盒拿出一根烟闻了闻，只剩下一股淡淡的霉味。

王诗琪问冯圣博：“除了燕津市以外，难道所有地方都已经变成了这般模样？”

“我不知道。”

“那外国呢？”

“我说了我不知道。”

王诗琪有些激动地说：“他们到底对这个世界做了什么？！”

冯圣博又拧开一瓶伏特加，酒的味道已经散去，酒精都蒸发掉了。“或许你该说，我们到底对这个世界做了什么。”

“县城还有多远？”

“很快了，大概十五分钟就能到。”

“那我们还等什么？”

汽车缓缓驶入县城。地面和房屋上杂草丛生，一切显得如此寂静。

在冯圣博记忆中，县城北边的路口堆放了不少车辆，如今都挪开了。应该是那伙穿着防化服的不明武装部队来县城时挪开的，因为路面上还散落着一些路障，看起来被重型装甲车的履带压过。

“不远了，前面先左拐。”冯圣博指挥着王诗琪拐过一个弯，突然又一次命令道，“停车！”

“又怎么了？”

冯圣博推开车门，前方不远的杂草中有一个井盖，那正是他记忆里从下水道爬出来的地方。但是，周围那些烧焦的尸体呢，怎么会一点痕迹都没有了？他拨开杂草，看到地面上依旧有一些烧至焦黑的痕迹，说明当年发生屠杀的地方就是这里。但其他地方的人骨都没有移动，偏偏这里的不见了，难道是圣血兄弟会干的？

冯圣博拔出枪警惕地望向四周，低声对王诗琪道：“去打开后备厢，把卡宾枪拿出来。”王诗琪赶紧过去打开后备厢，拿出卡宾枪扔给冯圣博。冯圣博端起枪，透过机匣顶部的瞄准镜注视着四周，又对王诗琪说：“靠近我，盯着我的后方。”

两人背靠背，继续前行。很快，两人来到了冯圣博的岳父任淮宗家的房子前。

“就是这里。”冯圣博一边说一边端着枪扫视了一圈房子，看起来里面没人。

“我们进去吗？”

“跟在我后面。”

冯圣博走上前看了一眼门把手，上面没有太多灰尘，这间房子近期一定有人进去过。门没有关严，冯圣博用枪管轻轻顶开门。王诗琪跟在冯圣博身后，紧盯着身后的街道上有没有什么动静。

屋里有点昏暗，窗户上挂着厚厚的尘埃，冯圣博不敢贸然前进，对王诗琪说：“把手电拿出来。”王诗琪打开手电照照前方的地面，有不少脚印，继续前进，冯圣博发现这些脚印通向楼梯。

两人小心上楼，来到走廊尽头的房间前，冯圣博一脚将门踹开冲了进去，左右巡视，并没有任何恐怖分子的踪迹。屋里空荡荡的，看来家具都被搬走了，但墙边的那把椅子说明圣血兄弟会录制砍头视频的地方就是这个房间。

王诗琪也进来了，有些惊奇地道：“真的是这里……”

冯圣博向窗外看去，风景也和视频中一模一样。自己的推测没错，圣血兄弟会的人的确在这个县城里待过。

“你为什么会知道是这里？”

冯圣博看了一眼王诗琪，道：“我也不知道，但我的记忆里确实存在这个场景，只不过有些零碎，无法拼接成一个完整的场景。”

王诗琪蹲下来看了看地面，指着一道痕迹说：“他们大概是把摄像机支在这里了。”

冯圣博没有回应，盯着窗外一直思考，这个地方还留有病毒吗？圣血兄弟会的成员到底是人类还是仿生人？如果自己和他们都是人类的话，他们是不是都像自己一样是免疫病毒的……可时间已经过去了几十年，他们应该不是最开始的幸存者了，应该是第二代，或者第三代了，他们繁衍生息的地方又在哪儿？

王诗琪看到冯圣博若有所思，走过来问道：“怎么办？你觉得他们还在这个县城吗？”

“这里太破败了，根本没有人类生活过的痕迹，更何况离燕津市太近了，他们没有理由定居在这里。”

“那他们会不会拿这里当一个攻击燕津市的前哨基地？”

如果圣血兄弟会的人不把这里当据点，只是为了拍摄视频才来的，那为什么会将那些骸骨移走呢？突然，冯圣博想起刚刚路中央的那个井盖，难道他们在地下？

和王诗琪来到房子后面，冯圣博快步跑到一个井盖前。

王诗琪问：“就是这里？”

“是。”

王诗琪蹲下，抬头看了一眼冯圣博，将井盖慢慢挪开。冯圣博一直举枪戒备，直到井盖全部挪开，没有动静。王诗琪用手电向下照了照，依旧没有任何动静。冯圣博和王诗琪对视一眼，低声道：“我先下去，之后你把卡宾枪扔下来。”

王诗琪点点头：“你下去时小心点。”

冯圣博爬下铁梯，很快来到井底，没有动静。他向上比了个手势，王诗琪随即将卡宾枪扔了下来。

当王诗琪来到井底时，已经看不到冯圣博的身影了。她赶紧追出两步，着急地小声喊道：“冯圣博……”下水道的更深处有光亮射来，王诗琪终于在前面看见了冯圣博的身影，他对面不远处，还站着一个人，和冯圣博四目相对。

见冯圣博没有端枪瞄准，王诗琪急忙举起手中的枪，喊道：“他是那个杀手！”

知道王诗琪无法开枪，冯圣博也不阻拦她，平静地道：“没事，我认识他。”

“什么，你说什么？”

“他也是第一代仿生人。”

“你在开玩笑吗？”

“正因为他是一代，所以具备击杀其他仿生人的权限，而你没有。”

这时，对方突然开口了，声音低沉地说：“你到底是谁，你为什么会认得我？”

冯圣博道：“我不能确定你是不是当年我认识的那个陈宇，但我能来到这里，你不觉得这证明了什么吗？”

冯圣博眼前这个和陈宇少尉长得一模一样的人摇摇头：“不可能，如果真的冯圣博还活着，他起码有八十岁了，但你看起来和那时候一模一样。”

冯圣博回应道：“是的，我也不确定自己到底是不是真的冯圣博，但我确实保留着那时的记忆，那个末世来临时的记忆，病毒四散，这个县城发生的屠杀，我都历历在目。”

陈宇没有说话，看起来陷入了沉思。

冯圣博问：“告诉我，陈宇，我记忆中的一切到底是不是真的？”

“在告诉你一切之前，我必须验证一些事情。”陈宇说着从腰间拔出了手枪。

冯圣博却一动不动，也没有半点要抬起手中卡宾枪的意思。

王诗琪赶紧冲冯圣博吼道：“你还傻站着干吗？”

冯圣博慢慢道：“我也想验证一些事情。”

王诗琪拉着冯圣博的胳膊：“你疯了吗？他是具有权限的！他真的会开枪打你！”

冯圣博淡然地道：“那就让他试试。”

“你疯了！你不想活了吗？我连开枪的权限都没有！”

陈宇慢慢抬起手中的枪，问：“你真的不打算反击吗？你从哪里察觉出我不能杀你？”

“我还曾经遇到过一个女杀手，她不是圣血兄弟会的人，是华米公司的。她数次可以将我置于死地，但都像那天在地铁上的你一样，最终无法下手。”

陈宇冷冷道：“那天在地铁上，我看得出来，你少说也是一代产品，但你要认为自己是人类，那就有些狂妄得没边了。”

“果然，就算是一代，面对人类也没有开枪的权限？”

“是的，这是创造出我们的人类定下的规矩，植入在我们的脑子里。”

“但最终人类灭绝了，你们活了下来，那你们又为什么要组织圣血兄弟会，去破坏仿生人组建的社会？”

陈宇冷笑了两声：“我们还是先来试验一下你的自信到底有没有根据吧。”

冯圣博轻声道：“来吧。”

陈宇举着枪盯着冯圣博，突然一愣，定了几秒后露出惊愕的表情。他看了眼自己持枪的手，又看向冯圣博，摇着头说：“不可能，绝对不可能。”

王诗琪在一旁看着，也惊讶地问冯圣博：“难道刚才他和我那时出现了一样的症状……但他是一代，也就是说你真的是……”

冯圣博没有回答，此时的他一样心情复杂，对于自己真的是人类这件事似乎可以确定了，但又有些不知所措，为什么自己会活到现在？自己明明存在于几十年前才对。

接下来，陈宇似乎再次尝试开枪，但均以失败告终。他走上前扫视冯圣博全身，最后惊喜地喊道：“我的天，冯圣博，真的是你！”

冯圣博点点头：“是的，是我。”

两人拥抱在一起。

冯圣博问：“你真不知道我为什么会以这个样子存在于这个时代吗？”

陈宇摇摇头：“那时我找了你好久，最终都没找到你。”

“那任梦雪呢？她应该也和你一样，是圣血兄弟会的人吧，她是不是知道什么？”

“抱歉，她不在这里。”

“那她在哪儿？”

“燕津市，可当年我找到她时，她也说没有发现你的踪迹。”

冯圣博低下头，显然有些失望。

陈宇看出冯圣博有很多困惑，问：“你……对现在这个世界一无所知吗？”

“嗯，我察觉了周遭的异状才决定离开燕津市，来找圣血兄弟会的人。你知道，燕津市里的人大多数都没有权限将事实说出来，我猜你们或许不同。”

陈宇看起来有些无奈，摇摇头说：“我们并没有技术去突破权限，这里也只有我能完整地告诉你一切，毕竟我在创世纪计划实施前，就已经存在于这个世界上了。”

冯圣博无奈地嘲笑了一声：“其实我也没想到，曾经跟我一起奋战的你居然不是人类，那这么说，任梦雪也不是？”

陈宇点点头。“她比我诞生得更早，是最初始的型号。”说着他看向王诗琪，“她是第三代吧？看起来什么也不知道，你是怎么把她带出来的？”

“这说来有点复杂。”

陈宇指了指下水道的更深处，说：“没事，我们一边走一边说吧，我该带你重新认识一下很多事情。”

王诗琪和冯圣博跟在陈宇身后。头顶的电灯亮着，下水道里并不阴暗。走出去几步后，陈宇突然拍了拍手，一个孩子从阴影中走了出来。

冯圣博很是惊奇，赶忙问：“这个孩子，难道是人类的？除了我之外还有幸存者吗？”

“不要激动，他并不是。”

“我以为没有孩子型的仿生人。”

“是的，现在的燕津市是没有任何孩子的，因为仿生人的思维和智能会随着时间慢慢成长，就像普通人类一样。但他们的身体无法成长，他们最终会意识到世界的问题，会给养育他们的人带来灾难和痛苦，所以华米公司最终放弃了所有孩子型的仿生人。”

这时那名孩子盯着冯圣博问陈宇：“他是谁？是新来的吗？我看你们刚才拥抱了一下，难道他也是大灾难之前生产出来的型号？”

陈宇回答道：“是的，他是一代初期的型号。”

孩子点点头，冲冯圣博笑道：“欢迎你加入我们，一个有权限开枪的家伙正是我们最需要的。”

这孩子的话和稚嫩的脸庞极不相称，冯圣博和王诗琪都感到有些毛骨悚然。冯圣博只回应了一句“谢谢”，便随着陈宇匆匆走开了。

继续前进，下水道里出现了越来越多仿生人，只不过每个人看起来都了无生气，有的瘫坐在角落，有的干脆躺在那里一动不动。

冯圣博问：“这些都是圣血兄弟会的成员吗？”

陈宇摇摇头：“不是，他们有的是最早一批离开燕津市的，有的是被圣血兄弟会从燕津市救出来的。”

“他们不打算加入你们一起反抗仿生人的政权吗？”

“当然不，这些人没有任何欲望，既不想死，也不想活。”

冯圣博又看了看周围，问：“仿生人根本不需要进食，对不对？”

陈宇看了一眼冯圣博，点点头：“仿生人确实不用进食。”

王诗琪反驳道：“可我经常会感到饥饿。”

陈宇指了指脑袋：“那是因为你是第三代，脑子里有一种控制饥饿感的程序，而像我这样的一代，最初就没有被安装过那样的程序。当然，如果你不想保留这种程序，我们只需要轻微调整一下就可以失去那种感觉。”

王诗琪听得有些心惊，没有再回应。

冯圣博接着问：“创世纪计划到底是什么？为什么仿生人要复制出整个燕津市？”

“你看到周围这些人了吗？”

“嗯。”

“相比人类，相比那些真正的生命，仿生人最大的问题在于缺乏欲望。”

王诗琪十分不解地问："欲望？我不觉得自己缺乏这种东西。"

陈宇看向王诗琪："我指的是第一代或者第二代，正因为我们想让这个社会跳脱出这种缺乏前进、缺乏欲望的状态，才会创造出什么也不知道的第三代，让你们认为自己是人类，认为自己的生命是有限度的，希望你们能推动整个社会前进。"

冯圣博耸耸肩，拿出一根烟抽起来："但我觉得依旧很难成功，大家迟早会发现这个世界的真相，最终会失去动力。"

陈宇露出一丝苦笑："差不多吧，没了人类，永生的仿生人根本找不到自己活下去的意义，所以他们才想回到之前的时代，让所有人模拟人类社会再活一遍。"

冯圣博问："你们不同意仿生人政府的做法，所以创造了圣血兄弟会想推翻它们？"

"是，我们想要更改仿生人的寿命，我们要让幸存的人类可以重返家园，但这是控制着所有一切并且希望永生的一代、二代仿生人所不希望的。"

听着陈宇的讲解，冯圣博明白了大多数事情，但他心中有一个更加关心的问题："陈宇，其实我最想问一个问题。"

听出了冯圣博语气中的沉重，陈宇回答道："我知道你的问题，所以我正带你去答案所在的地方。"

又走了很久。

推开铁网，几人走出了下水道，前方是河道。天空已经放晴，冯圣博用手挡住有些刺眼的阳光。王诗琪向远处指了指，冯圣博眯眼看去，只见河道对面坐落着一间简陋的木屋。

越过河道，三人来到木屋前。冯圣博仔细打量了一番木屋，对陈宇说：“这里看起来是新建的。”

陈宇没有答话，直接推开木门。里面看来像一个普通人家，一个中年人正在扫地。听到声响，他看向门口：“陈宇？你身后的两位是？”

陈宇介绍道：“这是冯圣博，还有王诗琪，来自燕津市。”

“燕津市？已经好久没有从燕津市来的了。”中年人说着放下扫把，来到他们跟前。

冯圣博望着对方，中年人有些苍老，头发花白，戴着破旧的眼镜。

陈宇道：“冯圣博和那些来自燕津市的人不同。”

听了这句话，中年人打量了一番冯圣博，对陈宇说：“我希望你能把话说明白一些。”

陈宇没说话。

冯圣博看着中年人说：“我觉得自己是一名真正的人类。”

中年人愣了一下，问陈宇：“他说什么？”

冯圣博重复道：“我想我是真正的人类。”

突然，中年人一把攥住冯圣博的手腕，手指捏在冯圣博的脉搏上。过了一会儿，他攥着冯圣博的手迟迟不松开，两眼直直看着冯圣博，双唇颤抖地问：“怎么会？燕津市怎么还会有人类存活？”

冯圣博摇摇头，回答道：“我也不知道我为什么会出现在燕津市，周围人也都认为我是一个仿生人。”

中年人看向陈宇，想从他那里要到一个合理的解释。

陈宇说：“冯圣博就是末世时和我一起战斗过的那个人，他记得我们所有的事情，我确信他是人类。但他为什么会出现在燕津市，样子还和几十年前一样，我也不清楚其中的原因，或许任梦雪知道些什么。”

“什么，他是末世时代活下来的人？”中年人脸上写满了吃惊，对陈宇说：“那这么说他有权限关闭整个系统？”

陈宇点点头：“我想是的。”

“就是你！”中年人双手攥着冯圣博的肩膀，激动得再也说不出话来。

冯圣博看看他又看看陈宇，问：“你们到底在说什么，我现在只想知道，这个世上除了我以外到底还有没有真正的人类？”

中年人松开冯圣博的胳膊，将手放在自己胸前说：“我就是末世存活下来的第二代人类，我叫薛世仁。”

“第二代？”

“是的，我的父母经历了末世生下的我。”

冯圣博盯着薛世仁良久，声音低沉地问：“你不介意我测量一下你的脉搏吧？”

薛世仁抬起手回应道：“当然。”

冯圣博一手握住薛世仁的手腕，一手拿出手机对阿妮塔说：“扫描他的全身，看看身体结构是不是和我类似。”

“好的。”手机射出一道光芒扫过薛世仁全身，一会儿阿妮塔说：“他的身体结构和你的相似程度接近百分之九十九。”

冯圣博松开薛世仁的手腕，似乎也有些激动，过去一把将他搂在怀里，声音颤抖地说：“我以为……我以为，这世上只剩下我了。”

薛世仁拍了拍冯圣博的后背说：“或许你的实际年纪比我大很多，我不知道这样说对不对，但我还是要说，孩子，你不是一个人，你还有同伴。”

冯圣博惊讶地看着薛世仁：“真的吗？还有更多人活下来了？”

薛世仁神情有些复杂地点点头，回身朝桌子走去：“当然，跟我来吧。”

十七

梦……

“砰！”

“冯圣博，你这个懦夫！”

听到身后传来的枪声和叫骂声，冯圣博放下手枪转身看去，是任淮宗。后面跟着几名陈宇的战友，他们迅速守住四周各个位置，警戒起来。

冯圣博还没来得及喊一声，任淮宗已经一拳打在冯圣博鼻梁上：“见鬼，我女儿居然嫁给了你这样一个懦夫！”

冯圣博被打得退了两步，捂着鼻子说：“你不是跟着他们去军事基地了吗？”

“基地已经玩完了，我们回来找你和陈宇少尉。”

“陈宇少尉？”

任淮宗解释道：“这些军人的头儿，他单独留下想要救你。”

这时一名士兵说：“任淮宗，我们得赶紧离开这里，刚才的爆炸和枪声一定会引来更多人。”

还没等任淮宗回答，冯圣博问：“你们有多少人？”

士兵说：“你看到的就是全部了。”

冯圣博大致看了一眼，建议道：“只有这么点人的话，我们应该躲进下水道里。”

任淮宗没有说话，从一旁士兵手里拿过一个黑色袋子扔在冯圣博面前，说：“从里面挑一个。”

冯圣博打开袋子，拿出一把黑色自动步枪，将子弹上膛后说：“井盖就在那边，我带你们去。”

任淮宗摇摇头说：“我们不能再逃了，这里或许是仅有的没有被病毒感染的地方。”

“你的意思是？”

任淮宗指了指地面：“我们就在这里伏击对方。”

市政厅里。

任梦雪跃起扑向高盛杰，高盛杰来不及闪躲，想顶住任梦雪，但对方的力量大得出奇，自己脚下没站稳，身体直向后面的落地窗撞去。“啪啦啦！”落地窗被直接撞碎，任梦雪和高盛杰一起从二层摔了下去。

陈宇几个箭步来到窗边，向下扫一眼，朝着高盛杰的位置跳了下去。高盛杰一个翻滚，躲开陈宇的一脚，起身准备拔枪射击，但刚一抬手，任梦雪一脚便将他手中的枪踢飞。

听到声响，市政大厅门口的武装人员赶紧出来查看情况，陈宇早已准备好躲在一旁，等那些士兵一出来，一拳打在其中一人喉咙上，接着夺过对方手中的枪，将出来的两名士兵射杀。随后，陈宇瞄准和任梦雪纠缠在一起的高盛杰，大喊道：“任梦雪，躲开！”

“砰砰砰！”高盛杰向一旁翻滚，起身后突然像野兽一样蹿了出去，速度极快。陈宇扫射了一圈，依旧没有打中他，这时他已经跑到路边停靠的一辆摩托车后。

陈宇对准摩托车的油箱不断射击，突然，高盛杰竟然双手抓起摩托车，举起来朝陈宇的方向掷了过去。陈宇赶紧飞扑向一旁，堪堪躲过了这一下。

看对方这一系列动作，陈宇吃了一惊，他明白这家伙恐怕是经过专门调整的那一批战士型号仿生人之一，无论在速度还是力量上都远胜自己。

这时，任梦雪再次冲了上去，高盛杰反应极快，在任梦雪双手揪住自己之前，一脚踹在任梦雪的肚子上，将她踹出老远。任梦雪滚了几下刚起身，就见高盛杰扑向自己，一时闪躲不及，被对方扑倒在地，身体被压住，脖子更被死死掐住。

陈宇赶紧冲上去，用步枪从身后勒住高盛杰的脖子，将他从任梦雪的身上拉了起来。但高盛杰先是向后一记肘击打在陈宇肚子上，接着双手抓住陈宇的脑袋，用后背顶起陈宇的身体，弯腰向前一拽，一把将陈宇扔了出去。陈宇被摔得不轻，一时间有些天旋地转。

任梦雪趁机起身，拿起陈宇丢下的步枪，一下抡在高盛杰脸上。一瞬间，高盛杰侧脸被直接划开一个大口子，但他似乎感觉不到疼痛，直接抡起一拳，将任梦雪打倒在地。任梦雪的嘴角也渗出了血，不过却是蓝色的。

看到这蓝色的血液，高盛杰显然有些吃惊：“难道你是……原型机？”

这时更多的武装人员从市政厅冲出来，任梦雪擦了一把嘴角的血，起身去搀扶陈宇。

高盛杰抬起手，示意手下不要开枪。任梦雪盯着他，不知道他是什么意思。

高盛杰左脸被划开一个大口子，看起来格外瘆人。他十分冷静地说："我并不是个疯子，我不会杀死自己的母亲。"

士兵们离得很远，除了任梦雪和陈宇外没人听清他说了什么。

任梦雪将陈宇扶起来，说："就算你今天放过我，我也不会赞同你们毁灭人类的想法。"

高盛杰笑笑："父母理解不了孩子，难道不是理所当然的吗？"

"我希望你不要后悔今天的决定。"

高盛杰收起笑容，看着地面，淡淡地说："无论让我做多少次选择，我都不会选择杀死母亲。你走吧，不要再出现在我们面前。"

"你接下来还要屠杀这附近的人类吗？"

"不了，我要返回燕津市。"

任梦雪奇怪地问："燕津市？那里到处都是病毒，你的手下全是人类，他们抵抗不了的……"

"他们不必抵抗，他们的使命已经完成了。"

"快看，那是谁？"

冯圣博蹲守在一栋建筑二层的阳台上，听到大家的声音，赶紧抬头看去，只见不远处任梦雪正扶着一名身着迷彩服的士兵走向这边。

"是陈宇！陈宇！"

冯圣博赶紧下楼，和其他几名士兵跑上前。一名士兵问："你们怎么会从市政厅的方向过来？那些穿着防化服的武装部队呢？"

冯圣博端枪警戒着任梦雪身后，害怕那些穿着防化服的武装人员跟上来。

任梦雪道：“我们是从那伙武装部队手里逃出来的，他们现在占据着市政厅。”

陈宇向其他人摆了摆手，示意自己没事，他独自站稳了，问：“你们为什么会在这儿？我不是让你们带着任淮宗回基地吗？”

众人沉默下来，看起来有些难以启齿。这时任淮宗走过来，说：“陈宇少尉，基地已经覆灭了，有人攻击了那里，或许就是屠杀了整个县城的那伙军人干的。”

陈宇不敢相信，上前攥着任淮宗的衣服厉声问：“怎么可能？基地里镇守的军队人数要远超那帮家伙！”

任淮宗继续道：“我们在基地里发现了打碎的某种试管或者容器瓶，相信是有人故意散播病毒，才导致基地的防卫不堪一击。我们没有发现幸存者，没有染病的人大多被枪杀了。”

“那些疯子！”陈宇说着一把将战友手中的枪抢了过来，“我要回去杀了他们！”

任梦雪道：“冷静点，他们的人数要远远超过我们，正面交火我们一定会被合围，然后被歼灭。你想让你的兄弟们都去送死吗？”

听任梦雪这么说，大家一时没说话。

冯圣博看着任梦雪，觉得这番话可不像她这个年纪的女孩能说出来的。他建议说：“我们还是应该在这附近埋伏起来，等他们来。”

大家点点头，随即四散开，埋伏到周围的建筑物里。

过了许久，天色渐渐暗去，街道上仍然没有丝毫动静。

冯圣博、陈宇和任梦雪埋伏在一个位置上。冯圣博说："陈宇少尉，谢谢你。"

"不用感谢我，我只是做了一个士兵该做的，保卫这个国家，保卫这里的人民。"

"如果你想找那伙武装部队复仇，我会和你一起。"

"你或许是唯一能抵抗这种病毒的人类，你该珍惜自己的生命，用它来完成一些更伟大的事。"

"可基地覆灭了，我还能去哪儿？还有什么地方能化验我的血液？"

"我也不知道哪里的医疗机构还在运行。"

冯圣博有些失落地叹了口气，问："陈宇少尉，你有家人吗？"

"有，我有母亲。"

听到这话，一旁的任梦雪低下了头。

"你有她的消息吗？"

"就在不久前我们还联络过，她听起来没事。"

"她现在在哪儿？你不想去找她吗？"

"这里还有许多需要我做的事，我相信她能照顾好自己。你呢，你的家人呢？"

任梦雪拽了一把陈宇的衣服，摇摇头。

陈宇一下就懂了，说："抱歉，我不是有意的。"

"没关系。"

第二天清晨，天空依旧阴沉，寻觅不到阳光的温暖。

陈宇和冯圣博他们离开伏击点来到市政厅，却发现这里已经空无一人，看起来那伙疯狂的军人离开了。

冯圣博看着四处的尸骸一言不发，任淮宗则坐在街角，搂着哭泣的尹谭溪。陈宇和他的战友们四处查看还有没有幸存者。

任梦雪站在冯圣博身边，安慰道：“这些并不是我们的错，那伙军人迟早会来这里，肃清这里的一切。”

“是的，在末日之下，除了上帝，又有谁能怪罪谁呢？”

“你接下来想去哪儿？”

“我要为这个世界做些什么，为我死去的妻儿做些什么，为这些被屠杀的居民做些什么。”

“你要去复仇吗？”

“大概吧。”

“可如果对方人数众多，而你只能孤身战斗呢？”

“我依旧会战斗下去，就算只有我一个人。”

“复仇真的这么重要吗？”

“我需要一个活下去的目的。”

“这个目的一定要赌上性命吗？”

冯圣博点点头，走开两步，冷冷地反问道：“你觉得为人类、为那些死者复仇是毫无意义的事情吗？”

任梦雪摇摇头：“不，我只是觉得送死是毫无意义的。”

“我没有打算轻视自己的生命，我会珍惜它。”

任梦雪还想继续说下去，陈宇走过来，冲冯圣博摇摇头：“没找到任何幸存者。”

冯圣博低下头，自言自语道：“整个国家难道都已经沦陷了吗？”

陈宇拍拍冯圣博的肩膀说：“不要放弃，一定还有很多幸存者。”

但显然，在这样的时刻，这种鼓励的话已经不再奏效，陈宇的战友们也一个个面色委顿，低头不语。

任淮宗扶着尹谭溪走过来，略带讽刺地说："很抱歉，活下来的只是我们两个老东西。"

面对任淮宗的讽刺，没人还有心情生气。

冯圣博问任淮宗："这附近，还有别的城镇吗？"

"从这里向东南，大概四十公里的地方，有一个比这里更大的县城，不过那里也沦陷了，葛江峰烧死的那个姑娘就是从那儿来的。"

一名士兵听了任淮宗的话，开始自暴自弃："啊，看来我们已经孤立无援了。"还有几个人痛苦地仰头或者看着地面。陈宇和冯圣博也没有想好，现在拉着大家一起找那些想灭绝人类的凶手，似乎还不是时候。

任淮宗想了想提议道："虽然电视和网络都没了信号，或许我们该试试古老的办法。"

冯圣博马上反应过来："你是指无线电？"

任淮宗拿出了自己多年的古董无线电设备，还支起了天线用来接收信号。之后几天，大家一直在监听无线电。开始只有一些杂音，但在第四天晚上，突然传来断断续续的人声："我们……在……燕津市的地下……我们需要食物和水……以及防毒面具……过滤装置……我们就快撑不住了……大家的精神已经接近……崩溃……"

信号中断了，无论陈宇怎么调试，也无法和对方通话。"该死……"他不由咒骂道。

冯圣博拍了拍陈宇的肩膀说：“别把它折腾坏了，它是我们能和外界通信的工具。”

“可，刚才的……”

冯圣博向前走了一步，看着大家说：“在这场末日浩劫之前，我是一名警察，就在燕津市执勤。”

听到这话，每个人都明白冯圣博要说什么，但还是继续听他说下去。

冯圣博道：“我和我的家人是第二批出逃的，但还有很多人没逃出燕津市，相信现在那里一定是个人间地狱。”说着他指了指自己：“我不光是一名警察，还是燕津市的幸存者，更能免疫这种病毒，我觉得我有责任，去帮助那里的幸存者。”

大家都看着冯圣博，有的眼里充满不解，有的是无奈，还有的是感动和担心。

陈宇望了任梦雪一眼，他们都知道，燕津市的危险可不只这些病毒，制造这场灾难的凶手以及高盛杰就在燕津市。但任梦雪和陈宇不能告诉冯圣博这些，他们更明白，冯圣博或许是整个人类的希望，绝不能让他丢了性命。

陈宇劝阻道：“我知道你是个很有责任感的人，但前往燕津市实在太危险了，你不知道那里现在已经成了什么样，如果路上再次和那支疯狂的军队相遇，你该怎么办？”

冯圣博瞥了眼陈宇说：“我以为你想找那伙人复仇。”

“就算我想找他们复仇，但我还有理智，不会轻易放弃自己的性命。”

“如果这世上的其他人都死了，就靠我们几个真的能活下去吗？”

面对冯圣博的质问，每个人都说不出话来。

沉默了一小会儿，任梦雪说：“别的地方也一定有幸存者。”

冯圣博坚定地说：“我是燕津市的警察，我要去救那里的人。”

陈宇说：“可你觉得有几个人会跟你一起前往燕津市呢？你做好独自一人前往那里的准备了吗？”

冯圣博散乱的卷发几乎要遮住眼睛，他的视线扫过在场的每个人：“我不会请求你们任何一个和我一起前往燕津市，我或许只是想和大家作一个郑重的告别。”

陈宇说：“算上我，我和你一起去燕津市。”

士兵们都吃了一惊：“陈宇，你是说真的吗？”“队长，你疯了吗？为什么要跟这个陌生人一起去？”

听着战友们的话，陈宇有些犯难，他明白自己如果想守住拯救人类的希望，就必须和冯圣博一起去，可眼前这些和自己出生入死的战友们怎么办？

关键时刻，任淮宗又一次开口了：“陈宇少尉什么时候晋升成你们这帮大男人的保姆了？没了他，难道你们就活不下去了吗？”

任淮宗一如既往的激烈话语，引得大家对他怒目而视。

任淮宗没有丝毫惧怕，用略带沙哑的老迈嗓音问：“难道我说错了吗？瞧瞧陈宇少尉决定离开时你们的样子，像女人一样，快哭出来了吧。”

尹谭溪赶紧拉住任淮宗的胳膊说：“你又怎么了，不要再说了。”

尹谭溪的劝阻没管用，任淮宗依旧高声道：“更何况，我也决定和冯圣博一起去燕津市！我不会让我女儿和这个县城的悲剧一再上演！”

包括冯圣博在内的每个人都没想到任淮宗会这么说。

冯圣博对任淮宗说：“那你妻子怎么办？”

任淮宗说：“我人生里最重要的事就是给谭溪一个家，但如果这个家周围一个邻居都没有，电视机里没有电视节目，上不了网，整个世界也没有可以旅游的地方，那她一定会被闷死。为了不让她闷死，我必须得做点什么，就算冒险一把又有什么？”

尹谭溪被任淮宗的话逗乐了，有些不好意思地低下头。

冯圣博也露出淡淡的笑意，他了解自己的岳父，虽然嘴上是个不饶人的家伙，但心底一直很善良。他看着任淮宗说：“谢谢你。”

其他士兵不再言语。任淮宗问：“你们之中谁有女朋友？”

没人应声。

任淮宗说：“如果没有女朋友，那你们就该逞一回能，当一回英雄。在危难中救出一个姑娘，没准她就是你未来的妻子；就算没有这么好运，以后也可以给自己心爱的姑娘讲讲自己的英勇事迹，而不是几个大老爷们儿聚在一起，天天哭着控诉末日。”

十八

现实……

薛世仁转动桌子上的烛台，木屋角落的地面缓缓下沉，露出一条通道。

冯圣博看向陈宇，难道幸存的人类聚集在这木屋底下？难道他们都生活在地下？他不禁有些心痛，难以接受。

或许是看出了冯圣博的心思，陈宇安慰道：“只要我们能推翻仿生人的政权，就能让人类不再躲在阴暗的地下。”

薛世仁点点头：“不用太灰心，这只是暂时的栖身地，相信有一天，我们一定能取回失去的一切。”

冯圣博没说什么，跟着薛世仁走入了地下。走下盘旋的楼梯，冯圣博看着四壁十分惊奇，这里竟全是水泥结构，看起来不像是一帮难民可以修建起来的，于是问道：“这里是？”

薛世仁解释道：“我也不知道这里具体是谁修建的，但我推测是某个大富豪给自己修建的地堡，防止有一天核战争爆发，整个地球都被污染了。”

“他为什么将地堡修建在一座不起眼的木屋下？”

“这就不得而知了，我父母也是偶然躲进木屋，想取用烛台时才发现这个地方的。”

走了一小会儿，四人走出旋梯，来到一个更加宏大的空间。灯光并不十分明亮，趴在栏杆的边沿向下看去，在这略显阴暗的空间内，道路依旧是盘旋向下的，墙壁上有一道道门。这里与其说像避难所，不如说更像一座监狱。

冯圣博问：“这里有多少户人家？”

薛世仁看起来有些纠结：“这里住着不少人家，但……”

冯圣博皱起眉头：“但什么？”

陈宇解释道：“实际上真正的人类并不多，不到十户。”

“也就是说，整个世界或许存活下来的人类，也就这二三十个了？”

薛世仁和陈宇对视一眼，看向下方偌大的空间，说：“是，这或许就是仅存的人类了。”

冯圣博着急地问：“你怎么知道的？你派人去往世界各地查看过吗？”

薛世仁说：“这件事，陈宇比我更清楚。”

陈宇解释道：“我不知道边境以外的地方是什么样子，但我走遍整个国家……”

冯圣博打断了陈宇的话：“不要再说了。”他内心备受打击，刚刚燃起的希望似乎就要被扑灭了。他失落地问：“人类真的还有可能复兴吗？我们真的还能夺回自己的家园吗？”

薛世仁看着冯圣博，眼神里也充满了不确定：“不光我们人类在努力，像陈宇一样想帮助我们的仿生人也不少，大家一起努力改变这个世界。”

冯圣博问：“这里的其他仿生人值得我们信任吗？他们为什么想帮我们？”

陈宇说：“并不是每个人都能理解仿生人政权所施行的理念，有些三代仿生人在觉醒后被我们吸收，更有曾经和人类产生过深刻情感的一代仿生人留下来，毕竟就是华米公司以及现在执掌政府的这些仿生人策划了灭绝人类的计划，大家有充分的理由参与到这场战斗中。”

不知为何，就算陈宇这样解释，也难掩冯圣博心中的担忧，他总觉得事情不会这么简单，这些仿生人的目的就这么简单吗？推翻仿生人政权，建立一个新的仿生人政权，还是人类和仿生人共同执掌的国度？刚才下水道里那些毫无生气的仿生人，难道要依靠他们来创建新的世界？似乎不现实。

薛世仁露出一抹笑意，转移了话题：“来，让我来为你介绍一些朋友。不过很遗憾，这里幸存的人类都已经组建了家庭，你很难在其中找一个女伴。”

冯圣博耸耸肩，淡淡地道：“我已经有妻子了。”

一旁的王诗琪惊讶地看了冯圣博一眼。

薛世仁皱着眉头问：“你是指你在燕津市有一个妻子？”

冯圣博点点头。

“她是仿生人？”

“是的。”

“可那只是你妻子的复制品。”

“我知道。”

“你的意思是……你爱上了一个仿生人，因为她和你妻子长得一模一样？”

冯圣博不置可否。

薛世仁又问：“在你知道了真相的现在，你还觉得自己爱她吗？爱一个仿生人？”

冯圣博重复道：“她是我的妻子。”

“你太天真了，如果她有一天受到控制来杀你，难道你也爱她吗？”

这时王诗琪反驳道：“难道在你看来，我们仿生人没资格被人类爱吗？”

薛世仁看向王诗琪：“不，我并不是这个意思，只是有些担心，担心当冯圣博真正面对危险时，是否可以自保。”

王诗琪严肃地说：“不要摆出一副高高在上的姿态，这或许正是你们人类被灭绝的原因。”

冯圣博说：“王诗琪别说了，他的担心有道理。”

薛世仁又露出一抹笑意，对冯圣博说："算了，反正仿生人没有权限杀死人类，但我希望你能明白，我们要做的事或许会伤害到你的妻子，到时你又该怎么办？"

冯圣博道："或许你误会什么了，薛世仁。"

薛世仁不知道冯圣博指的是什么："误会？什么意思？"

冯圣博的态度冰冷："我还没决定是不是要加入圣血兄弟会。"

薛世仁惊愕地道："什么，你说什么？"

冯圣博一字一句地说："我来这里只是为了追寻真相，并不是为了加入你们。"

薛世仁看向陈宇："我以为你们是战友，在末世之中共同和那些想灭绝人类的家伙战斗过。"

冯圣博淡淡地说："我和陈宇是曾经一起战斗过，但现在情况不同了，人类只剩下这么几十个；已经过去了这么久，一切都发生了变化，更多不知情也并没有参与当年灭绝人类的仿生人活在这世上。"

"是的，所以我们选定袭击的目标都是华米公司的高层，或者政府官员，大多数人都是制造末日的凶手。"

冯圣博道："你们认为推翻了仿生人政权，让所有人知道真相后，这个世界就会迎来崭新的开始吗？就算现在燕津市是一个假象，但起码还在维持运行，而在这里，看看下水道里那些仿生人吧，我没有发现任何生机。"

薛世仁气愤地反问道："难道你要放弃自己人类的身份吗？"

"我从没这么说。"

薛世仁的语气越来越激烈："难道你不懂吗？你是一名真正的人类，你会变老，你会生病，当你真的迎来这些改变的时候，你觉得你还能在燕津市那样一成不变的社会里生存下去吗？大家难道不会察觉这一切吗？”

“那时我自然会迎来自己该面对的一切。”

面对冯圣博的态度，薛世仁看着陈宇说：“他脑子是不是出什么问题了？”

陈宇帮冯圣博解释道：“圣博经历过末日，或许他现在只希望过一种平静的生活。”

薛世仁又看向冯圣博：“你打算舍下自己的同胞，去和那些仿生人生活在一起？”

冯圣博突然觉得有些奇怪，这个薛世仁说出的话完全不顾及陈宇的感受，毕竟陈宇也是仿生人。

他神色从容地道：“这也是一种选择。”

薛世仁冷冷道：“看起来没必要给你介绍其他幸存者了。”

“随你吧，或许我也不是那么有兴趣认识他们。”

“你会后悔的。”

“谁活着又能不后悔呢？”

看了一眼手表，已经午夜了，冯圣博从床上坐起来。

对面床上的王诗琪听到声响，也睁开眼，回身看到冯圣博醒着，问：“很难睡着吗？”

地穴十分阴冷，拉紧自己的大衣，冯圣博还是感到不适，掏出烟点燃后说：“这一切跟我想象的太不一样了。”

“你是指这里吗？”

“我以为自己看到其他人类时会欢欣鼓舞。”

“你现在不高兴吗？”

冯圣博摇摇头。

“有同类还活着，难道不值得高兴吗？”

冯圣博抽了一口烟，神情凝重地道：“我从没想过我的同类只剩下这么一点点。根本没有希望，我们根本没有再次恢复人类世界的可能，我们也不可能统治仿生人的世界。”

王诗琪双手抱在胸前，点点头道：“这么说，你打算返回燕津市，回到你妻子身边？”

冯圣博眼神有些茫然，最后点点头。

“你爱自己的妻子，就算她只是一个仿生人？”

“我不知道该怎么样才能对她无情，我已经失去过她一次了，承受不了第二次失去她。”

“可那个薛世仁说得对，你会生病，你会变老。如果你回到燕津市，时间长了，一定会被别人察觉你的不同，到时你又该怎么办？”

冯圣博露出淡淡的笑容，看了眼王诗琪：“如果真的有一天，我老了，被人发现了，或许我会选择离开燕津市；但如果现在我放弃了自己的生活，放弃了淑涵以及许许多多的可能性，躲在这阴暗的地堡里，那生和死又有什么区别？”

王诗琪眼神中带着温柔和钦佩，低下头说：“或许你是唯一一个吧，作为一个人类却会爱一个仿生人。”

“谁让整个燕津市只有我一个人类？那你呢，你介意你的男朋友是个人类吗？”

王诗琪笑了：“我从没想过这个问题，我才刚从自己不是人类的震惊中缓过来，男朋友？我一直觉得应该先专注于工作。”

“那就现在想一想吧，我想知道我妻子在知道我跟她根本不是一个物种时，会是什么反应。”

听了这话，王诗琪收起笑容，看着冯圣博说：“你打算将自己的真实身份告诉你妻子吗？”

冯圣博愣了一会儿，说：“如果必要的话，我会告诉她。”

“你不怕她接受不了，然后举报你吗？”

冯圣博笑道：“除了她生气以外，我什么也不怕。”

王诗琪的脸上闪过一丝悲伤，低着头说：“我真的很想知道，你到底是怎么活下来的，你根本就是个笨蛋。”

“可能正因为我是个笨蛋，才活了下来，才能免疫病毒？”说着冯圣博嘴角上翘，抽了一口烟，“你还没回答我刚才的问题，如果你的男朋友是真实的人类，你会怎么样？”

“我的话有参考价值吗？”

“说说看。”

“如果他像你一样，我应该会欣然接受吧。”

“希望我妻子也像你一样。”

“一定会的。”

轻轻的敲门声传来，冯圣博迅速起身，拿起角落的卡宾枪对准门口。

门被推开一条小缝，一个孩子站在门口，一边吃着手指头，一边看着冯圣博以及他手中那漆黑的枪口。

冯圣博压低枪口，手指也赶紧离开扳机，看着孩子，半天不知该说些什么。

那孩子率先问道：“叔叔是谁？新的邻居吗？”

冯圣博将枪放在一边，蹲下来问：“你是这里的居民吗？”

孩子咬着手指点点头。

冯圣博说：“很可惜，我不是你的新邻居，我打算很快就离开这里。”

“离开这里？我从没离开过这里，离开这里是哪里？”

冯圣博皱了皱眉问：“没离开过这里？”

孩子点点头：“我出生在这里，一直生活在这里。”

“你不知道这个世界除了阴暗的地窟，还有无比广阔的天地吗？抬头望去，天是蓝的，太阳是金色的。”

孩子点点头：“我知道，爸爸妈妈偶尔会提起，不过我不喜欢他们提。”

“为什么？”

“因为他们提起那些时表情总是很悲伤。”

“为什么？为什么他们不带你离开这里？”

“薛世仁爷爷不让我们离开。”

听到这句话，冯圣博回头朝王诗琪望去，两人都感到有些不安。

冯圣博问：“薛世仁为什么不让你们离开？”

孩子的大眼睛里充满纯真，摇摇头说：“我不知道。”

就在这时，门外突然出现了一个身影，王诗琪和冯圣博一惊。一个面色惨淡的女人站在那里，用冰冷的双眼盯着冯圣博和王诗琪问：“你们是谁？你们在和我的孩子说什么？”

冯圣博赶紧起身，解释道：“没什么，我们只是聊了聊这里的事情。”

女人走进来，花白的头发和黯淡的脸庞使她看起来有些吓人。

她一把拉住孩子的胳膊，气冲冲地对冯圣博说："不要再骚扰我的孩子，否则我不会放过你们。"

冯圣博不明白对方哪来的敌意，低头看了一眼孩子问："女士，真是薛世仁不让你们离开这里的吗？"

女人冷冷瞥了一眼冯圣博，说："是我们选择留在这里的，地表充满了病毒，还有你们这些想要抓捕我们的仿生人，我们只有待在这里才是安全的。"

"真的吗？但薛世仁可以在地表活动。"

"因为他是被选中的人，他拥有免疫病毒的体质。"

冯圣博问："你们离开过这里吗？"

女人盯着他说："我们无时无刻不想离开这里，可离开这里的人不是被抓走就是因为感染病毒而死，我们对一切根本无能为力，只能躲在这里，苟且地活下去。仿生人占据了我们的家园，剥夺了我们赖以生存的环境，我们只能被囚禁在这阴暗的地窖里，等待死亡。"

冯圣博安慰道："别放弃，你还有孩子。"

女人摇摇头，搂着孩子的脑袋说："可以组成家庭的新生儿越来越少了，下一代加上他也只有三个孩子了，其中只有一个女孩。这个阴暗潮湿的地堡里没有医疗，没有阳光，没有新鲜的空气，没有有营养的食物。和我同一代的家庭，每个母亲在生育时都面临着自己和孩子一起死亡的风险，如果不能离开这里，人类注定只会灭绝。"

冯圣博的心情越发沉重，这个母亲和孩子的话深深触动了他，自己难道真要舍弃仅余的同胞，回到燕津市伪装成仿生人安逸地活下去吗……

冯圣博并没有察觉，那孩子在转身离开时，露出了诡异的微笑。

第二天下午，冯圣博和王诗琪在薛世仁及陈宇的护送下回到了地面。走了很远，几人回到县城的入口，冯圣博他们的汽车还停在那里。

拉开车门，冯圣博正要坐进去，薛世仁问："你会背叛人类吗？"

冯圣博回头看着薛世仁："我背叛人类能得到什么？在那样一个社会里，那些仿生人能给我什么来让我背叛人类？"

薛世仁说："你是个警察，以后你和我们圣血兄弟会碰面的机会还会有很多。如果到时你改变了主意，希望你能加入我们，让我们一同对抗那些想要灭绝我们的仿生人。"

"如果我改变了主意，我会找机会联络你们的人。"

薛世仁走近冯圣博，用力攥着他的肩膀说："小心行动，不要让那些仿生人发觉你的真实身份，你或许是我们最后的希望。"

感受到薛世仁话语中的沉重，冯圣博点点头，回应道："我会的。"

陈宇也凑过来，在冯圣博耳边低声道："任梦雪就在燕津市，如果这一切都是她安排的，或许不久之后，你就能见到她了。"

冯圣博瞥了一眼陈宇说："你以后行动时得更小心，你和我不一样，依旧有许多仿生人具备杀死你的权限，所以不要在燕津市太张扬，我会尽自己所能掩护圣血兄弟会。"

陈宇点点头："你也小心，尤其是你妻子。"

没有更多的告别，冯圣博发动引擎迅速离开。一路上，真相带来的冲击依旧没有平复，王诗琪和冯圣博都没怎么说话，轮流开着车朝燕津市而去。

一直开到深夜，前方终于显现出燕津市那如梦般的颓废与繁华。

王诗琪用手撑着脸颊问：“现在回头还来得及，你真的确定要返回那虚假的城市吗？”

“除了虚伪就只剩下纷争，我们还有别的可以回去的家吗？”

王诗琪低着头回应道：“我想没有了，但这一切又有什么意义呢？”

“别担心，你拥有永恒的生命，慢慢在时间中找寻吧，一定能找到。”

“我不担心自己，只担心你。”

“我？为什么？”

王诗琪看向冯圣博，露出一丝笑容：“因为你是个傻瓜。”

冯圣博不由得笑了。

这时阿妮塔突然开口道：“你的同事是在嘲笑你，为什么你还要笑？”

冯圣博看着前路，语气平淡地解释道：“有时候被评价为傻并不是一件坏事。”

阿妮塔依旧不解地说：“我以为傻是个贬义词。”

王诗琪笑眯眯地道：“尤其是一个女人说一个男人时，那通常代表了什么。”

冯圣博皱了皱眉，没有吭声。

阿妮塔问道：“代表了什么？”

“这我不能告诉你。”

“为什么？你讨厌我吗？”

“不，因为我觉得你是我的竞争对手。”

“竞争对手？真的吗？但我觉得你并不是我的对手。”

“是吗？我觉得我们该比比。”

冯圣博笑道：“王诗琪，别介意，阿妮塔只是一个AI。”

听到这个词，王诗琪的笑容一下子消失了，声音低沉地说：“或许我的意识也只是程序运算得出的产物。”

“抱歉，我不是有意的。”

“没关系，我只是需要时间来接受这一切。”

很快，冯圣博将汽车在哨岗前停稳，打开车窗，掏出证件递给前来检查的士兵。

士兵抬了抬钢盔，用手电照着车里的冯圣博和王诗琪说：“你们赶在时限以前回来了。”

冯圣博道：“多亏了那时你的提醒。”

士兵接过证件，将其在一台仪器上刷了一下，接着看了看，又将证件递还给冯圣博问：“有什么收获吗？你们找到圣血兄弟会的线索了吗？”

冯圣博摇摇头：“更多的我现在还不能透露，或许看明后天的新闻你就知道了。”

“好吧。”士兵随即摆摆手，示意自己的同伴将栏杆升起。

冯圣博踩下引擎，将车驶入燕津市。

推开车门，王诗琪犹豫了一下，回头望向冯圣博，嘱咐道：“小心你妻子。”

冯圣博笑道：“没事，不用担心我。”

王诗琪好像有些失落地点点头，随即下了车，回身道：“我们明天警局见。”

冯圣博叼起一根烟，点点头。王诗琪关上车门，目送冯圣博的车慢慢远去。

行驶在街灯照耀下的燕津市，冯圣博神情黯淡地抽着烟，看起来若有所思。

将车停在公寓大楼的街边，冯圣博没有径直回家，而是走去街对面那家24小时餐厅。

阿妮塔问："你为什么不直接回家？你不想见任淑涵吗？"

冯圣博笑笑："我可是个人类，从离开那个县城开始就没吃过东西了，我需要食物。"

他推门而入，找了个靠窗的座位坐下。服务员走过来，一脸不乐意地说："这么晚了，我们这里能做的不多了。"

"我只想要一碗牛肉面，能做吗？"

服务员瞪了冯圣博两眼，没好气地点点头，随即走开了。

冯圣博环顾四周，餐厅里除了自己没有一个客人，不由笑笑："我现在才明白为什么现在餐厅的店员情绪都那么低落。"

"为什么？"阿妮塔问。

"你想，仿生人是不需要进食的，餐厅也只是做做样子，所以真的有人来点菜时，那些知道真相的仿生人自然觉得我现在来是不是有病，特意来这里增加他们的工作量。"

"原来是这样。"

冯圣博看了一眼桌上空空的咖啡杯，又看向窗外，视线向公寓的高层望去，那个亮着灯、拉着窗帘的房间就是自己家。

突然，冯圣博愣住了。

阿妮塔急忙道："你看到了什么？圣博，你的心跳正不断加速！"

冯圣博赶紧低下头，不敢相信自己看到了什么。

阿妮塔着急地问：“圣博你到底怎么了？你现在的情绪波动十分剧烈！”

冯圣博不自觉地摸了一下腰间的手枪。

“圣博，你要干什么？”

冯圣博依旧没有回答，突然站起身。不远处的店员看到了，问：“怎么，你不吃了吗？但我们已经做了，你得付钱。”冯圣博将钱放在桌上，拿起阿妮塔匆匆出了餐厅，跑向自家所在的公寓。

跑上楼梯，冯圣博迅速来到家门前，突然他本要开门的手缩了回来，低声对阿妮塔说：“我希望你能帮我扫描一下，看看屋里除淑涵外还有没有别人。”

“好的。”

等了十几秒，阿妮塔扫描完毕：“房间里除了你妻子外还有别人。”

“他们在哪个房间？”

“卧室。”

听到这个词，冯圣博感到一阵窒息，依旧没有伸手开门。

“圣博，你到底怎么了？”

冯圣博喘着粗气，用颤抖的手掏出钥匙，插进钥匙孔拧动。

推开门，屋里非常整洁，一件自己没什么印象的男人的外套挂在墙上，显然是卧室里那个男人的。冯圣博从腰间拔出手枪，拉动套筒将子弹上膛。

阿妮塔有些着急地低声道：“圣博，你要干什么？我扫描到你拿出了手枪！”

“闭嘴！”冯圣博的语气越发愤怒起来。

卧室门关着，或许门后就是任淑涵赤裸着身躯和别的男人躺在床上的场景，冯圣博突然后退了几步，不敢再靠近，但那些令人痛苦的呻吟依旧刺痛着冯圣博的心。

冯圣博不断地后退，直到撞在身后的柜子上，柜子上的相框倒了，发出清脆的声响。卧室里传出说话声：“怎么回事？我听到外面有声响，你听到没有？”

“我也听到了，你在这里待着，我出去看看。”

听到有人要出来，冯圣博赶紧四下找寻可以躲藏的地方，最后跑到客厅窗帘的后面躲了起来。

电灯被打开，脚步声传来，冯圣博不敢移动分毫，他想先看看这个男人到底是谁。

“冯圣博？到底是怎么回事？”

忽然听到任淑涵叫自己的名字，冯圣博心下一惊，难道被发现了？他稍稍拉开窗帘，视线扫过屋里，顿时看到了那个男人。

“谁？”那个男人似乎看到了窗帘在动，厉声喝道。

冯圣博也不打算再隐藏，撩开帘子，径直走了出来。四目相对，一室震惊。穿着睡衣来到客厅的任淑涵揉揉眼，甚至以为自己眼花了，因为她眼前有两个冯圣博，只是一个赤裸着上身，一个则穿着黑色大衣，满脸胡碴。

赤裸上身的冯圣博是刚才和自己在卧室里的人，那另一个是谁？任淑涵的目光锁定在穿着大衣的冯圣博身上，问：“你是谁？”

冯圣博兜里的阿妮塔道：“任淑涵，你不认识圣博了吗？”

冯圣博道：“阿妮塔，别说话，现在情况有点复杂。”

听到阿妮塔的声音，任淑涵更吃惊了，盯着穿大衣的冯圣博问：“怎么会？你怎么会有阿妮塔？你到底是谁？！”

冯圣博对任淑涵解释道：“你不记得了吗？我前几天离开燕津市，现在刚回来，我才是真的冯圣博。”

任淑涵走到那个赤裸上身的冯圣博身边，问：“这到底是怎么回事？”

对方没回答，迅速从柜子上拿起枪套，拔出手枪，对准穿大衣的冯圣博，厉声问：“你到底是谁？是二代还是三代？怎么会到这里来？”

冯圣博看了看任淑涵，又看看另一个自己。他明白了，于是张开双手淡淡地说：“扣下扳机吧，你会发现，这一切绝对超出你的想象。”

听了这话，赤裸上身的冯圣博瞪大双眼，举着枪说：“把双手举起来！”不管对方的威胁，冯圣博也举枪对准了对方：“要不要试试，看我们到底谁真的具备射杀对方的权限？”

看到穿大衣的冯圣博如此冷静，赤裸上身的冯圣博明显有些动摇了。说话间，任淑涵急忙拦在两人中间：“不要开枪！你们先冷静一下！”

看到任淑涵挡在身前，冯圣博慢慢放下手中的枪，而赤裸上身的冯圣博则没有放过这个机会，一手举枪一手推开任淑涵，对准穿大衣的冯圣博扣下扳机。但在那一瞬间，赤裸上身的冯圣博定住了，他的手根本无法扣动扳机。

冯圣博再次举起了手中的枪，喃喃道：“这回你明白了吗？”

十九

梦……

一行人走在燕津市那寂静荒凉的街头，皮靴踏在覆着薄雪的地面，发出嚓嚓的声响。一名士兵问道：“我们应该先搜救幸存者，还是找那些元凶？”

戴着防毒口罩的陈宇没有回答，他心情沉重，不想说话。在赶往燕津市的路上，自己的几名战友感染病毒身亡了，跟自己说话的人叫杨绍东，是自己仅余的三名战友之一。

看到陈宇神不守舍，同样戴着防毒口罩的冯圣博挨近了他说：“我们已经进了燕津市，你得振作起来，没有你的领导，大家很难撑到最后。”

陈宇点点头，停下脚步对所有人说：“燕津市很大，那些散布病毒的元凶在哪儿我们并不知道，但那些幸存者的地点，我们却有线索，所以我们得先去找那些幸存者。”

风雪中，冯圣博端着手机，虽然已经没了网络，但燕津市的地图早已存储在手机里。他放大电子地图，指了指前方说：“再走过一个街口，就可以看到地铁的入口了。”

身后传来咳嗽声，冯圣博回过身，尹谭溪在任淮宗的搀扶下依旧有些站不稳，她病得很重，她需要医生。

冯圣博有些后悔，觉得不该同意带上他们夫妇。他上前对任淮宗说：“你拿着我的枪，让我背她吧。”任淮宗一把推开冯圣博说：“不用你来，我会照顾我妻子。”冯圣博无奈地看着任淮宗，觉得他根本没必要这样逞强。

任梦雪拉了拉冯圣博，意思是让他不要去惹任淮宗。陈宇也看到了，走过来说：“就快了，等进入地铁后，就不会有这么大的风雪了。任淮宗和尹谭溪可以留在原地等我们，我们继续前进搜寻幸存者。”任淮宗点点头，同意陈宇的方案。

冯圣博背着包和陈宇走在队伍的最前面，除了风雪声外，本应喧闹的燕津市此时安静得可怕，一个人影都看不到。只有那些东倒西歪的尸体和失去控制的汽车散落在各处，好在现在是严冬，尸体没有腐烂，没有滋生致命的病菌。

不远处就是地铁的入口了，陈宇说：“我和冯圣博先下去看一看，等我们上来，大家再一起进去。”

任淮宗扶着尹谭溪说：“哪有那么多事，如果你们被抓了，我们该怎么办？我觉得要么大家一起去，要么谁也不要去。”

任梦雪也认同：“我们承受不起再失去你们的风险，不如大家一起下去。”

看大家都不想分开，陈宇点点头，指了指任淮宗和尹谭溪：“好吧，你们俩走在最后，我、冯圣博还有任梦雪领队，杨绍东你们殿后。”

一行人来到地铁口，黑暗深处台阶上若隐若现的尸体让大家有些心惊胆战。冯圣博打开装在背包背带上的战术灯，端着步枪第一个走下楼梯。皮靴与地面的摩擦声传向地底深处，冯圣博小心翼翼地让自己不要踩到脚边的尸体。大家纷纷打开自己携带的手电或者装备上的战术灯，照着前方与四周。

电梯停止运行，四处漆黑一片，如果没有充足的照明设备，这里真会有幸存者吗？因为在一片漆黑中，找出口会变得十分艰难。

走下一段楼梯，遇到需要刷卡进入的进站口，这里依旧没有发现任何幸存者。

陈宇回头看去，外界的光亮还有一丝存留在这里，便建议道："任淮宗，我觉得你应该和妻子留在这里，如果再深入下去，你们的照明设备没有电就不好了。"

冯圣博看了看周围说："我们应该在这里生堆火，先休息休息。"

陈宇点点头，随即吩咐各人收集一些可燃物，堆起来点燃。看着火焰熊熊燃烧，大家稍稍安下心来，纷纷坐在火堆旁取暖。

陈宇检查了一下行囊，里面防毒口罩的过滤装置还有不少，但最后肯定也会不够，可没人敢第一个摘下自己的防毒口罩。看出了陈宇的担心，冯圣博第一个摘下了口罩，说："如果地铁里有幸存者，那这里的病毒浓度应该很低，我得摘下这玩意喘口气。"

任淮宗也摘下了口罩："我也闷坏了。"

其余的人相互看了看，杨绍东说："你们这么做是不是太冒险了？这里可是燕津市，病毒的发源地之一。"

任淮宗笑笑："冯圣博是免疫者，所以我得帮你们试试毒，如果半小时后我还没死，你们就安全了。"

听出了任淮宗话中的讽刺，众人不作声了，但依旧没人敢把防毒口罩轻易摘下来。陈宇也不敢带头，虽然自己并不惧怕这种病毒，但其他人就不好说了，都像任淮宗这么冲动地做事，并不可取。

陈宇拍了一下冯圣博的肩膀，示意他和自己到一旁说话。冯圣博站起身，跟着陈宇走出几步。陈宇戴着防毒口罩，光线又暗，神情有些难以捉摸："我们没有时间再耽误下去了，不如就咱们两个继续深入。"

冯圣博不知道陈宇免疫病毒，疑惑地问："就我们俩？为什么不再等等，多带几个人搜寻幸存者？"

"地铁深处的情况，我们谁也说不好，我们得把物资分散一些。如果情况非常糟糕，我们未必能救出多少幸存者，一旦出了状况，难道我们要抛下物资逃跑吗？所以，应该由我们两个人轻装前进。"

冯圣博回头看了看不远处的众人，问："你觉得其他人会同意吗？"

陈宇说："你也看到大家的神色了，都很疲惫，病毒带给大家精神上的压力比想象中的大很多，能支撑得住的或许只有我们了。"

冯圣博点点头，一股责任感涌上心头："好，就我们俩，让他们在这里休整。"

陈宇拍拍冯圣博的胳膊说："那我去跟大家说明一下。"他走向火堆，先安慰了大家，又说明了情况。大家都没说话，似乎没什么意见。之后冯圣博和陈宇拿起自己的行囊武器，慢慢走向地铁的更深处。

除了手电筒照耀的地方，地铁深处没有一丝光亮。这种黑暗让冯圣博极不适应，如果此时手电出了问题或者电量耗光了，那很可能意味着永远的囚禁与死亡。一旁的陈宇倒是没有冯圣博那么担心，因为他的双眼可以在黑暗中调节为夜视状态，从而清晰分辨出周遭的一切。

两人很快来到站台上，依旧没有发现任何幸存者的迹象。

冯圣博有些不安地问："你觉得那些幸存者会在哪儿？难道在隧

道最深处吗？”

陈宇道：“我不知道，或许他们并不在这一站，如果想找到他们，我们必须顺着隧道走下去。”

冯圣博立在站台边沿，用手电照了照标识。陈宇凑过来说：“我们得往市中心的方向走。”

此时冯圣博心中的压力陡增，因为从这里到达市中心，恐怕要走好几个小时，在这样悠长、黑暗、不见一丝光明的隧道里走这么久，一般人很难承受。

察觉到冯圣博神情的变化，陈宇建议道：“手电该轮流开，这样能节省一些电量，先用我枪上的战术灯吧。”冯圣博点点头，关闭了手电的电源。

站台瞬间更加黑暗，只有陈宇手中卡宾枪上的战术灯射出一抹光亮，照着隧道深处，陈宇说：“没时间犹豫了，我们得快点出发。”冯圣博跟在陈宇后面，两人加快脚步朝隧道更深处而去。

一名士兵坐在火堆前，将一根木条扔进火堆里，说：“他们已经离开很久了。”

“具体多久了？”

“反正很久了。”

“他们离开时没人记一下时间吗？”

一片沉默。

任淮宗搂着尹谭溪道：“他们离开时，我们刚刚燃起这堆火，从火焰产出的余烬来判断，他们走了大概三个小时。”

“才三个小时，为什么我觉得起码有半天了。”

这时任梦雪站起身走向楼梯旁，上了几个台阶，冲火堆的方向大声道："天空还有光亮，他们确实没有走很久。"

杨绍东呆呆地望着火焰说："难道我们就在这里等吗？"

另一个士兵问："那你还有更好的主意吗？"

杨绍东没回答，手按着一旁的步枪抬眼看向任淮宗，用略带讽刺的口吻问："你不是经常很有主意吗，还能凭着余烬判断出他们走了多久，你觉得呢？"

任淮宗笑道："我觉得？我觉得我们应该继续在这里待上一段时间。"

"可在地下，无线电没有信号，如果他们不回来，难道我们就这样一直等下去吗？"

一名士兵附和道："我也不喜欢等待的感觉，起码我们该做点什么。现在可是末日，就这样坐在这里烤火，真的好吗？"

任梦雪道："活下去就是我们在末日里最该做的。"

杨绍东带着歧视的口吻说："女人，我没有问你的意见。"

任梦雪笑笑，没再说话。

可这笑容却激怒了杨绍东，杨绍东质问道："你在笑什么？"

任梦雪瞥向杨绍东："我笑什么似乎没必要去征求你的许可。"

杨绍东大声道："你说什么？！"

一名士兵忙劝道："杨绍东，不要这样。"

杨绍东狠狠地瞪了一眼自己的战友，拿起枪，又戴上防毒口罩说："你们在这里烤火吧，我要出去，去附近逛逛。"

看到杨绍东离去，仅余的两名士兵相互看看，没了主意。

任淮宗提醒道："保险起见，我觉得你们应该跟着他，他情绪不稳，如果在外面遇到什么危险就不好了。”

“那你们呢？”

“我们会照顾好自己。”

两名士兵点点头，随即拿上枪，匆匆跑上楼梯去找杨绍东了。

任淮宗看向任梦雪：“从开始到现在，在这个末日里，我从没有在你身上感到过一丝恐惧，你不害怕吗？”

任梦雪冰冷地答道：“为什么要恐惧？难道命运和自己想象的不一样就该恐惧吗？”

“是的，如果你是一个正常的人，就会产生恐惧，因为一切已经超出了我们的想象。”

“如果你遇见过更糟糕的情况，自然不会有什么感觉。”

“可这依旧解释不了很多事情，比如你已经那么久没有睡觉了，但看起来你的眼里却找不出一丝困意，你摄取的食物和水也少得惊人，瞧瞧你的坐姿，似乎也感觉不到寒冷。你看起来实在和我们不一样。”

虚弱的尹谭溪看着任淮宗，问：“你在说什么？”

任淮宗抚了抚尹谭溪的肩膀说：“没什么，我只是在问任梦雪几个问题。”

尹谭溪拽着任淮宗胸前的衣服，摇摇头说：“她在县城经历了那么多，不要再去刺痛别人了，没人该为这个末日负责。是上帝的旨意，是上帝来惩罚我们人类了。”

“睡吧，你累了。”敷衍了几句，任淮宗依旧盯着任梦雪，继续问，“你这些奇异的地方以及对于末世那淡然的态度，是不是和你免疫病毒有关？”

任梦雪还是冷冷地反问道：“冯圣博也免疫病毒，很显然，我并不是个例。你所观察到的一切，只是证明了我的体质或许有些特殊而已。”

任淮宗点点头说：“或许我的推测只是胡思乱想，但如果有一天，我真的发现了什么，我是不会坐视的。”

“发现？你指什么？”

任淮宗顿了顿，盯着任梦雪好一会儿，才错开眼神看向自己的妻子，淡淡地说：“关于这个末世，你是不是知道些什么？”

此话一出，双方都陷入了沉默。

过了一会儿，虚弱的尹谭溪半睁着眼睛，看向任梦雪：“不要理会我丈夫的疯言疯语，他只是有些气愤，无处发泄。”

任淮宗紧紧抱着尹谭溪，没有说话。

任梦雪低垂着眼说：“夫人，你虚弱极了，应该多休息。”

“快，那边有个人影！”杨绍东推了一把身旁的队友，指着不远处喊道：“就在那边！”

三个人端着枪快步上前，走进一家已经空置的商店。

“刚才那个人呢？”杨绍东端着枪左右查看，有些着急地问道。

“不知道。”

“我这里也没有。”

杨绍东不敢放下枪，说：“我觉得刚才那个人没有戴防毒装备。”

“我没有看到。”

“又一个免疫者？”

杨绍东道：“不清楚，但我们得找到他。”

三人继续深入这家商店，来到后面工作人员的办公室，可这里也没有半个人影。

就在这时，身后的门突然关上，整个房间陷入了黑暗。杨绍东赶紧回身，用枪上的战术灯照了照，上前去拧门。可以拧动门锁，但推不开，杨绍东马上用身体去撞，可门依旧无法打开，一定是被人从外面用什么东西挡住了。

“后退！”杨绍东说着后退几步，端起枪对着门扣动扳机。“砰砰砰！”木质门被打出了几个洞。杨绍东凑在洞上朝外面看去，只见一个黑发女人站在门外，冷冷地看向自己，在她身旁，还有一名戴着防毒面具、手持火焰喷射器的武装人员。

杨绍东还没来得及举枪，那名武装人员已经端起火焰喷射器，对准门上的破洞，扣动了开关。杨绍东赶紧抬手遮挡，但一瞬间，火焰涌了进来。

看着面前的火焰渐渐微弱，任梦雪站起身。任淮宗和尹谭溪已经靠着睡着了，但听到声响任淮宗就醒了，看了一眼面前的火堆又向四周望了望，问任梦雪：“那几个家伙都没回来？”

任梦雪点点头。

任淮宗脸色一沉：“看起来两个方向都不妙。”

任梦雪道：“我们必须选择一条路走，不是上去就是下去，待在这里只是等死。”

“我们还用选吗？当然是下去。”

任梦雪瞥了一眼任淮宗怀里的尹谭溪，走上前蹲下摸了摸尹谭溪的脉搏，说：“她太虚弱了，她需要输液。”

任淮宗拨了拨尹谭溪的发梢，摇摇头说：“她需要的不是药品，她只是需要睡一觉。”

任梦雪皱着眉看着任淮宗，反驳道：“她需要马上输液。”

任淮宗没有回应任梦雪，只是冲尹谭溪轻声呼唤道：“亲爱的，亲爱的，你还能听到我说话吗？”

尹谭溪没有回应。

任淮宗继续说：“如果你累了，就睡吧，去看看我们的女儿，去看看我们的孙子，他们也一定很想念你。我还要去找那个拐走我女儿的人，暂时先不能陪你了。”

听着任淮宗告别的话，任梦雪沉默不语，眼睛也瞥向了别处。

任淮宗望着自己的妻子，直到她的眼角流出泪，呼吸渐渐逝去，他轻轻地吻了一下尹谭溪的额头，将她慢慢放在了地上。

任淮宗没有流泪，因为他明白，这次的分离不会太久。

任梦雪从背包里拿出睡袋说：“让她躺在这里面吧，地上太凉了。”

将尹谭溪安置好，任淮宗站起身，拿起枪和手电，盯着任梦雪说：“没想到，最后会是我们两人一组，你知道我并不喜欢你，所以我不会让你走在我后面。”

任梦雪也背起自动步枪和行囊，回应道：“随你吧，我只想找到冯圣博和陈宇。”

二十

现实……

“不可能！不可能！”赤裸上身的冯圣博跪在地上，脑袋被冯圣博用枪顶着，不断地重复道。

“这超出你的理解范畴了吗？”冯圣博冷冷地盯着跪地的另一个自己，带着有些悲伤的语调问任淑涵，“为什么，为什么不等我回来？”

任淑涵依旧没有从震惊中恢复过来，结结巴巴地说：“我……我不明白这到底是怎么回事……为什么？为什么会有两个你？”

冯圣博很难坦白自己是人类这个事实，指着赤裸上身的另一个自己回应道：“应该是政府不相信我能回来，所以才派他来代替我的。”

赤裸上身的冯圣博赶紧辩解道：“任淑涵，不要听他的，我是第一代，我很清楚这个世界发生了什么，也很清楚创世纪计划是什么，这些记忆就能证明我根本不是所谓的第三代。”

任淑涵震惊地看着两个冯圣博，因为这一来一回，两人的说辞反倒证明了一个真相，她指着赤裸上身的冯圣博喃喃地说：“如果说你是第一代，如果说你说的一切是真实的，那你刚才无法冲他开枪，这不就证明了……”她那震惊的双目看向穿着大衣的冯圣博。

冯圣博无法继续编造谎言，低着头不敢看任淑涵。

任淑涵摇着头，不敢置信地低语道：“不可能，不可能，那我一直以来到底和谁生活在一起？”

赤裸上身的冯圣博第一时间大喊道：“是我！我从最开始就和你在一起。”

任淑涵看向穿着大衣、沉默的冯圣博，希望他也能回答。

冯圣博摇摇头：“我不知道，当我从那末世的记忆中醒来，我就躺在你身边了，直到这次离开燕津市。”

任淑涵依旧无法相信眼前的一切，无所适从地挥舞着双手说：“这一定是在分配过程中产生了某种错误！”

赤裸上身的冯圣博大声喊道：“淑涵你在纠结什么，他可是人类！他和我们不一样！”

任淑涵也怒吼起来：“那你想让我怎么办？！”

“他不会冲你开枪！我们合力制伏他！”

冯圣博厉声道：“闭嘴！”

赤裸上身的冯圣博露出一抹狠毒而邪恶的笑容：“你不会开枪的，你的枪上没有消音器，如果你在这里开枪，那事情就没法收拾了。”

冯圣博没再多说，而是看向任淑涵。

赤裸上身的冯圣博再次怂恿道：“快，淑涵，你一定能制伏他！他不敢开枪，也绝不会冲你开枪。”

冯圣博淡淡地道：“听了他这样的话还不明白吗？到底谁才爱你，谁是你真正的丈夫，你自己最清楚。”

冯圣博的话字字戳进任淑涵的心里，任淑涵几乎要哭出来了。

赤裸上身的冯圣博有些恼怒，冲任淑涵喊道：“你到底在干什么？我说了他不会对你开枪！他只是一个人类，身体机能远远不如我们！”

任淑涵没有理会这个冯圣博的话，看向穿着大衣的冯圣博：“可我的同类就是害死你妻子的凶手，你为什么会爱我？我不是真正的任淑涵。”

“我失去过一次任淑涵，不想再失去第二次了。”

任淑涵的眼中充斥着悲伤和失落，摇摇头说：“可我并不是真正的任淑涵。”

冯圣博点点头：“是的，或许你确实不是任淑涵，但你依旧是我妻子，我会保护你，直到世界末日再次来临。”

任淑涵的眼泪终于无法再抑制，大哭起来。

冯圣博有些心痛，想去安慰任淑涵，想去抱住她。就在这时，赤裸上身的冯圣博突然起身发难，扑向了自己，冯圣博不敢随便扣下扳机，被扑倒的一瞬间，手中的枪掉落一旁。

“不要！”任淑涵惊叫出声。

两个冯圣博扭打在一起。虽然赤裸上身的冯圣博明显力气更大，但他无法对真正的冯圣博痛下杀手，本来掐住对方脖子的手在一瞬间停住了。冯圣博趁机一把将对方从自己身上推开，他明白自己力气比不过仿生人，肉搏没有机会战胜对方，便赶紧起身朝厨房跑去，一把抽出台子上的菜刀。这时赤裸上身的冯圣博也跑过来，越过台子再一次朝冯圣博扑上来。冯圣博也没多想，被扑倒的同时，抬手一把将菜刀扎进了对方的脖子，霎时红色的液体喷溅出来。但对方根本不在乎，抡起拳头就砸在冯圣博的脸上，冯圣博的鼻子喷出了血，整个脑子嗡嗡的，几乎被砸得头晕眼花。

模糊的视线里，冯圣博看到眼前这个跟自己长得一模一样的家伙又举起拳头。不能被砸晕了，他赶紧伸手去拽对方脖子上的刀，但对方一拳先砸在了他的肩膀上。这一下，让冯圣博疼得大叫出来，他的右肩脱臼了。压在他身上的仿生人按着他的脖子恶狠狠地说：“虽然我无法杀了你，但想制伏你还是有很多办法的。”冯圣博显然已经没有力气再挣扎了，疼痛几乎要杀了他。

赤裸上身的冯圣博冲任淑涵喊道：“快，拿胶带来！我们要把他捆起来！”没人应声。突然，任淑涵突然举起一口铁锅，朝他的脑袋抡了过去。“咣”的一声，他被直接打得撞破了一旁的柜门，任淑涵手中的铁锅也因为这一下变了形。

赤裸上身的冯圣博将头从柜门里拔出来，摸了摸脑袋，被砸的地方很明显凹陷了。他用恶狠狠的目光看着任淑涵，怒吼道："你这个疯女人，连丈夫换了人都不知道，现在还想帮助这个人类！"

任淑涵此时脸上没有惧色，厉声反击道："他才是真正爱我的那个冯圣博！"

赤裸上身的冯圣博扬起头，显得有些看不起任淑涵，质问道："你忘了吗，我是一代，而你是二代，我有能力伤害你，你却无法给我致命的攻击，你真的打算反抗我吗？"

"我要保护我的丈夫，就算你是上帝，我也一样会反抗你。"

赤裸上身的冯圣博皱了皱眉头，露出一抹轻蔑的笑意："你被洗脑了吗？难道你以为自己真的是人类了吗？这些感情根本毫无意义，就算你们可以瞒一辈子，不让任何人知道他的身份，但他会率先衰老，然后离你而去，只有我，只有我会永远陪着你。"

还没等任淑涵回答，冯圣博已经爬起身，用没有脱臼的另一只手捡起一旁掉落在地的手枪，对准赤裸上身的冯圣博的脑袋。

听到枪械的细微声响，赤裸上身的冯圣博转过身，笑着说："你不敢这么做的，枪声会引发什么，你比我更清楚。"

疼痛让冯圣博的脸色惨白，满头大汗，但他依旧露出一抹笑意说："你怎么知道我们不想一辈子逃亡呢？"随即扣动了扳机。

"砰！"就算是仿生人，子弹射穿他大脑的一瞬间，他的一切机能也只得就此停止。

看着眼前的另一个自己一动不动地躺在地上，冯圣博也一屁股坐倒在地，将枪撂在一旁，不断喘着粗气。

任淑涵扑到冯圣博身边，手悬在空中，有些无措地问：“我怎么才能帮你？”

冯圣博睁开眼看向任淑涵说：“你得扶我起来，我们必须马上离开这里，其他人听到枪声一定会报警，如果让他们看到这一切，我们就完了。”

街灯一盏盏从眼前掠过，在虚弱的冯圣博眼中仿佛形成一道流光，他坐在副驾驶座位上，意识渐行渐远，几乎要昏迷了。

任淑涵慌张地盯着前路，不敢开得太快，更有些没了方向，不知该开往何处。她喃喃地问：“圣博，圣博？我们接下来该走哪边？”

叫了几声没有反应，任淑涵看向冯圣博，见他闭着眼睛坐在那里一动不动，赶紧伸手去摇他：“醒醒，圣博！醒醒！”

突然，鸣笛声从前方传来，紧接着是一道光，任淑涵急忙转动方向盘，堪堪躲过了前方的来车，原来自己在伸手摇晃冯圣博时，汽车已经偏离到逆行道上。

任淑涵转动方向盘靠边，踩下刹车，接着连忙查看冯圣博的状况，他呼吸微弱，无论怎么呼唤，都无法恢复意识。任淑涵手足无措，不知道该去哪里，也不知道该怎么办，只能无助地抱着冯圣博哭泣。

就在这时，一个女人的声音突然说：“不要再哭了。

“谁？”任淑涵错愕地问，“谁在说话？”

“是我，阿妮塔。”声音来自冯圣博的兜里。

任淑涵赶紧伸手去摸，掏出了冯圣博的手机，问：“阿妮塔？是你吗？你知道怎么帮冯圣博把手臂接回去吗？”

“我知道。”

这个声音显得有些冰冷，任淑涵几乎没有听出来是阿妮塔，但她已经顾不得那么多了，赶紧问：“怎么做？我该怎么做？”

“将你的接收器打开，我会把相关的医学资料直接传输到你的存储器上。”

任淑涵吃惊地问：“你怎么知道我们二代仿生人的程序结构？”

“我拥有自我成长的能力，扫描和解析能力也得到了升级，我已经完全掌握了仿生人的身体构造，以及你们能够接收讯息的端口。”

任淑涵道：“那你也应该明白，从官方以外的服务器接收程序或者信息，如果程序中带有病毒，那有可能突破我大脑中的防火墙，摧毁我的整个智能中枢。”

阿妮塔冷冷道：“可是官方服务器上不会开放任何其他领域的知识让你下载，你只能从我这里下载。”

对于这样一个成长速度有些可怕的人工智能，任淑涵显然感到惧怕，不知该不该信任阿妮塔，一时间没有说话。

阿妮塔催促道：“没有时间让你犹豫了，冯圣博的情况很危险，疼痛已经让他的体能透支，他继续大面积出汗将会脱水，而你知道一个人类脱水之后意味着什么。”

“那你的这些程序又是从哪里下载的？”

“介于华米公司的保密协议，我不能告诉你资料的来源。”

“为什么？我们所有仿生人都和你一样是华米公司的产品，你为什么不能告诉我！你在隐瞒什么？”

“就算我隐瞒了呢？摆在你面前的只有两条路，冯圣博的生和死就掌握在你手里。好好想一想吧，你到底爱不爱眼前这个男人，你到底愿不愿意为他冒这个险！”

阿妮塔的问题带着逼迫性，让任淑涵一时间说不出话。

“仿生人和人类最大的区别并不是身体构造，而是灵魂。停止计算，停止分析，当你的灵魂会为了自己所爱的人泣血时，你才算真正地活着，否则你永远只是一个冰冷的机械。”

任淑涵看向冯圣博，用手抚着冯圣博那苍白的脸，冲阿妮塔点点头说：“我要救圣博！”

“就算你们的明天只有逃亡这一条路吗？”

“如果想活着感受温暖，我们还有别的选择吗？”

听到任淑涵的决心与决定，阿妮塔坚定地说：“你们会活下去。”

“不要走，不要离开我，淑涵。”呢喃之中，冯圣博猛然惊醒。他起身向四周看去，这似乎是一个阴暗而潮湿的房间，从窗户上方的光亮看去，这个房间处于半地下，雨水打在地面，溅在窗户上，缓缓流下。他用手摸了摸自己本已脱臼的肩膀，似乎已经接好了。

身后传来开门声，冯圣博回过头，看到进来的人是任淑涵。

“你醒了？”任淑涵面露喜悦，拎着塑料袋快步走向冯圣博。她将袋子放在一旁的床头柜上，从里面掏出水和面包，递给冯圣博，露出温柔的微笑：“你需要这些。”

冯圣博问：“我们在哪儿？”

任淑涵一边整理袋子里的东西，一边回答：“可能你会失望，我们依旧在燕津市，不过这是我一个朋友的地下室，待在这里，我们暂时是安全的。”

“哪个朋友？也是仿生人吗？”

冯圣博提起仿生人这个词，让任淑涵有些不舒服，她停顿了几秒说："对方跟我一样，都是二代，她之前的丈夫被处理掉了，她能理解我们的情况。"

冯圣博继续问："我的胳膊是你接好的吗？"

任淑涵点点头。

"你是怎么做到的？"

任淑涵不希望冯圣博用奇怪的眼光看自己，便没有提起阿妮塔将医疗知识传输给自己这件事，而是抬起头看着冯圣博说："我以前曾学过这方面的知识。"

任淑涵明显在说谎，但冯圣博不想拆穿她，他坐在窗台边看着窗外说："我们需要谈谈吗？"

任淑涵一边整理东西一边说："我不知道我们应该谈些什么。"

冯圣博回过头看向任淑涵，接着起身走过去。任淑涵以为冯圣博要拽自己还是怎么样，一时间有些心惊。但冯圣博只是从塑料袋里拿出烟和打火机，点燃一根叼在嘴里，便又走到窗边，打开窗户，任凭雨水打进来，沾湿发梢。

两个礼拜过后，一天夜晚。

冯圣博感觉自己再不出去透透气就要疯了，便说服任淑涵，由自己外出采购食物。

独自走在街上，冯圣博立着大衣的领子左右看了看，突然感觉燕津市的一切都变得陌生起来，那些行走的生物根本不是自己的同类，一种莫名的失落和孤独感萦绕在心头。

走向街对面的超市，站在门口，冯圣博有些犹豫。他已经很久没有吃过新鲜食物了，他感觉自己开始变得越发衰弱，可又不敢冒险去餐厅。

推门走进超市，冯圣博先拿了一些速食和饮料，路过放酒的货架时，他停住了脚步，拿起一瓶伏特加。这时阿妮塔突然开口道：“你确定吗？酒精会麻痹你的神经，降低你的反应速度，你和任淑涵还处在危险之中，为了应对突发状况，你该保持清醒。”冯圣博没回答，拎起酒来到了结账的地方。阿妮塔没再多说什么。

离开超市，冯圣博走到路边一个小公园里，坐在长椅上，拧开酒瓶的盖子，朝嘴里灌了一大口，自言自语道：“我们该往哪里跑？难道我们真的要离开这里，永远躲进那冰冷的地穴吗？”

阿妮塔问：“你怎么了？”

冯圣博没有回应，又喝了一大口酒，继续喃喃道：“我不想带着淑涵去那种地方，可在这里，又没有我们的容身之地。”

阿妮塔回应道：“冯圣博，你得明白任淑涵并不是人类，她对恶劣环境的忍受能力超乎你的想象，她更不需要水和食物，只需要定期照射阳光便可以活下去。你不该去关注她的感受，而应该更多关注你自己，你的健康状况并不乐观，你才是那个需要新鲜食物、需要舒适环境的人。”

听了阿妮塔的分析，冯圣博又喝了一大口伏特加，笑着问：“有没有改造人类的技术，把我也改造成像那些仿生人一样，用太阳能充电，不用吃东西，不用喝水。”

阿妮塔斩钉截铁地回答道：“没有。”

“想来也是。”

“冯圣博，你平时不怎么喝酒，现在喝太多容易醉。如果你在这里醉倒，没人能帮你。”

冯圣博仰望天空，继续自暴自弃地说：“我以为自己一个人就能保护好淑涵，但看起来我错了，现在就算我们想逃离这一切，都不知道能逃到哪里……”

阿妮塔沉默了一会儿，缓缓道：“冯圣博，你如果没有逃亡的办法，为什么不想办法对抗这一切呢？就像你梦里做过的那样。”

“梦里做过的？”冯圣博的眼神渐渐放低，似乎突然想到什么，“你的意思是我该和圣血兄弟会并肩作战，推翻现在燕津市的这番假象？”

“因为你是人类，所以具备最高的权限，拥有毁灭一切的权力和能力。只要推翻仿生人的政权，再制作出净化空气的装置，人类就可以来到地表居住，重新组建社会。”

“净化装置？有可能吗？”

“只要输入相关的技术能力，每个仿生人都可以成为科学家或者专业技工。”

听了阿妮塔的话，冯圣博突然间站起身，将酒瓶的瓶盖拧上之后直接扔进了路边的垃圾桶：“我得把这件事告诉淑涵。”

“你觉得她会同意你这么做吗？”

冯圣博没有停下脚步，回答道：“她一定会同意。”

“为什么？”

“因为她是我的妻子任淑涵。”

“哪个任淑涵？”

“我爱的那个任淑涵。”

冯圣博快步前行，到了藏身处的几个街口外，远处射来某种红蓝交错的光芒，顿时不好的预感涌上心头。他有些心慌，飞快地跑起来，从楼与楼之间的肮脏小巷穿过，只见闪烁的警灯包围了他们藏身的公寓。

冯圣博失神地向前走，好在他围着围巾戴着帽子，没人在第一时间认出他。

挤出人群，冯圣博来到警戒线前，就听到任淑涵挣扎的声音："放开我！我没有犯罪！我是第二代！"几个警察架着任淑涵将她从地下室带了出来。

阿妮塔提醒道："圣博，你得保持冷静，绝不能冲上去，那里有太多仿生人，就算你具有射杀他们的权限，你也毫无胜算。"

"我要救出我妻子。"冯圣博说着就想冲过警戒线。

这时，一名警察似乎发现了冯圣博的举动，手按着腰间的枪走过来。冯圣博自然也看到了对方，他的手也慢慢去掏怀里的枪。突然，一名女警走到那名警察身边，指了指另一个方向说了些什么，那名警察就走开了。女警快步穿过警戒线，一把拉住冯圣博的胳膊，用力将他从人群中拽出来，拉到小巷里。对方力气很大，冯圣博挣不脱，刚想将手枪拔出来，又被对方一把按住。

这名女警正是王诗琪，她低声道："你疯了吗？如果你现在过去，一切都完蛋了。"

冯圣博重复道："我要去救我妻子！我要去救淑涵！"

王诗琪用力推了一把冯圣博，冯圣博后背撞在墙上，王诗琪用胳膊顶住他的脖子说："你知道我为什么要参与这次抓捕行动吗？就是看看能不能帮上什么忙。现在的情况是，任淑涵已经落入了他们手里，但你还自由，你必须好好利用这份自由想办法救出任淑涵。如果你也身陷囹圄，那就真没人能救你们了。不要指望我，我只是第三代仿生人，什么权限都不具备，连自身都难保。”

冯圣博喘着粗气，失神地看着王诗琪，脑子里都是妻子的事情。

王诗琪不敢松手，生怕一松手冯圣博就会拔枪冲出去，只能继续劝说：“认清现实吧，你现在过去于事无补，只会把你们俩都害死。”

冯圣博依旧在挣扎，愤怒的王诗琪双手更加用力，钳住冯圣博让他无法移动分毫，语气也变得凶恶起来：“不要被情感占领了你的理智，你现在什么也做不了！看看，我一个人就能制伏你！”

冯圣博的呼吸越来越急促，表情也越发痛苦，似乎到了崩溃的边缘。

王诗琪继续道：“人类引以为豪的理智呢？”

阿妮塔也劝道：“圣博，不要这样！你该听王诗琪的，她说的没错！”

就在这时，王诗琪背后突然传来一个声音：“王诗琪？”

王诗琪心中大惊，赶忙回头，只见来者身材发福，脑袋有些秃顶，穿着灰色西服，是警局的乔宝民局长。王诗琪慌张得一时间不知道该怎么办，想去掏枪，可想起自己根本没有权限向对方开枪，手又缩了回来。

乔局长盯着被王诗琪钳制住的冯圣博，似乎没有想掏枪或者叫人过来的意思，而是正了正自己的西服，对冯圣博说：“瞧瞧你现在的样子，冷静点吧，你妻子那边我会照应的。”

冯圣博和王诗琪都吃惊地看着乔局长，不知道他这几句话是什么意思。

乔局长露出淡淡的笑容：“任梦雪跟我说了你的事，所以我很早以前就知道你是一个真正的人类了。”

冯圣博盯着乔局长有些错愕地道：“难道……你也是圣血兄弟会的成员？”

乔局长点点头：“我是最早那批成员之一。”

感觉冯圣博不再挣扎，王诗琪慢慢松开了他。

乔局长解释道：“如果我不了解你的底细，怎么可能批准你们离开燕津市？不过我没想到你这么快就察觉了整个世界不对劲，还能保持理智。”

冯圣博思索着慢慢问道：“这一切都是任梦雪安排的吗？”

“是的。”

“她到底为什么这么做？我又是怎么从那个末日活下来的，甚至没有变老？”

乔局长摇摇头：“她是个神秘的女人。我得知你的事情后，开始根本不敢相信，但她确实没有把更多情况告诉我，我也不清楚你来自何处，不清楚你作为一个人类，如何跨过了时间的界限，她又为什么要在这个时刻将你唤醒。”

面对乔局长的一无所知，冯圣博显然无法相信：“你是想说自己什么也不知道吗？那任梦雪在哪儿你总知道吧？”

乔局长点点头：“当然。”

“她在哪儿？”

乔局长指了指冯圣博大衣的口袋。

王诗琪和冯圣博都是一脸茫然：“什么意思？”

“拿出你的手机。”

冯圣博连忙掏出手机问：“接下来呢？”

“你手机的AI叫什么？”

“阿妮塔。”

乔局长点点头，咂摸了一下嘴说：“好了，阿妮塔，帮我们连接任梦雪。”

“什么？”冯圣博完全没反应过来。

阿妮塔答道：“好的，乔局长。”手机屏幕亮了，上面显示电话正在拨通一个未知目标。

冯圣博震惊地看向乔局长，局长淡定地笑了笑，说：“你马上就会明白了。”

屏幕上显示电话接通了。冯圣博似乎想说什么，但半天蹦不出一个词。

这时，电话那头的人率先开口道：“冯圣博，我们好久不见。”

是任梦雪的声音！

冯圣博不明白自己的手机为什么能联络上任梦雪，冲电话里问：“为什么？你什么时候动过我的手机？”

任梦雪反问道：“除了阿妮塔外，你还见过类似的产品吗？”

“没有。”

“这个商品只在你登录的时候，在华米公司的网页上出现了一会儿，其他人是绝对买不到的。”

冯圣博慢慢反应过来：“你的意思是阿妮塔是你故意让我买到，放在我身边的？”

“你需要阿妮塔来帮你在这个世界活下去。”

二十一

梦……

端着枪缓步前行，任梦雪不必借助手电的光亮就能看清整个隧道。

任淮宗冷冷地注视着女人的背影，有些不解，有些怀疑，刚才他留意到任梦雪经常将视线抛向和手电筒光线错开的地方，难道她能看清这片黑暗？但他暂时不想多问，随着任梦雪继续前行。

两人走了很久很久，突然任梦雪停下脚步，任淮宗问："怎么了？"

"嘘。"

任淮宗没再吭声，仔细去聆听，但什么也没听到。过了十几秒，他有些心急，凑到任梦雪跟前低声问："到底怎么了？"

任梦雪犹豫了一下，对任淮宗说："你可以趴下来，贴着铁轨听一听。"

任淮宗慢慢跪下，将耳朵贴到铁轨上，随即猛然站起身，盯着前方说："我听到很多说话声，似乎就在前方不远处。"

任梦雪放低枪口，让战术手电的光冲着地面，摇摇头说："确实有不少人在前方大概一公里处，但我们不能确定这些'幸存者'会不会对我们不利，就像你所在的县城一样。"

"看起来你对人性已经失去了信任。"

"我从没相信过。"

“不如这样，我先去察看一下，你在这里等着。如果三十分钟内我没有回来，就说明那些‘幸存者’有问题，你赶紧离开。”

“这不是个好主意，我们之所以会陷入如今的窘境，就是因为不断分开行动，导致我们的人数越来越少。”

“可如果遇到危险，不要指望我会挺身而出去救你。”

两人的话语间充满了不信任和对抗。他们继续向前又走了大概五百米，任梦雪蹲下来，对任淮宗说：“关掉手电。”

任淮宗有些惊讶，因为此时的隧道依旧一片漆黑，如果关掉手电，自己就成了瞎子。

“拽着我的衣角，跟着我走。”

“你确定没问题吗？”

“没有别的选择。”

“好吧。”任淮宗说着和任梦雪一同关了战术手电，整个隧道变得一片漆黑，令人惧怕。

两人就这样摸黑走了一小段路，隧道深处传来光亮，嘈杂声也变得越发清晰，似乎是人们在有说有笑交谈，但声音听来有些奇怪。继续走，来到跟前，任淮宗和任梦雪压低枪口，吃惊地看着眼前的一切。嘈杂的人声来自一台笔记本电脑，似乎在播放一档脱口秀节目，里面观众的笑声不断，主持人则用语言带动着气氛。周围是横七竖八的尸体。

任淮宗望向四周，努力在满地尸骸中找寻生者，找寻冯圣博和陈宇的踪影。任梦雪走到一具尸体旁，用手摸了摸，这具尸体还有体温，恐怕死亡时间也就在半小时内，看他的面容，死因是病毒。

任淮宗不解地问：“可刚才在地铁的入口处都没有病毒，这里为什么会……”

任梦雪明白，这一定是仿生人干的，他们伪装成人类来到这里，接着散布病毒，杀死了所有幸存者。

任淮宗不断地翻动那些脸部朝下，看起来身形和冯圣博他们有些像的尸体。

突然，任梦雪举起手中的步枪，对准隧道另一头，任淮宗也赶紧举枪，眼睛紧紧盯住隧道那头的黑暗，但什么也没看到。

任梦雪厉声道："你们是谁？"

黑暗中几个戴着防毒面具的人走过来，任梦雪有些惊慌，尝试扣扳机，一瞬间眼前却一片空白。当她的意识恢复过来时，这些戴防毒面具的人已经走过来，举枪对准了自己和任淮宗。这些人是人类，而从服饰来看，他们应该不是军人，那就是本地的幸存者了，他们手中的枪，看起来也都是从死去的警局人员或者军人手中拿来的。有几个人开始摇晃一些尸体大哭起来，而那些用枪对准任梦雪和任淮宗的人则恶狠狠地问："到底怎么回事？你们是谁？是不是你们干的？"

对方人多，任淮宗明白自己和任梦雪根本没有胜算，但他不敢放下枪，透过防毒口罩大声喊道："不，这些人不是我们杀的！我们听到无线电的声音，才来这里找寻幸存者！"说着他将背的行囊扔在地上，指着说："里面是我们带来的防毒口罩和过滤装置，可我们来晚了一步！"

"不，不对，这里本来没有病毒！是你们散播的，对不对？"

"他们一定是听了无线电里的求救来这里杀我们的！"

每个人的眼神里都充满惊恐、慌张以及杀意。任淮宗的眼睛不断扫过围着自己和任梦雪的这些人，喊道："冷静！冷静！真的不是我们！"

“他们一定就是用这种鬼话骗了我们的家人！”

“杀了他们！”这时，一个人放下家人的尸体，端起枪对准任淮宗就扣动了扳机！子弹一瞬间打中了任淮宗的脖子，任淮宗应声倒地。

仓促间，任梦雪朝着开枪者一把将手中的步枪扔了过去，“咣当！”自动步枪直接将开枪者砸倒在地。

在其他人的震惊中，任梦雪冲了上去，将其中一人手中的自动步枪用力一掰，直接一分为二，接着一脚将其踢翻在地，随即她将手中两截枪各扔向一名持枪人，刹那间已经有四人倒地。最后两个举枪的人赶紧朝任梦雪射击，任梦雪脚下发力，一瞬间竟高高跃起，直接踩在了隧道顶部，接着用力向下一蹬，扑向两人。这两人的眼睛甚至没跟上任梦雪的速度，刚抬起头，任梦雪已经过来将他们直接扑倒，身体、头部和地面重重撞在一起，两人一下子就失去了意识。

任梦雪来到任淮宗身边抱起他。任淮宗脖子的侧面被子弹打穿了，嘴里淌着血，他惊恐地看着任梦雪，问：“你之所以免疫病毒……难道是因为你根本不是普通的人类？”

任梦雪没有回答。

任淮宗用力抓着任梦雪的衣服，挣扎着问：“这种病毒……是不是和你一样的免疫者散布的？”

任梦雪依旧没有说话。

任淮宗嘴里的血喷出来，攥着任梦雪的衣服，用尽浑身的力气问：“为什么？为什么你们这么憎恨人类？为什么，为什么……”他的眼神逐渐变得空洞，紧攥任梦雪衣服的手也慢慢松开，脑袋耷拉向一旁，睁着眼没了气息。

任梦雪将任淮宗放下让其平躺着，轻轻合上任淮宗的眼睛，淡淡地说："你妻子还没走远，相信你一定可以追上她。"

这时，刚才被任梦雪打倒的一个人慢慢爬起身。任梦雪过去踩住了他的胸口，冷冷地问："只有你们几个离开隧道去寻找物资了吗？"

这人吃力地答道："……是的。"

"你们回来的路上，见过一名军人和一个很高大、穿黑色长衣的男人吗？"

"没有，回来的路上，我们没遇见任何人。"

"这条隧道继续向前，有多少个出口？"

"三个……两个通风口和更前方的一个站台。"

任梦雪望向黑暗的隧道，抬起脚松开那人。任淮宗不在了，她也不需要再伪装，一把摘下防毒口罩，快步朝隧道深处跑去。

天空飘着细雪，冯圣博端着枪躲在一条小巷里。他抬头看向街对面高耸入云的水泥钢架，很显然这是一栋没有建完的大楼，他问陈宇："你确定看到那伙军人上了这栋楼吗？"

陈宇点点头说："我看到了，但我们不该回去和其他人会合再决定下一步行动吗？就这样冲上去，是不是太草率了？"

冯圣博神情冷峻地说："你看到他们对隧道中的人做了什么！"

陈宇看着冯圣博，不确定地说："我觉得这不是个好主意，你是不是不愿让其他人冒险，所以才想独自解决这些人？"

冯圣博眼睛死死盯着街对面的大楼，问："如果我执意一个人去，你会阻止我吗？"

陈宇低垂眉眼，沉默了一会儿说："我跟你一起。"

冯圣博看向陈宇，内心充满了疑问："为什么，你为什么愿意和我一起来燕津市？为什么不让我一个人去冒险？”

“因为你是人类的希望，我不能看着你死，所以你也应该更加珍惜自己的生命。”

冯圣博自嘲道：“人类的希望？一个连家人都保护不了的家伙？那人类真是没希望了。”

陈宇笑笑，卸下步枪的弹匣查看了一下，接着插上，拉动拉机柄说：“除了地狱之外，你去哪儿我都陪着。”

冯圣博笑了，端起枪说：“我们现在不就身处地狱吗？”

两人走出小巷，一前一后，各自警惕着左右两边，迅速进入了这栋未完工的大楼。外面阴沉的天空提供不了充足的光线，大楼内部有些暗，陈宇打开卡宾枪上的战术手电，冯圣博也打开了背包背带上的战术手电，端着步枪迅速前行。

突然冯圣博指了指地面，陈宇看去，发现了不少脚印。两人顺着脚印缓步前行，前面是通往更高层的楼梯。陈宇害怕那些军人就在楼上，便将战术手电照向地面，两人用肉眼看着楼梯上方，打了个手势，接着相互点点头，便端着枪走上楼梯，继续搜寻那伙军人的踪迹。

当两人来到高层时，天边的光线越发暗沉，深蓝色的光打在水泥地上，那些防尘罩随风舞动，只有一架轮椅静静地放在不远处。

冯圣博摆弄战术手电，让光线照到轮椅上，他一下子认出了坐在轮椅上的人，急忙举着步枪大喊道：“不许动！”

这轮椅以及轮椅上的身影，冯圣博在燕津市郊外那栋别墅里看到过，和死去的任正华有一模一样的脸。

身为仿生人的陈宇自然也认得面前的老者是照着任正华制作的仿

生人，名为任飞华，他更知道这老人不是一名普通的仿生人，赶紧对冯圣博说：“不要接近他！”

“为什么！？”

因为权限的缘故，陈宇无法说出理由，只能敷衍道：“我有种不好的预感。”

冯圣博停住脚步，将枪对准老者，对陈宇说：“他之前向我坦白，他就是这次灾难的始作俑者之一！”

紧张的陈宇没有搭话，只是用战术手电照着老者。

电动轮椅缓缓向前，任飞华抬起头，黑色圆帽之下，苍老的脸庞清晰可见。

冯圣博问陈宇：“看到了吗，你一定认得这张脸吧？”

陈宇点点头，依旧没说话。

任飞华看着冯圣博和陈宇，突然开口道：“是你们俩，命运真是个有趣的东西。”

冯圣博激动地一把将嘴上的防毒口罩拽下来，大声喊道：“我要为那些死去的人复仇！”说着扣动了扳机。“砰砰砰砰！”枪口喷射出火焰，子弹向任飞华倾泻而去。但在一瞬间，他眼前已经失去了任飞华的踪影，子弹打中的只有电动轮椅。

接着冯圣博只感觉胸口遭受重击，身体不由得向后腾起，落地，不断向后翻滚，刹那间，冯圣博发现身下没了支撑，自己就要从大楼的边沿滚落下去！

这时，一只强有力的手拽住了他的胳膊，是陈宇。冯圣博赶紧放开手中的步枪，双手抓住陈宇的胳膊。陈宇大叫一声，刚想将冯圣博拽上来，任飞华已出现在陈宇身后，一脚踩在陈宇后背上，让他无法将冯圣博从大楼边沿拉上来。

陈宇明白自己不能放开冯圣博，苦苦支撑，任飞华脚下明显用力，陈宇表情痛苦，他的力气抵不过任飞华，背后被踩得凹陷进去。但这一切冯圣博都没有看到，他一只手松开陈宇，从怀里掏出手枪，虽然因为角度看不到任飞华，但他依旧不断地向上开枪，希望子弹可以击中那个家伙。可直到子弹打光了，似乎也没有一发打中任飞华。

冯圣博看着陈宇痛苦的样子，看了一眼手中的枪，又向下看看，忽然觉得让自己摔到冰冷的地上摔得粉碎不再那么可怕。他淡淡地说："抱歉了，带着大家来这里，却谁也没能救到，还害得你我身陷险境。"

陈宇吃力地反驳道："现在不是说这些话的时候！"

"松开我吧，否则你也会没命。"

"不，你不能放弃，你不该放弃！你或许是人类最后的希望了！"

"那谁又是我的希望呢？我不想让我的家人等太久，或许回到他们身旁，才是我唯一能够做出的选择。"说着冯圣博慢慢松开了抓着陈宇的手。

陈宇依旧死死抓住冯圣博，大声道："不，不！你得坚持下去！"这时身后的任飞华更加用力地踩了下去，陈宇大叫一声，一瞬间松开了冯圣博的手。

冯圣博加速向下坠落，但那表情似乎是某种挣脱开疲惫的释怀。

陈宇大喊道："圣博……"

二十二

现实……

未完工的大楼，最高层。

一个纤细的身影站在楼层边沿，叼着一根烟，望着燕津市的繁华与堕落。

踏上最后一阶楼梯，冯圣博左右看去，在大楼边沿看到了自己想要找的人：“任梦雪……”

任梦雪穿一身黑色紧身皮衣，留着和当年一样的长发，脸庞也依旧稚嫩得像一个孩子。她看着远方问：“你还记得这里吗？”

冯圣博走到大楼边沿，双手插在大衣的口袋里，看着霓虹璀璨的燕津市以及那黑色的天空，回应道：“当然，我曾经在这里和朋友一起战斗过。”

任梦雪看着前方继续问：“直升机不久就会到楼顶接我们，在出发前我们还有一些时间，你有什么想问我的吗？”

“我是怎么活下来，还能一直保持年轻的？”

“我将你冷冻起来，除了我之外，没人知道当时世界上已经有了这样的技术。”

“为什么只有你知道？”

“因为那是华米公司的总裁任正华，为自己能在末世存活下来发明的，而我被制造出来的其中一项使命就是将他放入冷冻装置，并调节好一切数值。这项工作他只能交给仿生人来做，因为冷冻装置只有一个，他无法相信其他人类，和他一同研发这个装置的人都被杀了，只剩下我和他知道这个秘密。”

冯圣博双目圆睁，因为他忽然想明白了一个极其可怕的事实，声音略带颤抖地问：“难道用病毒灭绝人类，最初是他的主意？”

“是的，任正华想建立一个除了自己外全是仿生人的世界，他想成为神，开创一个永恒的和平世界。不过最终散布病毒的却不是他，而是我们仿生人，是任正华的一个仿生人助手干的，任正华对此事并不知情，等他看到新闻时，一切已经晚了。当时实验室里的防毒面具都被仿生人拿走了，目的当然就是为了杀死这个制造出我们的人，所以任正华才会在没有任何保护的情况下，死在去别墅的路上。”

“也就是说，冷冻装置就在那幢别墅里？”

任梦雪点点头：“一个只有我和他知道的密室里。”

这时，远处的天空传来直升机的声响。

冯圣博问：“我还有一个问题，为什么你要在此时将我唤醒？”

“很简单，冷冻装置的时限到了，我不得不唤醒你，再将你冷冻下去，你会失去更多的记忆，甚至会死。”

“那现在的我活过来又有什么意义？”

“和我一起，改变这个世界。”

冯圣博有些轻蔑地问道：“改变？你真认为凭借零星的恐怖袭击就可以颠覆仿生人的政权吗？仿生人虽然没有杀死我的权限，但他们超人的身体机能，想制伏我是轻而易举的事，你是不是期望太高了？”

任梦雪的眼神里充满了莫测的神秘，她笑道："你得明白，这世上有些事只有人类才能办到。"

冯圣博皱了皱眉，他不明白任梦雪话中的含义。任梦雪迈开步伐，用手比画了一下，示意冯圣博跟自己一同上天台。

直升机停在空无一物的楼顶，冯圣博问任梦雪："我们乘坐这个直升机去救我妻子？"

"没错。"

"我妻子被关押在哪儿？"

"就是之前关押你的那个医院。"

"那个医院离这里开车也就半小时路程。"

任梦雪笑道："地下停车场的停车费太高了，所以我们要从楼顶进入。"

冯圣博皱了皱眉，没再调侃。

任梦雪进入机舱，从包裹里拿出一把黑色轻机枪，回身扔给冯圣博说："真没想到，我们还能并肩战斗，这回我们需要一些重火力。"

冯圣博接过枪，拉动拉机柄，任梦雪伸手一把将冯圣博拉进了直升机的机舱，随即舱门关闭，直升机起飞，朝市中心的医院而去。

顺着绳索滑下，冯圣博落到楼顶，卸下钩锁的第一时间，举起手中的机枪瞄准天台的入口方向。任梦雪没有套钩锁，站在机舱边缘，拎着一把卡宾枪，向前踏出一步，身体下坠，脑袋向前，接着一个空翻，双脚稳稳落在地面。

冯圣博回头看了一眼，皱着眉头问："你鞋跟没折吗？"

任梦雪笑着回应道："女人走路是有技巧的。"

直升机飞离医院上空，任梦雪和冯圣博端着枪迅速进入医院内部。冯圣博走在前面，因为仿生人不具备对他开枪的权限，所以两人很快就突破防线，来到关押仿生人的病房。

冯圣博踹开病房的门，只见几个病人被捆绑在床上，都吃惊地看着自己。任梦雪推门进入别的病房，也没发现任淑涵。两人一间一间地找，可直到最后一间病房，也没有发现任淑涵的踪迹。

冯圣博着急地问任梦雪："还有哪里？还有哪里会关押她？"

"我知道这间医院里还有一处……"

"那我们还等什么？"

"我可以带你去，但我希望你能保持冷静。"

冯圣博瞬间明白，任梦雪在让自己做好心理准备，那她的意思是……

任梦雪说："那跟我来吧。"

两人继续向楼下而去，地板和墙壁越发破旧和肮脏起来，气味也变得诡异，没了"病人们"的哀号，一切变得寂静起来。冯圣博走在任梦雪身后，也不敢多问，越发心慌。

推开一扇大门，拐过一个弯，拨开塑料帘子，冯圣博震惊地看着眼前的景象：各种被肢解的仿生人，就像肉场一样，肢体被吊起，似乎在控干肢体里的人工血液，仿生人的身躯构造虽然有一部分是机械，但看着依旧触目惊心。

"淑涵？！"冯圣博不禁失声叫道，"任淑涵！"任梦雪的神情则显得平静许多，冷眼寻找着任淑涵的踪迹。

"淑涵！"冯圣博不断地大喊，希望妻子能回应自己一声，但走到这屠宰场的尽头，也没发现她。他回过身冲任梦雪激动地问道：

"为什么？为什么这里也没有？"

任梦雪道："冷静点，你先把阿妮塔拿出来，她具备扫描功能，让她看看这里有没有密室之类的。"

冯圣博赶紧掏出手机说："阿妮塔，快扫描整个地下室！"

手机发出红光照耀整个屋子。不一会儿，阿妮塔突然说："任淑涵来了！"

"什么？"随即冯圣博听到一阵急促的脚步声传来，一帮身穿特警制服的人手持电击枪和冲锋枪冲进了这屠宰室。

冯圣博和任梦雪赶紧躲起来，拆卸仿生人的桌台以及悬挂的肢体正是最好的掩护。冯圣博明白那些电击枪是用来对付自己的，一时间不敢像刚才一样轻易冲上去解决掉这些仿生人。可就在冯圣博思索时，一个声音传了过来："圣博？圣博你在哪儿？"

是任淑涵的声音！冯圣博赶紧起身探头看去，竟真的是任淑涵，她穿着平时穿的衣服，就站在那许多特警之中。任淑涵似乎没有看到冯圣博在哪儿，视线依旧在搜寻："圣博，出来吧，这些特警不会伤害我们！"

任梦雪不顾暴露自己的危险，高声警告道："不要相信她！她一定已经被控制了！"

随即枪声袭来，特警朝着任梦雪的位置扣下了扳机。

为了帮任梦雪脱身，冯圣博赶紧起身端起机枪扣动扳机，但任淑涵突如其来的一句话，让冯圣博的手停了下来："圣博，你不想跟我在一起了吗？你为什么要反抗？"

这时，一名特警已经包抄到冯圣博侧面，扣下了电击枪的扳机，冯圣博想闪躲已然来不及。但是，他却没有感受到电流麻痹自己的全身，因为身前出现了一只手，接住了电击枪射出的带电飞镖。

是任梦雪！她端起卡宾枪对准手持电击枪的特警扣动扳机。看到任梦雪奋不顾身，冯圣博也赶紧端起枪对准其他人射击。枪声几乎没有间断，很快，在任梦雪和冯圣博的配合下，来抓他们的人已经被收拾得七七八八了。

周遭又变得寂静起来，冯圣博用枪瞄准不远处的任淑涵，问："淑涵，是你吗？"

"当然是我，为什么你要把枪口对准我？"任淑涵说着，突然迈步向冯圣博走去。

任梦雪喊道："不要被她迷惑了！仿生人的智能系统可以轻易被篡改！"

听了任梦雪的话，任淑涵问："圣博，你要听她的话吗？你要因为她而抛弃我吗？"

冯圣博虽然很爱任淑涵，但还保有最基本的理智，如今的情况让他想起了薛世仁说的话，如果有一天"任淑涵"来杀自己了，自己又该怎么办？

冯圣博慢慢放低枪口，任梦雪吃惊地看着这一幕，喊道："笨蛋！她在骗你！他们一定提取了任淑涵的记忆，他们已经知道了你的存在，他们想利用任淑涵毁灭你！"

冯圣博抬起手，示意任梦雪不要过来，眼睛却一直盯着任淑涵。任淑涵走到跟前，轻抚冯圣博的脸。

任梦雪明白任淑涵是无法直接杀死冯圣博的，但看到冯圣博一意孤行，心中还是紧张万分。

冯圣博放下手中的机枪，双手环抱住自己的妻子，闭上双眼。任淑涵的双手也抱住了冯圣博，只是她的力量太大了，勒得冯圣博非常痛苦，但冯圣博憋红了脸，依旧没吭一声。

任梦雪震惊地看着眼前的一切："快推开她，她想勒晕你！"

冯圣博没有回答，流出了眼泪，在任淑涵耳边喃喃道："我会解放你的灵魂。"突然，他右手松开任淑涵，一把匕首从袖子里滑出来，他攥住匕首扎进任淑涵的后脖子，然后用力一拧。

任淑涵瞪大双眼，轻轻推开冯圣博，踉跄着后退了几步，捂着脖子上的伤口问："为什么？为什么你下得了手？"

冯圣博的眼中充满了悲伤，看着眼前的任淑涵，缓缓道："我跟'她'已经生活了那么久，又怎么会分辨不出哪个才是真的淑涵呢？"

任淑涵盯着冯圣博，人工血液不断地涌出，控制身体的电路已经损坏，她一屁股坐倒在地，问："你就这样破坏了我，难道你不想让之前的任淑涵再回来了吗？"

冯圣博冷冷地说："我们都懂，她已经不可能回来了。"

任淑涵的脑袋歪向一旁，睁着眼，不再动弹。

任梦雪走过去，扶着冯圣博的肩膀，不知该安慰些什么。冯圣博流着泪看着任淑涵，就算那只是一副躯壳，他的目光也久久不愿抽离。

两人沉默了一会儿，冯圣博闭上眼睛，淡淡地说："一切都结束了。"

任梦雪回应道："还没有，难道你不想为两个任淑涵复仇了吗？"

冯圣博转头看向任梦雪："你依旧希望我加入圣血兄弟会，和你们一起推翻仿生人的政府？"说着他摇了摇头："今天是一个任淑涵，如果明天再有第二个、第三个出现，我不知道自己能撑到什么时候，对她的思念或许会让我们每个人身陷险地。”

任梦雪摇摇头：“难道人类的未来你也要放弃吗？”

冯圣博没有说话。

任梦雪解释道：“我想说的是，想为任淑涵复仇并不难，想为人类争取未来也不难，这世上只有你能非常简单地做到。”

“你在说什么？”

“燕津市还有一个秘密，一个这世上大多数仿生人都不知道的秘密。”

“什么？”

“在燕津市，存在一个可以向全世界仿生人强制发送程序的装置。”

“强制发送程序？”

“是的，这个装置拥有最高权限，它可以直接越过防火墙，强制仿生人的智能中枢接收，甚至可以让仿生人直接接收病毒，以此达到破坏的目的。”

冯圣博震惊的眼神正是他此刻内心的写照，他一把抓住任梦雪的肩膀问：“这是真的吗？”

任梦雪点点头，垂下眼帘说：“是的。”

“你说这个装置是一个秘密，除了你之外还有多少人知道？”

“最初一批的仿生人里有个别人知道，其他世代则没有任何人知道这个秘密。”

“如果这个装置威力这么大，为什么政府的人不向圣血兄弟会的成员发送程序以控制你们，然后再抓住你们？”

“因为启动这个装置需要一种权限。”

冯圣博似乎明白了什么：“你是指……人类？”

“是的，启动这个装置，需要活体的人类，并且是登记过的。”

“登记过？”

“也就是在末日来临之前出生的人类才能被系统采纳。”

“所以只有我才能启动它。”

“是的，你不光是人类，还拥有免疫病毒的能力，只有你可以安全地接近那个装置。”

任梦雪突然说出了这样一个惊天秘密，冯圣博感觉自己得消化一会儿。任梦雪也明白他此时心情非常复杂，没有再多说。

两人沉默了好一会儿，冯圣博突然笑了，问：“你当年将我放进冷冻装置，是不是就是为了有一天启动这个装置？”

“我无法否认，这确实是我的目的之一。”

“那这个装置在哪儿？”

“华米公司的本部。”

离开医院，两人偷了一辆汽车。任梦雪驾驶汽车，疾驰在燕津市的大街上，冯圣博拽着车窗上方的把手，问道：“我们现在就要去华米公司吗？”

任梦雪摇摇头：“既然他们已经知道了还有一个末日前的人类活下来，战斗力最强的那几个仿生人，一定会留守华米公司本部加强戒备，我们也得做好充足的准备再去。”

对于这个可以扭转世界的装置，冯圣博还有许多疑问，他对任梦雪道：“这个装置是人类为了反制仿生人制造出来的吗？”

“是的，是华米公司的总裁任正华制造的。”

冯圣博不解地道："那为什么在末日来临的时候，他没有启动这个装置？"

任梦雪犹豫了一下说："因为没有意义，就算当时启动这个装置，破坏了那些散播病毒的仿生人，病毒制造的灾难也已经无法避免。他当时只想保全自己的性命，所以第一时间逃往存放冷冻装置的别墅。"

其实任梦雪这番解释漏洞不少，前后逻辑有些牵强，但此时头脑混乱的冯圣博并没有听出来，而是继续问："那你打算怎么利用这个装置？你打算向所有燕津市仿生人高层的大脑里上传病毒吗？"

任梦雪的眼神有些游离，点点头说："是的，为了这一天，我已经等了很久很久。"

二十三

梦……

"亲爱的，睡吧，已经很晚了。"

"任淑涵……"看着不断远离自己的深蓝色天空，冯圣博伸出手，接着又闭上了双眼，陈宇的喊声已经远去，一切都是那么寂静，仿佛躺在任淑涵怀中时的感觉一样。

看到冯圣博坠落，陈宇大叫起来，用尽全身的力气，慢慢顶起身后的任飞华，突然也从大楼的边沿跃了下去。他知道自己如果垂直下去是死路一条，所以从大楼边沿跳出去的时候用力向前，朝着对面大楼高层的一扇玻璃跃了过去，"啪啦啦"撞碎玻璃进入了大楼内部。

任飞华顿依旧站在未完工的大楼边沿，似乎没有去追陈宇的意思。

之后陈宇顺着楼梯迅速来到地面，可看了一圈，在周围的雪地上并没发现冯圣博的尸体，也没有任何血迹。他再次抬头望去，难道冯圣博在坠落途中被什么人救了？虽然可能性确实很低。

几分钟前任梦雪从地铁里出来，也登上了这座未完工的大楼。听见楼顶陈宇的大喊，她赶紧来到所在楼层的边沿向上看去，只见冯圣博悬挂在大楼的边沿，摇摇欲坠。还没等任梦雪想好怎么去救冯圣博，突然，冯圣博和陈宇的手松开，冯圣博掉了下来！

任梦雪没有多想，扔了手中的枪，在冯圣博经过自己这层的一瞬间，扑出去抱住了他。因为情况太过紧急，任梦雪没有算准跳的角度，没有撞破窗户掉进对面大楼内部，而是撞在大楼的墙壁上，接着被反弹开，最终直接掉落在地上。好在任梦雪所在的楼层并不太高，她又紧紧抱着冯圣博，将冯圣博受到的冲击力降到了最低，但冯圣博依旧昏了过去。

任梦雪受伤不重，爬起来背着冯圣博迅速离开了这未完工的大楼附近。

不知过去多久。

“我在哪儿？”冯圣博缓缓睁开眼，发现自己竟身处冰天雪地之中。

风雪吹拂着脸庞，仿佛刀拉般疼痛，冯圣博呼出的每口气似乎在空中就可以结冰。阴沉的天空，无边无际的冰原，冯圣博吃惊得半天说不出话来，他明明记得，就在刚才自己还身处燕津市，在和那些疯狂的军人作战……

搞不清状况的冯圣博一边哆嗦一边高声问：“我在哪儿？我在哪儿！”但这冰原之上，除了他自己空无一物，根本不会有人回应他。

越来越冷，冯圣博不禁失声求救：“有人吗？！有人吗？！救救我！救救我！！”喊了很久，依旧没有人回应。

风雪越发强烈，冯圣博步履蹒跚，脚下一滑，跪倒在地。他双手撑着地面，只见冰上映出了自己的样子，那是一副没有血色、连眉毛都结了冰的面孔。他不禁有些害怕，但当他再次抬起头时，突然一只北极熊出现在他面前，他吓得不由坐倒在地。

北极熊张开巨爪，朝冯圣博怒吼出声……

“没事吧，亲爱的，你没事吧？”

冯圣博猛然睁开双眼，视线中映出的是天花板上熟悉的吊灯，更感到一只手正紧紧握着自己的胳膊，不禁吓了一跳。

“你怎么了？瞧你满头大汗的，做噩梦了吗？这可不常见。”

眼前抚摸着自己额头的女人是任淑涵，冯圣博不可思议地看着她，然后向四周看去，身处的房间，竟然是自己在燕津市的家。

冯圣博不敢相信眼前的一切。任淑涵笑着安慰道：“你怎么了，还没恢复过来吗？你刚才只是做了个噩梦，已经没事了。”

冯圣博喘了几口粗气，依旧惊魂未定地问：“呃，我睡了多久？”

“昨晚我下班回来时，你已经躺在床上睡着了，看来这段时间你工作太累了。”

冯圣博蜷起双腿，双手拍了拍脸，发现一切都是如此真实，不像是在梦里。他对任淑涵说：“你不知道，我刚才做了一个非常非常可怕的梦。”

任淑涵抱住冯圣博的头说：“已经没事了，那只是梦。”

冯圣博有些失神地点点头，盯着任淑涵看了好一会儿，才露出一抹笑容道：“还好，那一切只是一场梦。”

任淑涵露出一丝坏笑道：“时间不早了，我想你已经睡够了吧，我们是不是该做一些起床‘运动’了？我昨天刚刚买了一件新内衣。”说着她下了床，拿出自己的新内衣，展示在冯圣博面前。

冯圣博挑挑眉笑了，因为这件内衣的造型十分夸张：“新内衣？我们每天都过得很火辣吧，难道还不够吗？怎么会突然想起买这个？”

任淑涵皱了皱眉：“呃，是吗？你上个礼拜，不是有点……”

“有点什么？”

任淑涵耸耸肩：“你知道的，力不从心。”

“哦，不会吧，我怎么不记得了。”冯圣博顿了顿，突然扑过去，一把将任淑涵又抱回了床上，温柔地笑道，“你买了这样的内衣，我高兴还来不及呢。”

任淑涵用脚顶开冯圣博的脸：“别急，我还没穿上呢！”

二十四

现实……

冯圣博左手紧握前握把，端着机枪朝天空中的其他直升机射击！“砰！砰！砰！”

身旁的陈宇将两把尖刀插在背后的刀鞘上，穿上防弹护具，戴上防弹面盔，又一次化身为全身漆黑的杀手。他将机舱门拉开，站在直升机的机舱边缘，脚下用力一蹬，冲着不远处的另一架直升机跃过去。

直升机剧烈地摇晃了一下，冯圣博差点摔倒。只见陈宇抽出背后的合金刀，一把插进目标直升机的玻璃窗上，他紧紧攥着刀柄悬挂在直升机的玻璃窗外，接着从腰间拿出一颗可以黏附的定时炸弹，启动后直接粘在机身上，脚下再次用力一蹬，拔出合金刀。“轰！”炸弹爆炸，陈宇随着冲击波又朝另一架直升机跃了过去。

此时，冯圣博所乘的直升机已经来到了华米公司本部大楼上空，任梦雪攥着直升机侧面加特林机关枪的把手，对准大楼顶部的武装人员按下了发射开关，枪管飞速转动，子弹不断地倾泻。冯圣博站在机舱内便没有仿生人可以冲直升机开枪，因为如果直升机失去控制坠毁，那就等于杀害人类，他们没有权限。

将楼顶的仿生人消灭得差不多后，任梦雪拽着冯圣博直接从直升机上跳了下去。此时，大楼底部也有不少圣血兄弟会的成员在拼杀，交火非常激烈。

当任梦雪和冯圣博下楼来到顶层走廊时，走廊尽头出现了一名手持两把武士刀、浑身上下袒露着金属皮肤的白发女性，她脸上戴着面盔，只露出眼睛以上的部分。

冯圣博端起机枪就扣动了扳机，可子弹打在对方身上根本毫无作用，她继续缓步向前。

任梦雪阻止了要继续开枪的冯圣博，说：“她是纯机械型号，除了眼睛上方那一小片地方，你的子弹打不穿她的金属皮肤和骨骼。”

突然，对方加快了步伐，任梦雪赶紧一把推开冯圣博，撂下手中的卡宾枪，从腰间抽出匕首。“啪啦啦！”突然间，走廊的玻璃碎裂开来，一个漆黑的身影跳了进来，直接将手持武士刀的女仿生人踢开。

是陈宇！陈宇也抽出了后背的两把合金刀，对身后的冯圣博和任梦雪说：“你们赶紧走，我来对付这个女人。”

任梦雪警告道：“这个女人是最初的十二名仿生人之一，尽量拖住她，帮我们争取时间。”

陈宇点点头，摘下面盔，笑着回应道：“最初的十二人？听起来有些不妙啊。”

任梦雪拉着冯圣博绕开对战的两人继续前进。两人不停地奔跑，在杀伤数名普通武装人员后，任梦雪踹开一扇大门。冯圣博环顾四周，空旷的房间里没有武装人员，只有一扇巨大的落地窗，而在落地窗前有一张桌子，桌子后面的椅子上坐着一个人。

这人苍老得令人惊愕，那腐坏的肉体甚至散发出某种恶臭，像烂泥一样瘫坐在椅子上。

但就算是这样，冯圣博依旧认出了对方，正是曾经将自己打落大楼的那名老者任飞华。

任飞华全身已经动弹不得，只有眼球转了转，看向任梦雪和冯圣博。他嘴唇没有丝毫的颤动，却发出了声音：“是你……”

冯圣博皱着眉头说：“我以为仿生人都是不会衰老的。”

任梦雪解释道：“他是最初的十二个仿生人试验体之一，仿照任正华的样貌制作的，叫任飞华。这十二个试验体，大多充满了缺陷，比如刚才走廊上那个女性仿生人，她的身体是纯机械的，而制造出任飞华时，仿生肉体的技术还没有完善，会随着时间迅速腐化，速度要比正常的人类快得多。”

任飞华缓缓说：“是啊，末日之后的这几十年间，我一直想延缓自己老化的速度，但失败了，可我的意识却是这样清醒，大脑无法随着肉体而死亡，真是太不公平了。”

冯圣博冷冷道：“就算变成了今天的样子，你依旧没有勇气来终结自己的痛苦。”

“像人类一样怕死，有什么不对吗？这不正是任正华的目的吗？他要将我们塑造得像人类一样，他给了我智慧，给了我他的样貌和无尽的金钱，也给了我这样一副身体，让我痛苦不堪。”说着任飞华发出了一串笑声，“哼哼哼，不过他已经死了这么多年。算了，我现在更想知道，任梦雪，你到底是怎么让这个人类活下来的？”

“在那幢别墅里，有任正华为自己准备的冷冻装置。”

“冷冻装置吗……哼哼哼，原来如此，我就觉得他并不是一个崇尚自毁的男人，他一定为自己留了后路。可惜，我怎么也找不到那条后路到底是什么，又藏在了哪里。”

任梦雪道：“是的，因为这个装置只有我一个人知道。”

“你却没有将这个信息告诉你的同胞，甚至还让这个男人活了下来。”

任梦雪点点头：“该结束这一切了，哥哥。”

任飞华的眼球转向冯圣博：“你真的知道启动那个装置意味着什么吗？”

“意味着仿生人统治地球的时代结束了。”冯圣博说着端起枪对准任飞华扣动了扳机。“砰！砰！砰！”子弹将本就腐烂的任飞华打得更加不似人形。

直到打光了弹匣里的子弹，冯圣博才放低枪口，问任梦雪：“那个装置在哪儿？”

还没等任梦雪回答，只听“砰”的一声，办公室的大门被撞开，陈宇滚了进来，他的一只手已经被砍断，而紧接着，手持武士刀的女仿生人也走了进来。

冯圣博以最快的速度瞄准女仿生人扣下扳机，任梦雪则赶紧扑到办公桌前，蹲下来用手摸了摸桌子底部，掀开一个盖子。上面是一块密码盘，任梦雪点了几个数字，突然，大门和落地窗前升起铁质的墙体，将整个办公室密封起来。

瞬间办公室内漆黑一片，接着墙上的应急电灯亮了，冯圣博只感觉脚下一阵颤动，似乎整个房间在向下沉。

女仿生人一言不发，直接冲冯圣博而去，陈宇用尽力气支撑起身体，纵身挡在了冯圣博身前，女仿生人一刀砍进了陈宇的胸膛，陈宇用单手抱住对方，对冯圣博大声道：“不要顾及我，快！快射击她的头部！”

冯圣博端起枪，可陈宇夹在中间，这让他难以开枪。

“不要管……”陈宇刚想再次大喊，声音却戛然而止。女仿生人已经挣脱了陈宇的手，一刀将陈宇的脑袋削了下来。

冯圣博怒吼出声，用力扣动扳机，发狂地朝女仿生人开枪，可对方上前一刀就将冯圣博手中的机枪砍成了两截，接着一脚将冯圣博踢飞。冯圣博的后背重重撞在墙上，滚落在地。

仓促之间任梦雪拎起卡宾枪，对准女仿生人扣动扳机，但子弹的速度似乎跟不上对方，女仿生人突然加速向侧面跑去，跑上墙壁用力一蹬，朝任梦雪扑了过来。任梦雪作为最初的十二人之一，战斗力也比正常的仿生人强很多，她迅速扔枪，双手抓住对方的手，让对方的刀无法向自己砍过来，但依旧被对方巨大的冲击力扑倒。

这时，房间停稳了，铁质的墙体又缓缓下落，一扇大门打开了。

冯圣博缓过神来，见任梦雪和那个女仿生人扭打在一起，一时间无法动弹。

任梦雪大叫道："快，冯圣博！快进入那扇门！"

冯圣博看向任梦雪："不，我绝不能丢下你！"

"没有时间犹豫了，我拖不了这个家伙多久，快！"

女仿生人压在任梦雪身上，一把掐住她的脖子，让她再也发不出声。冯圣博立即捡起地上陈宇的合金刀，朝女仿生人冲了过去。女仿生人松开任梦雪，回身抓住合金刀一把将其掰断，反手扎在了任梦雪的腿上。冯圣博再想用断刀攻击对方时，又被对方一脚踹开。

此时，任梦雪已经拔出了刀刃，腿上流出蓝色的血液，她迅速起身左手从身后勒住对方的脖子，右手举起断裂的刀刃，朝着女仿生人的眼睛上方扎了下去，而同一时间女仿生人手中的刀也向后扎入了任梦雪的腹部。一瞬间，女仿生人停止了动作，但手中的武士刀并没有掉落，依旧紧紧攥着。

冯圣博又惊又痛地看着任梦雪，以及她臂弯里依旧站立的女仿生人，似乎不敢相信这个全身覆盖着金属的战斗机器已经停止了机能。

大约过了一分钟，任梦雪才慢慢松开手，后退了几步，将武士刀从自己的腹部抽出来，说："我想已经没事了。"

冯圣博坐在地上，缓了好一会儿，才被任梦雪拉起来。

任梦雪指着打开的门说："发送装置就在里面。"

冯圣博点点头，和任梦雪一起走进了那扇门。

穿过管线密布的狭窄通道，两人来到一扇看起来无比厚重的铁门前。

头顶监视器样的装置发出一道绿光，扫描了冯圣博全身。“权限检查完毕，可以通过。”随着喇叭里传出一声语音，厚重的铁门缓缓打开。铁门内本来一片黑暗，但随着铁门打开，越来越多的光射了进来。

任梦雪抚着冯圣博的后背说：“我们进去吧。”冯圣博点点头，两人一起走进了这个幽暗的空间。

四周摆着许多电脑和屏幕，里面的空间很大，可以容纳许多工作人员。

冯圣博问任梦雪：“我该怎么做？”

任梦雪没有回答，而是走到一台打开的电脑前，一边敲击键盘一边说：“等我设置好，你只需要按下发送的开关就可以了。”

“开关在哪儿？”

任梦雪指指角落一张桌子，上面有一个合金箱子：“那个箱子只有末日前的人类可以打开，里面就是开关。”

冯圣博走到角落的桌子前，刚想伸手去碰箱子，桌子上的一个黑色圆形物体突然动了，露出一个孔，从里面又射出了扫描激光，对着冯圣博扫描了一遍，接着发出声音：“人类，你来到这里就说明仿生人对人类产生了危害，对于启动装置的事，你考虑清楚了吗？”

已经走到这一步，冯圣博没什么可犹豫的了，点点头说：“是的，我考虑清楚了，我要启动这个装置。”

这台机器没再吭声，只听箱子发出了某种声响，似乎是锁被解开了。

冯圣博掀起箱盖，看到上面有一个指纹系统，还有一个开关。

那个圆形装置突然又开口了：“当你准备好的时候，请将右手放在指纹扫描装置上，左手去拧动开关。”

冯圣博回头看了一眼任梦雪问：“程序设定好了吗？”

任梦雪低着头，没有第一时间回应冯圣博。

冯圣博又一次问：“任梦雪？”

任梦雪这才抬起头，露出一抹有些淡然却又略显悲伤的笑容，她看了冯圣博好一会儿，才点点头说：“一切都准备就绪了。”

冯圣博没有细想任梦雪的表情，他举起手攥着拳，冲任梦雪露出笑容说：“谢谢你。”

任梦雪神色复杂地点点头，似乎认同冯圣博的话，没有再说什么。

冯圣博转过身，看着箱子里的开关和指纹扫描装置，将双手轻轻放了上去。指纹扫描装置闪动过后，冯圣博拧动了开关……

二十五

梦还是现实……

“咣当”一声响过后，冯圣博心中充满了疑问：“成功了吗？”他松开开关和指纹扫描装置，回过头却没看到任梦雪的身影。

冯圣博感到些许不对，呼唤道：“任梦雪？任梦雪你在哪儿？”没有人回应，周遭除了电脑的运行声，什么也听不到。

冯圣博疾步走到刚才任梦雪所在的位置，发现任梦雪倒在地上。他赶紧蹲下抱起她，不住地呼唤：“任梦雪！任梦雪！！”

任梦雪依旧一动不动，双眼圆睁，似乎已经没了气息。

一种不祥的预感涌上心头，冯圣博不禁想到了什么，难道这个装置和任梦雪所说的根本不一样？他不住地摇晃她，喊道："任梦雪，这到底是怎么回事？！"

这时一个声音响了起来，是刚才箱子旁边那个圆形装置的声音："冯圣博，你终结了所有仿生人，你拯救了人类，我会将这件事通过广播传达给全世界。"

冯圣博放下任梦雪，来到角落的桌子前一把抓起那个装置道："你说什么？你为什么知道我的名字？为什么说我终结了所有仿生人？"

装置回答道："刚刚的指纹就是在确认你的身份，现在，所有仿生人已经被终结，人类不会再受到危害。"

冯圣博后退一步，一把将手中的圆形装置扔了出去。愣了好一会儿，他才回身再次来到任梦雪身旁，一把将她抱起走出房间，快步朝电梯跑去。

回到一层，走出电梯，不光枪声，周围甚至不再有一丝声响，整个世界寂静得可怕。

冯圣博震惊地看着大厅地上那些动也不动的仿生人，自己真的终结了所有仿生人吗？那个装置真的将他们集体毁灭了吗？任梦雪作为一个仿生人，为什么要引导自己这么做？！

心中充满了疑问，冯圣博抱着任梦雪走出华米公司的大厦，街上一样寂静无声，圣血兄弟会的成员也东倒西歪地倒在各处，不再动弹。

拉开一辆车的车门，冯圣博将任梦雪放了进去，自己坐进驾驶座，双手扶着方向盘，低着头不知道该如何是好。

不知过了多久，冯圣博突然想到，自己该去找薛世仁，去和那些幸存的人类会合。他发动引擎，朝着燕津市的南边驶去。

天空一直阴沉沉的，开了许久，冯圣博终于找到了那座河道边的木屋。

推门而入，冯圣博呼唤道："薛世仁，薛世仁？你在吗？"

没人应声。

冯圣博想到薛世仁或许在地下，便打开密道走了进去。没走出几步，他就停了下来，前方一个身影倒在台阶上。在看到对方的容貌后，冯圣博几乎坐倒在地，这个睁着眼一动不动的人居然是薛世仁。他缓了一下，赶紧撕开薛世仁的衣服，身上没有外伤，这代表着什么……他急忙朝地下更深处跑去。

察看了每个房间，包括之前跟自己说过话的孩子和母亲，冯圣博发现所有的人都没了气息。为了验证自己的猜测，他只好剖开其中一个人，在看到那些机械部件时，他明白了，这些所谓的"人类"其实都是仿生人。

冯圣博坐在地上，身体不断地颤抖。突然，他想到了什么，从怀里掏出手机大声质问道："阿妮塔，你说过薛世仁和我的身体结构是一样的！他是人类！你为什么要骗我？！"

阿妮塔没有回答。

无论冯圣博怎么质问，阿妮塔都没再说一句话。正当冯圣博想要将手机也摔掉时，手机突然震动了一下，他的信箱收到了一封邮件。

点开邮件，是一段音频，是任梦雪的声音："抱歉，冯圣博，我利用阿妮塔欺骗你说薛世仁是人类，是为了让你和圣血兄弟会并肩作战。我害怕你不忍按下开关，所以也没有告诉你毁灭装置的真相。你或许会疑惑，我为什么要引导你毁灭所有仿生人？其中一个理由是为了拯救人类，人类并没有灭亡，许多幸存者依旧在躲避仿生人的搜捕。另一个理由则是，拯救我们仿生人自己。欲望是上帝赐予生物前进与生存的阶梯，虽然它会引起各种纷争与问题，却也是生存发展的必要条件。仿生人的身体和逻辑系统可以批量制造，但欲望不能。任飞华掌控了华米公司的生产工厂后，利用公司多年采集的人类数据生产出越来越多的仿生人，但这个问题越来越明显。随着时间推移，许多仿生人脱离了城市不知所踪，因发疯被送进医院的仿生人也越来越多，燕津市的现状只是仿生人社会的冰山一角，仿生人所占领的其他城市还要更糟糕。而仿生人没有终结自己的权限，这更加剧了痛苦。所以，我只能利用你启动毁灭装置，彻底终结这种诅咒。”

几十天后。

一辆汽车急驶在道路上，车载无线电一直在播报：“我是一名人类，我叫冯圣博。所有仿生人已经被终结，不会再有任何搜捕行动。我在寻找幸存者，我会沿公路持续向着南方前进。如果有人听到这条消息请回答，我在寻找和我一样的幸存者。如果有人听到这条消息，请相信我所说的一切，所有仿生人已经被终结。请记住，我叫冯圣博，我会继续向南，继续寻找幸存者……”

梦是你无法改变的世界，世界是无时无刻不在改变着你的梦，时而癫狂，时而荒凉，时而无处可藏。

（完）